KB273930

# 검은 밤의 여자들

검은 밤의 여자들

# 검은 밤의 여자들

세 라 페 카 넨 지음

김 항 나 옮김

GONE
TONIGHT

VANTA

**일러두기**

1. 외래어는 국립국어원의 외래어 표기법을 따랐으나 필요한 경우 관용에 따라 표기
   했습니다.
2. 본문 속 각주는 모두 옮긴이 주입니다.
3. 본문 속 볼드체는 원서에서 이탤릭체로 강조한 부분입니다.

마거릿 라일리 킹을 위해

황혼에 가려진 당신의 일부를 찾아라.

—펜넬 허드슨

# 차례

# 3장



GONE

TONIGHT

# 1장

# GONE TONIGHT

# 1. 캐서린

작은 거실 안을 서성대던 엄마는 오래된 파란색 소파와 커피 테이블을 훑어보더니 곧 주방으로 재빠르게 사라졌다.

"분명히 내가 손에 들고 있었거든."

엄마는 집 안을 다시 한 바퀴 돌기 시작하며 물건을 못 찾아 낙담했다기엔 너무 어두운 목소리로 말했다.

나라도 소파에서 일어나 열쇠를 찾는 걸 도와서 엄마가 저녁 근무에 늦지 않도록 해야겠지만 지금 떨고 있는 내 모습을 들키고 싶지 않다. 그래서 대신 엄마에게 물었다.

"지갑 다시 확인해 봤어요?"

엄마는 얼굴을 찌푸리며 내키지 않는다는 듯 가방 안에 손을 넣었다.

엄마는 언제나 정돈된 사람이다. 꼼꼼하고 세심하다. 절대 가방 속에 구겨진 영수증이나 잔돈을 아무렇게나 넣고 다니지 않는다. 선글라스는 케이스 안에, 지폐는 모두 같은 면을 바라보게 해서 지갑 안에 넣어두고, 체리 향 챕스틱과 핸드 로션은 메이크업 파우치 안에 있는 또 다른 파우치 안에 보관한다.

엄마는 손을 흔들더니 현관 옆 옷걸이에 걸어둔 우비 주머니를 뒤졌다. 어쩌면 외할아버지가 건망증을 앓았을 수도 있다. 아니면 엄마 쪽 또래 사촌 누군가가 중년이 되면서 정신이 깜박깜박하는 걸까? 엄마네 가족들이 모두 한자리에 모이면 서로 놀려대는 대상이 될 수도 있겠다. 사실 난 잘 모른다. 한 번도 만나본 적이 없으니까.

4학년* 때 학교에서 가계도 나무를 만드는데 나는 나뭇가지 한 개에 엄마와 내 이름, 딱 두 개밖에 쓸 수가 없었다.

허리를 굽힌 채 현관 앞 도어매트 주변을 살피는 엄마의 모습이 안쓰러워 아랫배가 조이는 느낌이다. 언제나처럼 검정 슬랙스와 그에 맞는 폴로셔츠를 입고 빨간색 웨이트리스용 앞치마를 허리에 두른 모습이 평소보다 더 야위어 보이기까지 한다.

엄마는 지난 며칠간 제대로 먹지 못했다. 밤이 되면 나는 두 방 사이를 가로지르는 얇은 벽을 통해 밤새 뒤척이는 소리를 들었다.

내일은 신경과 전문의를 만나기로 했다.

---

* 미국의 학년제는 보편적으로 초등학교 6년(1~6학년), 중학교 2년(7~8학년), 고등학교 4년(9~12학년)으로 구성돼 있다.

'차 키를 어디에 뒀는지는 누구나 깜박할 수 있어.' 나는 생각했다. 내일 의사는 요즘 들어 부쩍 이상해진 엄마의 새로운 증상들이 별거 아니라며 처방전을 써주고 엄마에게 잠을 푹 자라고 한 뒤 우리를 돌려보낼 것이다.

그러나 나는 심장박동이 점점 더 빨라지는 걸 느꼈다.

억지로 천천히 숨을 들이마시고 뱉었다. 여기서 무너지는 건 최악이다. 간호 공부를 할 때 마음이 신체를, 또는 신체가 마음을 지배하는 힘에 관해 배웠다. 지금 당장 그 힘을 제어하기 위해 안정된 심신 상태를 유지해야 한다.

그리고 정말 그렇게 된다. 곧 제대로 설 수 있게 된 나는 엄마에게 걸어가며 골똘히 생각했다. 그러고는 엄마가 입고 있는 앞치마 주머니 안에 깊이 손을 넣었다.

내가 차 키를 꺼내자 엄마가 안도하는 표정을 지었다.

"내가 정신이 없었…."

"식당에 남는 상자 있으면 좀 더 갖다줄래요?"

사실 이제 상자는 필요 없다. 그저 엄마가 저 문장을 끝내는 걸 도저히 들을 수 없었을 뿐이다.

이미 주류 상점 뒤에 있는 재활용 수거장에서 종이 상자 여섯 개를 주워 왔다. 소지품이 그렇게 많지 않아 금방 짐을 쌀 수 있다. 시뮬레이션도 충분히 했다.

도시 외곽에서는 한 가족이 이사를 나가면 이웃들이 작별 파티도 열어주고 엄마들은 와인 몇 잔을 마시며 눈물을 흘리기도 한다.

그런데 우리 같은 사람들은? 새 아파트로 이사를 나가도 아무도 눈치채지 못한다. 나는 오늘 아침에 책과 옷가지를 정리할 참이었다. 그러나 내일 신경과 전문의를 만나기 전까지는 모든 게 불확실해졌다.

엄마는 까치발을 들어 내 볼에 입을 맞추고는 밖으로 나갔다. 엄마의 발소리가 희미해졌다.

나는 완전히 조용해질 때까지 기다렸다. 그리고 휴대전화를 열어 비밀리에 작성하고 있던 목록을 띄웠다.

차 키를 어디에 뒀는지 잊어버리는 현상은 어쩌면 아무 단서도 되지 못할 수 있다. 그래도 나는 오늘 날짜 아래에 입력해 뒀다.

그 위로 엄마가 잊어버린 것을 적어둔 열몇 개의 사건들을 다시 훑어봤다. 엄마는 20달러짜리 지폐 한 장, 무슨 말을 하려고 했는지와, 1.5킬로미터가 조금 넘는 거리에 있는 약국에서 집으로 오는 길 등을 잊어버린 적이 있다.

모두 한 달이 채 안 돼서 일어난 일이다.

## 2. 루스

____________

나는 사라지는 데는 도가 텄다. 우리 여자들은 언제나 그렇게 살아간다.

여자들은 40대가 되면 남자들의 시야에서 사라져 버린다. 엄마 역할을 열심히 수행했을 뿐인데 자아는 잃어버린 지 오래다. 우리는 그렇게 다른 포식자들에 의해 사라지고 만다. 쪼그라들고 야위면서 이 세상에서 물리적인 공간을 덜 차지하도록 길들여진다.

"안녕하세요, 오늘 여러분을 맡게 된 웨이트리스 루스예요."

오늘 근무시간 동안에만 저 문장을 적어도 스무 번은 외쳤다. 5초만 지나면 내 인사를 받은 손님들 중 누구도 내 이름을 기억하지 못할 것이다.

그건 좋은 현상이다. 나는 사람들 눈에 띄지 않는 편이 훨씬 낫다.

서스쿼하나강을 따라 사우스스트리트 브리지 아래로 고요하게 흐르는 물을 바라보며 걷는 나를 아무도 알아보지 못한다. 공기가 습해지며 구름이 밝은 햇살을 가리는데도 나는 어두운 선글라스를 벗지 않는다.

달걀프라이가 올라간 커다란 접시와 클럽 샌드위치와 끝없는 커피 리필을 나르느라 두 다리가 아프고 쑤시지만 발걸음을 조금 더 서둘렀다.

캐서린에게는 집에 가는 길에 볼일을 보고 간다고 말하지 않았다. 아마 캐서린은 집에 늦게 들어가는 나를 걱정할 것이다. 특히 내가 근무 중에 휴대전화를 비행기 모드로 해둬 어디에 있는지 추적할 수 없는 경우는 더 그렇다.

모퉁이를 돈 다음 도서관 입구로 향하는 계단을 오른 뒤 문을 열고 들어가 항상 하는 루틴을 따랐다. 주변에 아무도 없는 걸 확인한 후 가장 구석진 곳에 있는 컴퓨터를 골랐다.

오래된 나무 의자가 삐걱거리는 자리에 앉은 나는 도서관 카드를 이용해 인터넷에 접속했다.

캐서린이 쓰는 노트북을 빌릴 수 있다면 조사하기 더 쉬울 것이다. 물론 검색 기록이라는 걸 볼 수 있다는 사실을 알기 전까지는 그렇게 했다. 설마 노트북이 내 행적을 감시할 줄 누가 알았을까? 생각만 해도 소름 끼치는 일이다.

그래서 나는 이제 내 휴대전화로도 과거 사람들을 검색하는 일은 절대 하지 않는다. 캐서린과 나는 요금제 플랜을 같이 쓰고 있는데 나도 모르게 흔적을 남길 수 있기 때문이다.

캐서린은 내가 과거에 나를 떠난 사람들을 절대 그리워하지 않는다고 믿고 있다. 실은 더 궁금증을 갖지 않도록 하기 위해 그렇게 만든 것도 있다. 하지만 나는 아버지와 남동생만 생각하면 가슴이 아려온다. 그 둘이 나와 인연을 끊었다고 해도, 나를 생각만 해도 불쾌하고 혐오스러워한다고 해도 말이다.

그렇게 오랜 시간이 지났는데 아직도 나는 검색하기 전에 숨을 제대로 쉬기가 힘들다.

먼저 내가 할 수 있는 유일한 방법으로 남동생을 찾았다. 티미는 페이스북 페이지가 있지만 비공개 계정이라 내가 볼 수 있는 건 한정적이다. 두 살배기 쌍둥이 아이들 사진이 프로필 사진으로 설정돼 있다. 딸내미는 티미의 장난기 가득한 미소를 짓고 있고 아들내미는 티미가 어릴 때와 너무도 똑같이 생겨서 혹시 티미처럼 야구와 아이스크림을 좋아하게 될지 궁금해진다.

아마도 이제 어린 시절 별명은 떨쳐버렸을 팀이 어떻게 지금의 아내를 만났고 나에 관해 어떤 이야기를 했을지 궁금하다. 내 존재를 아직도 인정한다면 말이다.

그다음으로 나는 아버지를 검색했다. 지금껏 수도 없이 봐온 깨끗하지 않은 사진 몇 장을 제외하고는 새로운 게 없다. 그 흐릿한 사진들로는 아버지의 얼굴을 선명하게 떠올릴 수가 없다.

여전히 나는 어릴 때 저녁마다 나를 꼭 안아주던 아버지의 약간 쉰 듯하면서도 부드러운 목소리와 마치 병마를 다 물리칠 수 있다는 듯 열이 나던 내 이마에 올려두던 시원한 손바닥의 느낌을 기억해 내려고 애쓴다.

한 번이라도 아버지의 두 팔 안에 안길 수 있다면, 그래서 아버지에게서 항상 나던 올드 스파이스*의 따스한 숲 향을 맡을 수 있다면 뭐라도 할 수 있을 것 같다.

10대 시절 옷 몇 벌과 적은 돈, 그리고 금으로 된 손목시계 하나만 들고 부모님과 함께 살던 집에서 나왔을 때 나는 차라리 내가 없어지는 게 아버지와 동생에게는 더 낫다고, 그래서 그들이 나를 절대 찾으려 하지 않을 거라고 굳게 믿었다.

그럼에도 내가 무너지거나 포기하지 않을 수 있었던 단 하나의 이유는 바로 내 안에서 자라던 아기였다.

더는 딸이나 누나가 될 수 없었던 나는 이제 엄마고 앞으로도 계속 엄마일 것이다.

나와 캐서린은 서로가 있다. 우리는 서로 외에 아무도 필요한 적이 없었다.

나는 마지막으로 내 오래전 남자 친구 제임스 베이츠를 검색

---

* 남성용 화장품 브랜드의 하나.

해 봤다.

제임스도 새롭게 올라온 소식은 없다. 아직 결혼한 적이 없다고 나와서 내 마음은 뒤숭숭해진다.

최근에 찍은 사진도 없다. 나는 마음속으로 나이가 든 제임스는 어떤 모습일지 상상해 봤다. 모랫빛 머리카락은 바짝 자르고 관자놀이 주변은 하얗게 셌을 것이다. 열아홉 살 때 군살 하나 없던 몸집은 조금 두꺼워졌을 테고 입가에는 팔자주름이 생겼겠지. 그래봤자 더 매력적으로 보일 것이다.

나는 주로 늦은 밤에 제임스를 제일 많이 생각한다. 심지어 곧 근무시간이 다가오는데 잠이 오지 않을 때도 말이다. 거의 160킬로미터나 떨어져 있는 제임스는 지금 나와 같은 이 시각에 과연 뭘 하고 있을지 상상해 보려고 애쓴다.

그러다가 결국 '제임스도 나처럼 어두운 방에 누워 있겠지' 같은 결말로 상상을 끝낸다.

제임스도 내 생각을 하기나 할까 궁금하다.

그때 옆에서 뭔가 날카로운 소리가 시끄럽게 허공을 갈랐다. 순간 나는 자리에서 벌떡 일어나 소리가 나는 쪽으로 몸을 틀었다.

"죄송합니다." 옆 테이블 위에 두꺼운 책들을 한 무더기 엎은 학생이 으쓱하며 사과했다.

"조심 좀 해요!" 내 목소리는 크고 거칠다. 도서관에 앉아 있던 사람들이 나를 향해 고개를 돌렸다.

나는 더 이상 투명인간이 아니다.

최대한 빨리 도서관에서 나가야 한다는 뜻이다.

# 3. 캐서린

엄마와 함께 진료실 안으로 들어가자 의사가 책상 뒤 의자에서 일어났다.

나도 내가 정확하게 뭘 원했는지는 모르지만, 이건 아니었다. 진흙 색 카펫을 깔아둔 작은 무균실의 베이지 색 벽에 걸려 있는 지극히 따분해 보이는 시계. 그래도 책장에 전시된 학위들은 좋은 학교에서 발급된 것들이다. 내가 미리 확인해 봤다. 저래 봬도 이 지역에서 가장 훌륭한 신경과 전문의다.

의사는 우리와 눈을 맞추지도 않고 웃지도 않으면서 책상을 돌아 나왔다. 그 표정이 무슨 뜻인지 읽을 수가 없다. 지금 같은 걱정스러운 순간을 다루는 데 능숙한 이 의사는 분명 그만큼 많은 경험을 했으리라.

"저는 앨런 첸입니다." 의사가 자신을 소개했다.

"만나서 반가워요. 저는 루스 스털링이고, 여기…." 엄마는 대답하더니 내 어깨를 어루만지며 나를 대신 소개했다.

"여기는 내 딸 캐서린이에요."

내가 한 발짝 나아가 의사와 악수를 하자 그는 놀랐는지 안경 너머로 눈을 크게 떴다.

이제 우리가 맡은 역할이 바뀌어 바로 내가 이 불편한 순간을 이겨내야 한다. 첸 박사는 우리에게 자리에 앉으라며 물을 한 잔 권했지만 나는 지금 그가 마음속으로 계속 계산하고 있는 게 보인다.

엄마의 초콜릿 색 머리카락은 사이사이 은색 반짝이 조각을 뿌려놓은 것 같고 커다란 녹갈색 눈동자 주변으로 주름이 엷게 졌다. 딱 마흔두 살, 제 나이로 보인다. 그런데 나는 스물네 살인 내 나이보다 더 들어 보이고, 심지어 행동도 그렇다고들 한다. 아마도 그건 젊은 여성들에게 기대되는 웃음이 나에게는 반사적인 행동이 아니기 때문일 것이다.

누구보다 빨리 분위기를 감지한 첸 박사는 다시 자기 자리에 앉아서 책상 위에 있던 차트를 펼치고 또 한 번 알 수 없는 표정을 지었다.

그리고 곧바로 질문을 시작했다.

"루스, 최근에 겪은 증상들을 설명해 줄 수 있나요?"

나는 그 정보가 이미 첸 박사가 가지고 있는 진료 차트에 쓰여 있을 거라고 확신했다. 이미 엄마와 내가 문진표를 작성해서 주치의가 진행한 비타민 B12 결핍, 라임병과 같은 가능성이 배제된 혈액 테스트 결과지와 함께 냈기 때문이다.

"처음엔 정말 사소한 것들이었어요." 엄마가 다리를 꼬자 입고 있던 슬랙스가 바스락거렸다.

"모두 그런 어이없는 행동들을 하잖아요. 그저 제게 좀 더 자주 일어나기 시작했죠. 예를 들면 하려던 말이 뭐였는지 까먹는다거나, 다리미 플러그를 뽑아두는 걸 깜박하기도 하고요. 그런 것들이죠, 뭐."

"그런 일들이 더 자주 일어난다는 건 언제 깨달으셨죠?" 첸 박사가 바로 이어서 물었다.

침묵이 꽤 길어졌다. 책상 위에 있던 유선 전화기에서 빨간 불빛이 깜박거리기 시작했으나 첸 박사는 무시했다. 전류가 흐르듯, 이상한 기류가 공중을 떠다녔다.

내가 '한 달 전'이라고 답하며 침묵을 깨버리려고 하는데 엄마가 먼저 입을 열어 선수를 쳤다.

"아마 4개월 전쯤인 것 같아요." 엄마가 속삭이듯 대답했다.

나는 헉하고 숨을 빠르게 들이쉬며 황급히 엄마를 향해 고개를 돌렸다. 차분해 보이는 것 같지만 엄마는 두 손을 가만히 두지 못했다. 항상 끼고 있는 토파즈 반지를 돌돌 돌리며 안절부절못하고 있었다.

첸 박사가 파일 안 종이에 뭐라고 끄적였다.

"증상이 점점 더 심해지나요?"

엄마가 끄덕였다.

나는 가방에서 휴대전화를 꺼내 목록을 불러왔다.

5/7: 주방 서랍에 선글라스를 넣어둠

5/10: 얼음 조각을 '네모 물'이라고 부름

5/12: 지금이 몇 월인지 까먹음

첸 박사는 엄마에게 몇 가지를 더 물어보고는 차트를 덮었다.

"몇 가지 검사를 해볼 수 있어요…."

목이 멘 나는 입을 열기 전 목청을 가다듬었다.

"인지 검사를 하고, 곧바로 뇌 영상도 찍을 건가요?"

거대한 콘크리트 벽이 몰려오는 길목에 혼자 서 있는 것처럼 몸을 앞으로 기울인 엄마는 무척 자랑스러운 듯 말했다.

"캐서린은 간호사가 될 거랍니다. 막 우수한 성적으로 학교를 졸업해서 이제 존스 홉킨스 대학 병원에서 일을 시작할 거예요. 2주 후면 볼티모어로 이사를 가죠."

"축하해요." 첸 박사가 말했다. "존스 홉킨스 병원이면 정말 대단하죠. 전공은요?"

"노인과요. 지금은 요양원에서 파트타임으로 일하고 있어요."

나는 첸 박사가 의아해하는 모습을 지켜봤다. 자신이 신경과 전문의더라도, 엄마의 증상과 관련해서는 나 역시 초보자가 아니기 때문이다.

내가 일하는 곳은 '메모리 윙'으로 치매나 알츠하이머병, 또는 외상성 뇌 손상으로 힘들어하는 사람들이 거주하는 곳이다. 엄마가 방금 설명한 증상들을 거의 매일 보는 셈이다.

그래도 최악을 생각하고 싶지는 않다. 직업 때문에 더 두렵게 느껴질 수도 있지만, 어쩌면 엄마의 기억이 헷갈리고 겹치는 이유가 정말 별거 아닐 수도 있으니까.

체구가 작은 편인 엄마는 절대 무르거나 약하지 않다.

오히려 절대 무너지지 않는 전사다. 그래야만 한다.

우리는 첸 박사와 몇 가지 검사 종류를 상의했지만, 엄마는 이상하리만치 CT 촬영만은 거부했다. 아마도 가격이 부담될 터였다. 우리는 건강보험료도 내지 못하고 있는 데다 지금 이 진료비를 내고 나면 남은 예금은 자동차가 한 군데만 고장이 나도 곧바로 파산할 액수다. 그 순간, 얼음물에 뛰어든 것처럼 온몸에 전율이 흐르는 일이 벌어졌다.

엄마가 자리에서 일어서더니 의자와 벽 사이를 왔다 갔다 했다. 그 발걸음 하나하나에 내 속은 배배 꼬였다. 저런 행동이 오래 갈수록 더 안 좋은 소식이 기다리고 있다는 걸 알기 때문이다. 순수한 수학 공식만큼이나 정확한 사실이다.

엄마는 내가 첫 남자 친구가 생겨 인생 최고의 학교생활을 보내던 10학년 때 실직했다는 소식을 전했고, 우리는 살던 집에서 쫓겨나 펜실베이니아 랭커스터에서 해리스버그로 이사해야 했다.

그리고 네 살 크리스마스 때도 딱 저런 걸음을 걷더니 산타 할아버지가 일하는 작업실이 불에 타버려 내가 받을 선물은 없을 거란 이야기를 했다.

엄마는 어릴 적 보수적이고 신앙심이 강한 가족들이 왜 자신을 내쳤는지, 왜 나는 내 조부모님이나 이모들이나 사촌들을 만날 수 없는지 설명하기 전에도 그랬다. 고등학교 때 임신했는데 당시 남자 친구가 뱃속에 있는 아기를 자기 애라고 인정하지 않으면서 엄마를 차버렸고, 가족들 모두 엄마를 내쫓았지만 엄마는 그들을 다 합쳐도 내가 더 소중했기 때문에 전혀 상관없었다고 했다.

얇고 빨간 벽시계 바늘이 쉬지 않고 원을 그리며 시간을 쓸어댔다. 첸 박사를 보러 오는 환자들은 이 진료실에 앉아 가장 갈망하는 모든 순간이 줄어드는 걸 여지없이 마주해야 한다니, 그것만큼 견디지 못할 잔인한 일은 없을 거라는 생각이 퍼뜩 들었다.

벽까지 간 엄마가 다시 돌아와 또 같은 자리를 서성였다.

나는 부풀어 오르는 압박을 이기지 못하고 어릴 때 악몽을 꾸다 깨어났을 때처럼 겁에 질린 목소리로 소리쳤다.

"엄마!"

엄마는 걸음을 멈추고 진료실에 들어온 이래 처음으로 나와 눈을 마주쳤다.

그냥 나쁜 소식을 전하려는 게 아니다.

생각지 못한 최악의 소식이다.

"제가 그 문진표에 쓰지 않은 내용이 있어요. 아마 글로 적는 것도 감당할 자신이 없었나 봐요…. 제 엄마와 저는 연락을 안 한 지 오래됐지만, 쉰이 되기 직전에 돌아가셨다는 사실은 알고 있어요. 몇 년 전에 오래된 친구가 연락해서 알려줬거든요."

난생처음 듣는 이야기다.

엄마가 말하는 내내 나는 어지러움을 느꼈다.

"엄마는 알츠하이머병 조기 발병으로 돌아가셨어요."

## 4. 루스

알고 보니 사라지는 방법은 아직 남아 있었다. 마음은 우리 자신을 스스로 지워나갈 수 있다.

집으로 돌아가는 길에 한 손으로 운전대를 잡은 캐서린은 다른 한 손으로 내 손을 꼭 쥐고 있다. 지금 캐서린이 어떤 표정을 짓고 있는지, 얼마나 턱에 힘을 주고 있는지 나는 보지 않고도 알 수 있다. 그리고 애써 눈물을 참고 있다는 것도.

'미안하다, 아가야.'

하지만 이 말을 입 밖으로 꺼내지는 않았다. 내 목소리를 듣는 순간 캐서린은 참고 있던 울음을 터뜨릴 것이 분명하므로 나는 그저 속으로만 겨우 사과했다.

그 대신 나는 다른 한 손으로 라디오를 켰다. 브리즈번에서 녹음한 어쿠스틱 버전으로 가장 좋은 「선더 로드Thunder Road」*가 흘러나왔다. 나는 숨을 길게 내쉬며 굳어 있던 몸이 서서히 풀리는 걸 느꼈다.

"도대체 어떤 사람이 스프링스틴을 싫어할 수 있을까?" 내가 물었다.

캐서린이 평소처럼 곧바로 대답하지 않아 나는 잠시 숨을 참았다.

"취향이 있는 사람이겠죠."

이번에 나는 매번 하는 농담인 '너를 입양해 오는 게 아니었는데'라는 말을 하지 않았다.

우리 둘 사이에는 서로를 웃고 울게 하는 얇은 선이 있는데, 그걸 괜히 잘못 건드려 캐서린을 울게 하고 싶지 않았기 때문이다.

캐서린은 고속도로로 진입해 집으로 향했다. 나는 잡고 있던 손을 한 번 꼭 쥐었다가 풀었다. 이제 캐서린은 양손으로 운전대를 잡아야 한다. 운전을 꽤 빠르게 하는 캐서린은 도로를 달리는

---

* 1975년 미국의 록 뮤지션 브루스 스프링스틴이 발표한 세 번째 스튜디오 앨범 『본 투 런Born to Run』의 수록곡 중 하나.

주변 차들도 자신처럼 빠르고 결단력이 있다고 믿어 내가 하는 잔소리는 귓등으로도 듣지 않는다. 심지어 운전 경력은 내가 훨씬 더 오래됐는데도 말이다.

나는 내 아이가 아마도 천사일 거라고 착각하는 그런 엄마는 아니다. 그렇다고 캐서린과 같은 딸을 키울 자격이 있다며 지금껏 무엇까지 했는지 가볍게 떠들어대는 그런 엄마도 아니다.

물론 나는 캐서린을 키울 자격이 있다. 캐서린을 키우기 위해 일생을 다 바치기도 했다.

내가 잘 못해서 그럴 수도 있지만, 캐서린은 요리를 제법 잘한다. 그리고 나보다도 훨씬 똑똑하다. 음악을 듣는 취향만 내가 조금 더 낫다.

캐서린은 성실하다. 내게서 물려받았다.

소리를 지르는 스타일은 아니다. 이건 내게서 물려받은 게 아니다.

키가 커 훤칠한 내 딸은 언제나 투지와 결심이 돋보이는 섬세한 이목구비로 우아함을 뽐낸다. 흡사 태어날 때 누가 지팡이로 마법을 부린 듯 자기 할머니에게서 물려받은 이마 선이 가운데서 뾰족하게 잡힌 풍성한 밀빛 머리카락을 갖고 있다. 또 자기 할아버지에게 받은 구릿빛 피부에 자기 아버지처럼 푸른 눈동자도 갖고 있다.

가끔 내 딸을 보면서 내가 낳았지만 어쩜 이렇게 아름다울까 하는 경외심에 빠지곤 한다. 그리고 만약 이 아이를 낳지 않았다면 내 인생이 어떻게 달라졌을지 궁금해지기도 한다.

차창을 조금 내리니 신선한 바람이 시원하게 얼굴을 쓸어 잠시 눈을 감았다.

아마 집에 도착하는 순간까지 아주 조용할 것이다. 캐서린은 안 좋은 소식을 들으면 언제나 아무 말도 하지 않기 때문이다. 습관이다. 듣고 싶지 않은 이야기를 들으면 반드시 자기 안으로 사라져 숨어버린다. 지금 한 차에 탄 채 가까이 앉아 있어서 캐서린이 오늘 아침에 어떤 샴푸를 사용했는지 알 수 있을 정도인데도, 도대체 이 아이가 무슨 생각을 하는지 모를 것 같을 때가 있다. 안 좋은 소식일수록 캐서린의 침묵은 더 오래간다.

나는 몇 번이고 부탁했다.

'할 말이 많잖니, 그중 몇 마디라도 해줄 수 없어?'

'지금 생각 중이에요, 엄마!'

어떨 때는 아이에게 제발 좀 조용히 하라고 부탁하면서도 정작 무슨 일인지 정말 듣고 싶을 때 아이는 마치 부모가 노크도 없이 화장실에 불쑥 들어간 것처럼 행동하니 정말 웃기지 않을 수 없다.

지금 우리 둘을 가르는 침묵은 그렇게 심각하지 않다. 그나마 좀 안심이 된다.

오늘 의사를 만나러 간 매 순간은 내가 예상한 만큼 끔찍했다. 캐서린의 눈빛이 산산조각 나는 걸 바라보는 건 언제나 적응이 되지 않기 때문이다. 그러나 이제 다 끝났고, 난 내가 뭘 원하고 원하지 않는지 정확하게 알고 있다.

나는 CT 촬영이나 허리 천자*와 같은 첸 박사와 캐서린이 의

논한 그 어떤 검사도 받지 않을 것이다.

다른 전문의를 만나지도 않을 것이다.

하던 대로 식당에서 웨이트리스로 일하고 지금 사는 아파트에서 캐서린과 살 것이다.

요즘에는 뭐라고 표현하는지 모르겠지만, 어쩌면 좀 이기적이거나 나만 생각하는 것처럼 보일 수도 있겠다. 하지만 내가 무엇보다 바라는 점은 캐서린이 볼티모어로 이사해 존스 홉킨스 병원에서 일하는 꿈을 이루는 걸 최대한 미루는 것이다.

내 딸은 내 곁에서 안전하게 머물러야 한다.


## 5. 캐서린

매일 엄마와 마주치지만 사실 엄마의 진짜 모습은 보지 못하고 있었다.

늘 정신이 산만한 편이었다고는 해도, 나는 평범한 건망증을 지나쳐 영원한 어둠 속으로 빠져들 때 엄마가 넘어선 그 경계선을 놓치고 말았다.

엄마가 무슨 암에 걸린 것도 아닌데도 과연 내가 나 자신을 용서할 수 있을지 잘 모르겠다. 일찍 알아차렸다고 해도 상황이 이렇게까지 되는 건 피할 수 없었을 것이다.

---

* 척추 아랫부분에 바늘을 꽂아 골수를 뽑아내는 것.

이런 생각은 전기가 흐르는 선처럼 살아 있어서 떨쳐내기가 어렵다. 그래서 차라리 보네빌*을 아파트 주차장 모퉁이의 하나 남은 자리에 딱 맞도록 주차하는 데 신경을 쓰기로 했다.

차에서 내린 나와 엄마는 무거운 옆문을 열어 아파트 로비로 들어갔다. 엘리베이터가 문을 활짝 열고 기다리고 있다니 사소한 기적과도 같은 일이다. 5층짜리 건물에 층마다 여덟 세대가 사는 우리 아파트에서 평소에 나는 엘리베이터를 타보겠다고 버튼을 누르지도 않기 때문이다.

엘리베이터를 타고 4층까지 올라가면서 나는 엄마를 새롭게 바라봤다. 내가 하는 일만 생각해도 엄마가 어떤 상황인지 두 눈으로 똑똑히 보고 알 수 있었으면서 어떻게 그런 조짐들을 놓쳤는지 알아내 보려고 애썼다.

엄마는 내가 요양원에서 돌본 몇몇 노인들처럼 신발을 짝짝이로 신거나 멍하니 눈을 깜박거리거나 비이성적으로 화를 내지 않는다.

오히려 수상한 점이 있다면 엄마가 너무 차분하다는 것이다. 그게 충격적일 수도 있겠다.

나는 엄마의 찡그린 미간과 도톰한 입술, 그리고 살짝 빛이 나는 피부를 살펴봤다.

"괜찮니?"

---

* 미국의 자동차 제조사인 제너럴 모터스의 과거 브랜드였던 폰티악에서 1957년부터 2005년까지 생산한 대형차.

갑자기 들린 목소리에 화들짝 놀랐다. 엄마는 엘리베이터 문을 잡은 채 내가 내리길 기다리고 있었다.

"미안해요."

다이아몬드 패턴 카펫 위로 발걸음을 옮겨 복도를 따라 406호까지 걸어갔다.

어릴 때 나는 열쇠 구멍 안으로 기다란 열쇠 앞부분을 딱 맞춰 넣는 걸 좋아했다. 이제 그 전율을 더는 느끼지 않지만 그래도 우리 집 전통은 그대로 남아 있다. 엄마는 아직도 열쇠 구멍에 열쇠를 넣는 일만큼은 나에게 시킨다.

내 과거에 대해 조금이라도 알고 있는 사람이 이 세상에 엄마 단 한 명이라는 생각을 하며 금속 열쇠를 넣어 이리저리 맞추다가 열쇠 통이 딸각거리는 소리를 들었다. 엄마는 우리 존재를 함께 만들어 가는 일종의 동료 같다. 주로 내가 장을 보고 엄마가 차에 기름을 채우고 청소는 나눠서 한다. 작년에 내가 진짜 사랑했던 이선과 헤어졌을 때, 엄마는 내 옆 소파에 앉아 〈더 오피스The Office〉 재방송을 보며 내가 끼니를 거르지 않도록 챙겨줬다. 한번은 위층 샤워실에서 물이 새는 바람에 우리 집이 흠뻑 젖었는데 빌어먹을 집주인이 호텔비도 대주지 않아 사흘 밤을 보네빌에서 자야 했는데 엄마가 앞좌석에, 내가 뒷좌석에서 잤다. 엄마와 내가 가장 좋아하는 저녁 메뉴는 피자 도우 대신 면으로 만든, 우리가 발명한 라자냐 피자다.

이제 우리가 함께한 삶을 기억하는 유일한 사람이 나 혼자가 될 날이 얼마나 남은 걸까?

울음이 목구멍까지 차올랐다. 새어 나오지 못하게 안간힘을 써야만 했다.

나는 좁은 복도 테이블에 가방을 내려놨고 엄마는 검은색 납작 구두를 벗어 일할 때 신는 스니커스 옆에 뒀다.

그 자리에 서서 엄마가 떠난 빈자리를 노려봤다. 첸 박사의 진료실에서 집까지 오는 내내 마음속에 싱크홀이 크게 뚫린 기분이었다. 얼마나 많은 신호에 걸렸는지, 창문에 빗방울이 얼마나 튀었는지, 아니면 차가 막히기는 했는지 기억이 나지 않았다.

엄마의 뇌 속에는 이미 얼마나 많은 싱크홀이 자리 잡고 있을까?

딱히 뭘 해야 할지 몰라서 거실로 들어가 정리를 시작했다. 셔닐* 담요를 접어 소파 등받이에 걸어두고 커피 테이블에 올려둔 내 물병을 치웠다.

가끔은 우리 아파트가 아늑하게 느껴진다. 우리는 벽을 칠하거나 액자라도 걸겠다고 못질을 해서도 안 되지만 엄마는 커맨드 스트립**을 사 와 밝은 그림들을 걸었다. 하나는 마티스의 그림이고 나머지는 내가 고등학교 미술 시간에 그려 온 것들이다. 우리는 초록 잎이 무성한 식물 세 가지도 창턱에 두고 엄마가 HGTV*** 채널에 빠져 있던 시절에는 색이 화려한 작은 베개들과 가장자리를 희게 칠한 커다란 거울을 중고 가게에서 사 오기도 했다.

---

* 실을 꼬아 부드럽게 만든 직물.
** 3M사에서 나온 행잉 스트립.
*** 미국 디스커버리 계열의 TV 채널로 각종 주거 생활 정보를 제공한다.

그러다 또 어떤 해는, 이 공간이 나를 조여오는 것 같다.

특히 최근 들어 더욱 집 안을 감싼 벽들이 나를 가두는 기분이 든다.

지금은 화요일 오전 10시 20분인데 부자연스러울 정도로 고요하다. 보통 이 시간이면 나도 엄마도 그렇듯 이웃 주민들은 대부분 출근하거나 등교했을 것이다.

엄마의 침실 문 앞에 서서 소리를 엿들었다.

아무 소리도 나지 않았다.

만약 엄마가 울고 있다면 베개에 얼굴을 파묻고 있을 것이다. 문을 두드리려고 손을 들어 올렸다가 다시 내렸다.

감히 엄마에게 괜찮을 거라는 말을 하지 못하겠다. 괜찮지 않을 것이기 때문이다.

방문이 스르르 열렸다. 나는 깜짝 놀라 뒷걸음질 쳤다.

엄마는 식당 유니폼으로 갈아입고 머리카락은 머리띠로 쓸어 올렸다.

"어디 가요?"

"버스 정류장에. 아직 근무시간이 반이나 남았잖니."

엄마가 내 옆을 지나쳐 현관으로 향했다.

"잠깐만요!"

엄마는 뒤를 돌아봤지만 내 눈은 피하며 말했다.

"내가 가방을 어디에 뒀지?"

일주일 전만 해도 엄마가 이런 말을 하는 게 전혀 아무렇지 않았다. 하지만 지금은, 마음이 아려온다.

"어떻게 아무렇지 않게 일하러 갈 수가 있어요? 우리 할 이야기가 있잖아요. 무슨 계획이라도 세워야죠."

"아가, 우리 이야기할 시간은 많아."

"아니, 없어요! 우린 이제 시간이 없다고요!" 내가 숨찬 목소리로 소리쳤다.

엄마는 잠시 두 눈을 감고 있다가 입을 뗐다.

"캐서린, 봐봐. 지금 상황이 힘들다는 거 엄마도 알아. 하지만 받아들이고, 계속 살아가야지. 난 이렇게 멈춰 서서 생각이나 하고 있을 수가 없어. 그러면 정말 정신을 잃을 것 같아. 알겠니?"

엄마는 다시 침실로 들어가 가방을 찾았다. 나는 터져 나오는 질문을 참지 못하고 계속 엄마를 따라다녔다.

"외할머니 이야기는 왜 안 해준 거예요?"

"왜냐하면 엄마는 우리를 전혀 신경 쓰지 않았으니까. 나도 이미 오래전에 관심을 끊었고."

현관으로 간 엄마는 한 손으로 벽을 짚고 중심을 잡으며 스니커스를 제대로 신었다.

"그래도 돌아가셨다는 소식은 말해줄 수 있었잖아요."

"캐서린, 다그치지 말아라."

나는 이미 이성을 잃었다.

"엄만 나에게 모든 걸 숨기고 있었던 거야! 첸 박사에게도 증상이 4개월 전부터 나타났다고 하고. 왜 나한텐 아무 말도 안 한 거예요? 우리라면…."

나는 말끝을 흐렸다.

엄마는 다른 쪽 신발도 마저 신고 말했다.

"바로 그거야. 우리라면 뭘 할 수 있었겠니?"

"약을 처방받을 수도 있고…."

엄마가 고개를 흔들었다.

"약이라고 다 듣는 게 아니야. 듣는다 한들 병이 진행되는 걸 멈출 수 없겠지. 증상 몇 가지는 뭐 나아지려나? 이 병은 고칠 수가 없어."

엄마는 내가 지난 몇 년간 해준 이야기를 다시 하고 있다. 간호학 교과서에서 읽거나 학교 강의 시간에 들은 내용이고, 직접 일을 하며 목격한 것들이다.

엄마는 빠르고 세게 나를 안았다. 그리고 집을 나섰다.

이제 뭘 해야 할지 모르겠다. 우리가 지켜오던 일상이 깨져버릴 거라 생각했다. 그래서 나는 상사에게 집에 급한 일이 생겼다며 며칠 휴가를 내려고 했다.

그런데 엄마는 어쩌면 저렇게 평소처럼 지낼 수 있지?

나는 얕은 숨을 너무 빠르게 쉬어서 혈압이 꽤 올라간 걸 느꼈다. 만약 돌보고 있는 환자의 수치라면 의사를 불러야 할 정도의 상황이다.

집 안을 둘러봤다. 무덤만큼이나 고요하다.

불현듯 미래의 삶이 머릿속에 상상으로 채워졌다. 가스레인지는 꺼져 있는지, 화장실 변기 물은 내렸는지 엄마에게 묻는 포스트잇 쪽지가 집 안 여기저기에 붙어 있다. 현관 데드볼트*는 항상 잠겨 있다. 소파에 널브러져 있는 엄마는 샤워하기를 거부하고 감지 않은 머리는 뻣뻣하고 더럽다.

아니면 더할 것이다. 이보다 훨씬 더 심할 수도 있다.

**분명 더 심해질** 것이다.

집 안을 감싼 벽들이 나를 향해 날아온다.

나는 현관으로 뛰어가 가방을 집어 들었다. 복도로 뛰쳐 나가 계단을 따라 내려갔다. 한 손으로는 계단 손잡이를 쓸며 네 칸씩 뛰어 내려가 로비 문을 열었다. 갑자기 비추는 밝은 햇빛에 눈을 가늘게 뜨고 주변을 살피다가 블록 중간쯤 내려가고 있는 엄마를 발견했다.

"기다려요!" 엄마를 향해 달리며 소리쳤다.

엄마가 뒤를 돌아봤다. 가까이 다가갈수록 엄마의 두 눈이 눈물로 반짝거리는 듯해 뛰는 걸 멈췄다. 엄마는 절대 울지 않기 때문이다.

엄마가 혼자 버스 정류장까지 가도록 둘 수가 없었다. 할 수 있는 만큼 최대한 엄마와 함께 있고 싶다. 비록 라디오를 크게 틀어놓은 채, 전부터 수없이 그래왔듯 낡은 보네빌에 단둘이 타고 달리는 일에 불과하더라도 말이다.

엄마가 더는 질문을 원하지 않는다는 걸 알고 있다. 그래서 지금 당장 이것까지만 물어보고 말겠다고 스스로 다짐하며 말했다.

"식당까지 태워다 줄까요?"

---

* 스프링 작용 없이 열쇠나 손잡이를 돌려야만 움직이는 걸쇠.

# 6. 루스

식당에 있는 내 사물함 안에는 초록색 스프링 공책이 한 권 들어 있다. 아주 오래돼서 한때는 빳빳했던 페이지 모서리들이 지금은 벨벳처럼 부드러워졌다.

공책 표지에 이름을 쓰는 빈칸이 하나 있다.

거기에 나는 내 이름 대신 캐서린 스털링이라고 써넣었다.

그리고 언젠가 나에게 무슨 일이 생기면 누군가는 반드시 이 공책을 발견할 수 있도록 해뒀다.

문제는 아직도 이 공책에 아무것도 쓰지 않았다는 것이다.

오래전 집을 떠난 순간부터 내 이야기를 기록하기 위해 이 공책을 항상 들고 다녔다. 하지만 매번 글을 쓰려고 하면 들고 있던 펜이 움직이지 않았다.

이제는 선택의 여지가 없다. 다만 내가 너무 늦어버린 건 아니길 바랄 뿐이다.

지금 식당 샘즈Sam's는 무척 조용하다. 식사를 끝낸 손님이 계산할 때 기계에서 삑 하는 전자음이 울렸고 손님이 문을 열고 나갈 때 종소리가 땡그랑 하고 울렸다. 요리사들은 주방에서 토마토를 썰고 양상추 잎을 뜯어 카드 게임 하듯 스테인리스 통에 차곡차곡 쌓아놓으며 곧 몰려올 손님들을 받기 위한 준비를 했다.

근무시간이 끝나서 계산서를 모두 정리했으나 아직 퇴근할 생각은 없다. 캐서린도 아직 퇴근 전이다. 무엇보다 그 애는 오늘 상사에게 볼티모어로 떠나지 않겠다고 보고한다고 했다. 내가 부탁할 필요도 없었다.

누군가 쳐다보는 눈빛을 느낀 나는 카운터 스툴에 걸터앉은 한 남자와 눈이 마주쳤다. 곧 양 볼이 축축해지는 걸 느꼈다. 눈물을 닦아내며 알레르기가 있다고 작게 말했다.

뒤로 돌아서서 주방 옆 복도를 따라 화장실을 지나 직원 휴게실로 들어갔다. 내 사물함 비밀번호는 캐서린이 태어난 날짜다. 나는 공책을 꺼내 의자에 푹 앉았다.

그간 딸에게 해줄 이야기를 수도 없이 머릿속으로 정리해 왔다. 얼마나 자주 내 과거 장면들을 떠올렸는지 이제는 마음속에 겹겹이 각인돼 버린 게 아닌가 싶다. 캐서린과 공유해야 할 세세한 과거 이야기들은 이제 거의 25년 전이 아닌 지난주에 일어난 일들처럼 느껴질 정도로 친근하다.

앞치마 주머니에서 펜을 꺼내 드디어 이야기를 쓰려고 하니, 마치 내가 기억 구름에 저장해 둔 단어들이 이제야 비가 돼 부드럽게 내릴 준비가 된 것 같았다. 그렇게 오랫동안 두려워했던 일이 받아쓰기처럼 간단한 일이 돼버렸다.


어디서부터 시작해야 할지 모르겠지만 아무래도 너의… 보자, 벌써 말이 꼬이는구나. 그가 네 아빠는 아니야. 아빠라면 어린 너의 기저귀도 갈아주고 자전거 타는 법도 알려주고 책도 읽어줘야지. 그 사람은 절대 그런 적이 없으니까.

제임스. 그 사람 이름은 제임스야.

내가 그를 처음 만난 건 막 11학년 학기가 시작된 8월이었어. 1년

중 가장 더운 때였지.

내 고등학교 시절에서 네가 알아야 할 가장 중요한 건 그곳이 브리트니라는 여왕벌이 주도하는 사회였다는 거야. 브리트니의 엄마는 학부모회 회장이었지.

그러니까 피는 못 속인다는 속담이 딱 맞았어.

브리트니와는 9학년까지 아주 친하게 지냈단다. 내 가슴이 먼저 부풀고 동창회 댄스파티에 내가 먼저 초대받기 전까지는 말이야. 브리트니는 그런 상황을 딱히 인정하지 않았는데, 나중에 알고 보니 그 집에서 있었던 슬립오버*에 나만 초대되지 않았더구나.

나도 크게 신경 쓰지는 않았어. 브리트니와 친구로 지낸다는 건 꽤 피곤한 일이었거든. 암묵적인 규칙 같은 것도 있고 말이야. 마돈나는 좋아해도 되지만 휘트니 휴스턴은 안 됐어. 점심시간에 학교 식당에서도 정해진 테이블에만 앉아야 했고. 왠지는 모르겠는데 운동복 상의를 뒤집어 입어야 했어. 어느 날 브리트니가 그렇게 입었는데 다음 날 반에 있던 여자애들 절반이 똑같이 따라 했지.

어쩌면 브리트니는 조용하게 날 쫓아낼 생각이었는지도 몰라. 그런데 그 애가 도저히 인정할 수 없는 다른 사건이 일어난 거지.

나는 학교 응원단에서 가장 춤을 잘 추는 학생이었어.

노래를 한 번 듣고 바로 피아노로 연주할 수 있는 그런 사람들 있잖니? 내가 춤을 보면 그랬어. 생각해 볼 것도 없이 몸이 알아서 한 번 본 모든 동작을 따라 하고 새로운 움직임까지 만들어냈으니까.

---

* 아이들이나 청소년들이 한집에 모여 함께 노는 밤샘 파티.

브리트니도 응원단에 있었다고 말했었나? 그 추종자들과 함께 말이야. 그리고 당연하게도, 브리트니의 엄마 데이비스 부인은 응원단의 학부모 연락 담당자였단다. 데이비스 부인은 응원단 대회에 출전하는 우리의 필드 트립을 위한 기부금 모금 등을 조직해서 준비하고, 연습이나 시합 때면 다른 구경꾼들 무리와 함께 관중석에 앉아 있곤 했지.

아주 맹렬하게 더웠던 8월 중순의 어느 오후였어. 하늘에는 구름 한 점 없었고 흐르는 땀 때문에 입고 있던 티셔츠가 맨몸에 붙을 정도였단다. 우리는 그 전해에 응원단원이었다 해도 매년 테스트를 봐야 했어. 그때 우리 코치였던 선생님이 출산 휴가를 가는 바람에 음악 담당이었던 프랭클린 선생님이 교장 선생님 지시로 임시 코치를 맡았거든. 별로 좋아하는 것 같지는 않았어.

여름 내내 나는 손을 짚지 않고 하는 옆 돌기를 혼자 연습했어. 그래서 테스트 때 보여줬지. 내가 동작에 성공하자 몇몇 여자애들이 손뼉을 쳤는데 순간 소리가 멈춘 거야. 꼭 그러면 안 됐는데 깜박하고 쳤다는 듯이 말이야.

테스트가 끝나고 나는 밝은 초록색 인조 잔디 끝에 던져둔 물병을 가지러 갔어. 목이 너무 말라 아플 정도였거든.

얼른 물을 마시고 싶어 뚜껑을 열고 머리를 뒤로 젖혔어.

아무것도 나오지 않는 거야.

나는 빈 물병을 떨어뜨리고 다른 친구들이 있는 곳으로 웃으며 걸어갔어.

브리트니가 만족스러워할 만한 반응은 절대 하지 않았어. 내 사물함에 립스틱으로 '더러운 년'이라고 쓰여 있었을 때도, 내가 마리화나를 판다고 소문이 나서 교장실에 불려 갔을 때도, 점심시간에 식당에서 브리트니가 모두에게 들으라는 듯 우리 엄마가 알코올의 존자라고 했을 때도 말이야.

어쨌든 그건 사실이었거든. 우리 엄마, 그러니까 네 외할머니는 보통 점심을 먹으며 마신 와인에 이미 거나하게 취해 있었어. 그래서 나는 열여섯 살 생일에 중고차를 선물받았지. 아버지는 술에 취한 엄마가 나나 내 남동생 티미를 태우고 운전하지 않길 바라셨거든. 그래서 내가 직접 운전해서 동생과 함께 학교에 다녔어.

아무튼 이 이야기는 나중에 다시 할게.

나는 같이 테스트를 본 여자애들 옆에 서 있었어. 타는 듯한 햇볕에 탈수가 와서 어지러운 상태였지. 코치가 대표 팀을 이어갈 친구들 이름을 부르고 있었어. 그저 형식적인 절차였지. 작년에 있던 언니들 다섯 명이 졸업해서 재학생들이 그 자리에 올라갈 거였거든. 대표 팀에는 총 열두 자리가 있었어.

코치가 친구들 이름을 부를 때마다 브리트니는 무슨 복권에라도 당첨된 듯 꺅꺅거리며 그 애들을 안아주더라고.

코치가 알파벳 순서대로 여덟 명을 불렀어. 그리고 곧 내 이름을 부를 거라고 예상했지.

그런데 내가 아닌 다른 친구 이름을 부르는 거야.

나는 앞으로 나서서 이의를 제기하려고 했어.

'반응하지 마.' 그때 내 마음이 명령했지.

따지기 직전에야 겨우 멈췄어. 어떻게 하나 한번 보자는 식으로 기다려 보기로 했거든. 만약 브리트니와 데이비스 부인과 프랭클린 코치가 나를 팀에서 내쫓으려고 한다면 나도 가만히 있지는 않을 거였으니까. 특히 프랭클린 코치는 데이비스 부인을 자꾸 힐끔거리는 게 홀딱 반한 게 틀림없었단다. 아무튼 내가 수적으로 불리했던 그 자리에서는 아무것도 할 수가 없었어.

코치가 열 번째 학생 이름을 불렀어. 옆에 서 있던 여자애가 고개를 돌려 나를 빤히 쳐다보더구나. 과연 그 아이가 순수했던 건지, 뭔가를 알고 그랬던 건지는 모르겠어. 그 아이도 계속 팀에 남아 있을 재학생이었고 그건 브리트니가 아직 발톱을 드러내지 않았다는 뜻인데, 그래도 나는 혹시나 해서 그 아이와 마주 보지 않고 무표정으로 일관했지.

이제 알파벳 순서 끝까지 거의 다 불렀어.

코치가 열한 번째 이름을 불렀는데 나는 아니었지.

브리트니가 더 크게 소리를 지르더구나.

내 양 볼은 태양과 상관없이 뜨겁게 타올랐어. 몇몇 여자애들이 쑥덕거리는 소리를 들었지만 가까이 있지 않아서 뭐라고 말하는지 알아듣지 못했어.

코치가 클립보드로 다리를 치면서 호명되지 않은 친구들은 후보로 남을 거라고 했어. 그러면서 대표 팀에 선발된 친구들을 제외하고는 모두 떠나도 좋다고 했지.

호명되지 못한 아이들이 물건을 챙겨 관중석 위로 올라가기 시작했어. 브리트니는 고개를 뒤로 젖히고 물을 마시면서 속눈썹 아래로 날 보고 있었어.

나는 갈 생각이 없었어. 코치가 나를 팀에서 내쫓으려면 나에게 직접 말해야 한다고 생각했지.

후보에서 대표 팀이 된 친구 한 명이 있었어. 안경을 쓴 그 아이는 자주 웃어서 꽤 착해 보였지. 그 아이가 코치에게 물었어. 왜 열한 명만 부르냐고 말이야.

코치는 깜짝 놀란 표정을 지으려고 애쓰더구나. 연기는 더럽게 못했지.

우왕좌왕하며 클립보드를 들고는 손가락으로 명단을 확인하는 척하더구나. 그러더니 열두 명 이름을 다시 부르더라고. 그땐 내 이름이 제대로 들어가 있었고.

이유가 뭐였든 간에, 어쩌면 브리트니나 데이비스 부인이 코치에게 나에 대한 거짓말을 했을 수도 있겠지만, 어쨌든 코치는 내 점수를 제대로 알려주지 않으려고 했어. 그 남자도 내 적이었던 거야.

그제야 긴장이 풀렸다고 말하기엔 그때 감정을 다 담아낼 수가 없구나. 난 그렇게 훌륭한 학생은 아니었거든. 난독증이 조금 있어서 책을 읽는 데 방해를 받았고, 연주할 수 있는 악기도 없었고, 체육 시간에 경기용 허들도 뛰어넘지 못했지. 그나마 응원단 활동을 해서 학교를 계속 다닐 수 있었단다.

그리고 그건 매일 오후에 집에서 나올 기회이기도 했어. 그러니까 점심에서 저녁 사이에 감정 기복이 너무나 심했던 엄마에게서 떨어질 수 있었다는 거지.

코치가 단원들 모두 피자 피아조에 가자고 했어. 브리트니의 엄마가 거하게 쏜다는 거야. 그때 데이비스 부인이 자리에서 일어서서 마치 미스 아메리카에 당선이라도 된 듯 손을 내젓더라고. 그리고 코치는 저녁 식사 시간에 올해 응원단장을 투표로 뽑을 거라고 했어.

난 그때 당장 학교 안으로 들어가 식수대에서 물이나 실컷 마시고 싶었어. 그렇지만 가방을 챙겨 다른 친구들을 따라 주차장으로 나갔지. 브리트니의 엄마가 자기 차에 여섯 명을 더 태워줄 수 있다고 했는데 내가 보기에 여덟 명은 탈 수 있었어. 코치도 자기 픽업 트럭에 다섯 명을 더 태울 수 있다고 했고.

다시 '11'이라는 마법의 숫자가 나타난 거야.

브리트니가 날 곤란하게 하려고 그랬다는 걸 확신했지만 전혀 신경 쓰지 않았어. 어차피 티미가 기다리고 있어서 피자집에 가기 전에 동생을 집에 데려다줘야 했거든.

난 가방 주머니에서 닷지 다트 키를 꺼내 차에 탔어. 그리고 중학교까지 800미터 정도를 운전했지. 티미는 학교 앞 계단에 앉아 만화책을 보고 있었어. 내가 경적을 울리자 티미는 환하게 웃으며 차에 탔어.

내 동생 티미는 그 어떤 것에도 불만을 표하지 않았어. 외모는 엄마를 더 닮았을지 모르지만, 속은 완전히 아버지를 빼닮았거든.

차에 타는 동생에게 학교는 어땠냐고 물었어. 들어보니 점심시간에 테이터 토츠*를 많이 받아서 하루 종일 기분이 좋았다고 하더

---

* 간 감자에 밀가루, 조미료를 넣고 섞어 작은 원통 모양으로 빚은 뒤 기름에 튀겨낸 감자튀김의 한 종류.

라고.

나는 그날 저녁에 나가야 한다고, 아버지가 금방 돌아오실 거라고 말했어. 동생 얼굴에서 미소가 사라졌지. 얼른 동생에게 아버지가 돌아오실 때까지 뒷마당에서 놀고 있으라고 했어. 동생은 그러겠다고, 아주 조용히 있겠다고 말했지.

룸 미러로 티미의 표정을 살폈어. 그 순간 티미는 그저 만화를 좋아하는 소년과 그보다 더 나이가 든 누군가 사이에 둥둥 떠 있는 듯한 표정이었어.

집에 도착한 우리는 집 앞 진입로에 아버지의 차가 서 있는 걸 봤어. 안도한 나는 숨을 내쉬고 주방 옆문으로 미끄러지듯 들어가는 티미에게 손짓했지.

벌써 20분이나 늦은 나는 차라리 피자집에 가지 말까도 생각했어. 그런데 내가 여기서 후퇴하는 모습을 보이면 브리트니에게만 좋은 일이라는 걸 이미 힘들게 배웠거든. 피자 피아조에 들어가니 기다란 직사각형 테이블에 여자애들이 프랭클린 코치와 그 오른편의 데이비스 부인과 함께 앉아 있었어. 브리트니는 중앙에 자리 잡고 앉아서 그 자리를 통치하듯 여기저기 참견하고 있더구나. 내가 다가가니 브리트니가 큰 소리로 웃었어. 자기 책가방과 핸드백을 빈 의자에 쌓아뒀더라고. 난 적어도 두 번 이상 치워달라고 해야 그것들을 치우리라는 걸 알았지.

난 너무 더웠고 피곤했고 아직도 너무 목이 말랐어. 그 자리에 앉아 가짜 웃음을 지으면서 브리트니와 데이비스 부인이 거짓으로 날조하는 이야기들을 참아내는 것만큼은 정말 하고 싶지 않았어.

갑자기 눈물이 차올랐지만 얼른 눈을 깜박여 눈물이 쏙 들어가게 했어. 그때였어. 낮고 부드러운 목소리가 내게 도움이 필요한지 물었어.

고개를 돌려보니 나보다 한두 살 정도 많아 보이는 남자애가 서 있었어. 아마 열아홉 살 정도 됐을까? 그 시기 「섹스, 거짓말, 그리고 비디오테이프」라는 영화를 본 적이 있는데 거기 나온 남자 주인공 제임스 스페이더랑 너무 닮은 거야. 우리 반 여자애들 대부분이 그 당시 제임스 밴더비크나 레오나르도 디카프리오에 빠져 있었는데 나는 제임스 스페이더를 더 좋아했거든.

그 남자애에게서 눈을 떼지 못하고 아마 입을 반쯤 벌렸을 거야.

그 애는 더 가까이 와서 좀 더 큰 목소리로 자기가 도울 게 없냐고 물었어.

캐서린, 그리고 그 애는 정말 그렇게 했단다.

그날 밤, 착한 눈을 가진 그 웨이터는 나를 도와준 것 이상으로 행동했어. 나를 구해줬단다.


## 7. 캐서린


선라이즈 시니어 리빙 요양원은 세 구역으로 나눠져 있다. 매일 지원 병동, 연장 치료 병동, 그리고 메모리 윙.

고등학교를 졸업하자마자 이곳에서 일하기 시작했을 때만 해도 나는 매일 지원 병동에 배정됐다. 이 병동을 찾는 환자들은 물론 보행 보조기를 사용하거나 옷을 갈아입는 걸 힘들어하는 사람들도 있지만 대부분 독립적이다. 그들은 큰 글자 책을 읽고 손주들과 페이스타임을 하기도 하며 칵테일 아워* 때 서로를 초대하기도 한다. 그중 몇 명은 아직 운전을 하기도 하는데, 나는 그러지 못하는 환자들을 선라이즈 셔틀 밴에 태워 주변 쇼핑몰에 데려다주곤 했다. 그러면 환자들은 각자 쇼핑하거나 점심을 먹었다.

일에 익숙해지고 곧 간호 학위도 딸 수 있게 되자, 나는 그다음 구역인 연장 치료 병동으로 옮겼다. 이곳에서 지내는 환자들은 침대 안팎을 이동할 때 도움이 필요하고 약물 치료도 관리받아야 한다. 배우자나 친구들을 잃은 사람이 대부분이다. 그들이 지내는 세상은 냉혹하게 오그라들고 있다. 내가 당뇨 환자의 영양식을 가져다주거나 커튼을 닫으러 병실에 들어가기만 해도 환자들은 환한 표정으로 나를 맞이해 주곤 했다.

이제 내가 메모리 윙에서 일한 지 1년 정도 돼간다.

여기는 완전히 다른 세계다.

엄마를 샘즈 식당에 데려다주고 선라이즈에 도착한 나는 뒷자리에 둔 가방을 챙겼다. 그 안에는 양말 두 켤레와 하나가 빠진 계량컵 세트, 상하의를 입힌 아기 인형, 그리고 최근에 친선 달리기에서 받은 드뷔시 피아노 연주 모음곡이 든 새 CD가 들어 있다.

나는 로비를 지나 접수 데스크 직원에게 인사하고 사원증을 컴퓨터에 찍어 출근 시간을 기록했다. 그다음 곧장 메인 층에 있

---

* 저녁 식사 직전, 또는 오후 4시에서 6시 사이를 말한다.

는 직원 탈의실로 가서 여분 간호복으로 갈아입었다. 아무도 없는 탈의실에 딸린 작은 주방 조리대 위에 바나나 빵 한 덩이와 '감사합니다'라고 파란색으로 적힌 카드가 놓여 있었다.

오늘 나는 커피 한 잔을 겨우 마셨다. 엄마와 의사를 만나러 가기 전까지 고형 식품을 먹기엔 속이 불편했기 때문이다. 지금도 배가 고프지는 않지만 빵을 싼 랩을 뜯어 한 조각을 잘랐다. 일을 하려면 에너지가 필요할 것이다.

카드는 요양원에서 지내는 환자의 딸이 보내온 것으로 자기 아버지를 돌봐주는 데 대한 감사 인사였다.

맛을 거의 느끼지 못한 채 빵을 다 먹고 남은 건 다시 랩으로 싸뒀다. 이제 뭐부터 해야 하나 생각하던 와중에 상사 틴이 이마에 아이스 팩을 댄 채 문을 열고 들어왔다.

"어머, 괜찮아요?"

"살짝 부딪혔어요." 틴이 얼음을 떼며 물었다. "지금 어때 보여요?"

나는 매끄러운 틴의 피부를 살펴봤다.

"제가 보기에 붓지는 않은 것 같아요. 무슨 일이에요?"

틴은 찬장에서 애드빌 진통제 한 병을 찾아 두 알을 꺼내 삼켰다.

"백스터 씨가 문 앞에 튀어나와서 막으려다 머리를 부딪혔어요. 괜찮아요. 앉아서 쉬면 될 거예요. 점심시간 지금 쓰려고요."

주방 중앙에 놓인 둥근 테이블 의자에 앉는 틴에게 물 한 잔을 가져다줬다. 오늘 일찍 출근한 이유는 틴을 만나기 위해서였지만 급할 건 없다.

내가 무슨 말을 하기도 전에 틴이 물었다.

"오늘 더 늦게 나와도 되는 거 아니에요?"

"맞아요⋯. 사실 할 이야기가 있어서요."

내 목소리에서 뭔가를 감지한 틴은 표정을 풀고 옆에 앉으라며 손짓했다.

"벌써 말씀드린 건 알지만⋯ 없던 일로 할 수 있을까 해서요. 여기서 좀 더 일해야 할 것 같아요."

틴은 내가 볼티모어로 이사 간다는 걸 이미 알고 있었다. 5개월 전 이직을 준비할 때 틴에게 추천서를 부탁했다. 생각보다 빨리 존스 홉킨스 병원에서 제안이 왔고 엄마 다음으로 틴에게 그 사실을 이야기했다. 내가 새로운 도시로 이사해 나만의 새로운 삶을 시작하게 돼 무척 들떠 있던 걸 틴은 알고 있었다.

다행히도 틴은 그런 이야기는 언급하지 않았다. 대신 빛나는 검은 머리칼을 귀 뒤로 넘기며 물었다.

"얼마나 더 일하면 좋겠어요?"

"몇 년이요. 학교는 졸업했으니까, 추가 근무시간을 받을 수 있으면 좋겠어요."

엄마는 아무 생각 없을 수도 있겠지만, 둘 중 하나는 계획을 세워야 한다. 그래서 할 수 있는 한 일을 더 하고 싶다. 엄마가 기억력이 약해지고 손이 많이 갈 걸 생각하면 최대한 일을 많이 해야 한다. 엄마가 웨이트리스로 벌어오는 수입이 없다면 우리는 그 어느 때보다 빠듯하게 살아갈 테니까.

엄마가 언제까지 샘즈에서 일할 수 있을지 모르겠다. 샘즈의 주인은 홀로 모든 걸 처리할 수 있는 성실한 엄마에게 과하게 일을 시키지는 않겠지만, 엄마가 아침 식사 주문을 넣는 걸 잊거나 계산서에 추가해야 할 것들을 놓치기 시작하면 별로 좋아하지 않을 것이다.

우리는 할 수 있을 때 저축을 많이 해둬야 한다.

"캐서린, 괜찮아요? 다 너무 갑작스러워서요. 열흘 후면 이사 갈 거 아니었나요?"

나는 다시 틴에게 집중했다.

"맞아요. 엄마가… 엄마가 아프셔서요."

"아, 이런. 미안해요."

틴은 내가 더 이야기를 해주길 바랐지만 나는 할 수가 없었다.

결국 틴이 먼저 입을 열었다.

"원하는 만큼 계속 일해요. 다음 달부터는 전일제로 넣어줄 수 있어요."

나는 감사한 마음이 전해지도록 힘차게 고개를 끄덕이고는 일어서서 조리대에 떨어진 빵 부스러기를 쓸어냈다.

틴은 내가 세상에서 가장 존경하는 사람 중 한 명이다. 나보다 고작 다섯 살 많을 뿐인데 석사 학위가 두 개나 있고 10여 명이 넘는 간호사와 보조사, 자원봉사자 들을 아우른다. 흥분한 가족들을 다룬 경험이 아주 많고 메모리 윙에서도 가장 힘든 일들을 처리한다.

만약 엄마가 겪고 있는 일을 누군가에게 말해야 한다면 그건 틴일 것이다.

하지만 지금은 그럴 수 없다.

엄마가 어떤 모습으로 변할지 생각만 해도 너무 압도돼 그저 짧은 순간순간으로만 이해할 수 있을 뿐 아니라, 마치 그 모든 게 파도처럼 몰려와 내가 보고 듣고 숨 쉬는 능력이 일시적으로 끊어질 것 같기 때문이다.

다른 이유도 있다. 틴은 그 고칠 수 없는 질병이 외할머니에게서 엄마로 한 세대에 걸쳐 전해졌을지 모르며, 어쩌면 나도 그렇게 될 수 있다는 사실을 나처럼 즉시 알아차릴 것이다.


틴이 오늘 근무를 일찍 시작해도 좋다고 또 다른 친절을 베풀어 줘서 나는 가방에 잡동사니를 챙겨 엘리베이터를 타러 나갔다.

방문자나 직원들 대부분 1층과 4층 사이에서 내리는데 내가 가는 곳은 5층이다.

엘리베이터는 누구든 5층에 내려줄 수 있지만, 내리고 나면 몇 걸음 안 가서 키패드에 비밀번호를 입력해야 열 수 있는 굳게 잠긴 문 앞에 다다르게 된다. 문 위에 설치된 CCTV는 빨간불을 깜박거리지도 않고 문 앞에 온 사람을 지켜볼 것이다.

밖에서 보면 이 출입구는 확연히 눈에 띈다. 베이지 색 문에 그와는 대조적인 은색 손잡이가 보이기 때문이다.

하지만 안에서 보면, 얘기는 달라진다.

비밀번호를 입력하고 잠금장치가 열리기를 기다렸다. 딸가닥거리는 소리가 들리자 문을 몇 센티미터 정도 살짝 밀면서 열어 반대편에 아무도 없는 걸 확인한 후 안으로 들어가 등 뒤로 문을 닫았다.

그렇게 나는 메모리 윙으로 들어갔다.

문이 달린 이 벽은 파란 칠이 돼 있는데 문과 손잡이, 경첩까지 모두 똑같은 색으로 칠해져 있다. 이 문으로 나갈 수 있다는 그 어떤 신호도 없다. 키패드가 있지만 역시 파란 칠이 돼 있다. 패드의 숫자들은 몇 개가 거꾸로 배치된 상태에서 마구 섞여 있다.

정확히 어디에 출입문이 있는지 모르고 섞여 있는 숫자들로 비밀번호를 누를 수 없다면 사실상 이 층에서 나갈 수 없다. 정확히 그런 목적으로 설계됐기 때문이다.

짧은 복도를 지나는데 한 여자가 부르는 소리가 들렸다.

"누구 벨보이 좀 불러줄래요?"

나는 모퉁이를 돌아 데니슨 부인과 마주했다. 부인은 금색과 검은색이 섞인 양단 재킷에 잘 늘어나는 슬랙스를 입고 있다. 딸이 격주로 미용실에 데려가 우아한 은발 단발머리로 자르는 부인은 나를 보더니 환하게 웃었다.

"아가씨, 나 좀 도와줄래요? 내 짐을 내려줄 벨보이를 찾고 있어요."

"아, 체크아웃하시려면 한 시간은 기다리셔야 해요. 제가 응접실로 모실게요. 거기서 무료 음료를 마시고 스낵을 드실 수 있어요."

"좋은 생각이네요. 가서 남편에게 알려줘야겠어요."

데니슨 부인은 내게 팔꿈치를 맡기고 공동 휴게실로 이끌도록 허락했다.

"프랭크랑 나는 이곳에서 아주 잘 지냈어요. 정말 멋지더군요."

"그러셨다니 다행이네요."

데니슨 부인이 두리번거리며 물었다.

"프랭크는 어디 갔죠?"

부인이 처음 메모리 윙에 와 남편이 어디 있는지 물었을 때, 나는 부인의 딸이 프랭크는 6개월 전에 먼저 세상을 떠났다고 설명하는 걸 봤다. 짜증 나고 지친 딸의 표정만 봐도 이 대화를 수도 없이 해왔다는 걸 짐작할 수 있었다.

반면에 데니슨 부인은 매번 처음 듣는 이야기임이 분명했다.

"어머, 안 돼!" 부인의 표정이 일그러졌다.

"프랭크에게 무슨 일이 일어난 거니?"

완전히 이성을 잃은 부인이 신음하며 온몸을 부르르 떨었다. 그러다가 곧 그 짧은 기억력으로 자신을 스스로 깨끗이 지워버리더니 다시 시작했다. "프랭크는 어디 있니?"

환자를 돌보면서 목격한 가장 훌륭한 순간 중 하나는 틴이 들어와 데니슨 부인의 딸에게 차라리 부인이 프랭크가 살아 있다고 믿게 하는 게 낫다고 말했을 때였다.

"하지만 엄마는 거짓말을 아주 싫어하시는데요!" 데니슨 부인의 딸이 따졌다.

"엄마는 제 평생 언제나 진실만을 말하라고 했다고요!"

그러나 틴은 자신의 뜻을 고수했고 지금 데니슨 부인은 사랑하는 남편 프랭크가 그저 방 너머에 있을 뿐이라고 믿는다.

데니슨 부인은 미술 수업을 듣거나 정원에서 산책하거나 음악을 들으며 남편과 함께할 시간을 기다린다. 밤에 자려고 침대에 누우면 남편이 잠시 화장실에 갔다고 생각한다.

부인의 손상된 뇌가 남편 프랭크를 홀로그램처럼 만들어 주변을 항상 맴돌게 하는 게 조금은 은혜를 베푸는 것처럼 보인다. 알츠하이머병은 데니슨 부인에게서 이미 너무 많은 걸 빼앗았고 아직도 빼앗고 있다. 정말 게걸스럽고 사악한 질병이 아닐 수 없다. 어찌나 교활한지 1년에 해당 연구에만 30억 달러가 넘는 비용이 투입되는데도 여태껏 증상이 발현되는 걸 늦추는 방법을 찾아내지 못했다.

간호학 수업에서 나는 그 병의 잔해가 남긴 경로를 추적하는 법을 배웠다. 일반적으로는 기억을 담당하는 중앙 처리 기관인 해마에 먼저 영향을 끼친다. 이어서 촉수를 계속 뻗치며 감정과 움직임을 지배하는 복잡하고 미세한 부분들과 포크를 사용하는 행동 같은 간단한 일을 수행하는 능력을 파괴한다.

부검을 해보면 알츠하이머병에 걸린 뇌 조직은 언뜻 괴물이 손을 넣어 마구잡이로 휘저어 놓은 듯해 보기만 해도 혼란스럽다.

데니슨 부인을 공동 휴게실로 데려가 창가 옆 부드러운 의자에 앉히고 따뜻한 차 한 잔을 옆에 뒀다. 이 층에 있는 모든 식수대에서 나오는 물은 온도가 절대 43도를 넘어가지 않게 설정돼 있다. 나는 무릎 위에 플라스틱 바구니를 놓은 채 앉아 있는 그레이 씨에게 걸어갔다.

"빨래할 옷이 너무 많아요." 그레이 씨가 웅얼거렸다.

그레이 씨는 하루에도 몇 번씩 불안감이 커지는데, 그럴 때면 우리가 양말 바구니를 갖다준다. 양말 짝을 맞추는 일이 모든 환자에게 도움이 되는 건 아니지만, 그레이 씨가 작업에 집중하는 데는 꽤 효과가 있다.

그레이 씨는 요양원에 들어오기 전 라돈 사용을 전문으로 하는 전기기술자였다. 언젠가 그레이 씨의 아들이 지구에서 우주로 보내는 모든 것들에 아버지의 지문이 묻어 있을 거라고 말해준 적이 있다.

나는 그레이 씨를 바라봤다. 혀를 입 한쪽에 살짝 걸쳐놓은 채 분홍색과 파란색 줄무늬 양말을 한 짝씩 손에 들고 반대 짝을 찾고 있다. 집중할 때면 나타나는 모습이다. 곧 내가 가져온 물건들을 꺼냈다. 계량컵 세트를 잡동사니 바구니에 넣고 장난감 유아차에 타고 있는 플라스틱 인형은 멀리 구석에 뒀다.

드뷔시 CD는 어둠이 찾아올 때, 그러니까 해가 질 때까지 내가 가지고 있을 생각이다.

잠시 문 앞에 서서 눈앞에 보이는 장면을 새롭게 응시했다. 이 방에 있는 환자들은 그래도 얌전한 편이다. 아무도 소리치며 욕설을 퍼붓거나 내 몸을 더듬거나 때리려고 하지 않는다.

한 질병이 환자에게 어떻게 어느 정도로 나타날지 예측하기란 쉽지 않다. 그러니 엄마가 어느 병동에 속하게 될지는 아무도 모른다.

갑자기 속이 뒤틀려 가장 가까운 화장실로 달려가 간신히 칸 안에 들어간 나는 무릎을 꿇고 바나나 빵을 게워 냈다.

겨우 일어서서 떨리는 두 다리로 세면대를 향해 걸어갔다. 입 안을 물로 헹구고 손을 씻으면서 모든 환자들의 얼굴이 엄마와 겹쳐지는 남은 하루 동안 어떻게 일할 수 있을지 고민했다.

엄마가 전일제로 보호를 받아야 한다면 나는 선라이즈만큼 괜찮은 요양원을 감당할 수 없을 것이다. 우선 이곳은 1년에 10만 달러가 넘게 든다. 기본 건강보험으로 갈 수 있는 시설에서는 어떤 일이 일어나는지 들은 적이 있다. 그들은 환자들을 때리기도 하고 약 주는 일을 잊기도 하며 침대 안에서 썩도록 내버려 둘 수도 있다고 했다.

엄마는 평생 나를 위해 헌신했는데 내가 어떻게 엄마를 그렇게 대할 수 있을까? 내가 이선과 사귀기 전까지 우리는 단 하룻밤도 떨어져 지낸 적이 없었다. 엄마는 학교에서 일박으로 가는 여행이나 고등학교를 졸업하고 반 아이들 대부분이 다녀온 저지 쇼어 여행도 못 가게 했다. 하지만 난 이해했다. 우리에게 쇼핑은 중고 가게에 가는 걸 의미하고 엄마가 받은 팁이 부족하다는 건 식당에서 싸 온 남은 음식이 그날 저녁 메뉴라는 걸 의미했으므로 그 관점을 유지하기란 어렵지 않았다. 내가 전일제로 일하기 전까지 우리는 휴대전화는 고사하고 집에 유선전화를 설치할 돈도 없었다.

그렇게 함께 보낸 세월은 나와 엄마 사이에 엄청난 유대감을 형성했다.

내가 태어나 처음 말한 단어는 '마마'였다. 엄마는 내가 캐릭터 바니를 사랑하고 케첩만 발라져 있으면 이것저것 잘 먹으며 아장아장 걷기 시작한 때부터, 기분 변화가 심하고 눈에는 검정 아이라이너를 그린 채 펑크록 음악에 빠져 있던 9학년 때까지 내가 어떤 주문을 걸었는지 알고 있다. 우리는 서로의 비상 연락망을 채울 수 있는 유일한 존재다.

그런 엄마를 잃을 수는 없다. 그렇다고 이미 외할머니에게서 물려받은 이 질병을 이길 수도 없다. 나는 대형 트레일러트럭이 달리는 길 위에 서 있는 한 마리 개미일 뿐이다.

눈앞이 빙빙 돈다. 어지러움이 나를 완전히 에워싸고, 다리의 떨림이 온몸으로 퍼진다.

두 눈을 감은 나는 차고 단단한 세면대 가장자리를 붙잡았다. 심연에 빠져버린 정신을 꺼내기 위해 안간힘을 썼다.

나는 엄마를 지킬 수 없다. 그러니 집에서 돌볼 수 있는 방법을 찾아야 한다. 엄마도 그게 더 편안할 것이다. 결국 나는 내가 일하러 나가 있는 동안 집에서 엄마를 돌볼 누군가를 찾아야만 한다. 하지만 돈을 받지 않고 엄마를 돌봐줄 사람은 가족뿐인데, 우리에겐 아무도 없다.

그때 반짝이는 생각 하나가 떠올랐다. 상황을 고치거나 바꿀 순 없지만 시간을 더 벌 수 있는 희망이란 게 희미한 약속처럼 떠올라 나를 붙들었다.

엄마가 알게 되면 아마 그만두라고 하겠지. 그러니 엄마에게는 말하지 않을 것이다. 엄마도 알츠하이머병 조기 발병으로 돌아가신 외할머니 이야기나 증상이 이미 4개월 전부터 시작됐다는 사실을 내게 숨겼으니, 나도 이 정도는 해도 된다.

외할아버지나 외삼촌, 그리고 엄마의 친구들을 찾아낼 것이다. 내게는 그저 정자 제공자 그 이상도 이하도 아닌 엄마의 전 남자 친구까지. 전에 몇 번 엄마에게 과거 이야기를 자세히 물어본 적이 있는데 엄마는 항상 슬퍼하거나 화를 내며 그 이야기를 피해 왔다. 하지만 지금은 상황이 다르다.

그들 모두 엄마를 삶에서 지웠다고 하지만 그건 25년 전 이야기다. 사람들은 변한다. 어쩌면 외할아버지도 외할머니가 돌아가신 뒤로 마음이 약해졌을 수도 있다.

승산이 없을 수도 있다. 그래도 외할아버지라면 이제 사과하고 화해하고 싶을지도 모른다. 어쩌면 내가 일하러 간 사이 엄마를 돌봐줄 수 있는 누군가를 고용해 줄 수도 있을 것이다. 어쩌면 직접 엄마를 돌보고 싶다고 할 수도 있다.

물론 안 그럴 가능성이 더 크다.

하지만 이게 내가 가진 마지막 패다.

## 8. 루스

___

항상 마음속으로 되뇌는 오래된 속담 하나가 있다.

'눈은 마음의 창문이다.'

누구는 윌리엄 셰익스피어가 쓴 문장이라고 하고, 누구는 성경에서, 또 다른 누군가는 16세기 프랑스 시에서 따왔다고 한다. 나는 이 문장을 캐서린이 고등학교 때 쓴 영어 숙제에서 처음 알았다.

그런데 캐서린은 그 숙제에서 가장 중요한 부분을 빼먹었다. 누가 처음으로 말했든 그건 틀린 말이다.

눈은 그 사람의 영혼을 전혀 비추지 않을 때도 있다.

누군가의 영혼을 비추는 진짜 창문은 오직 그 영혼 안에서만 찾을 수 있다는 게 내 지론이다.

그건 어떤 작은 목소리, 따끔거리는 느낌, 육감 같은 것이다. 또 내 생각에 그건 사람 안의 진정한 북쪽을 가리키는 나침반이다. 가끔 그 나침반 화살은 육체적인 끌림이나 알코올에 의해 다른 곳을 가리킬 수도 있다. 특히 아직 10대라면 친구가 하는 말에 따라 움직일 수도 있다. 그런데도 우리는 그걸 잘못 읽었다고 스스로를 이해시키려고 한다.

나침반은 우리를 이끌려고 노력하지만, 우리가 따라가게 할 수는 없다.

캐서린은 제임스의 두 눈을 똑 닮았다.

원형과 타원형의 중간 모양으로, 내가 가장 좋아하는 낡은 청바지 색이다. 온화하면서도 평온한 눈빛이다.

그렇다고 나는 그 두 눈이 캐서린의 모든 면을 보여준다고 생각한 적은 단 한 번도 없다.

캐서린이 졸릴 때면 하는 행동이 있다. 먼저 두 발을 마사지하듯 비벼댄다. 그 행동이 느려지면서 눈꺼풀이 내려오고 잠에 드는 순간 두 발도 멈춘다.

제임스도 정확히 똑같은 행동을 하곤 했다.

그걸 두 살인가 세 살 무렵 캐서린에게서 처음 발견했을 때, 나는 목구멍이 부어오르는 것 같아 그 순간을 벗어나기 위해 잠시 화장실에 가는 척을 해야 했다.

실제로 단 한 번도 보지 못한 아이에게 습관을 물려줄 수 있다는 걸 미처 몰랐다.

그리고 궁금해졌다. '캐서린은 제임스에게서 또 무엇을 물려받았을까?'

캐서린에게 우리 가족이나 제임스에 관한 거짓 이야기를 수년에 걸쳐 들려주는 건 어렵지 않았지만 그래도 거짓말을 한다는 건 마음에 걸리는 일이었다.

그래서 나는 캐서린이 하는 질문을 참고 견디며 확고하게 움직이지 않았다. 그 어떤 질문도 들어오지 못하도록 거부했다.

만약 이게 내가 할 수 있는 마지막 행동이라면, 나는 계속해서 캐서린과 무서운 내 과거를 떨어뜨려 놓을 생각이다.

버스가 도착해 유리 벽이 세워진 정류장 벤치에서 일어섰다. 퇴근하면 늘 그렇듯 다리가 아팠고 조금 부은 것 같기도 했다. 문이 밖으로 열리는 버스에 올라탄 나는 교통카드를 갖다 댔다.

오늘 저녁에 뭘 할지 생각했다. 샤워하고 옷을 갈아입으면 간단히 저녁을 만들어 오븐에 넣을 것이다. 냉장고 안에는 미켈롭 맥주가 여섯 병 있지만 나는 한 병 이상 마시지 않을 것이다. 쓸데없는 말을 하지 않도록 맨정신을 유지해야 하기 때문이다.

지금 캐서린이 무슨 생각을 하는지 정확히 알고 있다.

나와 캐서린은 돈을 한데 모아 쓰기 때문에 아마존 계정을 함게 사용한다. 다만 계정은 내가 만들어서 내 이름으로 돼 있다.

몇 분 전에 새로운 주문을 확인하는 이메일을 하나 받았다. 보통은 캐서린이 양말이나 펜을 샀다고 생각하고 넘어간다.

그런데 보통 상황이 아니었다.

휴대전화로 아마존에 로그인한 나는 당당하게 최근 주문 목록을 확인했다. 곧바로 캐서린이 구매한 물건이 떴다.

딸아이는 저렴하고 얇은 표지 대신 좀 더 비싸고 두꺼운 표지를 두른 일기장을 구매했다. 제목은 《엄마 이야기를 들려줘요》였다.

가계도 나무도 그려져 있어 각각 이름만 채워넣으면 됐다.

페이지마다 표제가 붙어 있고 '내 세부 정보와 타임캡슐'에는 태어난 장소와 생시, 나이, 그리고 이름 전체를 쓰게 돼 있었다.

인생 전반을 다루는 질문이 200개가 넘었다.

그동안 정말 위험한 상황들을 요리조리 피해왔지만 이번엔 어떻게 빠져나갈지 알 수 없었다.

생각에 너무 몰두한 나머지 내려야 할 정류장을 놓칠 뻔했다.

버스에서 내려서 블록을 따라 집을 향해 걸었다. 캐서린이 마법사 모자처럼 생겼다고 한 가게를 지나쳤다.

복권부터 마라스키노 체리* 병과 유기농 아몬드 우유까지 손님들이 원하는 모든 걸 갖춘 작은 가게는 무척 붐볐다.

주인이 가게 앞 통로를 바스락거리며 쓸고 있었다.

"안녕하세요!" 그가 인사했다.

---

* 착색 시럽에 절여 단맛과 색을 더한 체리.

나는 답하지 않았다. 입안이 바짝 말랐다.

똑―딱, 똑―딱, 빗자루가 속삭였다.

급하게 거리를 걸어 내려왔는데도 똑딱거리는 소리가 유령처럼 쫓아왔다. 속이 뒤틀리는 소리다. 아무리 바쁘게 지내거나 아무리 힘들게 살아도 시간이 흐르고 있다는 사실에서 벗어날 수가 없다.


# 9. 캐서린

그러니까 내가 아는 엄마의 과거는 이렇다.

루스 메리 스털링은 마흔두 해 전 8월 2일에 태어나 워싱턴 D.C.에서 멀지 않은 버지니아 외곽에서 자랐다. 성경에서 따온 이름과 가운데 이름만 봐도 알 수 있듯이 부모님은 신앙심이 무척 깊었다. 그런 가정에서 쫓겨난 엄마는 펜실베이니아로 떠났다. 버스로 쉽게 갈 수 있기도 했고, 언젠가 학교 현장학습으로 자유의 종을 보러 간 적이 있는데 꽤 마음에 들었기 때문이다.

그리고 열여덟 살에 나를 낳았다.

내 정자 기증자이기도 한, 엄마가 유일하게 사랑했던 남자는 엄마의 마음을 산산이 부숴버렸다.

엄마에 대한 정보가 너무 제한적이고 부족해서 믿기가 어렵다.

몇 번을 물어봤는데도 엄마는 외조부모님 이야기는 단 한 번도 해준 적이 없다. 집에서 내쳐졌을 때 사진 한 장 챙겨 오지 못했다고 했다. 살던 집이 어딘지 정확히 알려준 적도 없고, 그 외 친척이나 사촌은 누가 있는지, 또 가족이 다녔던 교회 이름조차도 알려주지 않았다.

그동안 엄마가 마음 하나 터놓도록 하지 못했다니 믿을 수가 없다.

지금까지 그 정도로 신경을 쓰지 않았다는 것도 마찬가지다.

하지만 어쩌면 그건 내 잘못이 아닐 수도 있다. 엄마는 한 성격 한다. 물론 아주 가끔이지만 그 성질머리는 한번 나오면 거의 예고 없이 몰려오는 쓰나미와 다를 바 없다.

몇 번이고 엄마를 몰아붙여 봤지만, 그때마다 엄마의 화만 치밀어 오를 뿐이었다. 나는 웬만하면 그 화가 폭발하기 전에 그만뒀다.

끝까지 이기겠다고 버티다가는 어떻게 되는지 어릴 때 이미 배웠다. 언젠가 길가에서 반항하던 나에게 엄마가 소리를 지르며 팔을 멍들게 했던 게 아직도 기억난다.

지금 나는 기우뚱한 다리 아래 인덱스카드를 받쳐 높이를 맞춘 식탁에서 매콤한 토마토소스와 구워진 라자냐 냄새를 맛있게 들이마시며 엄마와 마주 보고 앉아 있다.

엄마는 내가 틴과 만나고 집에 들어올 때부터 틀어져 있던 음악을 저녁 식사 시간까지도 끄지 않았다. 빠르고 활기찬 대중가요가 우리 사이의 적막을 채우는 바람에 나는 자연스럽게 대화할 기회를 놓쳤다.

마치 내가 무슨 이야기를 꺼낼지 알고 미리 선수를 치려는 것 같았다.

"조금 피곤하구나."

엄마가 두 팔을 머리 위로 뻗었다.

"오늘은 일찍 들어가 자야겠어."

오늘 저녁 내 목표는 몰랐던 엄마의 과거 이야기를 하나라도 꺼내는 거였다. 아주 작은 거라도.

나는 칼을 들어 치즈를 겹겹이 쌓은 따뜻한 라자냐 피자의 두 번째 조각을 잘라 내 앞에 놓았다.

"더 드려요?" 엄마에게 물었다.

엄마가 고개를 흔들었다.

나는 꽤 신중하게 접근하기로 했다. 엄마가 어린 시절 주위를 빙 둘러 단단하게 세운 벽을 처음부터 뚫으려고 하기보단 오히려 10대 때 어땠는지를 물어보는 식이었다.

마침 엄마가 틀어놓은 플레이리스트의 다음 노래가 내가 찾고 있던 영감을 불어넣어 줬다. 백스트리트 보이스가 부른 「에브리 바디Everybody」였다. 90년대에 크게 유행했던 노래이니 아마 엄마가 고등학교에 다닐 때도 인기가 많았을 것이다.

나와 엄마는 음악 듣는 취향이 영 다르다. 고등학교 때 엄마와 타고 있는 보네빌 라디오에서 레너드 스키너드*나 보이즈 투 멘의 노래가 나오면 나는 과장되게 한숨을 쉬며 채널을 돌리려 했다. 우리는 서로 원하는 대로 채널을 돌리거나 유지했다.

---

* 미국의 대표적인 서던 록 밴드.

그런데 기억이라는 건 참 이상하다. 분명 라디오 채널 쟁탈전을 수없이 벌였던 기억이 난다. 내가 이길 때면 나는 아델이나 테일러 스위프트 노래가 나오는 채널로 돌리곤 했다.

그런데 엄마가 이기면 어떻게 했더라?

아마 지금처럼 음악에 맞춰 몸을 흔들거나 조용히 노래를 따라 불렀던 것 같다. 그러나 나는 그런 엄마의 모습을 신경 쓰지 않았다. 책을 펼치거나 창밖을 바라보며 공상에 빠지곤 했으니까.

우리의 뇌는 아침에 일어난 순간부터 잠이 드는 순간까지 기억을 지속적으로 형성한다. 그런데 만약 머릿속에서 포착하지 않거나 별로 관심을 두지 않으면 그 순간은 영원히 기억되지 못한다. 그만큼 정서적으로 어떤 상황인지도 그 순간을 오랫동안 기억할 수 있는지 없는지에 큰 영향을 미친다.

1년 전에 지낸 추수감사절 저녁은 세세하게 기억하면서도 일주일 전에 먹은 점심 식사는 기억나지 않는 이유이기도 하다.

지금까지 좋아하는 노래를 듣는 엄마에게 그다지 신경을 쓰지 않았다. 그 기억들은 영원히 사라져 버렸다.

그래서 지금은 아주 주의 깊게 엄마를 살펴봤다.

엄마는 몇 분 전보다 훨씬 인상이 부드러워졌지만 멍하니 한 곳을 응시하고 있다. 지금 나와 함께 이 순간을 느끼고 있지 않다. 추억을 되새기느라 현재 만들어지고 있는 기억을 대가로 내놓고 있는 게 분명했다.

어쩌면 이 노래는 엄마가 참석했던 학교 댄스파티에서 나왔을 수도 있다. 멋진 드레스를 입고 손목에 꽃 장식을 두른 엄마는 자신을 데리러 와 차 문을 열어주는 또래 남자 친구에게 방긋 미소 지었을 것이다. 아니면 누구도 파티에 함께 가자고 권하지 않아 울면서 집에만 있었을 수도 있다.

왜 엄마는 내가 들어갈 틈을 주지 않는 거지?

앞으로 1년 남짓이 지나면 더 이상 엄마와 추억을 만들지 못할 터였다. 그렇게 생각하니 엄마가 지금껏 마음속에 지녀온 혼자만의 추억들을 영영 나눌 수 없을 거란 사실에 마음이 너무나 아려왔다.

엄마가 찡그린 표정을 하며 나를 바라본 뒤에야 두 뺨 위로 눈물이 흐르고 있다는 걸 알아차렸다.

"오, 아가야. 괜찮아."

엄마가 테이블 위로 건네준 종이 냅킨이 눈물에 닿자 순식간에 흠뻑 젖어버렸다. 눈물이 멈추지 않고 흘렀다. 이내 방금 전 엄마가 음악에 맞춰 그랬던 것처럼 두 어깨를 들썩이며 슬픔에 사로잡혔다.

맞은편에 앉아 있는 엄마를 보고 있으면서도 참을 수 없이 그리웠다. 호흡이 빨라지기 시작했다.

엄마는 곧바로 내 옆으로 와서 앉은 뒤 팔로 나를 감싸안고는 쉬 하고 소리를 내며 안정시켰다.

"어떻게 해줄까?" 엄마가 물었다.

나는 떨리는 숨소리를 내뱉었다. 이런 상황을 계획하지는 않았으나 어쨌든 그 질문을 꽉 붙잡았다. 엄마가 숨기는 과거의 조각들을 알아내려고 그런 건지, 아니면 단순히 엄마에게 매달리려고 그랬는지는 모르겠다.

"엄마 이야기 좀 해줘요. 엄마가 10대였을 때부터."

한숨을 내쉰 엄마는 다시 맞은편 자리로 돌아가 앉았다. 머뭇거리며 망설였다. 나를 진정시켜 편안하게 해주고는 싶으면서도 과거 이야기를 꺼내는 건 쉽지 않은 모양이다.

나는 조용히 엄마가 속으로 열심히 계산하는 게 무엇이든 방해하지 않으려고 노력하며 기다렸다.

"엄마가 고등학교에 다닐 때 학교 응원단에 소속돼 있었다고 이야기했나? 그때 이 노래에 맞춰 춤을 췄거든."

몰랐던 사실을 들으니 흐르던 눈물이 모두 말라버렸다. 증발한 눈물은 곧 응원단 유니폼을 입은 엄마가 풋볼 경기장에서 중간 휴식 시간에 춤을 추는 장면으로 변했다. 그렇지만 나는 더 많은 정보가 필요했다. 내 머릿속에 엄마의 추억 복사본을 만들어두려면 더 생생히 그려봐야 했다.

"유니폼은 어떻게 생겼어요? 엄마 머리는 길었어요?"

"머리는 허리까지 길렀지. 그렇지만 연습하거나 실제 경기에 들어갈 때는 스크런치 두 개로 올려 묶어야 했어. 그래서 유니폼 색과 똑같이 맞춘 파란색-금색 스크런치를 썼단다. 유니폼은 짧은 치마에 조끼였고."

훨씬 낫다. 하지만 아직 부족하다.

엄마는 내 얼굴을 빤히 바라봤다.

"춤 순서도 보여줄까?"

이제 엄마가 뭘 하려는지 정확히 안다. 어렸을 때 나는 엄마에게 제이로나 플라이 걸스처럼 춤을 춰달라고 애원하곤 했다. 엄마는 정말 가수 뺨치도록 춤 실력이 대단했는데 특히 웨이트리스 유니폼이나 파자마를 입고 추는 모습은 나를 더 웃게 했다.

회색 운동복 바지에 내가 대학교 때 입던 오래된 티셔츠를 입은 엄마가 자리에서 일어났다. 그리고 백스트리트 보이스 노래에 맞춰 잘 짜인 안무에 따라 발을 높이 차고 노래를 따라 불렀다.

아주 멋지고 말도 안 되면서도 마법 같은 순간이었다. 내 눈앞에 선 엄마는 풋볼 경기장에서 반짝거리는 파란색-금색 술을 흔들며 응원하는 관중들을 향해 음악에 맞춰 춤을 췄다.

눈에서 흐르던 눈물이 완전히 다 말랐다. 지금 내 앞엔 러시안 네스팅 인형처럼 어린 버전과 나이 든 버전의 엄마가 함께 있었다.

"노래 실력은 영 아닌데요?" 내가 소리쳤다.

엄마는 웃으며 더 크게 노래했다. 그때 나는 알아차렸다.

엄마는 정확한 노래 가사를 부르고 있지 않았다. 박자는 맞지만, 개사해 불렀다.

우리가 진짜야?
우리가 챔피언이야?
우리가 팬서스*야?

엄마는 곧 뭔가를 깨달은 표정을 지었다.

---

* 검은 표범으로 작중 루스가 다니던 고등학교를 상징하는 동물이다.

상상 속 응원단 폼폼*을 한 번 더 흔들더니 아직 노래가 끝나지 않았는데도 서둘러 자리로 돌아와 앉았다.

"이제 무조건 준비운동을 좀 하고 해야겠어." 엄마는 크게 웃었지만 어딘지 어색해 보였다.

"햄스트링이 늘어났나 봐."

그리고 내 눈을 피했다.

"엄마."

"애, 너 빨래할 거 있니? 자기 전에 내놓으려고 하는데."

"아니, 난 괜찮아요. 그런데 난…."

갑자기 엄마가 흠칫 놀랐다. 엄마의 눈길을 따라가니 검지에서 새빨간 피가 흘러나오고 있었다. 엄마는 길고 날카로운 칼을 들고 있었다. 피자를 한 조각 더 자르려던 것 같았다.

"이런!"

"움직이지 마요!"

벌떡 일어난 나는 종이 타월 몇 장을 찢어 왔다. 순식간에 엄마 옆으로 가서 상처 위로 종이 타월을 꾹 눌렀다.

"좀 볼게요."

엄마는 고개를 끄덕였다. 그리고 내가 손가락을 보는 동안 시선을 다른 데로 피했다.

"상처가 깊지는 않아요. 꿰맬 필요는 없겠어요. 잠시만, 네오스포린**이랑 밴드를 가져올게요."

---

* 주로 미국에서 치어리더들이 손에 들고 흔드는, 플라스틱 가닥들을 묶은 뭉치.

화장실에 있는 약 보관함에서 둘 다 챙긴 나는 서둘러 엄마 곁으로 갔다. 몇 분 지나지 않아 피가 멈춰 상처 부위를 닦은 후 연고를 바르고 밴드를 붙였다.

엄마는 일어서서 테이블을 정리하기 시작했다.

백스트리트 보이스 노래도 끝났다.

그 순간은 지나가 버렸다.

그래도 이번에 알아낸 새로운 사실 두 가지는 엄마의 손가락에 밴드를 감아줄 때 망치로 머리를 맞은 듯 문득 떠오른 질문을 잊기에 충분했다.

대화 주제를 돌리려고 일부러 손가락을 베었을까?

엄마가 자연스럽게 알려준 사실: 다니던 고등학교의 대표 색은 파란색과 금색

엄마가 자신도 모르게 알려준 사실: 다니던 고등학교의 마스코트는 검은 표범

## 10. 루스

일찍 일어나는 새인 나는 내일 아침 샘즈 오픈 근무를 위해 알람을 새벽 5시로 맞췄다. 첫 손님이 문을 열고 들어오기 전까지 주방에서 요리사가 베이컨을 튀기고 팬케이크 반죽을 준비하는

---

** 세균 감염을 방지하기 위해 바르는 연고.

동안 나는 커피를 네 주전자 끓여(셋은 일반, 하나는 디카페인으로) 핫플레이트 위에 준비해 둬야 한다.

바쁜 아침 시간에는 딴생각할 여유가 없을 것이다.

하지만 이내 다른 말이 마음속에 울렸다.

'아마 계속 딴생각만 할걸?'

생각을 떨쳐내고 침실로 들고 온 미켈롭 두 번째 병을 쭉 들이켰다.

오늘 밤 잠깐은 경계 태세를 낮춰보려 했다. 그러다 실수를 해버렸다. 내가 다니던 고등학교의 마스코트 이름을 알았다고 해서 캐서린이 내 가족이나 오랜 친구들이나 제임스를 찾아내지는 못할 것이다.

별거 아닌 정보를 넙다 물고는 승리한 외야수처럼 의기양양해하던 캐서린을 보면 알 수 있다.

내 이야기를 더 듣고 싶어 안달이 나 있다.

나라고 이야기를 좀 더 해줄 수 없는 건 아니다. 그러나 지금은 전보다 더 조심해야 한다. 캐서린의 관심을 다른 데로 쏠기 위해 또 다른 손가락을 베고 싶지 않은 건 진심이다.

침대 옆 탁자에 둔 로션을 열어 왼쪽 손목과 팔꿈치 사이 팔뚝 언저리에 살짝 빛나는 오래된 흉터 부분을 손가락으로 가볍게 쓸며 발랐다.

이불을 막 펼치는데 캐서린이 방문을 두드렸다.

순간 나는 이불 속으로 들어가 자는 척을 해야 하나 고민했다. 하지만 캐서린은 내가 깊이 잠들지 않는다는 걸 알고 있다. 싱글맘으로 살면서 터득한 기술 중 하나다. 캐서린은 다시 문을 두드리더니 방문을 살짝 열었다.

"엄마?"

"들어와."

"오늘 저녁에 빨래 돌린다고 하지 않았어요?"

"어머, 깜박했다."

'깜박했다'라는 말에 캐서린이 멈칫했다. 마지막 두 단어가 튀어나와 캐서린에게 무겁게 매달렸다.

"MRI랑 PET* 스캔 검사 예약 잡는 것 때문에 상의하려고요."

MRI는 뇌종양 같은 걸 배제할 수 있고 PET 스캔은 알츠하이머병 진단에 도움을 줄 수 있다. 첸 박사는 두 검사 모두 진행하길 바랐지만, 나는 그가 캐서린과 비슷한 생각이라고 판단했다. 더는 검사할 필요가 없었다.

대답하기 전에 맥주를 한 모금 더 마셨다.

"둘 다 해서 뭐 하니?"

"뭐 다른 게 나올 수도 있잖아요? 어쩌면 치료가 가능할 수도 있고요."

캐서린과 나누는 이런 대화들이 살면서 겪는 가장 어려운 일이라는 걸 깨달았다.

"피검사가 깨끗하게 나왔잖아. 두 달 전에 유방조영상 검사도 받았고 2주 전에는 정기검진도 받았어. 첸 박사는 알츠하이머병

---

* 양전자 방사 단층 촬영법으로 두뇌 등 인체 내부 촬영에 이용한다.

을 의심하지. 내 가족력만으로도 그렇게 진단하는 데 충분하고.”

“하지만….”

가스레인지에 올린 냄비로 물을 천천히 끓일 수도 있고, 혹은 아주 세련된 주방에 있는 수도꼭지를 틀어 뜨거운 물을 바로 받을 수도 있다는 걸 아는가?

내 성격은 후자에 속한다.

“강요하지 마, 캐서린 스털링. 그 검사들만 해도 벌써 수천 달러는 들었을 거야. 우리가 갖고 있지 않은 액수지! 네가 선열을 앓았을 때처럼 내가 또 보험회사랑 싸우길 바라니? 그리고 그 돈을 갚기 위해 몇 개월을 두 배로 일하고? 나에게 더 많은 의사가 와서 살펴보고 아무것도 할 수 있는 게 없다고 말해주길 바라는 거야?”

캐서린은 꼬리를 내리며 방문으로 뒷걸음질 쳤다.

가끔은 화도 낼 만하다.

문제는 지금 당장은 내가 캐서린에게 화가 나지 않았다는 것이다. 그저 나 자신에게 화가 났을 뿐이다.

형편없는 유전자가 나를 설정하고 있다. 내가 엄마에게서, 엄마는 그 엄마에게서 물려받은 유전자. 격노가 우리 모계를 따라 물려 내려오는 무슨 유산이라도 되는가 싶다.

“미안해. 오늘 힘든 하루였어.” 나는 천천히 길게 숨을 내쉬었다.

캐서린이 끄덕였다.

“그럼요.”

"검사 문제는 좀 더 시간을 갖고 생각해 보자. 알겠니?"

캐서린은 머뭇거리더니 이내 다시 고개를 끄덕였다.

"안녕히 주무세요, 마마."

지난 몇 년간 딸아이는 나를 마마라고 부른 적이 없다. 캐서린이 방문을 빨리 닫고 나가서 다행이다. 터져 나오는 눈물을 더는 참을 수 없었기 때문이다.

맥주만으로는 오늘 밤을 버틸 수 있을 것 같지 않다. 나는 맥주병을 내려놓고 서랍장 맨 위 칸을 열었다. 자낙스* 병에서 쓰디쓴 흰색 알약을 꺼냈다. 한 알을 꿀꺽 삼키고 뒷맛에 얼굴을 찡그렸다.

재낵스가 근육들을 이완시켜 잠을 잘 수 있게 하려면 시간이 조금 걸릴 것이다.

침대로 돌아간 나는 샘즈에서 나오면서 가방에 챙겨 온 초록색 공책을 꺼냈다. 내 몸은 오래된 응원단 춤을 기억해 냈고 마음은 소용돌이치며 그때 그 시절로 되돌아갔다. 캐서린을 위해 내 이야기를 계속 써야겠다는 생각이 더 강렬해졌다.

언젠가는, 이 공책이 캐서린을 구할 것이다.


그날 저녁 피자 피아조에서 제임스는 브리트니가 무슨 생각을 하는지 내가 자리에 앉기도 전에 이미 알아버린 것 같았어.

소외된 사람들이 그렇거든. 우리는 사람들이 언제 우리 앞에서

---

* 신경 흥분을 억제해 불안, 공황장애 등의 치료에 사용되는 신경안정제.

뒤돌아설지 판단해야 하니 상황을 그때그때 재빨리 알아채지. 우리는 언제나 서로를 알아볼 수 있단다.

우리 학교에도 허세를 부리고 다니는 애들이 많았어. 뭘 해도 야단법석을 떨고 서로를 부정확한 발음으로 불러가며(차마 여기에 쓸 수는 없구나!) 다른 학생들이 길을 터줄 수밖에 없도록 학교 복도를 뻐기며 걸어 다녔지. 그중에서도 운동선수들은 정말 최악이었어. 아마도 다들 신처럼 대했으니까 그랬겠지. 경기 직전이면 그 애들의 사물함에 저학년 애들이 장식을 해댔고 그들이 경기장으로 뛰어 들어갈 때면 학교 스피커로 영화 「록키」의 주제곡을 크게 틀어줬으니까.

제임스는 그런 애들과는 완전히 달랐어. 내 또래 중 그런 남자는 처음이었지.

제임스가 정확히 무엇이 달랐다고 콕 집어 말할 수는 없지만 그나마 가깝게 표현한다면, 그는 소년도 그냥 남자도 아니었어. 완전한 성인 남성이었지.

그런 제임스에게 내가 가장 먼저 한 말은 '지금 물 한 잔을 마시지 못하면 죽을 것 같다'는 말이었단다.

제임스는 웃더니 아주 빠르게 물을 한 잔 갖다줬어. 나는 그때까지도 내가 왔다는 걸 알리기 위해 브리트니가 이것저것 쌓아둔 의자 옆에 서 있었지.

제임스가 내게 직접 물잔을 건넸어. 내가 잔을 받아 들면서 우리의 손가락이 서로 맞닿을 뻔했는데, 그것만으로도 나는 뱃속이 달콤하도록 찌릿해지는 걸 느꼈지. 제임스는 물잔에 얇은 레몬 조각 하나와 아주 시원한 얼음 조각들을 가득 넣어줬는데 그렇다고 물을 조금 담지도 않았어. 나는 물을 벌컥벌컥 들이켜며 잔 위로 제임스를 봤지.

제임스는 물건이 쌓인 의자와 머리카락에 웨이브를 넣다가 일어난 사고를 극적으로 재연하던 브리트니와 나를 번갈아 쳐다봤어.

제임스가 브리트니의 어깨를 툭툭 쳤어. 브리트니는 제임스를 보지도 않고 검지를 위로 들어 올리더니 하던 이야기를 마저 하더구나.

제임스는 한순간도 망설이지 않았어. 의자 위에 둔 물건들을 치우겠다고 하더니 핸드백과 책가방을 들어서 옆 테이블 의자에 놓는 거야.

그제야 브리트니는 하던 이야기를 멈췄지. 발끈하면서 큰 목소리로 자기 물건에 손대지 말아주겠냐고 물었어.

제임스는 못 들었다는 듯이 행동했어. 정확하게 브리트니가 나에게 하던 행동이라서 너무 웃겼지. 브리트니의 물건을 둔 의자를 질질 끌어 옆에 두면서 잘 챙기라고, 이제야 일행이 다 같이 앉을 자리가 생겼다고 한마디 하더라고.

테이블 상석에 앉아 있던 데이비스 부인이 자리에서 일어나 우리를 노려보는데 처음부터 보고 있던 게 분명했어. 제임스에게 매니저와 이야기하고 싶다고 쏘아붙였거든.

물을 다 마신 나는 그제야 빈 의자에 앉으며 제임스가 날 도와주지 말았어야 했는데 하고 생각했어.

제임스는 테이블을 돌아 직접 데이비스 부인 앞에 섰어. 7센티미터가 넘는 힐을 신은 부인보다 조금 더 큰 키였지. 그는 달콤한 미소를 지었는데 그걸 보고 내가 사랑에 빠져버린 거야.

부인 앞에서 조금도 겁먹지 않았다는 걸 나는 알아볼 수 있었어.

제임스가 지금 자기가 매니저를 대신하고 있다면서 불만 사항이 있다면 직접 접수하겠다고 말했을 때 거의 두 팔을 들고 응원할 뻔했단다.

데이비스 부인을 진정시키는 데 몇 분도 걸리지 않더구나. 샤르도네 한 잔을 서비스로 가져온 게 큰 도움이 됐지.

제임스 혼자서 쉬지 않고 주방과 홀을 드나들고, 계산서를 가져다주고, 음료를 쏟은 아이에게 추가로 냅킨을 더 갖다주고, 빈 물잔들을 다시 채운 걸 보니 그날 식당은 일손이 부족했나 봐. 그 와중에 그는 묻지도 않고 내 물잔을 두 번이나 채워줬어.

내가 식당에 도착하자마자 주문한 음식이 도착했어. 그 식당은 라자냐 피자를 팔았는데, 그래. 내가 너에게 만들어 준 그 음식 말이야. 내가 발명한 음식이라고 했지만, 그것도 이유가 있단다. 곧 이해하게 될 거야.

고개를 숙인 나는 대표 팀에 다시 들어가게 돼 다행이라고 생각하며 음식을 먹었어. 아빠가 집에 있으니 그날 밤은 티미를 돌봐줄 수 있을 터였지. 후보에서 대표 팀이 된 안경 쓴 로지라는 아이(그래, 코치에게 선발 명단을 열한 명만 불렀다고 말한 그 아이였어)라면 친구가 될 수도, 아니면 연습하는 동안에라도 이야기를 나눌 수 있을 거야. 그때 내가 로지에 관해 알던 사실은 그 애가 어렸을 때 아버지를 심장마비로 잃었다는 것, 그리고 큰언니가 작년에 학교를 그만두고 약물을 과다하게 복용했다는 거였어. 나처럼 힘든 가정생활을 하고 있었지.

브리트니가 나를 향해 하는 가시 돋친 말을 무시하는 건 쉽지 않았지만 그렇다고 절대 반응하지는 않았어. 누구 좋으라고? 내가 세 번째 조각을 막 들려고 할 때 브리트니가 킬킬대며 그러더라고. 자기는 돼지가 아니라서 두 조각도 먹지 않는다고. 옆 테이블을 치우고 있던 제임스가 그 말을 들은 게 분명했어.

나처럼 아무 반응도 하지 않더구나. 어쨌든, 그 순간엔 그랬어.

프랭클린 코치가 일어서서 오렌지색 기름으로 더러워진 냅킨을 구겨 접시에 던졌어. 코치는 어깨가 넓고 갈색 머리카락은 덥수룩했는데, 어떤 여자애들은 그게 귀엽다고 했지. 하지만 나에게는 어떻게든 멋져 보이려는 노력으로밖에 보이지 않았어. 닳아빠진 브루스 스프링스틴 티셔츠나 자기 사무실 유리 벽장 안에 둔 에릭 클랩튼이 사인한 기타만 봐도 알 수 있었어.

코치가 이제 팀 대표를 뽑을 시간이라고 했어. 데이비스 부인이 테이블을 돌면서 작은 메모지와 펜을 돌렸지. 메모지 위에는 모두 '데이비스 앤드 리버텔리'라는 로고가 박혀 있었어. 우리 팀 최고 후원자인 법률 회사의 창립 파트너가 브리트니의 아버지였거든.

데이비스 집안 여자들에게 진짜 힘은 따로 있었던 거지.

코치는 올해 누가 우리 팀을 대표하면 좋겠는지 메모지에 이름을 쓰고 접어서 자기에게 전해달라고 했어.

숨 막히게 조용한 순간이 찾아왔는데, 브리트니가 옆에 앉은 친구에게(그렇지만 모두에게 들리도록) 어디서 고약한 냄새가 나지 않냐고 묻는 거야. 물론 나를 두고 한 말이었지. 둘은 이내 여자들만이 할 수 있는 방식으로 크게 웃었어. 정말 가관이었지. 거만함과 악의와 특권이 한데 어우러진 기세였어.

불과 몇 년 전만 해도 우리는 서로 어떻게 프렌치 브레이드 머리를 땋는지 알려주고 내가 엄마 가방에서 슬쩍 가져온 작은 항공사 사이즈 보드카를(엄마가 볼일을 보러 나갈 때면 가방에 하나씩 챙기곤 했거든) 처음으로 마셔보며 놀았는데 말이지.

프랭클린 코치가 투표 종이들을 자기 앞으로 모았어. 난 아직 아무 이름도 쓰지 못했지.

그때 왜 그랬는지는 모르겠어. 어쩌면 브리트니가 두 손을 얼굴 앞에 모으고 쿵쿵거리는 소리를 내서였는지도 몰라. 그해 여름에만 4킬로그램 넘게 찌긴 했거든. 그걸 브리트니는 모두가 알게 하고 싶었던 거지. 아니면 고개를 들었는데 제임스와 눈이 마주쳤고 그 변함없는 눈빛에 용기를 얻어서 그랬는지도 몰라.

나는 투명인간이 되는 걸 그만두기로 했어.

그리고 종이에 내 이름을 적었어. 글씨체를 숨기지도 않고 말이야.

메모지를 뜯어서 접은 다음 테이블 위에 던졌어. 그러고는 차고 시원한 물을 끝까지 다 마셨지. 벌써 세 잔째였어.

코치는 자기 앞에 모인 종이 꾸러미를 마구 섞었어. 펜을 든 데이비스 부인은 자기 메모지 위에 그 결과를 기록할 준비를 하고 있었고.

코치가 첫 번째 종이를 열었어. 브리트니의 이름을 불렀지.

몇 명이 좋다고 킥킥댔어. 브리트니는 머리카락을 넘기며 웃더구나.

두 번째 종이 역시 브리트니라고 적혀 있었어.

그리고 세 번째도.

그런데 다음 두 장에는 내 이름이 있었어.

난 들고 있던 포크를 거의 떨어뜨릴 뻔했지.

당연히 한 장은 내 이름이 나올 걸 알았어. 그런데 다른 누군가도 내 이름을 적었다고? 테이블을 둘러봤어. 브리트니와 그 친구들도 나만큼이나 놀란 것 같더구나.

코치가 다음 종이를 열었어.

브리트니의 이름을 불렀지. 네 번째 표였어.

그런데 또 내 이름이 나왔어. 그다음 종이에서.

투표 결과가 3분의 2 정도 나왔을까. 우리는 각각 네 표씩 얻어서 동점이었지.

우리가 앉은 테이블 주변으로 긴장감이 연기처럼 스멀스멀 피어오르는 걸 느꼈어. 아무도 잡담하지 않고 그저 코치가 아홉 번째 종이를 여는 것만 지켜보고 있었지. 나는 숨을 참았어.

코치가 내 이름을 불렀어.

누군가 헉하고 놀랐어. 이제 내가 다섯 표를, 브리트니가 네 표를 얻은 거야. 이것도 누가 속이고 있는 걸까?

만약 이것마저 내가 창피하도록 일부러 만든 상황이라면 브리트니는 나보다 한참 앞선 거지. 그런데 도대체 이걸로 그 애가 뭘 얻을 수 있는지 모르겠더구나. 브리트니는 정말 팀 대표가 되고 싶어 했거든. 대표는 하프타임 쇼를 위해 경기장 안팎에서 팀을 이끌고, 어느 특정 동작을 하는 동안에는 선수단 앞에 설 수 있으니까. 브리트니는 결코 그 스포트라이트를 포기하지 못할 터였어.

그렇다면 다른 가능성을 생각해 볼 수 있지. 여자애들 몇 명은 속으로 브리트니를 싫어한 거야. 여왕 자리에서 끌어내리려고 남몰래 들고 일어서려 했던 거지. 어쩌면 브리트니가 하는 못된 말들에 너무 많은 상처를 받았든가, 아니면 억지로 지켜야 하는 규칙들에 질려버렸을 수도 있고.

코치가 다음 종이를 열었어.

순간 얼굴에서 미소를 거뒀지.

열 번째 종이에도 내 이름이 적혀 있었어. 한 표만 더 얻으면 내가 대표가 되는 거야.

데이비스 부인은 무슨 말이라도 할 것처럼 벌떡 일어섰지만 이내 그만뒀어. 나는 테이블 건너 로지의 얼굴에 미소가 살짝 스치는 걸 봤어. 그건 정말 진심 어린 미소였지.

만약 후보 단원들이 모두 날 뽑았다면, 그리고 대표 팀 중에 한 명이라도 날 뽑았다면…. 그렇게나 물을 많이 마셨는데도 입안이 바짝 마르더구나.

정말로 내가 팀 대표로 선출될 수 있을까?

그렇다면 난 정말 최선을 다해서 대표 자리를 지킬 거야. 우리 응원단이, 아니 모든 고등학교 응원단이 췄던 것 중 최고의 동작들만 모아서 새로운 순서로 이미 만들어 뒀거든. 주말이면 춤 연습을 어려워하는 단원들 누구라도 일대일로 가르쳐줄 수도 있을 테고.

프랭클린 코치가 인상을 구기더구나. 데이비스 부인은 의자에 등을 기대고 앉아 펜으로 메모지 위를 툭툭 쳤어. 완전히 암울한 표정이었지.

코치가 다음 종이를 들었고, 난 브리트니의 이름을 부르는 그의 목소리에서 안도를 느꼈어.

이제 테이블 위에 마지막 종이가 남았어.

코치가 종이를 들었어.

나는 그때 내가 이기는 것과 브리트니가 지는 것 중 어느 것을 더 원했는지 확신할 수 없었어.

코치의 얼굴이 활짝 피는 것만 봐도 마지막 표는 브리트니라는 걸 알 수 있었지.

하지만 데이비스 부인은 아직도 화가 나 보였어.

여섯 표와 여섯 표. 동점이었거든.

그때 코치가 부인에게 가까이 가더니 뭐라고 속삭이더구나.

제임스가 우리 테이블 상석 쪽으로 가더니 데이비스 부인에게 샤르도네 한 잔을 더 권했어. 물론 서비스였지.

부인은 운전해야 해서 안 된다고 실실거리며 대답했어.

제임스가 아주 조금만 따라서 갖다주겠다고 약속하자 부인은 속눈썹을 떨며 정 그렇다면 알겠다고 했지.

그러면서 레몬을 가득 넣은 아이스티와 스위트앤로우* 두 봉지도 주문했어.

---

* 설탕 대체 감미료.

아직 우리 동네에 스타벅스가 들어오기도 전이었지만 데이비스 부인은 음료 하나를 주문하면서 이것저것 요구 사항이 많더구나.

내 주변에 있던 여자애들이 속닥거렸어. 지금까지 대표를 뽑으면서 동점까지 간 적이 없었거든. 적어도 내가 팀원이었던 동안은 말이야.

코치가 모두 조용히 하라고 소리쳤어.

무승부가 나왔으니 코치 권한으로 대표를 뽑을 거라는 거야.

심장이 철렁했어. 당연히 그렇겠지. 내게도 기회가 있다고 믿게 한 게 뭐가 됐든 간에 말이야.

코치는 우리 모두가 대표가 되길 원하는 단원이 브리트니 데이비스라고 아주 명확하게 말하더구나.

코치를 올려다보던 데이비스 부인은 미소를 지으면서 매니큐어를 바른 손가락끝을 꼭 붙잡았어. 난 브리트니 쪽은 쳐다도 보지 않았어. 우쭐해하는 모습을 견딜 수가 없었거든.

코치는 계속 이야기했어. 우리 팀은 팬서스라는 이름을 대중 앞에서 편안하게 이끌고 갈 누군가가 필요하다면서. 전국 대회에 나가는 건 돈이 꽤 들 거라고, 정말 그렇게 말했지. 아무리 후원을 받아도 몇 명은 호텔비도 내지 못할 거라고 말이야.

나 같은 애를 말하는 거야.

팀 대표라면 우리가 후원을 요청해야 할 사업가들과 같은 언어를 구사할 줄 알아야 할 거라고 마무리 짓자, 데이비스 부인이 코치를 보며 활짝 웃더구나.

단어 하나하나가 심장을 찌르는 것 같았어.

그냥 브리트니가 이겼다고 말하면 될 텐데.

왜 내가 절대 대표가 될 수 없는지 그 이유를 설명하더구나. 우리 엄마는 알코올의존증이고 우리 아버지는 잡역부이기 때문에 나는 인간쓰레기라고 말이야.

로지가 고개를 숙였는데 보니까 얼굴이 빨개지는 것 같더라. 굴욕당하는 내 모습을 바라보기가 힘들었던 거야.

난 그 자리에서 달아나고 싶었어. 아니, 내가 정말 원했던 건 테이블 위에 있던 피자 판을 코치의 머리에다가 힘껏 집어 던지고 브리트니의 바비 머리를 붙잡아 얼굴을 테이블로 내리치는 거였어.

내 안에서 분노가 차올랐지. 머릿속이 윙윙거렸어. 다들 이번엔 선을 넘었어. 세 명 모두가. 나는 숨이 가빠지는 걸 느끼며 주먹을 꽉 쥐었어.

그때 뭔가에 이끌려 고개를 들었어.

제임스가 데이비스 부인에게 줄 와인과 아이스티, 코치에게 줄 맥주가 든 쟁반을 든 채 걸어오고 있었어. 두 눈은 나에게 고정돼 있었지.

제임스가 코치가 한 연설을 얼마나 들었는지는 모르겠어. 하지만 뭔가를 들은 게 분명해.

왜냐하면 그때, 내가 보고 있는 걸 안 제임스가 고개를 숙여 코치에게 줄 맥주 안에 침을 뱉었거든. 그리고 데이비스 부인의 음료에도 같은 행동을 했어.

그렇게 날 괴롭히던 어른들 앞에 각각 음료를 갖다줬을 때, 내 두 눈에 가득 찼던 뜨거운 분노의 눈물은 이미 사라졌지.

물론 그렇다고 완전히 괜찮아진 건 아니었지만 적어도 통제력을 되찾을 수 있었어. 몇 분 뒤 코치와 데이비스 부인이 음료를 다 마시자 저녁 식사가 끝났어.

내가 식당을 나올 때 제임스는 어디에도 보이지 않았어. 문을 열고 나가면서 몇 번이고 뒤를 돌아 찾았는데도 말이야.

하지만 다음 날 오후에 학교 사물함에 가보니 쪽지가 하나 꽂혀 있었어. 이름은 밝히지 않았는데, 그럴 필요도 없었지. 그렇게 깔끔하고 뭉툭한 글씨를 누가 썼는지 알았거든.


오늘 널 지켜봤어. 네가 팀 대표가 되는 게 맞아.


## 11. 캐서린

결국 뒤척이며 밤을 지새우다 일어난 나는 엄마가 출근 전에 커피를 한 주전자 끓여놨기를 바라면서 화장실에서 비틀거리며 나왔다.

하지만 작고 어두운 주방의 커피 머신은 깨끗하게 비어 있었다.

유리 주전자에 물을 반쯤 담아 커피메이커 통 안에 붓고 찬장을 열어 맥스웰 하우스 통을 찾았다.

그런데 커피 옆에 판자로 된 달걀 용기가 있었다.

잠시 그걸 멍하니 쳐다보다 손을 뻗어 열어봤다. 하얀색 달걀 네 알이 들어 있었다. 만져보니 실온 상태였다.

엄마가 여기에 뒀을 것이다. 지금쯤이면 이 달걀들은 살모넬라균 공장이 됐을 거고.

달걀들을 쓰레기통에 버리고 용기는 재활용 쓰레기통에 버렸다. 한 알이 깨져 내용물이 흘러나오는 게 보였다.

순간 머리가 어지러워진 나는 조리대 끝을 붙잡았다.

혹시 나도 알츠하이머병 조기 발병 유전자를 물려받지는 않았는지 확인하기 위해 유전자 검사를 할지 말지 고민 중이었다. 엄마가 허락해 줄 수 없는 내 결정이다. 만약 하게 되면 내 돈으로 부담할 생각이다.

비록 유전자가 내 미래를 결정한다 해도 그게 무슨 사형선고를 일찍 받는다는 의미는 아닐 것이다. 똑똑한 연구원들이 알츠하이머병 치료를 위해 계속해서 연구 중이다. 앞으로 몇십 년 후면 많은 진전이 있을 수, 아니 **있을 것이다**. 설령 내가 그런 유전자를 보유하고 있어도, 시험관아기를 가지면 유전은 피할 수 있을 것이다. 계속 따라다니는 이 질병을 내 세대에서 끝낼 수도 있다.

생각이 여기까지 미치자 손바닥에 땀이 나고 머릿속이 달아올랐다.

꾸르륵 소리를 내는 커피메이커 덕분에 현실로 돌아왔다. 머그잔을 들고 커피메이커 앞으로 걸어갔다. 손에서 잔을 놓칠 뻔했다.

주전자에 든 액체가 투명했다.

필터에 원두 가루를 넣는 걸 깜박했다.

변명거리라도 찾아보고 싶었지만, 심장이 터질 것 같았다. 너무 산만했다. 누가 그러지 않을 수 있을까? 방금 일어난 일은 그렇게 대단한 게 아니다. 원두 가루를 넣지 않은 실수는 엄마가 달걀을 실온에 둔 실수를 되풀이한 게 아니다.

우리는 모두 휴대전화를 아무 데나 두고 찾지 못하기도 하고 머릿속으로 기억해 둔 살 것들을 마트에 가면 잊어버리기도 한다. 특히 머릿속에 생각이 많을 때는 더 그렇다. 그것들은 알츠하이머병의 징조가 아니다.

몇 년간 매일 사용하던 휴대전화를 소지하고 있다는 사실을 잊거나, 엄마처럼 약국에서 집으로 오는 2킬로미터도 안 되는 길을 수도 없이 운전하고 다녔는데도 잊어버렸다면 어떨까?

그건 알츠하이머병의 징조가 맞을 수 있다.

혹시나 내가 그 유전자를 갖고 있다고 해도, 운이 좋다면 앞으로 15년에서 20년 동안은 증상이 나타나지 않을 것이다.

심장이 뛰는 속도가 정상으로 돌아가려면 시간이 조금 필요했다.

나는 다시 커피를 끓이고 커피메이커에 떨어지는 깊은 헤이즐넛 향을 힘껏 들이마셨다. 아직 마시지도 않았는데 벌써 에너지를 얻은 것 같았다.

침실로 가서 책상 서랍에 넣어둔 노란색 리갈패드*를 꺼냈다. 그리고 커피잔을 둔 식탁으로 돌아와 앉았다. 엄마에 관해 내가 아는 사실 몇 가지를 새로 알게 된 두 가지 사실과 함께 쭉 써 내

---

* 줄이 쳐진 노란색 용지 묶음.

려갔다.

노트북을 열어 마스코트가 검은 표범인 버지니아 소재 고등학교들을 찾아보기 시작했다.

한 시간 후 커피를 다 마신 나는 패드 여러 페이지를 더 채웠다가 다시 선을 그어 지웠다. 인터넷을 여기저기 뒤지고 다른 고등학교 페이스북 페이지를 돌아다니거나 버지니아 지도를 꼼꼼히 살펴보기도 하다가 고등학교 풋볼 팀 순위가 나와 있는 스포츠 웹사이트들을 확인했다.

분명 정확한 답이 있는데, 그것이 나를 피하고 있었다.

빨리 쓰레기통을 비우고 싶은 충동에 짜증이 났다. 깨진 달걀과 피 묻은 종이 타월과 지난 24시간 동안 있었던 일을 보여주는 다른 흔적들을 없애고 싶었다.

리갈패드를 두꺼운 책 사이에 끼워 책꽂이에 꽂아두고 밖으로 나갔다. 오늘은 엄마가 차를 쓰기 때문에 버스 정류장까지 걸어가야 했다.

엄마는 깜짝 선물을 싫어하지만, 지금 내가 하나 준비하려 한다.

엄마가 일하는 곳에 갈 것이다.


샘즈는 밝게 켜진 불 아래 반짝이는 초록색과 빨간색 인조가죽 스툴과 부스가 늘어서 있는 작은 식당이다. 긴 바 테이블 위에는 유리 돔 뚜껑 아래 파이들이 줄지어 있고 비닐로 코팅한 커다란 메뉴판에는 음식 사진들이 함께 인쇄돼 있다. 아침 식사 메뉴와 파이는 하루 종일 제공된다.

언젠가 엄마에게 도대체 누가 아침부터 파이를 먹냐고 물은 적이 있다.

"트럭 기사들이지." 엄마가 말했다.

"그중에서도 아침에 일과가 끝나는 기사들은 자러 가기 전에 작은 후식처럼 즐긴단다."

시내버스를 탄 내 몸은 앞으로 나아갔으나 머릿속은 지난 시간으로 되돌아가고 있었다.

어렸을 때는 엄마가 일하던 여러 식당이 마치 신비한 장소처럼 보였다. 나는 빳빳하고 반짝거리는 메뉴판을 손님들에게 가져다주거나(이렇게 별거 아닌 행동에도 손님들은 나에게 1달러씩 팁을 주곤 했다. 그것도 여러 번이나!) 스툴에 앉아 주방에서 요리사들이 전문 마술사처럼 신속하게 햄버거 패티를 뒤집고 토마토와 양상추를 올리고 구운 빵 위에 버터를 한 스쿱씩 떠서 바르는 걸 구경하곤 했다. 가끔은 달콤한 휘핑크림을 구름처럼 얹은 초콜릿 아이스크림을 얻는 호사를 누리기도 했다.

그 달콤함이 입에 들어오는 순간 행복해서 어지러워진 나는 엄마가 제지할 때까지 스툴을 빙그르르 돌리곤 했다.

병이 진행되면 엄마는 샘즈에서 일하는 걸 그만둬야 할 테고, 그로부터 몇 개월이 지나면 자신이 웨이트리스였다는 사실조차 까마득히 잊어버릴 것이다.

그리고 또 몇 개월이 지나면 엄마는 내가 누군지도 잊어버리겠지.

손톱으로 손바닥을 꾹꾹 눌렀다. 갑자기 밀려오는 고통에 정신이 산만해진 채 어둡고 일렁이는 파도 속으로 가라앉았다.

곧 샘즈 입구 근처에 정차한 버스에서 내렸다.

엄마가 일하는 식당에 와본 지 적어도 1년, 아니 어쩌면 2년은 됐을 것이다.

그런데 정말 그대로다. 활기를 띤 대화 소리와 은 식기가 도기 그릇에 부딪히는 소리, 스피커를 통해 흘러나오는 부드러운 록 음악까지. 부스 좌석은 만석이었지만 바 테이블 끝에 빈 스툴 하나를 발견했다.

반대편에 앉은 두 여자 손님에게 주문을 받던 엄마는 나를 바로 알아보지 못했다. 주문을 받으면서 메모지와 펜도 쓰지 않고 있었다. 네 명 이하의 손님을 받을 때는 절대 쓰지 않는 게 엄마의 철칙이었다.

그렇지만 이제는 바꿔야 한다.

주문을 다 받은 엄마는 종업원들이 주방으로 주문 내용을 전송하는 컴퓨터로 걸어왔다. 버튼 몇 개를 누르더니 배식구로 가서 플레이트에 놓인 BLT처럼 보이는 샌드위치와 감자튀김을 갖고 나왔다. 6번 테이블에 앉은 남자에게 음식을 갖다주고 8번 테이블에 필요한 게 없는지 확인했다. 목소리가 들리지는 않았지만 이미 음식을 먹고 있으니 아마도 물이나 오믈렛에 바를 핫소스가 더 필요한지 물었을 것이다.

엄마는 능수능란하게 자기 능력을 발휘하는 중이다. 식당 손님 누구도 불편해 보이지 않는다. 아무도 엄마를 부르기 위해 기다리거나 계산서를 보고 인상을 찡그리지 않는다.

알츠하이머병 초기에서 중기 증상을 겪는 사람들 중 몇몇은 얼마 동안 안정상태를 유지한다. 보통 사람의 나날에 좋은 날도, 안 좋은 날도 있듯이 엄마도 지금 나름으로 좋은 하루를 보내고 있다고 짐작된다. 하지만 아무리 병세가 다른 방향으로 진전되더라도 그 끝은 늘 끔찍하고 가슴 아픈 쪽으로 모아진다.

"캐서린!"

오른쪽을 돌아보니 또 다른 웨이트리스 멜라니가 얼굴을 마주하고 있었다. 멜라니는 엄마와 가장 가까운 친구이기도 하다.

피부에 밴 주방 그릴 냄새 때문에 나를 꼭 안아주는 멜라니에게서 퇴근하고 온 엄마 냄새가 났다.

나는 언제나 멜라니를 좋아했다. 멜라니는 벌어진 두 앞니를 보이며 진심 어린 함박웃음을 지었고 부드러운 남부 지방 억양으로 말했다.

"정말 오랜만이구나, 애야." 멜라니가 몸을 뒤로 젖힌 채 활짝 웃으며 말했다.

"졸업 축하해. 너희 엄마가 아주 자랑스러워하셔."

감사 인사를 하고 수다를 떠는데 머릿속에 생각이 떠돌았다. 개인주의 성향이 심한 엄마는 지금 증상을 샘이나 멜라니에게 말하지 않았을 것이다. 적어도 꼭 해야 할 상황이 되기 전까지는 절대 말하지 않을 것이다. 만약 식당으로 가는 길을 잃고 거리를 떠돌거나 주방에서 기름에 불을 붙이기 시작하고 손님들이 화가 날 정도로 실수를 많이 하게 돼 일하는 데 지장이 생기면 엄마는 곧

바로 해고당할 터였다.

일이 그 지경까지 되도록 내버려둘 수는 없었다.

주변에 내가 없을 때 다른 누군가가 엄마를 지켜봐야 한다. 샘에게 부탁할까도 생각했지만 탐탁지 않아 할 것 같았다. 물론 다른 동네에 사는 멜라니를 아주 잘 아는 건 아니지만 그래도 엄마와 한 달에 한 번 정도는 서로 중간 위치에 있는 바에서 시간을 보내는 친구이니 지금으로선 이게 최선이었다.

혹시나 개인적으로 상의할 게 있으면 전화할 수 있도록 멜라니와 전화번호를 막 교환하려던 참에 누군가 내 어깨에 손을 얹었다.

고개를 돌려보니 엄마였다.

멜라니와 달리 나를 본 엄마는 인상을 찌푸렸다.

"여기서 뭐 하니?"

나는 최대한 가벼운 톤으로 말했다.

"감자튀김이 너무 먹고 싶어서요."

엄마는 만약 멜라니가 이 자리에 없었다면 다른 대화를 나눴을 거라는 듯한 표정을 지었다.

"감자튀김을 먹겠다고 여기까지 왔다고?"

"아유, 얼마나 예쁜 딸이니? 잠깐 시간이 필요하면 내가 네 테이블까지 맡을게." 멜라니가 끼어들었다.

"지금 너무 바빠서 정신이 없어. 어쨌든 고마워."

한 손님이 계산서를 달라고 신호를 보내자 멜라니가 그 테이블로 갔다.

"감자튀김이랑 아이스티?" 엄마가 물었다.

어떤 기억이 하나 떠올랐다. 오래전에 엄마는 일하던 식당에서 아이스티가 든 기다란 잔에 잔만큼이나 기다란 은 숟가락을 넣어 내게 갖다줬다. 아마 내가 여섯 살인가 일곱 살일 때였다. 정말 맛있었다. 나는 나중에야 엄마가 레모네이드를 섞어서 만들었다는 걸 알았다.

그래서 지금까지도 아이스티를 그렇게 마시는데, 이제는 엄마가 만들어주는 경우를 제외하고는 '아놀드 파머'*를 따로 주문하면 된다는 걸 안다. 엄마는 내가 무엇을 좋아하는지 굳이 설명하지 않아도 정확하게 알고 있다.

엄마와 나는 살면서 함께 만들어 온 우리만의 단어를 사용했다. 아기였던 내가 과일 이름을 제대로 발음하지 못해 '사과' 대신 '사가'라고 불렀는데, 엄마는 그 단어가 원래 단어보다 낫다고 생각했다. '과카몰레' 대신 '로카몰레'라고 부르는 것도 같은 이유다. 말이 길어지는 사람은 무조건 '대릴'이라고 불렀는데, 언젠가 대릴이라는 이웃이 아주 말이 많았기 때문이다.

한두 해 지나면 우리만의 특별한 단어들도 사라지겠지.

나는 이런 생각들을 떨쳐냈다. 앞으로 잃을 것들을 자꾸 생각하면 지금 이 순간도 잃게 될 것이므로.

오늘은 완수해야 할 미션이 있다.

잠시 후 엄마가 감자튀김과 아이스티를 가져왔고 케첩을 내

---

* 아이스티와 레모네이드를 섞어 만든 무알코올 음료.

쪽에 가깝게 밀어줬다. 내가 케첩을 얼마나 좋아하는지 알기 때문이다.

감자튀김은 노릇노릇하고 바삭했다. 그러나 입에 무는 순간 내가 아는 그 맛을 전혀 느끼지 못했다.

계속 멜라니를 쳐다봤지만 그녀는 이제 내 근처로 오지 않았다. 엄마가 8번 테이블에 주문을 받으러 가서야 나는 기회를 잡았다. 아마도 같은 상가에 있는 다른 건물에서 일하는 동료들인 것 같았다. 단골손님인지 엄마는 반갑게 인사했다.

시선을 엄마에게서 거두지 않은 채 멜라니의 관심을 끌기 위해 노력했다. 드디어 멜라니가 내 쪽을 봤고 나는 잠깐 와달라고 손짓했다.

"있잖아요. 길게는 얘기 못 드리지만, 말씀드릴 게 있어요." 내가 속삭였다.

"우리 엄마요, 엄마가 아프세요⋯."

순간 목구멍이 조여왔다. 멜라니는 대부분의 사람처럼 깜짝 놀라 움찔하거나 물러서지 않았다.

"어떻게 아프신데?"

"알츠하이머병이요. 조기 발병이에요. 의사가 거의 확신하더라고요."

멜라니의 표정은 그대로였지만 눈빛이 달라졌다.

"아마도 이제⋯."

멜라니가 내 팔 위에 손을 올리며 말했다.

"알아. 내 남자 친구의 할아버지도 알츠하이머병을 앓으셨어.

정말 안됐구나.”

턱이 떨리는 게 느껴졌지만 꾹 참았다.

“일하면서 엄마가 실수한 적은 아직 없나요? 엄마가 문제를 일으키지 않으면 좋겠어요.”

멜라니는 모르고 넘어갔던 상황이 있었나 기억을 더듬어 보더니 말했다.

“내 기억에 그런 적은 없었던 거 같아. 정말로.”

그 대답을 들으니 기분이 좀 나아졌다. 증상을 일찍 알아채지 못한 게 나뿐만이 아니었다. 이걸로 엄마의 질병이 아직은 초기 단계라는 게 더 확실해졌다.

“다행이에요. 계속 저에게 알려주세요, 네?”

“그럴게. 얘야, 자.” 멜라니는 앞치마에서 펜을 꺼내 나에게 주며 말했다.

“냅킨에 전화번호 적어 줘. 나중에 문자메시지를 보낼 테니 내 번호도 저장하고.”

나는 멜라니 너머를 힐끗 보며 시키는 대로 했다. 아직 손님이 많은 테이블에서 주문을 받고 있는 엄마 역시 우리 쪽을 힐끔거렸다. 엄마는 내가 멜라니와 이야기하는 걸 좋아하지 않는다. 아마 내가 멜라니와 무슨 대화를 나눌지 예상하며 심히 걱정하고 있을 것이다.

“하나 더요. 나중에 엄마랑 또 술 마시러 나가면 미리 저에게 알려주실래요? 엄마랑 저랑 서로 위치를 공유할 수 있거든요. 그런데 혹시라도 엄마가 휴대전화를 집에 두고 나가거나 바에 두고 나오기라도 하면…."

"와, 아직도 엄마랑 위치를 공유해? 나도 우리 애들이 어디에 있는지 좀 알았으면 좋겠다." 멜라니가 따뜻한 목소리로 말했다. 그 어떤 동정 어린 말을 하지 않고 나를 위로해 주려고 했다.

"물론이지. 알려줄게. 그런데…."

주변에 앉은 남자 손님이 멜라니에게 손짓하며 계산서를 달라는 의미로 허공에 뭔가를 쓰는 시늉을 했지만 멜라니는 알아보지 못했다.

그리고 곧 두 눈을 크게 굴리더니 얼굴을 찌푸렸다.

뭔가를 기억한 게 분명했다. 실 한 가닥이 풀리는, 얽힌 실타래가 풀리는 시작점이다. 어쩌면 엄마는 계속 실수를 해왔지만, 지금까지 멜라니 머릿속에서 어떤 패턴을 이루지 못했던 걸 수도 있다.

나는 마음을 굳게 먹었다.

"나도 너희 엄마가 나 좀 데리고 한잔하러 나갔으면 좋겠다. 내가 지금까지 몇 년 동안이나 너희 엄마에게 같이 나가서 좀 놀자고 했는데 매번 피곤하다고 했어. 자기에게는 너만 있으면 된다면서."

멜라니는 내 어깨를 꽉 붙잡고는 급하게 뒤돌아 자신이 맡은 테이블로 떠났다.

멜라니가 한 말은 완벽하리만큼 분명했지만, 그럼에도 나는 이해할 수가 없었다. 멜라니는 엄마와 한 번도 밖에서 술을 마신 적이 없다고 말했다. 멜라니와 그녀의 남자 친구가 엄마에게 소개

해 줬다는 남자는 존재하지 않았다. 술에 약간 취해 집에 늦게 들어오던 그 많은 밤들은 모두 가짜였다.

어안이 벙벙해진 나는 접시 위 감자튀김이 식어가는 동안 얼마나 오래 그 자리에 그대로 앉아 있었는지 모른다.

마침내, 나는 고개를 들 수밖에 없었다.

엄마가 식당을 가로질러 나를 노려보고 있었다. 마치 바쁘게 돌아가는 식당 중앙에 세워진 동상 같았다.

나와 눈이 마주친 엄마는 급히 방향을 틀어 주방으로 향했다.

## 12. 루스

캐서린이 멜라니에게 말했다. 안 그랬을 리가 없다.

멜라니는 내게 똑같이 행동하지만, 평소와는 다른 분위기가 느껴진다. 가끔 내가 맡은 손님들이 불만은 없는지 확인하는 것처럼 내 테이블을 슬쩍 살피기도 한다.

캐서린이 내 상황을 털어놨을 모든 사람 중에 그래도 멜라니는 꽤 안전한 편이다. 그저 캐서린과 멜라니가 다른 이야기는 더 안 했기를 바랄 뿐이다.

바쁜 점심시간이 지나고 쉬는 시간에 휴대전화를 확인해 보니 캐서린에게서 문자메시지가 와 있었다.

**저녁에 친구랑 영화 보고 올게요. 집에 올 때까지 안 주무시면 봐요.**

나는 커피를 따르고 바 테이블에 기대 한 모금 마시면서 캐서린이 보낸 메시지 내용을 곱씹었다. 캐서린은 가깝게 지내는 친구가 별로 없고 나처럼 집순이다. 그리고 그 망할 이선과 헤어진 후에는 누구와도 사귀지 않고 있다.

그러니 도대체 누구와 영화를 본다는 건지 궁금해졌다. 정말 영화를 보기는 하는지도. 어쨌든 오늘 밤은 캐서린이 퍼붓는 질문 세례를 받지 않아도 된다는 사실에 조금 안도했다. 피곤한 발을 따뜻한 물에 푹 담가 머릿속을 정리하고 싶을 뿐이었다.

근무시간이 끝나자마자 나는 멜라니가 괜히 동정이나 위로의 말을 하지 못하게 인사도 하지 않고 밖으로 나왔다.

시동을 걸자 보네빌이 털털거렸다. 나는 엔진 시동이 걸릴 때까지 기도했다. 지금까지 거의 24만 킬로미터 조금 넘게 탄 차지만 더 오래 달릴 수 있기를 바라고 있다.

주차장에 앉아 엔진이 예열되기를 기다리면서 코너를 꺾어 들어와 내 옆에 주차하는 트랜스 앰 운전자를 지켜봤다. 내 또래 정도로 보이는 잘생긴 남자다. 하지만 나는 운전자가 아닌 차를 확인했다.

예전에는 빈티지 고성능 차를 좋아하곤 했다. 머스탱, 카마로, 세빌, 그중에서도 콜벳을 가장 좋아했다.

제임스가 몰던 차가 콜벳이었다. 가드레일을 받아 망가진 차를 샀는데, 차주의 아내가 팔아버리라고 강요한 것이었다. 제임스는 가장 심하게 훼손된 부분을 들어내고 검정 칠을 한 뒤 엔진 마력을 조금 더 추가했다.

그리고 나와 첫 데이트를 하던 날 끌고 왔다.

변속기어를 드라이브에 두고 차를 뺐다. 어제와 마찬가지로 확인 작업을 위해 도서관에 먼저 들를 계획이다. 잠시도 방심하고 있을 수 없다.

나와 캐서린을 둘러서 쌓아둔 장벽이 무너질 위험이 없다는 게 확실할 때 집으로 향할 것이다.

마치 제임스가 거기서 날 기다리고 있는 것 같다. 어떻게 보면 맞을 수도 있다. 제임스를 더 기억해 내서 공책에 적어야 하기 때문이다.


제임스랑 첫 데이트를 하던 날 밤에 아버지는 일찍 퇴근할 수가 없었어.

그래서 나보고 응원 연습이 끝나면 집에 오는 길에 티미랑 같이 햄버거라도 사서 먹으라고 하셨지. 우리는 햄버거를 사 먹었어. 가게에 앉아 책을 펴놓은 채 티미는 연필 끝에 달린 지우개를 잘근잘근 씹으며 방정식을 풀었어. 어차피 나는 그 과목을 배운 지 너무 오래돼 기억도 못 했기 때문에 별로 도움이 되지 않았지. 나는 내 영어 에세이 초고를 썼어. 셰익스피어가 쓴 《로미오와 줄리엣》에 나타난 전조에 관해 써야 했거든. 보통 학교에서 읽으라는 책은 끔찍이도 싫어했는데 이상하게도 이 길지 않은 희곡이 내게 말을 거는 것 같았지.

'사랑에 빠진 10대들은 자기 인생을 망친다.'

정말이야, 나도 이상하다는 거 알아.

티미와 집에 도착할 때까지는 아버지가 집에 와 계시길 바랐어.

하지만 아직 안 오셨더구나.

　아버지는 사업을 하던 외가에 고용돼 일하는 분이었어. 그렇게 엄마와도 만나셨고. 외가는 지역 대학교 근처에 집을 여러 채 소유하고 있었어. 캠퍼스 근처에서 자취 말고는 별다른 선택지가 없는 학생들에게 터무니없는 가격으로 방을 빌려주곤 했지. 나와 티미는 가끔 아버지를 따라다니기도 했는데, 난 우리 외가가 학생들을 상대로 치는 사기 행태를 믿을 수가 없었단다. 방 네 개짜리 집을 빌려주는데 한 칸을 쪼개고 쪼개서 방 여덟, 아홉 개짜리 집으로 만들었더구나. 한 공간은 겨우 트윈 베드랑 옷장을 넣을 수 있는 정도였고 리놀륨 조각 바닥으로 된 주방과 화장실은 너무 지저분했어. 벽은 금이 많이 간 상태인 데다가 가전제품도 제대로 된 게 없었지.

　그래도 대학생들과 그 부모들은 더 나은 환경으로 이사하기 전에 잠깐 사는 곳이라고 생각했기 때문에 참고 견뎠어. 게다가 그 집에서 난잡한 파티를 열거나 거실에 쓰레기봉투를 쌓아둬도 아무도 상관하지 않았지. 어차피 학생들이 그 집에 대단한 해를 입힐 수 있는 것도 아니었고, 만약 그렇다 해도 외가는 그저 임대 보증금만 돌려주지 않으면 그만이었던 거야. 딱히 집을 망가뜨린 흔적이 없어도 꽤 많은 보증금을 챙긴 건 확실해.

　눈치챘겠지만, 엄마, 그러니까 네 외할머니에게는 악마의 피가 제대로 흐르고 있었어. 쌀쌀맞고 편견이 가득하고 욕심 많던 나의 외할머니에게서 물려받은 거지. 이것도 부드럽게 말한 거란다.

　외할머니가 아버지에게 '스픽spic'*이라고 말하는 걸 들은 적이 있어. 그때는 그게 무슨 뜻인지 몰랐지. 사전에도 없는 단어였거든.

립스틱을 바른 외할머니의 입술이 뒤틀리며 못나지는 걸 보고 분명 나쁜 말이라는 것만은 알았어.

어쨌든 내 안에 반은 엄마에게서 받은 거라고 걱정이 들 때마다 나는 나머지 반은 아버지에게서 받은 거라고 스스로를 위로하곤 했단다.

아버지가 늦게까지 일하는 경우는 다 시간외근무였어. 대학교 근처에 연쇄 강간범이라도 나타나면 여학생들이 겁에 질려했는데, 아버지는 그들이 지내는 방문에 모두 잠금장치를 달아주셨지. 그 비용은 아버지가 사비로 내신 거야. 공구 가게에 직접 따라가서 봤거든.

아버지 성함은 마테오야. 만약 네가 아들이었다면 너의 가운데 이름이 됐겠지.

제임스와 내가 처음으로 데이트를 하기로 한 날 밤에 아버지는 학생들이 지내는 아파트의 배관 작업을 돕고 계셨어.

티미와 햄버거를 다 먹고 숙제도 다 하고 집으로 돌아와서도 차 안에서 몇 분간 앉아 있었어. 하지만 언제까지 그러고 있을 수는 없었지. 곧 해가 지기 시작했고 제임스와 만나기로 한 약속 시간까지 30분밖에 남지 않았거든.

주방 현관을 살짝 열어보니 집 안은 평소와 같지 않게 너무 고요했어. 엄마는 보통 거실 소파에 누워서 TV를 틀어놓은 채 잠에

---


* 스페인어를 쓰는 놈이라는 뜻으로 남미 스페인어권 출신 미국인을 가리키는 대단히 모욕적인 말이다.

들었거든.

잠시 기다려 봤지만 아무 소리도 나지 않았어. 그래서 티미에게 차에서 내리라고 손짓했지. 이제부터 우리의 행동 루틴은 내가 응원단에서 연습한 춤 순서만큼이나 복잡하단다. 티미가 최대한 소리가 나지 않게 차 문을 닫았어. 내가 먼저 주방으로 들어가 빠르게 주위를 둘러봤지(정말 힘들게 배운 순서란다. 한번은 엄마가 집으로 들어가는 내게 빈 와인 잔을 던진 적이 있거든. 다행히도 엄마는 정확하게 날 조준하진 못했지). 그러고는 티미에게 들어오라고 다시 손짓했어.

내가 있는 자리에서는 거실이 보이지 않았어. 하지만 엄마가 항상 같은 자리에 널브러져 있다는 건 확실했지.

집 안에 불이 거의 꺼져 있어서 전체적으로 어두운 그림자가 드리워졌지만, 굳이 불을 켜지는 않았어. 나와 티미는 살금살금 계단을 올라갔단다.

2층 역시 아주 조용했어.

그래도 나는 경계를 늦추지 않았지. 내가 먼저 티미 방을 확인하고 티미가 들어갈 때까지 기다린 다음 방문을 닫아줬어.

복도 맞은편에 안방 문이 살짝 열려 있었어. 문틈으로 보이는 어두운 방에는 아무도 없었지.

나는 숨을 내쉬고 내 방으로 들어갔어. 엄마는 아마 다음 날 아침까지 저대로 소파에 누워 잘 것 같았어.

더는 조용히 할 걱정 없이 빠르게 움직였어. 깨끗한 반바지와 윗옷과 속옷을 챙겨 복도에 있는 화장실로 갔지. 신발과 옷을 벗고 팔을 들자 응원 연습으로 땀에 전 냄새가 났을 때는 코를 찡긋하게 되더구나.

초고속으로 샤워를 끝내고 신기록을 세우며 옷을 갈아입었어. 원래는 화장을 짙게 하는 걸 좋아했지만 그때는 마스카라를 몇 번 칠하고 체리 색 립글로스를 바를 시간밖에 없었단다.

무슨 소리가 들린 것 같아서 화장실 문을 살짝 열고 귀를 기울였어. 하지만 모든 게 그대로였지. 티미의 방문은 닫혀 있고 안방 문도 살짝 열린 그대로였어. 집은 조용했어.

이제 곧 밖에 나가야 할 시간이었어.

이다음에 일어난 일은 글로 쓰기가 힘들구나….

나는 화장실 문을 닫고 헤어드라이어를 켰어.

머리를 완전히 숙여서 모근 쪽으로 바람을 틀어야 좀 더 풍성하게 보이도록 말릴 수 있다는 거 알지?

내가 딱 그렇게 하고 있었어. 머리에 볼륨을 더 주고 싶었거든.

헤어드라이어가 내는 요란한 소리가 귀 안을 채웠어. 120초 동안 다른 소리는 들을 수가 없었지.

그리고 드라이어를 껐어.

아이들이 우는 소리는 모두 다르단다. 화가 났든 슬프든, 다쳤든 피곤하든 소리가 전부 다르지. 나는 티미가 그 모든 방법으로 우는 소리를 들어봤어. 그래서 남자애가 울 수 있는 방법을 다 안다고 생각했지.

그런데 아니었어.

어떻게 화장실에서 나가 티미의 방까지 갔는지 기억이 나질 않는구나. 하지만 내 발이 땅에 닿지 않을 정도로 빨랐다는 건 확실해. 의식적으로는 움직인 기억이 없는데 어느새 순간 이동을 해버린 거야.

티미는 침대에 등을 대고 납작하게 누워 있었고 엄마가 그 위에서 티미를 꼼짝 못 하게 잡고 있었어. 엄마는 두 무릎으로 티미의 팔꿈치를 눌러 움직이지 못하게 하면서 티미의 얼굴을 철썩 때렸어.

티미는 코피를 흘리고 있었지.

나는 미쳐 날뛰기 직전이었어. 엄마에게 몸을 던져 동생과 떨어뜨리고 방을 가로질러 밀어냈어.

나보다 덩치가 컸지만 만취 상태였기 때문에 가능했던 거야. 엄마는 금방 다시 일어났어. 내 팔을 잡고 벽을 향해 세게 밀었지. 나에게 나쁜 년이라고 욕하고 더 심한 말로 저주를 퍼부었어.

티미가 엄마에게 제발 그만 좀 하라고 애원하는 소리가 들렸어. 악몽이라도 꾸면 자신을 보호해 줄 걸 알고 내 방으로 들어오던 귀여운 남동생은 코에서 피가 주르륵 흐르고 있었지.

그때 티미의 목소리가 작아지더니 귓가에 으르렁거리는 소리 외에 아무것도 들리지 않았어. 마치 헤어드라이어 소리 같았지.

난 엄마를 죽이고 싶었어. 엄마의 두 눈을 할퀴고 머리카락을 한 움큼 뽑아버리고 회반죽 벽에 대고 머리를 계속 쳐서 얼굴이 죽상이 되게 해주고 싶었어.

바로 그 순간에 아버지가 도착하지 않았다면 난 정말 그렇게 했을 거야.

아버지가 뒤에서 팔로 감아 내 두 팔을 옆으로 떨어뜨렸어.

모르는 사람이 봤다면 아마 퇴근하고 온 아버지가 딸을 놀라게 해주려고 뒤에서 안아주려는 것처럼 보였을 거야.

아버지는 나와 티미에게 밖으로 나가 있으라고 하셨어. 귓가에서 앵앵거리던 소음이 사라지더구나. 마치 내 영혼이 몸을 빠져나갔다가 다시 돌아온 것처럼 느껴졌어.

바닥에 쓰러져 있던 엄마가 눈을 뜨고 다시 일어나려 했어. 그렇게까지 다치진 않았던 거야.

어쩌면 무슨 일이 일어난 건지 기억도 못 하겠지.

나는 티미와 손을 잡고 아래로 내려가 다시 주방으로 들어갔어. 지나가면서 테이블에 있던 종이 냅킨을 챙겼지. 엄마는 항상 진짜 천으로 만든 것 같은 종이 냅킨을 은으로 된 받침대 위에 보관했거든.

엄마는 보이는 걸 중요하게 여겼어. 혹여나 누가 볼 수도 있으니 집 밖에서는 절대 우리를 때리지 않았지. 정말 꼴사나운 일일 테니까.

나와 티미는 집 앞 계단에 앉았어. 최대한 깨끗하게 티미의 코를 닦아주고 꽤 오랫동안 손을 잡아줬어. 관심을 다른 데로 돌리려고 언젠가 티미가 하고 싶다고 한 것들에 관해 이야기했어. 승마하기. 비행기 타기. 나랑 이탈리아에 가서 매일 다른 맛으로 젤라토 아이스크림을 먹고 싶다고도 했지.

드디어 아버지가 나오셨어. 아직도 왼쪽 가슴 주머니에 이름이 새겨진 작업복을 입고 계셨지.

아버지는 티미의 코와 내 팔을 확인하셨어. 손톱자국이 빨갛게 올라오는 게 멍이 들려고 그랬나 봐.

슬픈 표정을 짓는 아버지의 얼굴을 보니 내 마음이 찢어졌어. 아버지야말로 갇힌 인생을 살고 있다는 걸 알았거든. 돈이 좀 있었던 엄마네 가족이 고등학교를 중퇴한 빈털터리 아버지를 고용한 거야. 만약 아버지가 엄마를 떠난다면 그들은 아버지를 해고하고 우리의 양육권을 갖기 위해 변호사를 고용할 거야. 보통 법원은 엄마들에게 유리하게 작용하니 어렵지 않겠지. 전에 엄마가 아버지에게 소리치는 걸 들었거든.

무엇보다 가톨릭 신자였던 아버지는 어차피 이혼을 좋게 생각하지도 않으셨고.

나는 아버지에게 우리는 괜찮다고 거짓말을 했고 티미도 끄덕였어.

아버지가 맥도날드에 가서 아이스크림을 사 주겠다고 하자 티미의 표정이 조금 밝아졌어. 나에게도 약속 장소에 나갈 건지 아니면 같이 맥도날드에 갈 건지 물으셨지.

약속 시간이 이미 훌쩍 지나서 제임스가 더는 나를 기다리지 않을 것 같았어. 학교 사물함으로 쪽지를 주고받는 것 외에는 제임스와 연락할 길이 없었거든. 데이트를 신청한 것도 제임스가 쪽지로 남긴 거였고. 나는 내가 갖고 있던 가장 예쁜 연보라색 포스트잇에 '그래'라고 한마디만 써서 사물함 사이에 꽂아뒀어. 응원 연습이 끝나자마자 남긴 내 쪽지는 다음 날 아침 학교에 가보니 사라져 있었단다.

아직도 제임스가 어떻게 내 눈에 띄지 않게 학교를 들락날락했

느지는 모르겠어. 수많은 사람 사이에서도 제임스를 찾을 자신이 있었는데 말이지.

난 잘 모르겠다고, 나중에라도 맥도날드에 들르겠다고 했어.

내 볼에 입을 맞춘 아버지는 티미의 손을 잡았고 우리는 같이 진입로로 걸어갔어. 아버지는 내 차보다 훨씬 상태가 안 좋은 차를 몰았어. 내 차에는 에어백이 장착돼 있어서 무조건 내가 몰아야 한다고 우기셨거든. 나와 티미 곁에 안 계실 때도 우리를 보호하려고 하신 거야.

엄마는 아버지에게 패배자라고, 최악의 남편이라면서 절대 결혼하는 게 아니었다고 쏘아붙였고 여러 방법으로 아버지를 이겨보려 했어. 아버지는 충분히 그 모욕을 받아칠 수 있었어. 엄마가 나를 임신해서 아버지에게 결혼을 강요한 거였거든. 엄마가 서른 살이고 아버지가 스물다섯 살일 때 처음 만났는데, 그렇다고 엄마가 아주 대단한 여자도 아니었으니까.

그런데도 아버지는 단 한 번도 같이 싸우거나 방을 뜨는 일 없이 항상 엄마의 분노를 다 받아주셨어. 오랜 시간 동안 난 그 이유를 알 수 없었지.

이제 와 생각해 보니 그 이유를 알겠더구나. 차라리 엄마가 쏘아붙이는 폭언을 참아내서 우리에게 가해질 신체적 폭력을 막길 바라셨던 거야.

학교 앞은 높은 가로등이 밝게 비추고 있었지만, 그 뒤에 있는 주차장은 아주 깜깜했어. 차가 한 대도 세워져 있지 않았지.

제임스는 날 단념한 거야.

맥도날드에도 집에도 가고 싶지 않았어. 그래서 라디오나 들으며 드라이브를 좀 하기로 했어. 어쩌면 피자 피아조에 가서 제임스에게 쪽지를 남길 수도 있으니까.

차를 돌리는데 헤드라이트가 주차장 구석에 세워진 검은색 콜벳을 비췄어.

뒤쪽 범퍼에 제임스가 기대어 서 있었어.

청바지에 흰 티만 입었는데도 일할 때 입는 유니폼을 입었을 때보다 훨씬 더 멋져 보였어. 제임스를 보자마자 직전에 있었던 추악한 일들이 싹 씻기는 것 같았지. 나는 차를 세우고 제임스 쪽으로 걸어갔어. 머리도 제대로 빗지 않고 마스카라도 다 번지고 신발도 신지 않은 난 완전히 엉망이었지.

하지만 내가 앞에 서자 제임스는 웃어줬어.

내게 와서 뺨을 부드럽게 어루만졌지.

얼굴에 핏자국이 있어, 제임스가 말했어.

내 피는 아니야. 티미에게서 튄 거야.

무슨 변명이라도 할 수 있었을 텐데, 나도 내가 왜 그랬는지 모르겠구나. 제임스가 단 한 번도 끊지 않고 내 이야기를 들어줘서였을 수도 있고, 내 이야기가 전혀 충격적이지 않아서였는지도 모르지. 나는 제임스에게 모든 걸 털어놨어.

반 정도 이야기했을까, 제임스가 내게 두 팔을 둘렀어. 아버지가 나를 제지하려고 했을 때와는 반대 방향에서 말이야. 제임스는 내 머리가 그의 가슴에 닿도록 부드럽게 나를 끌어당겨 두 팔로 내 몸을 감쌌어.

마침내 이야기를 끝냈을 때 제임스의 티셔츠는 내 눈물로 젖어 있었지.

첫 데이트를 이런 식으로 하려던 건 절대 아니었는데. 어떤 남자든 뒤도 안 돌아보고 도망쳤을 거야.

하지만 제임스는 계속 나를 안고 있었어. 나는 눈을 감고 제임스의 느리고 한결같은 심장박동 소리를 들었어.

조금 뒤에 제임스는 나를 데리고 학교로 향했어. 말도 안 되지만 문이 열려 있는 거야. 알고 보니 제임스는 열린 창문으로 뛰어올라 창틀을 손가락으로 잡고 몸을 끌어 올려 들어갔더구나.

보기보다 꽤 힘이 셌던 거지.

제임스가 내 손을 잡았어. 그때 팔을 타고 오르는 흥분이 온몸에 퍼졌지.

밤에 들어간 학교는 느낌이 달랐어. 온통 어두워서 마치 바깥에서 보이는 윤곽만큼 푹 파낸 것 같았거든.

우리의 발소리가 텅 빈 복도에 울렸어. 우리는 체육관으로 가서 농구 코트를 지나 마루 매트로 덮인 작은 방으로 향했어. 레슬링 선수들이 연습하는 방이었지.

제임스는 나보고 가만히 있으라고, 곧 돌아오겠다고 말했어.

제임스는 사라졌고, 나는 곧 나를 향해 다가오는 그림자를 느꼈어.

다시 나타난 제임스를 보고 두 눈을 의심했어. 은색 루이빌 슬러거 야구방망이를 들고 있었거든.

어쨌거나 제임스를 보자마자 심장이 빠르게 뛰기 시작했어. 다시 나를 안아주기를 간절히 원했지.

그런데 제임스는 그 대신 내 손에 방망이를 쥐여주더니 다 쏟아내라고 하는 거야.

처음엔 무슨 뜻인지 몰랐어. 제임스는 돌돌 말아놓은 레슬링 매트를 가리키면서 그게 엄마라고 생각하고 마땅히 받아야 할 벌을 주라고 했어.

나는 두 손으로 방망이를 머리 위로 들어 올렸다가 매트 위로 내려쳤어.

그리고 제임스를 돌아봤지.

딱 봐도 그걸로는 충분하지 않다는 눈빛이었어. 물론 나도 충분하지 않았고.

나는 다시 방망이를 들었어. 그리고 또 들었어.

내 안의 모든 걸 쏟아냈어. 그간 느꼈던 분노와 상처와 수년 동안 쌓인 무력함까지. 엄마가 때렸던 순간들, 위협하고 할퀴고 모욕했던 그 모든 순간을 하나하나 곱씹으며 방망이를 내려쳤어.

엄마가 나를 사랑해 주지 않는다는 걸 곱씹으면서.

드디어 끝났을 때 난 숨을 헐떡이며 땀을 흘리고 있었어. 아마 무척 사나워 보였을 거야. 그렇지만 더는 무력함을 느끼지 않았어. 더는 희생양처럼 느껴지지 않았어.

방망이를 떨어뜨리고 고개를 돌려 제임스를 쳐다봤어.

제임스는 마치 내게서 최고의 선물을 받았다는 듯 나를 바라보고 있었어. 그러니까 나 자체가 선물이었던 거야.

응원단 대표 선거가 끝나고 브리트니를 할퀼 듯이 쳐다보던 나를 처음 본 그날 밤, 내 안에도 이런 분노가 있다는 걸 알아차렸다고 제임스는 속삭였어. 그러고는 나를 당겨 키스를 퍼부었어.

이전에도 키스를 해본 적이 있었지만, 그렇게는 아니었어. 어떻게 해도 그를 충분히 가질 수 없을 것 같았지. 나는 키스를 하면서 손으로는 제임스의 머리카락을 붙잡았어. 제임스는 갑자기 얼굴을 떼더니 나를 내려다보고 다시 키스하기 시작했지. 자기도 이 순간을 멈출 수 없다는 듯이 말이야.

조금 있다가 우리는 두 손을 맞잡고 몇 걸음 갈 때마다 키스하며 휘청휘청 밖으로 나왔어. 관중석에 올라가서 나는 두 다리를 제임스의 다리 위에 걸치고 앉았어. 우리는 버드 라이트 맥주를 마시고 제임스가 피자 피아조에서 가져온 초콜릿 칩 카놀리*를 나눠 먹었어.

집으로 돌아가야 할 시간이 되자 제임스가 차로 우리 집까지 따라왔어. 내가 방에 들어가서 불을 깜박일 때까지 밖에서 기다려 줬지. 방 조명을 깜박이기로 한 건 우리가 미리 정한 신호였어.

그날 밤부터 나는 완전히 제임스에게 빠져들었어. 중독됐다고나 할까. 우리는 가능한 만큼 함께 있었고 같이 있지 않더라도 난 항상 제임스를 생각했어.

매일 학교에 도착하면 사물함 문틈에 끼어 있는 새로운 쪽지를 발견했고 응원 연습을 할 때면 언제나 관중석에 앉아 있는 제임스를 올려다봤어. 마치 내 안에서 달아오른 빛을 발하는 느낌이 들었

---

* 바삭하게 튀긴 튜브 모양의 반죽에 크림 등을 채워 넣은 디저트.

지. 브리트니가 내 가방 위에 다이어트 관련 전단을 올려두거나 코치가 연습 때마다 나를 맨 뒷줄에 세우고 내 파란색-금색 폼폼이 없어지자 직접 사라고 했을 때도 전혀 상관없었어. 그 무엇도 나를 꺾을 수는 없었단다.

이제 우리는 서로의 자유 시간에만 볼 수 있는 것도 부족하게 됐어. 제임스가 주중에 일을 해야 할 때는 내가 식당에 가서 제임스가 맡은 테이블에 앉아 다이어트 콜라를 홀짝거리며 몰래 내준 카놀리를 먹곤 했지. 숙제라도 하려고 했지만 몰래 제임스를 훔쳐보느라 거의 못 했어.

불면증이 있다는 제임스는 잠을 이루지 못할 때면 나를 데리고 드라이브를 가기도 했어.

어느 날 밤 제임스는 브리트니네 집을 지나왔다고 했어. 그러면서 웃는 표정이, 전에 식당에서 한마디 하려던 데이비스 부인을 한 방 먹였던 그때를 생각나게 하는 거야.

나는 혹시라도 제임스가 데이비스 부인의 차 바퀴에 구멍을 내거나 현관문 열쇠 구멍에 땅콩버터라도 발라놓은 건 아닐까 생각했어.

그래서 무슨 짓을 한 거냐고 물어봤더니 집 앞마당에 있던 그들이 키우는 고양이를 데려왔다고 하는 거야.

브리트니랑 친했을 적에 봤던 스모키라는 작고 귀여운 고양이가 기억났어. 목에 은방울을 메고 있었지. 무릎에 앉아서 내 배를 마사지하듯 주무르고 가르랑거리기를 좋아했어.

제임스에게 스모키를 어떻게 했냐고 물어보는데 가슴에 비수가 꽂히는 것 같았어.

제임스는 왜 그런 질문을 하냐는 듯이 눈을 깜박였지. 참치 통조림 하나를 따줬고 하루이틀 자기 집에 데리고 있다가 다시 데려다줄 거라면서.

그 말을 들으니 내가 순간 느꼈던 말도 안 되는 공포심이 날아가더구나.

제임스가 자신이 동물을 해칠 줄 알았냐고 조용히 묻길래 나는 고개를 저었어. 당연히 장난으로 물어본 거였지. 나야말로 왜 제임스가 아무 죄 없는 생명체에게 끔찍한 짓을 했을 거라 의심했을까?

나는 아직도 모르는 방 안에서 하루이틀이라도 혼자 있었을 스모키를 생각하면 기분이 별로 좋지 않단다.

하지만 그런 생각도 이내 제임스가 가까이 다가와 따뜻한 두 손으로 내 얼굴을 감싸고 다시 키스해 주자 모두 날아가 버렸어. 그리고 그는 가끔 밤늦게 운전할 때면 우리 집 앞을 지나치다가 길가에 차를 세우고 내 방을 올려다본다고 말해줬어.

제임스가 지켜보고 있으니 보호받는다고 느꼈지.

일주일 뒤에 나는 첫 밤을 보냈단다. 제임스는 학교 뒤에 있던 숲속 한가운데로 나를 데려가 별이 가득한 밤하늘 아래 담요를 펼쳤어.

그리고 내게 무슨 생각을 하느냐고 물었지.

솔직히 말했어. 제임스를 사랑한다고.

제임스도 똑같이 말해줬을 때 나는 곧바로 별들을 향해 몸이 떠오르는 걸 느꼈단다.

《로미오와 줄리엣》 에세이에 나는 모두가 아는 구절을 인용했다.

'이별은 이토록 달콤한 슬픔이군요.'

나는 그 바로 위에 쓰인 구절이 젊은 커플의 운명을 예견하기 때문에 사실 더 의미심장하다는 언쟁을 펼쳤다.

'하지만 당신을 소중히 여기다가 그만 죽이고 말겠네요.'

나는 A 마이너스를 받은 이 에세이를 바인더에 꽂아두고 금방 잊어버렸다.

그런데 지금에서야 그 구절이 자꾸 생각난다.


## 13. 캐서린

주문한 책 《엄마 이야기를 들려줘요》가 도착해 훑어보니 내가 답할 수 있는 질문이 거의 없다는 걸 깨달았다. 엄마가 안초비를 좋아하고 돌에 직접 간 겨자가 아니면 싫어한다는 사실 정도는 쓸 수 있겠다. 에이미 슈머가 나온 영화 「나를 미치게 하는 여자」를 열 번 넘게 봤는데도 볼 때마다 웃음을 참지 못한다는 사실도. 만약 엄마가 다른 나라를 여행한다면 그 첫 번째 장소는 아마 이탈리아일 것이다.

하지만 엄마의 인생이 시작하는 첫 부분, 그러니까 지금의 모습을 있게 한 그 부분은 여전히 미스터리다.

나는 단 한 번도 엄마가 교활하거나 가식적이라고 생각한 적이 없다. 그러나 지난 이틀 동안 엄마가 얼마나 비밀을 능숙하게 지키는지 알게 됐다.

그동안 엄마는 아주 가끔 데이트하거나 바에 가서 한잔하는 정도로 최소한의 사회생활을 하고 있다고 믿게 했다. 그런데 그것마저도 거짓임을 멜라니가 드러내 줬다.

또 엄마가 나 역시도 그렇게 살기를 바란다고 믿고 있었다. 비록 나는 친한 친구도 별로 없고 여자 친구들과 어울려 손발톱 관리를 받거나 주말에 뉴욕으로 짧은 여행을 다녀올 정도로 여윳돈이 있는 것도 아니었지만 엄마는 내가 가끔 데이트하거나 바에 간다고 하면 언제나 좋아하는 것 같았다.

당연히 아닐 때도 있었다. 엄마는 내가 유일하게 진심으로 만난 남자였던 이선을 싫어했다.

물론 그렇게 직접 말하지는 않았지만 나는 느낄 수 있었다. 아마 이선도 느꼈을 것이다.

나는 여러 이유로 이선과 헤어졌다. 그중에서도 가장 큰 이유는 이선이 술을 너무 많이 마신다는 거였다. 바텐더로 일하던 이선은 사진작가가 되겠다고 말하며 값비싼 카메라를 구매한 것 외에는 경력을 쌓기 위한 어떤 노력도 하지 않았다.

그래도 카리스마 넘치고 재미있고 태평스러운 성격으로 매일 밤을 파티로 만들 수 있는 그런 남자였다. 팔 전체가 빨간색과 보라색의 꽃과 해골과 다이아몬드 무늬가 그려진 뱀과 하트의 퀸 그림 문신으로 덮여 있었다. 파란색 가죽을 꼬아 만든 팔찌를 손목에, 금색 링 귀걸이는 한쪽만 차고 있었다. 흡사 여러 색으로 어우러진 사람 같았고 그렇게 내 인생에도 색을 입혀줬다.

우리가 헤어지던 날, 그러니까 내 마음이 찢어진 날은 우리가 만난 지 1년째 되는 날이기도 했다. 이선은 내게 퇴근하자마자 프랑스 식당에서 만나자고 했다. 어쩌면 이제 함께 살 집을 구해 같이 살지 않겠냐고 물을 수도 있겠다고 생각했다. 그동안 그런 조짐을 보여왔기 때문이다. 나는 어떻게 대답해야 할지 고민 중이었다.

약속 장소에 몇 분 일찍 도착한 나는 빳빳한 흰색 식탁보가 덮인 테이블에 먼저 앉아 있었다. 종업원들은 어두운 유니폼을 입고 있었고 테이블마다 포크와 스푼이 여러 개씩 세팅돼 있었다. 나는 로제 와인 한 잔을 먼저 시키면서 생애 처음으로 생굴을 먹어보겠다고 다짐했다.

그리고 약 30분 동안 나는 천천히 와인을 음미하며 휴대전화를 몰래 확인했다. 이선은 내가 보낸 문자메시지를 확인하지도 않고 전화도 받지 않았다.

식당을 나서는 길은 끝이 없어 보였다. 나는 단 한 번도 누군가와 밤을 보낸 다음 날 아침에 이른바 '워크 오브 셰임Walk of Shame'*을 겪어본 적이 없었다. 하지만 내가 바람맞았다는 사실이 모두에게 빤히 드러난 채 끝없이 길게만 느껴지던 그 레스토랑을 나오는 길에서만큼은 꼭 그런 기분이 들었다.

집에 도착하니 이선은 바닥용 청소 도구를 담아두는 플라스틱

---

* 하룻밤을 보낸 다음 날 아침 다른 사람들의 시선을 의식하며 귀가하는 상황을 가리키는 표현.

양동이를 옆에 둔 채 우리 집 소파에 뻗어 있었다. 겨우 저녁 7시 30분이었다.

이선이 이러고 있는 모습을 처음 본 건 아니었다. 어떤 날 밤에는 아예 술을 안 마시기도 했지만 마시게 되면 술기운에 사람들 대부분이 갖고 있는 내부 차단 밸브를 무시하고 두 잔이고 석 잔이고 계속 마시곤 했다.

엄마는 퇴근하고 얼마 있지 않아 이선이 전날 밤에 두고 간 휴대전화를 찾으러 왔다고 했다.

그리고 샤워하러 들어간 사이 이선이 혼자 술을 마시기 시작했다는 것이다. 우리 집은 주로 맥주를 사두지만 마침 그날 밤에 러시아산 보드카가 한 병 있었다. 엄마를 오래 안 손님 한 명이 러시아 사람인데 귀국하기 전에 한 병을 선물로 준 것이었다.

이선은 테킬라와 버번과 맥주를 좋아했다. 한번은 다른 술이 없어 와인 스프리처*도 마시는 걸 본 적이 있지만 가장 좋아하는 건 보드카였다.

내가 식당으로 출발하기도 전에 이미 취해버린 것이다.

이선이 나를 실망시킨 게 그때가 처음은 아니었다. 하지만 나는 이제 정말 마지막이라고 맹세했다.

헤어진 후에는 이선을 차단했다. 그래도 연락처를 삭제하지는 않았다.

휴대전화를 꺼내 연락처에서 이선을 찾았다. 터치 한 번이면

---

* 일반 백포도주에 소다수를 혼합한 음료.

차단을 풀 수 있었다.

헤어지고 몇 주 동안 삶에 햇빛이 사라진 듯 힘들었던 시간을 떠올리며 망설였다. 엄마가 아니었다면 그 시간을 결코 이겨낼 수 없었을 것이다. 엄마는 소파 옆에 앉아 이선을 잊으면 더 좋은 누군가가 나타날 거라고 말해줬다.

'내 딸이 마지막까지 함께할 사람이 이선 같은 남자는 아니지.'

엄마는 매우 확신하는 말투로 내 마음을 굳게 만들어 줬다.

엄마가 조언해 주지 않았다면 나는 다시 이선에게 돌아가 마음에 상처를 여러 번 남기고서야 겨우 헤어졌을 것이다.

엄마가 이선을 싫어한다는 것에만 너무 집중했던 나머지 이선이 엄마를 좋아하지 않는다는 것에는 별로 신경 쓰지 않았다. 엄마는 언제나 내게 좋은 것만을 생각했고 난 그걸 당연하게 여겼다.

그런데 우리가 헤어지기 직전에 이선이 짧게 무슨 말을 했던 게 지금에서야 기억났다. 나는 내가 가장 사랑하는 두 사람이 대립하는 걸 인정하기 너무 싫었기 때문에 그저 피하기만 했다.

그때 이선은 '그녀는 내게 기회조차도 주지 않았어'라고 했다.

어쩌면 오늘 밤에 집에서 엄마와 다시 대화를 나눌 수도 있다.

하지만 이제는 엄마의 입에서 절대 진실한 이야기가 나오지 않을 거라고 믿는다.

차단했던 이선의 연락처를 해제했다. 헤어진 지 몇 개월이나 된 지금에서야 그때 이선이 한 말이 무슨 뜻인지 궁금해 미칠 것 같았다.

천천히 새 문자메시지를 입력했다.

안녕, 캐서린이야. 오랜만이지…. 뭐 하나 물어볼 게 있어서. 시간 되면 알려줘.


전송 버튼을 누르기 직전에 나는 주눅이 들었다.

만약 누가 나를 차단했다면, 아무리 메시지를 보내도 상대방은 절대 받지 못한다. 그 메시지는 전송과 도달 사이 얽히고설킨 회색빛 사이버 공간 안에 영원히 머물 것이다.

내 메시지는 이선에게 전송됐다. 우리가 사귀던 시절에 서로 메시지를 받으면 읽을 때마다 상대방이 알 수 있도록 휴대전화 설정을 해둬서 알 수 있었다.

절대 그 설정을 풀지 않은 이선은 30초 정도 지난 후 내가 보낸 메시지를 확인했다.

답장이 오기까지는 1분이면 충분했다.


나 오늘 저녁에 일하니까 들르든가.


이선의 팔 안쪽에 새로운 문신이 보였다. 복잡하게 새겨넣은 나침반 그림이다. 짧은 포니테일로 묶을 수 있을 정도로 머리카락도 많이 길렀다.

아무튼 좋아 보였다.

바가 본격적으로 바빠지는 저녁 8~9시가 되기 전, 손님 한 무리가 도착했다. 나는 레몬 마티니를 만들며 두 여자 손님과 웃으면서 대화하는 이선을 스툴에 앉아 바라봤다. 손님 응대 솜씨가 뛰어난 이선은 팁을 많이 받는 편이었다.

이선이 근무를 마칠 때까지 나는 꽤 오랫동안 스툴에 앉아 있었다. 이 바는 올 때마다 축제 분위기다. 천장에는 동그랗고 하얀 전구들이 줄지어 매달려 있고 항상 부드러운 클래식 록 음악이 흐른다.

엄마의 증상을 알게 된 뒤로 줄곧 세상을 더 어둡게 바라보는 안경을 쓰고 있는 것 같다. 곧 바닥의 묵은때와 오래된 맥주의 쉰 냄새와 구석에 혼자 앉아 얼굴을 찡그리며 휴대전화를 보고 있는 대머리 남자가 눈에 들어왔다. 엄마 또래로 보이는 저 남자는 마른 체형이다. 어쩌면 그의 유전자도 그에게서 등을 돌렸을 수 있지만, 머리카락과 지방이 빠져나간 건 화학요법을 받고 있기 때문일지도 모른다.

누군가 내 이름을 부르는 소리에 나는 고개를 돌렸다.

우리는 넓은 목조 바를 사이에 두고 있어 다행히 어색한 포옹 인사는 하지 않아도 됐다.

이선이 몸을 앞으로 숙여 팔꿈치를 받치고 나와 눈을 마주쳤다. 단골손님을 맞이하는 태평스러운 표정이다. 자신은 이별을 극복하고 잘 지내고 있다는 걸 그 어떤 말보다 더 잘 표현하고 있었다.

헤어지자고 한 건 나였지만 조금 후회도 했다. 그 후로 아무도 만나지 않았기 때문일 수도 있지만. 이선은 분명 다른 여자들을 만났을 것이다. 어느 정도는 남성적이면서도 조금도 지배적이지 않은 성격 때문인지 여자들에게 항상 인기가 많았다.

"좋아 보이네." 이선이 말했다.

순간 여기 오기 전에 립글로스를 꾹꾹 눌러 바르고 구릿빛이 감도는 갈색 아이라인을 그리길 잘했다는 생각이 들었다.

그러나 곧 내가 이곳에 왜 왔는지를 상기했다. 전 남친과 시시덕거리려 온 게 아니라 알고 싶은 게 있어 왔다.

이선이 마실 걸 권해서 나는 블루문을 생맥주로 부탁했다. 그리고 이리저리 움직이며 음료에 진이나 토닉 워터를 섞고 맥주병을 따는 이선과 좀 더 이야기를 나눴다.

급할 게 없었다. 엄마에게는 저녁 식사를 같이 하기 위해 나를 기다리지 않도록 친구와 영화를 보러 간다고 메시지를 보내뒀다.

그렇다고 이선에게 아무렇지 않다는 듯이 툭 물어보고 싶지는 않았다. 대답하는 표정을 자세히 살피고 싶었다.

동시에 이선 근처에서 계속 시간을 보내고 싶기도 했다. 한때 너무도 익숙했던 낯선 상황이 추억들을 하나씩 풀어내고 있었기 때문이다. 예를 들면 이런 것이다. 엄마에게 처음 이선을 소개했던 날, 나는 아무 문제가 없다고 생각했다. 이선은 공손하고 친절했다. 먼저 신발을 벗고 집 안으로 들어왔고 우리가 다시 나갈 때 나를 위해 문도 열어줬다.

엄마도 이선이 마음에 드는 것 같았다. 그런데 언제 바뀐 거지?

우리는 곧 진지하게 만나기 시작했다. 서로 반대되는 성격은 오히려 함께 있으면 충족된다고 느꼈다.

우리는 일정도 반대여서 일주일에 한두 번 이상은 만나지 못했다. 하지만 하루 종일 메시지를 주고받았고 이선이 일하는 바가 한가할 때면 매일 저녁 통화를 했다.

언젠가 내가 이선과 함께 밤을 보내고 온 다음 날 아침 엄마는 내게 이선을 어떻게 생각하는지 물었다. 출근 준비를 마친 엄마가 밖으로 나가기 전에 멈춰 서서 이선이라면 내가 마지막까지 함께할 수 있는 남자냐고 물은 것이다.

나는 그게 무척 진심 어린 질문이라고 생각했다. 엄마는 그저 내가 이선을 얼마나 좋아하는지 알고 싶은 거라고 생각했다. 그래서 나도 진심 어린 대답을 했다.

**'아직은 모르겠어요.'**

하지만 이제 그 질문은 내 피부 아래에 가시를 박아 넣은 것처럼 느껴진다. 나는 술만 마시고 꿈을 이루기 위해 노력하지 않는 이선에게 더 예민해졌다. 현재에서 빠져나와 미래를 바라봤을 때, 내가 이선을 사랑했던 모든 조건이 불리할 수도 있겠다고 생각했다.

엄마는 이미 그 질문에 대한 대답을 알고 있었다. 그래서 내가 이선과 헤어졌을 때 **'내 딸이 마지막까지 함께할 사람이 이선 같은 남자는 아니지'**라고 말한 것이다.

엄마가 이선을 어떻게 생각했는지는 알겠다.

이제 과연 이선은 엄마를 어떻게 생각했는지 알 차례다.

몇 분 후 나에게 기회가 왔다. 이선이 바를 돌아 내 옆 스툴에 미끄러지듯 앉았다.

"맥주나 마시러 여기까지 온 건 아니잖아."

나는 끄덕였다. 오는 길에 어떻게 말해야 할지 단어들을 요리

조리 배열해 보며 연습했는데도 내 목소리는 어딘가 어색했다.

"좀 오래된 이야기긴 한데, 너랑 우리 엄마랑 정말 안 맞았잖아… 갑자기 너는 우리 엄마를 왜 그렇게 안 좋아했는지 궁금해서."

이선은 맥주잔을 가져가 잔을 돌리고는 조금 전 내 입술이 닿았던 바로 그 부분에 자기 입술을 갖다 대고 한 모금 마셨다. 묘한 친밀감이 들었다.

그리고 대답하는 대신 내게 다른 질문을 했다.

"너희 엄마가 다른 남자 친구랑도 헤어지게 했어?"

충격도 잠시, 나는 화가 치밀어 오르는 걸 느꼈다. 기념일 저녁 식사 약속에 이선 혼자 술에 취해 나타나지 못한 건 엄마와는 아무 상관이 없다. 엄마는 쭉 이선을 제대로 봐왔다. '그는 아직 소년이야, 남자가 아니고.'

"우리 엄마는…."

이선이 끼어들었다.

"너희 엄마가 하필이면 우리 기념일인 바로 그날 러시아인 단골손님에게 벨루가 골드 한 병을 받은 게 우연이라니, 이상하다고 생각해 본 적 없어?"

나는 깜짝 놀랐다. 그 오랜 시간 동안 엄마가 웨이트리스로 일하면서 손님들에게 받은 선물이라고는 팁뿐이었기 때문이다. 그래도 이선이 하는 말은 터무니없다고 생각했다.

"무슨 말을 하는 거야? 우리 엄마가 직접 보드카 한 병을 사 와서 너를 취하게 한 뒤에 내가 너를 떠나게 했다는 거야?"

아무리 화가 나도 한 가지는 확실히 알았다. 이선은 원한을 품지 않는다. 사소한 일에 앙심을 품지 않는다. 그리고 지금 나와 다시 만날 마음이 없다. 엄마를 깎아내리는 데 다른 이유가 있는 게 분명했다. 어쩌면 우리가 헤어진 사유에 대해 책임을 덜고 싶다는 간단한 이유일 수도 있다.

이선을 찾아온 건 실수였다. 집에서 엄마와 우리가 함께할 얼마 남지 않은 저녁 시간을 보냈어야 했다.

"우리 엄마가 네 목구멍에 보드카를 들이부은 건 아니잖아, 이선."

나는 자리에서 일어나 걸어가기 시작했다.

"아니지."

이선이 뒤에서 불렀다.

"하지만 그날 밤 나에게 먼저 한 잔 따라주셨어."

나는 뒤돌았다. 이선은 차분하게 날 쳐다보고 있었다. 눈빛에는 그 어떤 적의도 보이지 않았다. 대신 연민이 느껴졌고 나는 이선이 거짓말을 하는 건 아니라고 믿었다.

그다음에 나온 말이 가관이었다.

"그리고 그 술에 약을 탄 것 같아."

## 14. 루스

건강하지 못한 패턴은 가족력으로 이어진다. 마치 고가 우량

주나 머리카락 색깔처럼 대대로 상속된다. 그럼에도 한 가닥 희망은 있다. 미리 알고 대처하면 유전자에 새겨진 듯한 대본을 수정할 수 있다.

집을 나오면서 나는 엄마가 저지른 실수를 절대 반복하지 않겠다고 맹세했다. 의도적으로 내 아이에게 상처를 주지 않을 것이다. 평생 캐서린을 보호해 줄 것이다.

나는 돈이 많거나 좋은 집을 갖고 있지는 않다. 고등학교도 졸업하지 못했고 로마에도 가본 적 없다.

그러나 내 딸은 언제나 내 곁에 있을 것이다.

거의 25년 전에 고작 몇백 달러와 훔친 시계, 그리고 더플백만 들고 도망쳐 나왔을 때부터 내 인생은 여러모로 상상했던 대로 펼쳐졌다. 아마 아버지는 그때 내게 가졌던 자부심을 모두 잃었을 테지만 지금 캐서린이 어떻게 자랐는지 보면 기뻐할 것이다. 금빛이 나는 갈색 피부를 가진, 케첩에 열광하는 대졸 간호사.

아버지는 캐서린을 무척 사랑해 줄 것이다.

어쩌면 아직 내게 줄 사랑도 조금 남아 있을지 모른다.

우리 가족 중에서도 모계 쪽으로만 흐르는 암흑, 수많은 고통과 파괴를 초래한 못난 유산을 인정하지 않고 밀어내는 이유는 바로 캐서린 때문이다. 캐서린은 나의 새로운 시작이다.

나는 엄마가 저지른 실수를 반복하지 않는 데 성공했다. 하지만 나만의 새로운 실수를 하고야 말았다. 내 딸을 불필요하게 아프게 한 끔찍한 것들이다.

침대에 기대어 둔 베개에 더 깊이 파고들며 한숨을 쉬었다. 저녁 근무 때 무거운 쟁반을 많이 들고 왔다 갔다 했더니 등 아래쪽이 쑤셨다. 그래서 엡솜 솔트*를 뜨거운 물에 풀어 목욕했다. 그렇게라도 마음을 비우고 긴장을 풀 수 있다면 좋겠지만 불가능한 일이다.

오늘 계속 눈앞에서 제임스가 떠나지 않는다.

아침에는 정지 신호에 걸려 기다리는 차 안에 앉아 있더니 오후에는 7번 테이블에 앉아 있었고 아까 전에는 내가 불을 켜기 전까지 방 안에 그림자로 존재하다가 사라졌다.

이제 점점 가까이 오고 있다. 나는 느낄 수 있다. 곧 밤늦게 우리 아파트 주차장에 세워진 차가 보일 것이고 운전자는 그 안에서 나를 지켜보고 있을 것이다. 차 문을 열면 바로 제임스가 있을 것이다. 그는 힘센 두 팔로 나를 감싸안아 확 당길 것이다.

지금도 제임스는 이곳에 나와 함께 있다. 사실 제임스는 단 한 번도 나를 떠난 적이 없다.

다시 공책을 집어 들었다. 그래도 할 수 있을 때, 내 이야기를 최대한 많이 써놔야 한다.


한번은 수업이 끝나는 종소리가 울리자마자 제임스가 학교에 나타나서 날 놀라게 해준 적이 있단다. 응원 연습을 하는 운동장 주위를 둘러싼 관중석으로 걸어가고 있는데 몰려 있던 아이들이 내

---

* 사리염으로 따뜻한 물에 희석해서 목욕이나 반신욕을 하면 긴장된 근육을 이완시키고 피로 해소와 피부 개선에 도움을 준다.

앞에서 흩어지는 거야. 바로 거기에 마치 내 상상이 현실이 된 듯 제임스가 서 있었지.

나는 꺅 소리를 지르며 제임스에게 달려가 안겼어. 우리는 길고 깊은 키스를 나눴지. 누군가 야유를 보냈지만 난 누가 보든 상관하지 않았어. '사랑에 빠졌다'라는 말이 내 평생 처음으로 이해됐지. 사랑은 배고프거나 피곤한 감정처럼 느끼는 게 아니었어. 아주 깊이 빠져드는 거였지. 내 몸을 이루는 세포 하나하나를 타고 흘렀으니까.

시간이 가는 줄도 모르고 지냈어. 특히 제임스랑 있을 때는 더 그랬지. 우리는 우리만의 우주에 살고 있었거든. 주변은 전혀 신경 쓰지 않았어. 그때 제임스는 수입이 필요한 한 과부가 세를 놓은, 그야말로 암울한 방을 빌려 지내고 있었어. 가끔 내가 몰래 들어갈 때면 우리는 발뒤꿈치를 들고 계단을 올라가며 웃음을 참곤 했어. 다행히도 늙은 과부는 잘 듣지 못했지. 게다가 벽들은 더럽게 얼룩졌고 집 안에서는 강아지 오줌 같은 냄새가 나기도 했지만, 난 제임스와 함께 있다면 다른 건 모두 괜찮았어. 그는 정말 부드럽고 섹시하고 남자다웠단다. 가족들과 떨어져 살며 스스로 살길을 찾고 있으면서도 불평 한마디 하지 않았으니까.

그날은 수요일 오후였어. 나는 겨우 제임스에게서 떨어져 운동장을 향해 걷기 시작했지. 제임스는 내 손을 놓지 않다가 날 홱 잡아끌었고 우린 마지막으로 긴 키스를 했어.

그날 저녁에 데이트를 하기로 했기 때문에 난 제임스에게 세 시간 후면 또 볼 거라고 말했어. 제임스는 기다리기엔 너무 긴 시간이라고 했지.

난 웃었어. 제임스와 함께 있으면 많이 웃었지. 그와 있을 때면 항상 살짝 들뜬 상태였으니까.

운동장에 도착하니 응원 연습이 막 시작된 거야. 나는 책가방과 물병을 관중석에 던져두고(소지품을 사이드라인에서 최대한 멀리 둬야 한다는 걸 깨달았어) 얼른 합류했지. 코치는 윌 스미스가 부르는 「리듬에 몸을 맡겨Gettin' Jiggy Wit It」라는 노래를 틀었고 열한 명의 여자애들이 대열을 맞췄어.

그런데 코치가 나를 향해 손바닥을 보이며 손을 들더니 자리에 앉으라는 거야.

처음에 난 그들이 나만 빼고 새로운 루틴을 만든 줄 알았어. 코치나 브리트니라면 당연히 그러고도 남았으니까.

그런데 지난 2주 동안 세 번 지각한 나를 제외하겠다는 거야.

난 따지려다가 그만뒀어. 코치가 한 말이 사실이 아니라고 믿었거든. 그 근래에 학교가 끝나면 제임스가 꽤 자주 나타나서 날 놀라게 하곤 했지만 그때 난 단 5분 늦었을 뿐이었어. 코치가 출결을 확인하는 것도 처음이었고.

나는 관중석에 올라가 앉는 대신 코치에게서 조금 떨어진 사이드라인에 앉았어. 나를 응원단과 분리하려고 하다니, 그렇게 내버려둘 순 없었거든.

난 첫 번째 쉬는 시간이 끝나면 나더러 응원 연습에 합류하라고 할 줄 알았어. 그런데 코치는 오히려 더 열정적으로 나머지 단원들에게 다시 해보라고 시키는 거야.

또다시 10분이 흘렀고 나는 코치에게 가서 이제 합류해도 될지 물었어.

코치는 자기가 준비되면 기꺼이 들어가게 해주겠다며 날 쳐다보지도 않고 대답하더구나.

나는 자존심을 버리고 사과하며 다시는 지각하지 않겠다고 했어. 코치는 지금 이런 대화를 나눌 때가 아니라고 딱 부러지게 말했지. 그래서 난 기다렸어. 코치는 날 투명인간 취급하며 행동하더구나.

연습이 반 정도 끝났을 때 난 다시 코치에게 연습 내내 날 밖에 세워둘 거냐고 물었어.

그제야 코치는 고개를 돌려 날 봤어. 햇빛에 비친 에비에이터 선글라스 뒤에 숨은 눈빛은 보이지 않았지. 그러더니 나보고 다른 사람들의 시간은 무시했으면서 왜 갑자기 내 시간은 소중해졌냐고 비웃으며 묻는 거야.

난 이미 사과했으니 적어도 그에게는 다시 할 생각이 없었어. 게다가 내가 없다고 해서 연습을 아예 못 하는 풋볼 게임도 아니었으니까.

나는 단 5분 늦은 거라고 다시 말했어.

그러자 코치가 나에게 이미 두 번이나 경고했고 오늘이 세 번째라는 거야.

정말 뻔뻔한 거짓말이었지. 난 단 한 번도 지각했다고 경고를 받은 적이 없었으니까. 내가 이 말을 꺼내려 할 때 코치가 다시 손바닥을 들어 올리며 뒤돌아 버렸어.

갑자기 분노가 치밀었어.

알아차리기도 전에 이미 내가 해서는 안 될 말을 내뱉어 버렸어. 연습에 합류할 수 있을 때를 알려준다면 정말 감사하겠다고, 아니면 내가 얼마 동안 이러고 있어야 하는지 브리트니나 데이비스 부인에게 물어봐야 할지도 모르겠다고 말했어.

그건 실수였어. 코치는 확실히 태도를 바꿨지.

그도 언젠가 큰 꿈을 꾸던 사나이였어. 록 스타 티셔츠들과 사무실 유리 장식장 안에 모셔둔 에릭 클랩튼의 기타만 봐도 알 수 있었지. 어쩌면 스포트라이트가 켜진 무대 위에서 소녀들이 자기 이름을 부르며 열광하는 모습을 보는 걸 꿈꿨을지도 몰라. 아마 아직도 그런 인기과 위신을 갖고 있다고 생각했을 수도 있지. 비록 여고생 열두 명 정도였지만. 그런데 내가 단원들이 모두 들을 수 있을 정도로 큰 목소리로 이렇게 말했으니, 그 인기와 위신이 갈기갈기 찢겼을 거야.

코치가 연습은 여기까지라고 소리치더니 나더러 자기 사무실로 오라고 했어.

그리고 홱 뒤돌아 운동장을 가로질러 성큼성큼 걸어가면서 들고 있던 클립보드를 잔디에 던져버리더구나.

코치가 충분히 멀리 갔을 때 브리트니가 우 하고 야유를 퍼부으며 손뼉을 쳤어. 나는 브리트니에게 가운뎃손가락을 내보이곤 코치를 따라갔지.

실내 농구 코트 구석에 있는 작은 방이 코치의 사무실이었어. 창문이 없고 책상과 파일 수납장, 의자 두 개를 간신히 놓을 수 있는 크기였지. 옆방은 풋볼 코치의 사무실이었는데 네 배는 넓었을 거야. 그것도 아마 짜증이 났겠지.

내가 사무실 안으로 들어가자, 코치가 문을 닫으라고 했어.

나는 하라는 대로 했지.

코치는 에비에이터 선글라스를 벗어 책상 위에 내려놨어. 나는 그 자리에 서서 존경심과 책임감을 가지라는 식의 온갖 잔소리를 기다리고 있었고.

그런데 코치는 씹고 있던 박하 껌 향을 내가 맡을 수 있을 정도로 가까이 다가왔어. 그러면서 나보고 스스로 뭐라도 되는 줄 아는 것 같다고 말했지.

난 대답하지 않는 게 낫다고 생각했어. 무슨 말을 해도 코치를 더 화나게 할 뿐일 테니까. 지나고 보니 그것도 별로 도움은 되지 않더구나.

그 뒤에 일어난 일로 난 뼛속까지 충격을 받았어. 코치는 거의 속삭이듯이 말했어. 내가 아주 잘난 년처럼 뽐내며 학교를 돌아다니는 걸 봤다고 말이야. 난 선생님이 욕하는 건 처음 들어서 움찔했어.

그러고 나서 코치는 이상한 행동을 했어. 나를 가운데 두고 천천히 원을 그리며 걷기 시작해서 조금 오싹했지.

사무실 주변은 이상하리만큼 조용했어. 농구 코트에서 공을 팅기는 사람도 없었고. 물론 몇 개월 동안은 농구 시즌이 아니긴 했지만. 풋볼 선수들이나 코치들은 모두 주主 운동장에 있었고 건물에 있던 선생님들도 대부분 퇴근한 뒤여서 그 층에 있는 사람은 나랑 코치뿐이었어.

코치가 내 뒤에 섰어. 난 절대 그를 돌아볼 수 없었지.

움직이지도 않았어. 그 작은 사무실에서 어디 갈 데도 없었고. 게다가 내가 걸음을 옮기거나 말이라도 하는 순간 코치는 그게 뭐든 내게 더 강한 벌을 줄 핑계로 삼을 테니까 말이야.

무엇보다 나를 움직이지 못하게 하는 다른 하나가 있었어. 공포.

말도 안 됐지. 몇 년간 알던 선생님과 함께 공공장소에 있었으니까. 왜 내가 취약하고 노출됐다고 느꼈을까? 마치 어릴 때 엄마가 밤에 갑자기 내 방에 들어와 이불을 걷어치우고 내가 하지도 않은 일 때문에 소리를 지르기 시작했을 때처럼.

코치는 내가 남자 친구에게 충분한 사랑을 받지 못한다는 듯이 불만을 품는 모습을 봤다고 말했어. 어찌나 가까웠는지 나는 그 숨결 때문에 귀가 간지러울 정도였어.

학교에서 에어컨을 틀어놓기도 했지만, 지하는 특히 더 춥게 느껴졌어. 양팔을 감싸고 싶었지만 이상하게도 몸을 꼼짝할 수 없었지.

코치는 내가 겨우 곁눈으로 자기를 쳐다볼 수 있을 때까지 왔다 갔다 했어. 계속 그 낮고 음울한 목소리로 내가 굶주린 소녀라는 걸, 많은 걸 굶주린 소녀라는 걸 알았다고 하면서.

그리고 손을 내 배 위에 갖다 댔어. 난 본능적으로 헉하고 숨을 들이마셨어. 웃고 있는 코치에게 괜히 반응해서 만족감을 느끼도록 하기는 죽어도 싫었지.

코치는 내 배꼽 주변에 손을 대더니 배에 살이 조금 붙었다고 말했어.

물론 가끔은 코치가 단원들의 몸에 손을 댈 때도 있었어. 허벅지 뒤 근육을 스트레칭해 주거나 하이파이브를 하거나 쥐가 나면 문질러 줬으니까.

그런데 이 터치는 다르게 느껴졌어.

코치는 내 왼쪽 가슴에 닿기 바로 직전까지 손을 위로 움직였어.

그러더니 거기도 살이 붙었다면서 연습할 때 보니 살집이 이리저리 튀어나왔다는 거야.

코치는 내가 차마 무슨 일이 일어난 건지 알아차리기도 전에 재빨리 손을 가슴 위로 훑었어. 안 그래도 지난 며칠 동안 가슴이 민감했는데 코치 때문에 더 심해진 것 같았어. 이미 내 가슴 위에서 손을 뗐는데도 그 손바닥으로 내 젖꼭지를 쓸어내는 것처럼 느껴진 거야.

눈물이 차올랐어.

코치는 내 귀에 대고 속삭였어. 10년 뒤면 나는 살찐 소처럼 될 거라고, 이동 주택 두 대를 연결한 곳에서 더는 날 봐주지 않는 남편이 포르노나 보면서 자위하는 동안 콧물을 찔찔거리는 아이들과 살게 될 거라고 말했어.

터져 나오는 눈물을 참을 수가 없었어. 조용히 뺨을 타고 흘렀지. 코치는 브리트니를 팀 대표로 만들던 그 밤에 그랬던 것처럼 나를 말로 발가벗기고 있었어. 심지어 더 악랄했지.

난 운동복 바지와 속옷 안으로 미끄러져 내려가 두 다리 사이를 건드리는 손가락을 느꼈어.

숨을 참았지. 무슨 일이 일어나고 있는 건지 이해할 수가 없었어.

코치는 손을 빼더니 내 앞에 섰어. 내 눈물을 보더니 무척 즐기는 것 같았지.

그다음 코치의 행동은, 그의 눈빛을 스치는 번득임만 아니었다면 언뜻 사과라도 하려는 것처럼 보였을 거야. 두 손을 뻗어 안았거든. 불과 한 시간 전에 제임스가 그랬던 것처럼 나를 자기 앞으로 아주 가까이 끌어당겼지.

그러면서 자기가 너무 심하게 구는 거냐고 물었어.

나를 더 꽉 끌어안아 움직이지 못하게 하더니 엉덩이를 앞뒤로 흔들었어. 이중적인 의미였어.

정말 최악인 건 그때 내가 아무 대항도 하지 못했다는 거야. 몸을 피하려고 하지도 못했어. 그저 그 자리에 서서 숨결이 거칠어지는 코치가 내 몸에 성기를 문지르도록 가만히 있었어.

영혼이 육체를 떠난 것 같았는데, 엄마와 싸우고 너무 암울해져 아무것도 보이지 않았던 그 밤과는 달리 이번에는 모든 걸 볼 수 있는 천장으로 붕 뜬 듯했어. 무슨 일이 일어나고 있는 건지 봤어. 코치는 얇은 옷가지를 사이에 두고 혼자 절정에 이르고 있었지만 그 모든 일이 나에게 일어나고 있다고 느껴지지 않았어.

1분 정도 됐을까, 아니면 10분이 지났을까. 드디어 끝났어.

코치는 재빨리 자기 책상 뒤로 걸어가 자리에 앉았어. 얼굴은 붉게 상기돼 있었지.

그러더니 갑자기 사무적인 목소리로 말했어. 자기가 정식으로 사과를 요청했는데 내가 거절했기 때문에 나를 응원단에서 제명할 수밖에 없다고 말이야.

나는 그 말을 이해하지 못했어. 반향실에 있는 것처럼 사방에서 메아리치기만 했어.

코치는 나를 보지 않고 책상 위에 있던 서류들을 바스락거렸어. 내가 나간 빈자리에 후보 단원을 올리겠다고, 교장 선생님과 데이비스 부인과 단원들에게는 이메일로 알리겠다면서 말이야.

코치가 무엇을 주장하든 데이비스 부인과 브리트니와 단원 절반은 그걸 지지할 거였어. 진실은 절대 기회를 얻지 못하는 법이지.

내가 그랬던 것처럼 말이야.

나는 아무 말도 할 수가 없었어. 아직 얼음장에 갇힌 것 같았지만 어찌저찌 그 사무실을 나왔어. 곧바로 내 차로 향했어. 로지가 내가 두고 온 책가방과 물병을 들고 기다리고 있었지.

내 얼굴을 보자마자 로지는 얼굴을 찌푸리며 괜찮냐고 물었어.

"당연하지." 나는 대답했지. 아마 미소도 지었을 거야.

아마 내가 코치를 따라 사무실에 갔을 때와 별로 다르게 보이지 않았을 거야. 반바지와 티셔츠를 입고 양말과 운동화를 그대로 신고 있었으니까. 아직 머리도 파란색-금색 스크런치로 묶고 있었고 울고 있지도 않았어.

하지만 더는 같은 여자애가 아니었어. 이제 다시는 이전으로 돌아갈 수 없었으니까.

그날 밤 제임스에게 모든 걸 털어놨어. 제임스가 날 잡아줬는데 그렇다고 코치의 손길을 지울 수는 없었어. 그래도 좀 나아지더구나.

코치가 손가락으로 내 속옷 아래까지 미끄러지던 순간과 그 뒤에 일어난 일을 말하는 건 쉽지 않았어. 하지만 제임스는 아무 반응도 하지 않았지.

그저 나를 쭉 부드럽게 바라봐 줬어. 내가 혼자 있지 않도록 끔 찍한 세계에 같이 들어와 있으려는 것 같았어.

내가 이야기를 끝냈을 때, 제임스는 코치가 절대 그냥 넘어가게 두지 않을 거라고 말했어. 그 말만 들었을 때는 화가 난 것처럼 보이지 않았어. 목소리가 편안했거든. 표정도 찌푸리지 않았고.

제임스가 보호해 주려는 걸 알고 기쁘기도 했지만, 이내 고개를 저었어. 누가 내 말을 믿겠어? 아직도 코치가 한 말이 내 머릿속 깊이 자리 잡고 있었어. 많은 사람이 나와 제임스가 학교 끝나고 같이 다니는 모습을 봤어. 물론 내가 아주 인기가 많아서 다들 나만 보는 건 아니라 아무 상관 없겠지만 그래도 이중 잣대라는 게 존재하니까. 정말 그렇단다.

그 밤, 제임스는 나를 자기 차에 태워 어디로 가는지 말하기도 전에 이미 모든 계획을 세웠어.

학교에 도착하자 온몸이 움찔했어. 건물 복도 안으로 다시는 들어갈 수 없을 것 같았거든. 코치가 유니폼을 반납하라는 등 핑계를 대며 사무실로 부르고 문을 닫을 것 같아서 말이야.

여기에 있고 싶지 않다고 겨우 속삭였어.

하지만 제임스는 자기를 믿냐고 물었고 나는 끄덕였어.

그는 코치가 대가를 치르게 하고 싶지 않냐고 물었어.

당연히 그랬지. 그 무엇보다 그걸 바랐지.

제임스는 차 문을 열고 나간 뒤 돌아서 내 쪽 문을 열어줬어. 전에 학교에 몰래 들어갔던 그 옆문으로 나를 데려갔지. 나보고 기다리고 있으면 곧 들여보내 주겠다고 했어.

제임스는 사라졌지만 난 그가 항상 틈이 열려 있는 2층 창문을 통해 학교 안에 들어간 걸 알았어.

생각했던 것보다 오래 걸리더구나. 밖은 전혀 춥지 않았는데도 난 몸을 떨기 시작했어.

드디어 시끄러운 소리를 내며 문이 열렸어. 제임스가 복도 불을 켜놔서 역광이었거든. 처음에는 어떤 실루엣으로만 보여서 흠칫 놀랐지.

두 눈이 적응하니 은색 루이빌 슬러거 야구방망이를 들고 있는 제임스가 보였어.

그래서 전에 그랬던 것처럼 나를 레슬링 룸에 데려가나 보다 했는데 방향을 틀어 다른 길로 가는 거야. 코치의 사무실이었어.

난 온몸이 떨리기 시작했어.

제임스가 문고리를 잡아보니 잠겨 있었어.

나를 보고 으쓱하더구나. 난 그걸로 끝이라고 생각했어. 그냥 돌아가서 그날 밤은 다른 걸 할 줄 알았지.

그런데 제임스가 딱딱한 신발 밑창으로 문을 차는 거야. 속이 빈 싸구려 문짝이 마구 흔들릴 때까지 계속 찼어. 열 번도 채 차지 않았는데 문고리 주변 목재가 쪼개지더니 문이 떨어져 나가더구나.

시끄러운 소리에 누군가 달려올 수도 있겠다고 생각했지만, 당연히 그 시간에 학교에는 아무도 없었어.

어쨌든 침입하고 보니 별로 무섭지 않았어. 제임스는 내가 느꼈던 끔찍한 무력함을 없애버려야 한다는 걸 정확히 알고 있었지.

사무실 불을 켜니 코치가 나를 데려왔을 때 책상 위에 올려둔 반짝거리는 선글라스가 그 자리에 그대로 있었어.

제임스가 내게 야구방망이를 주면서 그건 이제 내 거라고 말했어.

나는 방망이를 머리 위로 들어 올려 선글라스 위로 내려쳤어. 방망이가 철제 책상을 때릴 때의 충격으로 두 팔부터 책상의 움푹 팬 곳까지 진동하는 게 느껴졌어. 책상 위에서 튕겨져 나간 선글라스는 테가 부서졌단다.

그러자 제임스가 클랩튼 기타를 가리켰어.

'할 수 없어'라는 말이 내 입술에 머물다 사라졌어. 당연히 할 수 있었지. 코치는 일개 수집품보다 더 소중한 것을 내게서 빼앗았으니까.

나는 투구하기를 기다리는 듯 방망이를 어깨 위에 걸치고 앞으로 나아갔어. 사무실이 어찌나 좁았는지 제임스가 내 백스윙에 맞지 않도록 거리를 확인해야 했지. 나는 깊게 숨을 들이마셨다가 뱉었어.

내가 네 번째로 내려쳤을 때 기타는 완전히 망가졌지만 나는 팔이 아파 더는 못 할 때까지 방망이로 후려쳤어.

드디어 내게 방망이를 건네받은 제임스는 한쪽 눈을 찡긋하더니 이제 우리가 할 일이 거의 다 끝나간다고 말했어.

그때, 복도 멀리서부터 다가오는 발소리가 들렸어.

순간 공포가 내 몸을 강타했지. 코치는 내가 기물 파손을 했다고 의심할 테니까. 하지만 난 제임스와 있었다고 알리바이를 꾸며낼 수 있었어. 우리 학교는 CCTV나 경비원들이 없었거든. 아무도 그게 우리 짓이라고 증명할 수 없었어.

누가 직접 나와 제임스를 본 게 아니라면 말이야.

내가 머릿속으로 이런 것들을 생각하고 있는 동안 제임스는 여기저기 돌아다니더구나. 망가진 기타와 케이스는 책상 뒤 바닥에 떨어져 있었기 때문에 굳이 숨길 필요가 없었어. 하지만 다 부서진 문은 활짝 열려서 누구라도 즉시 볼 수 있었고 불도 켜져 있었어. 무엇보다 제임스는 이 모든 걸 우리가 했다는 걸 증명이라도 하듯 방망이를 내려놓지 않는 거야.

신발 밑창이 리놀륨 바닥을 때리는 소리가 이제 근처 복도까지 내려와 걸음마다 가까워지고 있었어.

제임스는 무슨 계획이라도 있는지 무척 차분했어. 너무 천천히 움직이는 거야. 우리가 숨을 곳은 없었어. 잡힐 일만 남았지.

나는 심장이 터질 것 같았어.

그냥 응원단에서 쫓겨나는 걸로 끝나지 않을 터였어. 어쩌면 학교에서 쫓겨날 수도 있었지. 경찰이 오고 모두가 내가 한 짓을 알게 될 거야. 아마 체포될 수도 있겠지.

곧 코치의 목소리가 들리더니 저만치에 보였어. 교감 선생님을 만나기로 했는지 이름(도나였어)을 외치더라고.

이제 다 끝났어. 코치가 오고 있었고 우리는 걸릴 일만 남았으니까.

나는 사무실 안쪽으로 몸을 피했어. 그런데 제임스는 오히려 반대로 행동하더구나.

방망이를 들더니 앞으로 나서는 거야. 코치가 막 코너를 돌아 사무실 안으로 들어온 순간, 방망이가 반원을 그리며 코치의 배를 가격했어.

나중에 나는 어떻게 된 건지 조각조각 맞춰봤어. 그날 밤 날 데려다주던 제임스가 자세한 내용을 알려줬고 나머지는 내가 조사한 신문 기사들을 조합해 본 거야.

제임스가 뭘 하길래 이렇게 오래 걸리나 하고 학교 밖에서 기다리던 그때, 알고 보니 제임스는 교무실에 몰래 들어가 교직원 연락망에서 코치의 전화번호를 찾아낸 거였어. 경찰 행세를 하고 코치에게 전화를 걸어서 누군가 학교에 침입해서 코치의 기타를 훔쳐갔다고 말한 거지. 그리고 교감 선생님 도나가 이미 코치의 사무실, 그러니까 사건 현장에 와 있다고 말했어.

코치가 황급히 들어왔어. 제임스는 전혀 놀라지 않았지.

오히려 제임스를 본 코치가 깜짝 놀랄 뿐이었어.

다음 날 오후, 심하게 다친 코치는 결국 세상을 떠났어. 신문 기사를 보니 코치는 현장에서 발견된 야구방망이로 스무 대는 넘게 맞았다더구나.

코치가 생명 유지 장치를 제거할 때 나는 내가 살던 동네에서 160킬로미터 떨어진 도시로 향하는 버스 안에 있었어. 예전에 나로 존재했던 소녀, 아바 모랄레스는 영원히 사라진 거야.

그날 밤 제임스는 코치가 차고 있던 금으로 된 손목시계를 빼서 나에게 줬어. 그 시계랑 현금 조금, 그리고 내 소지품 몇 가지가 들어 있는 더플백이 내가 가진 전부였지.

제임스는 곧바로 주요 용의자가 됐고 나도 용의선상에 올랐어. 경찰은 우리를 '오크힐 고등학교 살인자들'이라 불렀고 타블로이드는 맨 앞면에 우리 사진을 나란히 실었어.

진실을 말하고 제임스가 내가 모르는 새 코치를 불러 방망이를 휘두른 거라고 해도 아무도 믿어주지 않을 것 같았어.

머릿속을 떠나지 않는 그 공격의 밤에 있었던 일 중에서도 제일 많이 떠오르는 장면이 있어. 방망이를 바닥에 내려놓고 나를 보면서 축 처진 코치의 팔을 잡아 핏자국을 남기며 사무실 안쪽으로 질질 끌고 가던 제임스의 모습이야.

제임스는 우리가 막 사랑을 나눈 뒤처럼 부드럽고 편안한 눈을 하고 있었어.

내가 본 것 중 가장 끔찍한 눈빛이었지.

코치와 제임스를 보던 나는 얼마나 세게 몸을 떨기 시작했는지 치아가 딱딱거리며 맞부딪혔어. 책상에 있던 전화기를 들어 구급차를 부르려고 하는데 제임스가 날 밀어냈지.

절대 지문을 남기지 마. 제임스가 자기 옷으로 방망이를 닦으며 말했어. 그리고 이제 내가 뭘 해야 하는지 알려줬지. 각자 집에 가서 돈이 될 만한 것들을 최대한 갖고 나오기로 했어. 제임스는 늙은 과부의 침실에서 금고를 몰래 열려고 하더구나. 그런 뒤 자정에 피자 피아조에서 만나자고 했어. 그렇게 아무도 우리를 찾을 수 없는 곳으로 도망치자는 거야. 그날 밤에 떠나는 거지.

제임스는 코치가 차고 있던 손목시계를 홱 잡아당겨 빼더니 나를 봤어.

그리고 자기를 따라오겠냐고 물었어.

내가 바로 대답을 못 하자 제임스는 들고 있던 코치의 팔을 세게 바닥에 떨어뜨리고 내게 다가왔어. 나는 제임스가 손만 뻗으면 닿을 거리에 있는 야구방망이를 힐끔 쳐다봤지.

그때까지 내가 느낀 공포는 아무것도 아니었어. 그제야 난 진정한 공포가 무엇인지 알게 된 거야.

당연히 식당 앞으로 가겠다고 말해버렸어.

제임스는 손목시계를 내 얼굴 가까이 들더니 제일 위에 있는 숫자 '12'를 가리켰어. 그러고는 나를 계속 괴롭힐 소리를 속삭였어.

'똑—딱, 똑—딱…'

제임스는 시계를 내 손목에 채워주면서 시간을 잊지 말라고 했어. 자정에 만나자고 말이야.

하지만 난 혼자 도망쳤어.

그때는 몰랐지만 이미 내 뱃속에서 네가 자라고 있었지. 아마 별이 반짝이던 그날 밤 제임스와 처음으로 사랑을 나누고 바로 임신한 걸 거야.

그 모든 힘들고 무서웠던 시간이 펼쳐지는 동안에도 포기하지 않고 나아갈 수 있게 한 새 목표가 생긴 거지. 이제 남은 삶 동안 이 비밀 가득한 과거를 홀로 지켜야 한다는 걸 알고 있었어. 그저 나만 안전하기 위해서는 아니었지. 내 목표는 캐서린, 너도 안전하게 지키는 거였으니까.

다들 네가 10대 살인자들의 딸이라는 걸 알게 되겠지. 넌 어디서든 주목받을 테고, 심하면 사회에서 따돌림까지 받을 거야. 만약 나와 제임스가 둘 다 옥살이를 하게 된다면(그렇게 될 게 확실하지만) 내 부모님이 네 양육권을 갖게 될 테고. 아버지는 매일 긴 시간 일하러 나가 있을 거고 티미는 학교에 가 있을 텐데, 그럼 넌 엄마랑 단둘이 있게 될 거야.

난 그 지긋지긋한 패턴을 깨려면 뭐라도 해야 했어.

그러니까 내가 죽어서라도 할 수 있다면 말이야.

## 15. 캐서린

알츠하이머병은 아주 느리고 꼼꼼하게 진단을 내리는 병이다. 증상이 처음엔 경미했다가 점점 심해지기 때문이다.

보통 처음에는 누구나 간과하거나 과소평가하기 마련이다. 뇌종양이나 발작, 물뇌증 같은 잠재적 병명을 들먹이다가 어떤 명백한 지점까지 가서야 알츠하이머병이라고 진단한다. 간혹 유전자 검사로도 확진할 수 있고 뇌 사진을 찍으면 진단을 내리는 데 도움이 되기도 한다. 그러나 대부분 매우 복잡한 퍼즐을 맞추는 것처럼 작은 조각들을 모두 모아 맞춰봐야 전체 그림을 정확히 볼 수 있다.

엄마가 알츠하이머병일 수도 있다는 생각에 겁이 나기 시작했던 명확한 순간이 있다. 3주 전 약국에 간 엄마에게 왜 집에 돌아오지 않냐고 전화를 걸었을 때였다. 엄마는 길을 잃었다. 그렇게 말하지는 않았지만 분명했다.

그 후 나는 엄마를 자세히 지켜봤다. 전에는 어떻게 모르고 지나쳤나 싶을 정도로 조짐들은 빠른 속도로 쌓여갔다.

그래도 나는 최악의 상황까지 상상하지 않았다. 그런 증상이 나타나는 건 더 단순한 이유일 가능성이 높다는 걸 알았기 때문이다.

나는 주치의를 만나보자고 고집했다. 의례적인 순서였다. 엄마의 브레인 포그*를 설명할 수 있는 확실한 요인이 나타나지 않으면 그때 첸 박사를 만날 생각이었다.

첸 박사를 만난 그날 오전에 퍼즐 조각들은 매끄럽고 가차 없이 제자리를 찾았다. 전체 그림은 명백했다.

자정이 지난 지금 침대에 누워 있는 나는 완전히 깨어 있다. 벽 하나를 사이에 두고 엄마가 옆방에 있다.

이선이 일하는 바에서 나온 나는 몇 시간을 떠돌아다녔다. 어느 길을 따라 걸었는지 기억할 수 없을 정도로 제정신이 아니었고 평소처럼 운동화가 아닌 납작 구두를 신고 있어서 양 발꿈치에 물집이 생긴 것도 알아차리지 못했다. 지금쯤 엄마가 자고 있을 거란 생각이 들고 나서야 집으로 향했다.

차마 엄마와 마주할 용기가 없었기 때문이다.

아주 피곤한 상태여야 했지만 나는 방금 커피 한 주전자를 마신 것처럼 흥분해 있었다.

자기에게 약을 먹인 것 같다는 이선의 이야기는 도저히 믿을

---

* 뇌 안개. 멍한 느낌이 지속돼 사고력과 집중력, 기억력이 저하되고 피로감과 우울감을 느끼는 현상.

수가 없었다. 엄마가 나와 이선이 헤어지게 하려고 시도했다니.

도대체.

우리 아파트는 이제 묘지처럼 고요하다. 나는 침대에서 빠져나와 가운을 걸쳤다.

휴대전화 손전등을 켜고 살금살금 내 방을 나왔다. 그리고 거실로 가서 뒤지기 시작했다.

사람들은 편지나 기념품이나 사진으로 과거를 간직한다. 엄마가 부적 같은 걸 갖고 있다면 분명 잘 숨겨뒀을 것이다.

부적이 아니더라도 엄마를 새로운 시각으로 바라보게 된 이상, 지금까지 수천 번은 봐온 어떤 물건이 알고 보면 다른 의미를 지니고 있을 수도 있다. 나는 우리 삶을 구성하는 것들이 뭔지 알아내고 싶었다.

거실 구석부터 시작해 일종의 탐색 그리드를 정해 꼼꼼히 조사했다. 카펫 아래를 살펴보고 소파 쿠션을 모두 들어봤다. 그림이 걸려 있는 벽 뒤까지도 확인했다.

아무것도 없다.

의자를 들고 주방으로 가서 상부 수납장 뒤를 꼼꼼히 살폈다. 먼지 쌓인 라이스 크리스피 상자가 하나 있는 것 외에는 특별히 수상한 게 없었다. 다시 내려와서 하부 수납장을 뒤졌다. 리가토니나 파스타 소스, 검은콩과 현미, 그래놀라 바와 캐모마일 차 등 우리가 주로 먹는 식료품이 들어 있었다. 오븐 아래에 있는 서랍을 열었을 때 끼익 하는 문소리가 났다. 엄마가 방문을 열었다는 뜻이다.

소름이 돋은 나는 손전등부터 껐다.

엄마가 내 쪽으로 오는 건지 알 수 없었다.

무엇보다 겁낼 필요 없었다. 그냥 물 한 잔 마시러 나왔다고 하면 된다. 그런 적이 몇 번 있기 때문이다.

하지만 엄마는 내 머리 꼭대기 위에 있다.

내 얼굴을 보자마자 내가 뭘 하고 있었는지 바로 알아챌 터였다.

변기 물이 내려가는 소리가 들리더니 조금 있다가 엄마의 방문이 닫히는 소리가 들렸다.

나는 잠시 기다렸다가 다시 뒤지기 시작했다.

엄마는 나를 낳았던 열여덟 살에 새로 태어난 것 같았다. 그러니까 나와 엄마는 동시에 태어난 것이다. 하지만 아무리 엄마가 과거를 잘 숨긴다 해도 그 누구도 흔적을 남기지 않고 살 수는 없다.

주방에서는 결국 아무것도 찾지 못했다. 거실로 돌아간 나는 현관 앞에 걸린 엄마의 핸드백을 봤다.

가방을 내려 방으로 가지고 들어왔다.

방문을 닫고 잠깐 기다렸다. 어쩌면 엄마가 벽 너머 희미한 소리를 들었을 수도 있지만 확실하지는 않았다. 어쨌든 지금, 이 시간에 엄마가 핸드백을 찾지는 않을 거라고 스스로 확신했다.

바깥쪽에 달린 주머니부터 확인했다. 열쇠 꾸러미와 밤에 혼자 걸을 때를 대비한 호신용 스프레이뿐이었다. 메인 주머니 안에는 체리 향 챕스틱과 무향 핸드 로션과 손톱 다듬는 줄이 든 메이크업 파우치가 들어 있었다. 딱히 놀랄 만한 물건은 없었다. 내가 기억할 수 있을 때부터 엄마는 체리 향 챕스틱을 발랐고 일하다가 거칠어진 손에는 핸드 로션을 사용했다.

지갑을 꺼내 안에 든 것들을 침대보 위에 늘어놨다. 먼저 운전면허증을 들여다봤다. 사진 속 엄마는 무표정이었다. 나와 함께 사용하는 계좌에 연결된 ATM 카드와 쿠폰 여러 장이 있었다. 현금을 넣는 공간에는 5달러와 1달러짜리 지폐가 많이 들어 있었다. 팁으로 받았을 것이다.

카드를 수납하는 부분 뒤쪽을 더듬다가 다른 걸 발견했다. 비상시를 대비한 듯한 빳빳한 50달러짜리 지폐 두 장을 치우자 뭔가가 하나 더 있었다. 엄마가 소지한 줄도 몰랐던 다른 카드였다.

도서관 카드.

나는 카드를 꺼내 뒤집어 봤다. 너무 바래서 알아보기 힘든 서명이 있었다. 루스 엠 스털링.

내가 어릴 때 엄마는 나를 데리고 도서관에 가곤 했디. 처음 갔을 때 도서관 카드를 발급받았는데 사서에게 반짝거리고 매끈한 직사각형 카드를 카운터 너머로 건네받았을 때는 너무 뿌듯했다.

시간이 지나 나는 혼자 도서관에 다니기 시작했다. 엄마는 같이 가자고 한 적이 한 번도 없었다. 가벼운 난독증이 있는 엄마는 책을 많이 읽지 않았다. 차라리 TV나 영화를 보거나 팟캐스트를 듣는 걸 선호했다.

그러니 엄마가 도서관 카드를 만들었을 거라고는 생각도 하지 못했다. 도서관에서 책을 빌려 온 기억도 없다. 그런데 왜 지갑에 카드를 들고 다니지?

카드를 꽉 쥐고 엄마가 한 서명을 내려다봤다. 그러다 문득 접혀 있던 50달러 지폐 두 장에서 뭔가를 봤다. 지갑 밖으로 나와 더는 눌리지 않고 살짝 벌어진 지폐 사이에 작은 종이 쪼가리가 한 장 껴 있었다.

엄마가 도서관에서 받은 대출 영수증이었다. 책 제목은 《알츠하이머병 이해하기》였다.

이제 말이 된다. 엄마는 증상에 관해 나와 상의하고 싶지는 않았지만, 과연 어떤 병인지 알기 위해 노력했을 것이다.

영수증에 찍힌 날짜를 봤다.

거의 5개월 전이다.

순간 나는 심장이 쿵쾅거리는 걸 느꼈다. 첸 박사에게 말한 것보다 더 빨리 증상이 나타난 건가?

상황을 정확하게 이해하지 못한 채 글자와 숫자가 흐릿해질 때까지 대출 영수증에서 눈을 떼지 못했다.

그저 아무 죄 없는 종이 쪼가리일 뿐이다. 그런데 왜 이렇게 악의로 가득 찬 느낌이 들지?

내가 놓친 뭔가가 있다. 이 단순한 물건들에 숨은 작은 단서들이 더해져 훨씬 큰 걸 이루고 있다.

질문 하나가 마음 한구석에서 스멀스멀 올라와 의식 속에서 폭발했다. 만약 《알츠하이머병 이해하기》라는 책만을 읽기 위해 도서관 카드를 발급받았다면, 어째서 이 카드는 오래되고 낡은 걸까? 많이 사용했는지 카드 한 귀퉁이 코팅이 벗겨져 있는데?

어쩌면 엄마는 그동안 나 몰래 다른 책들도 빌려 보고 있었을 수도 있다.

하지만 그것도 말이 되지 않는다.

만약 엄마가 책을 읽고 있었다는 사실이 내가 찾던 부적이 아니라면 말이다. 엄마가 내게서 그 사실을 숨기려고 한다면 그건 엄마의 과거와 연관이 있을 수도 있다.

얇은 벽을 통해 엄마의 침대가 삐그덕거리는 소리가 들렸다. 곧 정신을 차린 나는 일어서서 도서관 카드를 양말 서랍에 넣고 지갑을 챙겨 발뒤꿈치를 들고 복도로 나갔다. 핸드백을 현관 앞 고리에 걸어둘 때까지 숨을 참았다.

방으로 돌아온 나는 침대로 기어 올라가 이불을 끌어당겼다. 두 발이 얼음처럼 차갑고 머리가 아파지기 시작했다. 오늘 발견한 이상한 점들을 머릿속으로 되새기며 그 의미를 찾으려고 애썼다.

잠이 들기까지 꽤 오래 걸렸다. 드디어 잠이 들었을 때는 쉬지 않고 꿈을 꿨다.

다음 날 아침 나는 침대에서 나오지 않고 조용히 아침 루틴대로 움직이는 엄마의 소리를 들었다. 엄마는 내 방 앞에서 멈췄다. 두 눈을 꼭 감고 자는 척을 했지만 엄마는 노크하거나 방 안으로 들어오려 하지 않았다.

잠시 후 엄마가 출근했다.

현관문이 닫히는 순간 나는 일어나서 옷을 입고 화장실로 가 발뒤꿈치에 생긴 물집에 반창고를 붙였다.

위에서 신물이 올라오는 것 같아 바나나를 하나 먹었다.

집에서 가장 가까운 도서관이 열리자마자 들어갔다. 도서관은 오랜만이었다. 최근에는 학교 숙제 때문에 책을 읽은 게 다였다. 레게 머리에 코걸이를 한 중년의 여자 사서를 보고 안도했다. 처음 보는 사서가 도서관 카드에 적힌 이름이 내 이름과 다르다는 걸 모르길 바랄 뿐이었다.

나는 자신만만한 미소를 지어 보이며 사서와 인사했다.

"안녕하세요. 제가 얼마 전에 빌린 책을 친구에게 추천하고 싶은데 제목이 기억나지 않아서요. 웃기죠?"

"뭐에 관한 책인지는 기억해요? 아니면 책 표지가 어떻게 생겼는지는요?"

나는 고개를 저었다.

"아니요, 죄송해요."

내가 생각해도 말도 안 되는 소리다. 어떻게 전혀 기억나지 않는 책을 친구에게 추천하고 싶을까?

그래도 개의치 않고 계속 물었다.

"제 대출 이력을 조회할 방법이 있을까요?"

엄마의 카드를 건넸지만 사서는 받지 않았다.

"죄송하지만 책이 제때 반납되는 한 기록은 보관하지 않아요."

가슴이 내려앉았다.

"다른 방법을 써보죠. 반납이 연체되거나 책을 분실한 적이 있나요?" 사서가 물었다.

"저는, 음, 기억이 나질 않아요."

사서는 친절하게 미소를 지었다.

"수수료를 내야 했을 거예요."

"어쩌면요? 죄송해요, 확실하지 않아요…. 요즘 좀 혼란스러운 일들이 있었거든요."

사서가 엄마의 카드를 내려다봤다.

"한번 확인해 볼게요."

그러더니 컴퓨터 키보드 위로 손가락을 놀렸다.

하지만 이내 고개를 저으며 말했다.

"아니요, 아무것도 없네요."

실망한 나는 고개를 끄덕이며 감사 인사를 했다. 막 도서관을 나가려다가 충동적으로 뒤를 돌아보며 물었다.

"혹시 《알츠하이머병 이해하기》라는 책 있나요?"

사서는 다시 키보드에 입력해 보더니 이번에는 고개를 끄덕였다. 책상 뒤에서 나와 나를 데리고 해당되는 통로로 들어가더니 선반에서 두꺼운 표지의 책 한 권을 꺼냈다.

나는 고맙다고 인사하고 가까운 의자로 향했다. 깊숙이 앉으며 책 표지를 열었다. 내가 뭘 찾는지도 몰랐다. 하지만 엄마가 찾았던 책을 읽어봐야 할 것 같았다.

책장을 넘기며 훑어봤다.

어떤 정보는 학술적이고 어떤 정보는 입증되지 않은 이야기였다. 그래도 알아듣기 쉽게 쓰여 있었다. 챕터 하나는 보호자를 위한 내용이었는데 사랑하는 가족이 알츠하이머병에 걸리면 일반적으로 격동적인 감정 변화에 휩싸인다고 설명했다. 나는 일터에서 매번 본 만큼 그 말이 사실이라고 생각했다. 그리고 나 자신도 경험한 일이었다.

아빠가 가스불 끄는 걸 잊어버려 집을 거의 태워먹을 뻔했다는 딸의 이야기와 엄마가 주방 수납장에 달걀 상자를 넣어뒀을 때 뭔가 잘못된 걸 알았다는 아들의 이야기도 있었다.

눈을 깜박거리며 그 문장을 다시 읽어봤다.

최근에 엄마가 한 행동과 일치했다.

몸을 숙여 그대로 빠르게 읽어나갔다.

두 장쯤 읽었을 때인가, 신기하면서도 낯익은 또 다른 일화가 나왔다. 가족들이 사랑하는 할머니가 동네 약국에서 집으로 오다가 길을 잃었을 때야말로 뭔가 확실히 잘못됐다는 사실을 더는 부인하기 힘들었다는 내용이었다. 입이 바짝바짝 마르고 귓가가 윙윙거렸다.

마치 엄마가 겪은 증상들이 이 책에서 튀어나온 것 같았다.

나는 계속 읽었다.

알츠하이머병을 앓던 한 여성이 그 달이 몇 월인지 까먹었다. 며칠 후 그녀는 얼음 조각을 '네모 물'이라고 불렀다.

호흡이 가빠졌다.

자리에서 일어서며 책을 바닥에 떨어뜨린 나는 밖으로 뛰쳐나갔다. 누군가 나를 부르며 괜찮냐고 물어보는 소리가 들렸다.

도서관 앞 벤치에 쓰러지듯 앉은 나는 두 손으로 머리를 감쌌다. 주변 세상이 너무 빠르게 회오리치는 듯했다. 어지러웠다.

머릿속에서 의심이 들기 시작했다. 너무 기이하고 끔찍해서 어떻게 표현해야 할지 감히 생각할 수도 없었다.

이제 뭐가 진짜인지도 모르겠다.

미칠 것 같은 기분이 바로 이런 거구나.

참을 수 없는 울음이 목구멍을 비틀며 터져 나왔고 나는 고개를 젓기 시작했다. 앞이 흐릿하게 보였다.

가까이서 누가 부르는 소리가 들렸다.

"괜찮아요?"

숨을 헐떡거리며 심하게 울던 나는 대답할 수 없었다.

누군가 내 어깨에 손을 올렸고 순간 나는 그게 여기까지 몰래 따라온 엄마라고 생각했다. 눈물을 닦고 올려다보니 사서가 서 있었다.

"잠시 같이 앉아도 될까요?"

고개를 끄덕이자 사서가 내 옆에 앉았다. 휴지를 건네주고는 내가 눈물을 닦고 호흡을 가다듬을 때까지 기다리며 아무 말도 하지 않았다.

"지금 힘든 상황인 것 같은데 유감이에요." 드디어 사서가 입을 열었다.

나는 목소리를 내어 고맙다고 말했다.

"자료를 찾는 데 도움이 필요하면 언제든지 알려줘요. 우린 저 안에 아주 많이 갖고 있어요. 그리고 더 이야기하고 싶으면 언제든 들어줄게요."

사서는 내 어깨를 꽉 쥐고는 자리에서 일어났다. 나는 그제야 사서가 한 말을 이해했다. 몸을 돌려 사서를 찾았지만 이미 건물 안으로 들어간 뒤였다.

약 2분 정도 사서와 이야기하는 동안 나는 여러 번 기억이 안 나는 척을 했다. 그런 데다 책을 읽으며 감정적으로 무너지는 바람에 사서가 오해한 것이다. 앞서 내가 거짓으로 한 행동을 보고 곧바로 내가 어떤 병을 앓고 있다고, 그것도 심각하게 기억을 잃는 증상을 동반하는 알츠하이머병 조기 발병을 겪고 있다고 생각한 걸까?

앞서 내가 거짓으로 한 행동을 보고.

이 사실이 신경 쓰였다.

손톱으로 손바닥을 꾹꾹 누르며 지금까지 맞춰본 사실들에 집중했다.

엄마는 나 외에 다른 누구와도 만나고 있지 않았다.

엄마는 내가 이선과 헤어지게 하려고 시도했을 수도 있다.

엄마는 일터에서는 눈에 띌 만한 실수를 한 적이 없지만 집에서는 꽤 많이 했다.

엄마는 증상을 확인할 수 있는 그 어떤 검사도 받아보려고 하지 않는다.

엄마는 내가 다른 주로 옮겨 일하려고 구직하던 5개월 전에 도서관 카드를 이용해 알츠하이머병에 관한 책을 빌린 적이 있다.

엄마는 내가 이사를 나가서 새로운 삶을 시작하려고 계획하기 직전에, 그러니까 내 인생에서 한쪽으로 밀리기 직전에 마치 그 책이 청사진이라도 그려준 듯 교과서에나 나올 법한 정확한 병의 징후를 보이기 시작했다.

생각들을 되짚어 봤다.

알츠하이머병은 아주 느리고 꼼꼼하게 진단을 내리는 병이다.

증상이 처음엔 경미했다가 점점 심해지기 때문이다. 그러나 대부분 매우 복잡한 퍼즐을 맞추는 것처럼 작은 조각들을 모두 모아 맞춰봐야 전체 그림을 정확히 볼 수 있다.

증상들을 뒤집어 본다는 건 그 조각들을 다른 형태로 맞춰보는 것이다. 새로운 그림으로 맞춰지기 전까지 여러 조합들을 시도해 보는 것이다. 이제 나는 들고 있던 원래 그림이 거울에 비친 상을 만들어 보려고 한다. 원근을 완전히 뒤바꾼다.

터무니없는 생각이라는 걸 알지만 그냥 지나갈 수가 없다.

엄마는 아무 문제 없을 수도 있다. 아무것도.

# 2장

# GONE TONIGHT

# 16. 루스

내가 겁을 먹기 시작한 건 캐서린이 다섯 살 때였다.

딸을 낳기 전 나와 가장 가깝게 지낸 아이는 주근깨 가득한 얼굴을 가진, 순수한 햇살과도 같았던 동생 티미였다.

캐서린은 태어났을 때부터 남달랐다. 거의 울지 않았고 15개월이 될 때까지 말을 떼지 못했다. 물론 거의 웃지도 않았다. 나 역시 아이를 낳고 키우던 초반에는 웃을 일이 별로 없었다. 끊임없이 지쳐 있던 데다 빈털터리가 되면 대체로 웃으려는 의지가 꺾이기 때문에 그다지 신경 쓰지도 않았다.

한 살 반 정도 된 캐서린을 데리고 놀이터에 가서 통통한 아기 다리를 넣을 수 있는 구멍이 뚫린 바구니 그네에 태운 적이 있었다. 10월 중순이었던 그날 아침은 너무나 아름다웠다. 공원을 에

위싼 나무들은 진홍빛과 금빛으로 멋지게 물들어 있었고 부드러운 햇볕이 피부를 따스하게 건드렸다. 처음에는 공원에 우리 둘밖에 없어서 좋았다. 그러나 우리가 도착하고 몇 분 뒤 엄마들 무리가 도착했다. 그들 모두 캐서린 또래 아이들을 데리고 있었다. 실제 헬스복과는 거리가 멀고 비싸 보이는 운동복을 입은 채 주머니가 여러 개 달려 있고 고리에 빨대 컵과 물티슈가 걸린 예쁜 기저귀 가방을 들고 있었다.

그중 한 명은 막대가 달린 기다란 비눗방울 병을, 다른 한 명은 아이들을 앉힐 수 있는 커다란 퀼트 이불을 가져왔다. 무리 지어 앉은 그들은 내가 있는 동안 아기들이 비눗방울을 향해 손을 뻗을 때마다 꺅꺅거리며 소리를 지르고 사진을 찍어댔다.

조금 있다가 한 엄마가 아들을 데리고 캐서린 옆 그네로 왔다. 남자애는 엄마가 부드럽게 그네를 밀어주자 피식거렸다. 그들은 한동안 그렇게 엄마가 밀어주면 아들은 웃고 다시 엄마가 과장된 표현과 높은 목소리로 아들에게 말을 걸기를 반복했다.

캐서린 역시 관심을 가졌다. 나는 캐서린이 고개를 돌려 그 엄마를 바라보는 걸 봤다.

"어머, 안녕!" 여자는 캐서린에게 치아 전체를 보이며 웃었다.

"공주님도 그네 타는 거 좋아해요?"

캐서린은 웃지 않았다.

"어머나, 이렇게 작은 아기가 아주 심각하네!" 그 엄마는 재미있다는 목소리로 말하기 시작했다. 캐서린은 절대 작지도 심각하지도 않았다.

내게는 별 관심도 보이지 않던 그 엄마는 이제 나를 훑어봤다. 나는 캐서린과 함께 먹기 위해 종이 타월로 싼 시나몬 건포도 베이글과 여분 기저귀, 그리고 놀이터에 있는 식수대에서 물을 담을 수 있는 물병이 든 낡은 천 가방을 들고 있었다. 블루베리와 쌀 과자가 가득 담긴 타파웨어*와 유기농 사과 주스를 가져온 그 엄마들 무리와 함께할 수 없던 이유가 나이 때문만은 아니었다.

나는 농담을 시도했다. 아마 좀 외로웠나 보다. 이미 말했듯이 그때 캐서린은 좋은 대화 상대가 아니었으니까.

"핼러윈 때 웬즈데이로 분장하면 되겠죠. 〈아담스 패밀리〉에서 절대 웃지 않는 그 작은 여자아이 말이에요."

그 엄마는 충격을 받은 듯했다. 심지어 아들을 밀어주는 것도 잠시 멈췄다. 아들도 미소를 거뒀다. 우리에게 전염이라도 된다는 듯이.

그녀는 곧 다시 웃으며 대화를 이어가려 했으나 이번엔 뭔가 어쩔 수 없이 말하는 것 같았다.

"막냇동생인가 봐요?"

전에도 이런 질문을 받은 적이 있었다. 대부분 나와 캐서린이 자매거나 내가 캐서린의 베이비시터라고 생각했다.

"아니요, 제 딸이에요."

"어머! 죄송해요! 그러니까… 그러니까 아기 엄마가 너무…."

여자의 아들이 낑낑대더니 울기 시작했다. 그녀가 그네를 밀

---

* 주방 도구, 보관 용기 등의 제품을 취급하는 미국의 다국적 기업.

어주지 않았기 때문이다. 여자는 다시 아이에게 관심을 돌렸다.

"아이고, 미안해요. 우리 아기! 엄마가 왔어요! 하늘 높이 올라가서 구름을 잡아볼까?"

여자는 이제 우리와 말을 섞지 않았으나 캐서린을 몇 번 더 힐끔거리는 것 같았다. 캐서린은 평소와 다름없었다. 그저 주위를 둘러보며 흔들흔들 그네를 탔다. 그러나 이 엄마에게 캐서린은 풀지 못할 퍼즐처럼 보이는 듯했다.

몇 분 뒤 나는 캐서린을 그네에서 내려줬고 우리는 집에 가기 위해 버스 정류장으로 걸어갔다. 8평 남짓한 우리 집은 방 두 개짜리 아파트의 주인이었던 또 다른 싱글맘에게 빌린 방이었다. 편도로 30분이나 걸렸지만 이 동네 공원 놀이터가 집 앞에 있는 것보다 훨씬 나았다. 딱 한 번 집 앞 놀이터에 갔다가 미끄럼틀 옆에 버려진 사용한 콘돔과 잔디 위에 깨진 술병을 보고 다시는 가지 않았다.

그 엄마가 캐서린에게 보인 반응을 크게 생각하지 않으려 했지만 아무래도 마음속 깊은 곳에 자리를 잡았던 모양이다. 집으로 돌아간 나는 주방 싱크대에서 캐서린을 씻겼다. 욕조가 없었기 때문이다. 비눗방울을 묻힌 손으로 물을 튀길 때도 캐서린은 표정이 없었다. 귀엽게 소곤거리거나 웃는 법이 없었다. 무슨 과학자처럼 초연하기만 했다.

나는 공원에서 만난 엄마처럼 목소리를 높여봤다.

"오~ 방울이네! 첨벙~ 첨벙!"

캐서린은 나를 바보 보듯 쳐다봤고, 나도 캐서린과 같은 생각이었다.

나는 다시 보통 사람처럼 말했고 시간이 흘러 캐서린은 나와 소통할 수 있는 많은 단어를 배웠다. 세 살이 되자 꽤 어려운 단어들을 구사했기 때문에 말을 늦게 시작한다고 전혀 문제될 게 없음을 깨달았다.

캐서린은 감정의 폭이 별로 크지 않았지만 걱정하지 않았다. 솔직히 말하면 나는 아장아장 걸음마를 하며 메트로놈처럼 분노와 즐거움과 샐쭉함의 감정을 오가는 아기는 돌볼 수 없을 정도로 너무 피곤했다. 차라리 언제나처럼 조용한 딸이어서 좋았다.

그저 한 가지 일이 있었다.

캐서린이 막 다섯 살이 됐을 때 우리는 장을 보러 가기 위해 버스를 기다리고 있었다. 당시에 나는 내 인생 절반을 버스를 기다리거나 타는 데 쓰는 것 같았다. 캐서린이 버스 정류장 유리 뒤 보도에 있던 뭔가를 봤다. 정확히 뭘 하는지 볼 수 없었지만, 막대기로 땅을 콕콕 찌르고 있는 듯했다. 나는 다른 생각을 하고 있었고 무척 피곤했다. 그때 나는 집에서 주에 서른 시간씩 텔리마케터로 일했다. 집에서 아이를 보면서 할 수 있는 몇 안 되는 일이었다. 동네에 사는 다른 부모들에게서 아기들을 맡아 수당을 받고 같이 보기도 했다. 다들 많은 돈을 줄 수 없었고 어떨 때는 아예 돈을 주지 못할 때도 있었지만, 그래도 따뜻한 한 끼 식사나 아이 옷과 물건 등 언제나 다른 뭔가로라도 갚으려 했다.

지갑에서 버스 카드를 꺼내고 캐서린을 살피러 정류장 뒤로 돌아가 보니 아이는 쭈그리고 앉아서 뭔가를 골똘히 바라보고 있었다.

그건 죽은 다람쥐였다.

나는 본능적으로 움찔했다. 그 다람쥐는 차에 치인 후 공중으로 날아서 그 자리에 내려앉은 게 분명했다. 찢겨서 열린 배 부분은 아마 까마귀들이 한 짓일 터였다. 배 안쪽으로 분홍빛이 슬쩍 보이기까지 했다.

보통의 아이라면 보송보송한 꼬리와 갈색 털을 가진 귀여운 동물이 이렇게 된 모습을 보면 역겨워하거나 눈물을 흘렸겠지만 캐서린은 그러지 않았다.

캐서린은 다람쥐의 발바닥을 막대기로 톡톡 치고 있었다.

"뭐 하고 있어?"

아이는 나를 한 번 올려다보기만 할 뿐 다시 막대기로 동물 사체를 살펴봤다.

"그만해!" 나는 거의 명령하듯 소리쳤다.

캐서린은 내 목소리가 들리지 않는 것 같았다. 오히려 훼손된 다람쥐 사체 쪽으로 더 가까이 몸을 숙였다.

"아이들은 이런 거 안 하는 거야!" 나는 캐서린의 팔을 붙잡아 홱 잡아당겼다.

나중에 보니 팔 윗부분에 내 손 모양으로 작게 보라색 멍이 들어 있었다. 내가 엄마에게서 티미를 떼어놓던 밤에 엄마가 내 팔에 남긴 것과 똑같았다. 부모들은 아이에게 매를 들기 전 항상 이렇게 말한다.

"네가 아픈 것보다 내 마음이 더 아프구나."

맹세하건대, 그건 사실이다. 딸의 작고 부드러운 팔에 난 멍 자국을 보는 내 마음은 타들어 갔다.

하지만 내 머릿속에서 떨치지 못해 지금까지도 남아 있는 건 죽은 다람쥐를 살펴보는 걸 못 하게 했을 때 나를 올려다보던 캐서린의 표정이다. 피투성이 동물 사체를 발견한 여느 아이처럼 무서워하거나 역겨워하거나 슬퍼하지 않는 빛바랜 푸른빛 눈망울은 고요하고 편안했다.

제임스의 눈빛이었다.

유난히 길게 느껴지던 그날 밤 내내 나는 온몸이 구석구석 아플 정도로 피곤했음에도 잠을 이루지 못했다.


오늘은 샘즈에 출근하지 않지만 해가 뜨기 전에 일어나 조용히 주방으로 가서 커피를 내렸다. 휴일이면 늘 하던 일을 할 계획이다. 밀린 빨래를 하고, 주방과 화장실 청소를 하고, 도서관에 가서 매번 하는 확인 작업을 할 것이다.

캐서린의 방문은 굳게 닫혀 있다. 지난 24시간 동안 내 딸을 거의 보지 못했다. 어젯밤 늦게, 내가 잠이 들고도 한참 뒤까지 집에 들어오지 않았다.

캐서린의 빈자리가 크게 느껴졌다.

머그잔 가득 커피를 따라 거실로 돌아와서 소파에 앉아 한 모금 음미했다. 새로운 하루를 앞둔 고요한 이 시간에는 뭐든지 해결할 수 있을 것 같은 생각이 쉽게 든다. 내가 저지른 실수들과 옳지 않았던 선택들은 언젠가 사라질 것이다. 앞으로는 지금까지 달려온 울퉁불퉁한 길이 아닌 더 쉬운 길이 기다리고 있을 거라고 스스로 되뇌었다.

오전 3시가 가장 어두운 영혼의 시간이라면 해 뜰 무렵은 그 반대다. 일출만큼 내게 더 큰 희망을 주는 건 없다.

내 앞에 있는 커피 테이블 위에 캐서린이 산 일기장이 있다. 제목이 나를 놀리는 것 같다.

《엄마 이야기를 들려줘요》

일기장을 들어 몇 장 넘겨봤다.

어쩌면 캐서린을 위해 몇 가지 이야기를 써넣고 그대로 펼쳐 둘 수도 있다. 내가 왜 그래야 하는지는 정확히 모르겠지만 일종 의 평화를 제안하는 의미로 말이다.

그냥 지금 캐서린은 내게 화가 난 것 같다.

캐서린은 친구가 별로 없다. 어릴 때부터 이리저리 이사를 다 니느라 우정을 쌓을 만한 기회가 별로 없었기 때문이다. 게다가 대학교에 다니면서는 일을 하느라 항상 시간이 없었고 누구를 만 날 만할 기력도 남아 있지 않았다. 그래서 우리가 함께 보낼 의미 있는 날들이 많지 않다는 첸 박사의 말을 들은 지 얼마 되지 않은 어젯밤 친구와 영화를 보러 간다고 했을 때 조금 이상했다.

일기장에서 지금 당장 답을 쓰고 싶은 질문을 찾았다.

**'당신이 엄마가 될 거라는 걸 처음 알았을 때를 알려주세요. 어 떤 느낌이었나요?'**

나는 펜을 들어 진심을 써 내려갔다.

난 모든 감정을 동시에 느꼈단다, 캐서린. 두려웠고 행복했고 슬프기도 했지만, 마음을 굳게 먹었어. 너라는 존재를 생각할 때마다 경외심이 들었지. 난 모든 걸 느꼈단다. 지금까지도 매일 느끼고 있지.

## 17. 캐서린

블라인드 사이로 강한 햇빛이 들어왔다. 엄마가 주방에서 이리저리 움직이는 소리가 들렸다. 소리만 들어도 엄마가 뭘 하는지 정확히 알 수 있었다. 작게 쿵 하는 소리는 가스레인지 위 수납장을 닫는 소리고, 희미하게 흐르는 듯한 소리는 수도꼭지에서 물이 나오는 소리다. 그리고 꾸르륵거리는 소리는 커피 머신이 제 일을 하는 소리다.

계속 엄마를 피할 수는 없다.

어제 느낀 끔찍한 의심은 조금도 수그러들지 않았지만, 아직은 누구와도 그것을 공유할 생각이 없다.

나조차도 인정할 수 없기 때문이다.

대리자에 의한 뮌하우젠 증후군*을 들어본 적이 있다. 보통은 엄마가 자기 아이에게 독극물이나 불필요한 약을 투여해 아프게 만드는 경우가 많다. 매체로부터 많은 관심을 끌고 싶어 아동 학

---

* 병원 치료를 받으려고 계속 몸이 아픈 척하는 정신이상 상태.

대까지 저지르기도 하는 심각한 정신병이다.

하지만 이건 뮌하우젠 증후군도 아니고, 그게 뭐가 됐든 난생처음 들어보는 상황이다. 도대체 어떤 엄마가 자기 딸과 떨어지지 않겠다는 이유 하나만으로 가짜로 병을 지어내 저토록 열심히 연기할 수 있을까?

일어나서 옷을 걸쳐 입은 뒤 화장실로 가서 세수하고 이를 닦았다. 굳이 조용히 행동하려고 노력하지 않았다. 내가 곧 나타날 거라는 걸 모르게 할 이유가 없었기 때문이다.

거실로 들어가니 엄마는 이미 내 커피를 따라 소파 앞 테이블에 뒀다.

커피를 한 모금 마시고 엄마 옆에 앉았다.

"커피 고마워요."

"어젯밤에는 재미있었니?"

"괜찮았어요."

"무슨 영화 봤는데?"

엄마와 나는 낡고 부드러운 소파에 나란히 앉아서 이런 대화를 수도 없이 나눴다. 전에는 전혀 어색하다고 생각한 적이 없었다.

나는 사실대로 말하기로 작정했다.

"나 영화 보러 간 거 아니었어요. 이선을 만나러 갔던 거예요."

엄마가 머그잔 위로 눈썹을 치켜떴다.

"이선은 잘 지내니?"

만약 정말 엄마가 내게 유일하게 중요했던 연애를 망치는 데 한몫했다면, 정말 내 남자 친구가 마시는 술에 베나드릴 같은 약을 타놓고 그가 혼자 취해버린 것처럼 보이도록 했다면, 이건 예상치 못한 반응이다. 죄책감이나 후회 따위 전혀 보이지 않고 단순한 호기심만 엿보였다.

"똑같더라고요."

엄마는 고개를 끄덕였다.

"아직도 바텐더로 일하면서 어떻게 훌륭한 사진작가가 될 건지에 대해 떠들기만 하니?"

또 시작이다. 엄마는 말 한마디로 내가 이선을 최악의 가능성으로 바라보게 한다. 물론 나 역시 그런 최악을 덮을 만한 이야기만 떠올리니 예전과 다를 게 없다. 이선은 여전히 멋지고 잘생겼으며 재미있다. 여전히 날 웃게 해주고 날 사랑한다. 그저 함께하고 싶게 만든다.

엄마는 나와 전 남자 친구 사이를 계속 떨어뜨릴 수 있게 이선을 가장 깎아내리는 말을 골랐다.

화가 치밀어 올랐다. **'날 조종하려고 하지 마요'**라는 말이 입가에 맴돌았으나 꾹 참았다.

커피를 한 모금 더 마시며 감정과 목소리를 진정시킬 시간을 벌었다.

그리고 엄마를 똑바로 바라보며 말했다.

"오늘 우리 둘 다 쉬는 날이니까, 나에게 계획이 있어요."

***

엄마는 보네빌 창밖을 보며 우리가 길을 찾는 데 사용하곤 했던 랜드마크들을 찾았다.

"저기야. 저기 쉘 주유소에서 우회전이야."

지금 집에서는 한 시간 정도 떨어진 이곳도 한때는 집이라 불렸던 곳이다. 나는 10학년 1학기까지 다니고 해리스버그로 이사하기 전 2년 동안 랭커스터에서 살았다.

오늘 아직은 엄마의 기억력에 문제가 없다. 우리가 살던 아파트 주소를 어렵지 않게 기억해 냈다(물론 나도 그랬지만). 그래도 나는 가면서 길을 설명해 달라고 부탁했다. 엄마는 우리가 살던 아파트로 향하는 메인 도로에 있던 드라이클리닝 세탁소가 세븐일레븐으로 바뀐 것까지 알아챘다.

엄마는 자꾸 농담을 주고받으려고 시도했지만 나는 그러고 싶지 않았다. 우리는 그동안 자동차 여행을 꽤 많이 했는데 이건 달랐다.

우리는 지금 문자 그대로, 그리고 비유적으로 기억을 더듬어 가는 여행을 하는 중이었다.

나는 차들이 많은 도로에서 오른쪽으로 꺾고 곧 전에 살던 아파트 단지 앞에 차를 세웠다. 건물은 수많은 도시에 세워진 수많은 다른 붉은 벽돌 빌딩과 전혀 다를 것이 없어 보였다. 견고해 보이기는 해도 외관을 디자인하는 데 전혀 돈을 쓰지 않았다. 그저 창문이 달린 상자일 뿐이었다.

엄마가 고개를 젖혀 건물을 올려다봤다.

"5층이야. 왼쪽에서 일곱 번째 창문."

우리가 살던 방이다. 침실이 하나뿐이어서 나와 엄마는 트윈 베드 사이에 협탁을 하나 두고 잤다. 창문은 몇 센티미터만 겨우 열렸는데, 엄마는 그걸 보고 불이 나면 위험할 거라고 했다. 하지만 관리실은 아무것도 해주지 않았고 엄마는 홈디포에 가서 소화기 하나를 사와 내 침대 아래에 두며 어떤 상황에서도 촛불을 켜는 건 안 된다고 말했다.

이곳에서 우리는 행복했다. 2월에 전학 간 나는 적응하느라 힘든 8학년을 보냈지만, 고등학교에 진학하면서 내 삶은 달라졌다. 잘 자란 내 이목구비는 얼굴을 돋보이게 하는 것 같았고 피부도 자신이 있었다. 9학년이 끝나갈 무렵에는 알리야와 첼시라는 친구도 사귀었는데 둘 다 나처럼 공부를 열심히 하고 낯을 가렸다. 점심시간에 함께 앉을 친구가 생긴 뒤로 끔찍했던 학교생활은 끝이 났다.

엄마는…, 글쎄. 엄마도 만족해하는 것 같았다. 그즈음 스테이크하우스에서 일했는데, 내가 밤에도 홀로 집을 지킬 수 있을 정도로 크자 수입이 더 나은 저녁 시간에 근무했다. 밤에 혼자 버스를 타고 다니기 위험하다고 판단한 엄마는 그해에 첫 차인 보네빌을 샀다. 주로 내가 학교에서 돌아오는 시간에 엄마가 일을 하러 나갔기 때문에 우리는 서로 마주칠 일이 별로 없었으나 그것도 그런대로 괜찮았다.

태어나서 처음으로 혼자 있는 시간을 갖는 것도 좋았기 때문이다.

내게 일어난 큰 변화가 그것만은 아니었다.

10학년 초에 나는 한 소년을 만났다.

학교 신문기자였던 세심하고 다정한 찰리는 언젠가 소설을 쓰는 게 꿈이라고 했다. 나도 찰리가 정말 해낼 수 있다고 믿었다. 찰리는 서서히 얼굴 전체로 퍼지는 미소를 지었고 시력이 나빠 두꺼운 안경을 썼는데도 모든 걸 꿰뚫어 볼 수 있을 것 같았다.

우리의 머리는 글의 맥락만을 보고 다음에 뭐가 나올지 결론을 내리는 뇌 기능을 활성화하기 때문에 왜곡된 글을 읽고도 대충 넘긴다고 배운 적이 있다. 자기가 쓴 글의 오타를 찾아내는 게 힘든 이유다. 우리는 보고 싶은 것만 본다.

그런데 찰리는 그렇지 않았다. 찰리는 진실로 세상을 목격했고 다른 이들이 놓친 디테일을 하나하나 기록해 뒀다.

우리가 같이 놀기 시작한 지 얼마 되지 않아 찰리는 내게 영어 선생님이 필기체를 쓰는 방식이 더 좁고 가늘게 바뀌었다고 말했다. 내가 믿지 않자 찰리는 내 바인더에서 종이를 꺼냈다. 한 장은 학기 초에 쓰던 것이고 다른 한 장은 최근에 쓴 것이었다. 찰리는 자기가 한 말을 선생님이 파란 볼펜으로 쓴 글씨들을 비교하며 입증했다.

"처음엔 파킨슨병이거나, 아니면 심경에 변화가 생긴 줄 알았어." 찰리가 말했다.

"찾아보니까 글씨체가 바뀌는 것도 그 증상이 될 수 있대."

"처음엔?"

찰리가 끄덕이며 말했다.

"그런데 지금 보니 심경에 변화가 생긴 게 맞아."

나는 완전히 빠져서 물었다.

"어떻게 알아?"

"선생님은 일주일 전부터 결혼반지를 빼고 계셨어."

나와 찰리는 첫 키스를 하기도 전부터 모두에게 사귄다고 오해를 받았다. 엄마가 다시 이사해야 한다는 청천벽력 같은 소식을 알리기 전까지 그 오랜 시간 동안 데이트 한번 하지 못했는데도 말이다.

나는 어느 하루 학교에 가서 친구들에게 작별 인사를 했다. 그날 오후 집에 갔을 때 엄마는 이미 침대와 소파 같은 다른 가구들을 이웃에게 팔거나 주고 남은 짐을 모두 싸서 보네빌에 실은 후였다.

우리가 랭커스터에서 지낸 적이 없다는 듯 살았던 흔적이 남김없이 사라졌다.

엄마를 슬쩍 보니 아직도 조수석에 앉은 채로 아파트를 올려다보고 있었다. 과연 어떤 기억 속에서 길을 헤매고 있을지 궁금했다.

만약 엄마가 알츠하이머병을 조사했다면 보통은 가장 최근 기억부터 잃게 된다는 걸 알고 있을 것이다. 그러니 엄마의 인생에서 이 동네에 살았던 시간은 문제없이 기억하는 게 맞다.

"그때 우리가 왜 이사했는지 다시 말해줘요."

잠긴 목소리로 이야기하는 게 쉽지 않았다. 찰리, 알리야, 첼시…. 내가 떠난 뒤에도 우리는 매주 통화하고 만나자고 약속하며 서로 연락했다. 하지만 11학년이 되면서 멀어졌다. 내가 뒷걸음질하는 동안 다들 앞으로 나아갔다.

학교 점심시간에 나는 다시 혼자가 됐다.

"같이 일하던 웨이트리스 한 명이 내가 돈을 훔쳤다고 고발했어. 식당 주인은 그 여자를 믿었고. 그게 아니면 그냥 그 여자랑 자고 싶었겠지. 주인은 남은 급료를 받고 바로 떠나지 않으면 경찰을 부른다고 했어."

난 이 이야기를 이미 알고 있다.

"왜 아니라고 맞서지 않았어요? 차라리 경찰을 부르라고 했으면 그 여자가 해고당했을 수도 있잖아요."

엄마가 고개를 저으며 말했다.

"세상이 그렇게 호락호락하지 않단다."

"그러면 왜 그렇게 멀리 이사해야 했던 거예요? 아니, 처음부터 왜 이사해야 했어요?"

엄마는 한숨을 쉬더니 머리를 뒤로 기댔다. 그리고 내가 모르는 이야기를 시작했다.

"그때 벌써 월세가 한 달 밀려 있었어. 보네빌도 새 타이어로 갈아야 했던 거 기억나니? 돈이 들어갈 데가 너무 많았지. 빚을 지지 않고서는 살 수가 없었어. 해고당했을 때 더는 돈을 벌 수 없다는 걸 알았고."

순간 조금 미안한 마음이 들었다. 그때 엄마는 힘든 시간을 보내고 있었구나. 내가 좋아하는 남자애와 손을 잡는다고 한껏 들떠 있는 동안 엄마는 심각한 돈 문제를 해결하려고 애쓰고 있었다니.
엄마는 원래도 마른 몸이었지만, 그때는 아마 4~5킬로그램 정도
더 빠졌을 것이다. 그리고 지금까지 몸무게를 늘리지 못했다.

"그래서 몰래 도망치듯 나갔던 거예요?"

엄마가 끄덕이며 말했다.

"길거리에서 집주인과 마주치지 않도록 꽤 멀리 나가야 했지.
아직도 집주인에게 600달러를 주지 못했단다."

나는 고개를 돌려 창밖을 봤다. 마지막 날에 나를 집까지 데려
다주고 작별 키스를 하기 위해 몸을 숙였다가 뒤로 물러서서 안경
을 코에 걸치던 찰리가 아직도 눈에 선했다. 그때 나는 찰리가 코
너를 돌아 더는 보이지 않을 때까지 바라봤다.

다시 마음이 아려왔다.

이곳에 오면 엄마를 더 잘 이해하는 데 도움이 될 거라고 생각
했다. 하지만 이제 남은 건 슬픔밖에 없었다.

"계속 차로 이동할까?" 엄마가 물었다.

나는 끄덕였다. 내가 다녔던 고등학교를 지나면서 예전 친구
들이 그대로 사는지 확인해 보겠느냐고 엄마가 제안했지만, 나는
그러지 않는 게 낫겠다고 말했다.

우리는 즐겨 먹던 가게에서 샌드위치를 사 먹었는데, 주인도
바뀌고 음식도 전처럼 맛있지 않았다.

음식을 다 먹자 엄마는 쓰레기를 버리기 위해 차에서 내렸다.

엄마는 잠시 섰다가 보도를 따라 내려가 어떤 노숙자에게 반
쯤 남은 샌드위치를 건넸다. 죄책감이 밀려왔다. 어쩌면 나는 잘

못된 기억에 초점을 맞추고 있었는지도 모른다.

내 삶에서 엄마는 언제나 나를 위해 그 자리에 있어준 유일한 사람이었다. 초등학교 때 스펠링 비에서 이기고 싶어 하자 엄마는 분명 지루했을 텐데도 티 한번 내지 않고 내게 끊임없이 스펠링 문제를 내줬다. 독감에 걸린 내가 이불에 토했을 때는 내 이불과 패드를 세탁하기 위해 아파트 지하실에 있는 세탁기까지 계단을 오르락내리락했다. 엄마도 분명 배고픈 적이 많았을 텐데도 식사 후에 언제나 나에게 먼저 충분히 먹었는지 물어봐서 내가 절대 배고플 일이 없게 했다.

그런 맥락에서 볼 때 엄마를 두려워하는 내 모습이 오히려 미친 사람처럼 보였다. 엄마는 내가 대학에 진학하는 걸 절대 말린 적이 없고, 되레 계산기를 꺼내 기숙사에 가거나 자취하지 않고 아르바이트해서 학비를 충당하는 방법을 계산해 줬다. 졸업만 하면 존스 홉킨스 병원에서 일할 수 있다는 연락을 받았을 때, 엄마는 진심으로 기뻐하는 것처럼 보였다.

그런 엄마를 어떻게 내가 끔찍한 거짓말쟁이라고 의심할 수 있지?

그런데도 나는 그 생각을 마음속에서 떨쳐버릴 수가 없었다.

차로 돌아온 엄마는 조수석 문을 열어 자리에 앉았다.

"다른 데 가고 싶은 곳은 없니?" 엄마가 물었다.

나는 잠시 생각했다.

"엄마가 일했던 가게 근처로 가봐요."

엄마는 바로 고개를 저었다.

곧 어떤 아이디어가 떠올랐다.

"왜요, 엄마. 한번 가보면 아직도 그 나쁜 놈이 사장인지 알 수 있잖아요. 그 남자 때문에 우리가 도망쳐야 했다고요! 작은 복수라도 하고 싶지 않아요?"

생각할수록 화가 치밀어 올랐다. 그때 엄마가 해고당하지만 않았어도 우리는 그 아파트에서 계속 살 수 있는 방법을 찾았을 것이다. 나도 내 친구들이나 찰리와 헤어질 필요도 없었을 테고.

엄마가 나를 쳐다봤다.

"무슨 복수를 할 수 있는데?"

"몰라요. 보건부에 전화해서 가게 주방에 쥐가 다니는 걸 봤다고 항의 전화를 할 수 있죠."

엄마의 표정만 봐서는 아이디어가 좋은지 나쁜지 알 수가 없어서 나는 말을 이었다.

"진짜 일을 더럽게 만들고 싶으면 그 나쁜 놈이 결혼했는지 알아보고 부인에게 웨이트리스 이야기를 해주는 거예요. 아, 온라인에도 식당 후기를 안 좋게 남기고요…."

엄마가 내 말을 끊었다.

"그 남자는 이제 없을 거야, 캐서린. 아직 있다고 해도 그건 다 지나간 일이야. 난 거의 10년 전에 있었던 일을 들고 일어서서 그 남자가 벌을 받길 원하지 않아."

"그래도, 한번 가봐요. 어쩌면…."

갑자기 엄마의 성질이 돋궈지는 걸 느꼈다. 내 말을 차단하고 나를 엄마에게서 물러나도록 하는 힘의 장벽이었다.

"그만해!"

엄마가 소리쳤다. 그러고는 좀 더 부드럽게 말했다.

"난 거기에 다시는 가고 싶지 않아."

집으로 가는 길에 나는 완전히 주눅이 든 상태로 운전했다. 우리는 모르는 사람과 카풀이라도 하듯 라디오를 듣고 교통 상황이나 날씨에 관한 일상적인 대화를 나눴다. 주유소에 들렀을 때 엄마가 안에 있는 작은 가게에서 막대 사탕 두 개를 사 와 내가 제일 좋아하는 라즈베리 맛을 건넸지만, 여전히 우리 사이는 어색하기만 했다.

주유하고 나서부터는 엄마가 운전대를 잡아 나는 창문에 머리를 기대고 쉬었다. 포장도로를 달리는 바퀴 소리가 낮게 들리자 몰려오는 피곤함과 함께 꿈을 꾸는 것 같은 느낌이 들었다.

그러다가 정신이 확 들면서 기억나는 게 있었다. 랭커스터에서 이사하기 전날 밤, 울다 잠든 나는 불현듯 잠에서 깼다.

두 눈이 어둠에 적응하느라 시간이 조금 걸렸다. 곧 나는 엄마가 주방에서 방 안까지 작은 아파트를 가로지르는 가장 긴 거리를 왔다 갔다 하는 걸 봤다. 엄마는 이미 일터에서 혐의를 받고 떠나야 한다는 나쁜 소식을 전했다. 하지만 엄마를 괴롭게 하는 다른 무언가가 있는 게 분명했다. 밤새도록 쉬지 않고 서성거리게 할 정도로 끔찍한 무언가가.

엄마는 다른 행동도 했다. 창가에 설 때마다 잠시 멈춰 몰래 밖을 내다봤다.

나는 천천히 가는 앞차를 추월하기 위해 왼쪽으로 가볍게 차선을 옮기는 엄마의 옆모습을 뜯어봤다. 무척 매력적인 엄마는 외모에 전혀 신경을 쓰지 않는다. 엄마의 미모는 덜 강조돼 있다. 숱이 많은 빛나는 단발머리를 고수하는 엄마에게 머리를 길러보라고 권한 적도 있지만, 엄마는 절대 기르지 않았다. 지금은 오히려 다행이다. 엄마에게는 단출한 스타일이 잘 어울린다. 가끔 마스카라를 바르거나 아끼는 체리 향 챕스틱을 바르는 것 외에는 화장을 전혀 하지 않는다. 그래서 나는 엄마의 얼굴에서 모든 웃음과 주름과 주근깨를 볼 수 있다.

엄마는 투명한 외모를 지녔다. 하지만 비밀들을 안고 있다.

그리고 나도, 태어나서 처음으로 엄마에게 비밀이 생겼다.

우리가 살았던 예전 동네로 떠나온 여행이 시간 낭비는 아니었다는 생각이 들기 시작했다. 엄마는 스테이크하우스를 지나가기를 거부했다. 하지만 난 그 식당 이름을 기억했다. 알제이스RJ's. 심지어 가게 로고까지도 기억났다. 금색을 두른 진홍색 이니셜이 엄마가 가끔 가게 주방에서 남은 음식을 싸 오곤 했던 비닐봉지에 선명하게 그려져 있었다.

내 목표가 엄마가 숨기는 이야기를 뿌리부터 거슬러 올라가는 거라면, 알제이스가 진실을 향하는 첫걸음이 될 수도 있다.

함께 일했던 동료가 언젠가 엄마가 한 말이나 행동을 기억해낸다면, 그 단서들은 시간을 거슬러 다음 발을 내디딜 디딤돌로 나를 데려갈 수 있을 것이다. 엄마는 자기 이야기를 하는 데 있어 극도로 조심하는 편이지만 누구든 실수는 한다. 어쩌면 별로 친하지 않은 지인들에게, 그러니까 나보다는 엄마의 과거에 관심이 훨씬 없는 사람들에게는 조금 부주의했을 수도 있다.

엄마가 고개를 돌려 나를 봤다.

"무슨 생각 하고 있니?"

나는 망설임 없이 대답했다.

"초콜릿이요."

엄마가 웃음을 터뜨렸다.

"사탕으로는 부족했던 거야?"

"그건 그냥 디저트를 먹기 위한 애피타이저였고요."

"그렇다면 말이야, 집에 믹스 앤 메이크 한 상자 사 가서 브라우니를 굽는 건 어때?"

"좋아요."

브라우니가 구워지는 동안 나는 내 방에 들어가 문을 닫고 리갈패드를 꺼내 엄마가 말해준 알제이스에 관한 아주 사소한 것까지 기억나는 대로 적을 것이다.


## 18. 루스

---

옷장 앞에 선 나는 한참 동안 옷을 뒤적거렸다. 갑자기 세련된 디자이너 의상이 튀어나오지는 않을 테니 카키색 치마와 몇 년 전 중고품 할인점에서 산 가느다란 어깨끈이 달린 빨간색 상의를 집어 들었다.

캐서린은 거실에 앉아 TV 채널을 이리저리 돌리고 있다. 여러 프로그램의 토막 소리가 거실 안을 채웠다. 한 남자가 영국 억양으로 파이를 채운 속이 '실망스럽다'고 평가하기도 하고, 한 소녀가 아빠와 함께 말을 타게 돼 기뻐하기도 했다. 게임 쇼 버저가 울리더니 한 여자가 "돌리 파튼!"이라고 소리쳤다. 그러다가 드디어 영화 「내 여자 친구의 결혼식」의 친숙한 대화 소리가 들렸다.

캐서린이 더는 채널을 돌리지 않았다. 오늘 저녁에는 집에 있을 예정인가 보다.

그런 딸을 떠나고 싶지는 않지만, 몇 시간 동안만이라도 집을 나가 있지 않으면 미칠 것 같았다.

오늘 오전에는 기분이 무척 이상했다. 전에 살던 동네에 다시 오게 될 줄은 몰랐다. 우리의 오래된 예전 옆집에는 화재 대피로를 따라 은색 풍경이 그대로 매달려 있었다. 아직도 그 집에 살고 있다는 뜻이다.

풍경이 달린 집에 사는 여자는 우리에게 친근하게 대해줬다. 아마도 외로웠던 것 같다. 우리가 그 아파트에서 살게 됐을 때 여자는 머핀을 갖다줬고 캐서린이 자신이 데리고 있던 길고양이들과 함께 노는 걸 허락했다. 언젠가 고양이 한 마리가 없어졌는데 여자는 고양이 사진이 들어간 전단을 내 손에 쥐여주며 시간을 끌었다. 그저 말 상대가 필요해서 그랬을 텐데도 나는 급한 일이 있다며 자리를 피했다.

오늘 오전에 그 풍경을 올려다보면서 나는 최대한 빨리 그 동네에서 벗어나야 한다는 충동이 일었다.

사실 그 아파트에서 살았을 때 별로 행복하지 않았다. 집 안은 아무리 꼼꼼하게 청소해도 더러웠고 한번은 캐서린의 침대 아래서 죽은 쥐가 나왔다. 이 동네에 다시 돌아오다니, 온몸이 가려워지는 것 같았다.

그런 감정을 숨기려고 했다. 하지만 샌드위치 가게가 너무 붐비니 보네빌 안에서 먹자고 했을 때 캐서린이 동의하자 밀려오는 안도감을 참을 수 없었다. 내가 앉은 자리에서는 차 앞 유리를 통해 가까이 지나치는 행인들이 아주 잘 보였다. 게다가 사이드미러를 통해서는 내 뒤쪽을 확인할 수 있었다. 날이 눈부시게 밝았기 때문에 캐서린은 내가 커다란 선글라스를 쓰고 있어도 뭐라고 하지 않았다.

한 시간 정도 지나서 캐서린이 이제 가자고 했을 때는 내 운을 믿을 수 없을 정도였다. 정말 위험했던 유일한 순간은 캐서린이 스테이크하우스를 지나쳐 가자고 했을 때였다. 조금 거칠게 거부하기는 했지만, 우리 둘 사이를 감돌던 긴장 상태는 곧 누그러졌다.

막대 사탕은 단 걸 좋아하는 모녀의 멀어진 사이를 가깝게 하기 위한 효과적인 방법이 될 수 있다.

나는 옷을 갈아입고 화장실로 가서 아까 먹은 브라우니 부스러기를 모두 제거하기 위해 이를 닦았다.

샌드위치 반을 남겨서 노숙자에게 줬을 때, 사실 나는 더 먹고 싶었다. 하지만 내 목표를 이루려면 현재 이 체중을 유지해야 한다. 뚱뚱하고 머리가 길었던 고등학교 때 모습과는 최대한 다른 모습을 유지해야 한다.

이제 내 얼굴뼈들은 툭 튀어나와 있고 몸매도 바뀌었다.

그러나 아직도 지난날에 알던 누군가는 빛과 각도에 따라서는 날 알아볼 수 있다.

캐서린이 10학년 때였나, 우리가 랭커스터에 살고 있을 때 정말 그런 적이 있었다. 그래서 오늘 그 동네에 가 있는 내내 나는 언제든지 공황 발작을 일으킬 것 같은 느낌이 들었다.

누군가 내 옛 이름을 부른 날, 날씨는 어둡고 우중충하고 이슬비까지 내렸다. 만약 날씨가 달랐다면 모든 게 달랐을 것이다.

약국에 가던 길에 내 쪽으로 걸어오던 한 여자가 갑자기 길 한가운데에 멈춰 섰다. 여자는 마치 유령이라도 본 듯 충격을 받은 표정이었다.

여자는 안경을 벗고 콘택트렌즈를 낀 게 분명했지만 나는 알아볼 수 있었다. 로지. 응원단에 있던 착한 아이. 마지막으로 로지를 본 건 코치가 나를 사무실로 불렀던 그날 오후, 내 책가방과 물병을 들고 주차장에서 나를 기다리고 있을 때였다.

나는 평소처럼 밖에 나갈 때 무조건 쓰던 선글라스를 착용하지 않은 걸 후회하며 고개를 휙 숙이고 로지를 지나쳤다. 로지는 의아해하며 내 예전 이름을 불렀다. 나인지 확실히는 모르는 것 같았지만 뒤돌아보지 않았다.

"나 티미랑 친해졌어! 잘 지내고 있어!" 로지가 소리쳤지만 그래도 반응하지 않았다. 약국을 지나쳐 코너를 돌자마자 폐가 터질 것 같은 느낌이 들 때까지 뛰었다.

우리는 그다음 날 해리스버그로 이사했다.

거실로 나가보니 캐서린은 두 무릎을 세운 채 소파 위에 웅크리고 앉아 있었다. 커피 테이블에는 일기장이 전에 내가 썼던 페이지가 펼쳐진 채 놓여 있었다.

캐서린은 나를 보더니 리모컨을 들어 영화를 멈췄다.

"엄마, 이 일기장 계속 써줘요. 아니면 같이 써도 되고요."

나는 대답 대신 캐서린의 이마에 입을 맞췄다.

"어디 나가요?"

우리의 역할이 서로 바뀐 것 같다. 캐서린이 부모처럼 물었다.

"잠깐 다녀올게." 내가 가볍게 대답했다.

캐서린의 표정이 굳었다.

"멜라니 만나요?"

지금껏 그래왔던 것처럼 그렇다고 말하며 거짓말을 할지 고민하는데 뭔가 걸리는 게 있었다. 캐서린의 목소리가 평소와는 아주 조금 달랐기 때문이다.

"아니, 혼자 바람 좀 쐬려고. 산책하다가 맥주 한잔할 수도 있고. 늦지는 않을게."

내 대답이 썩 마음에 들지 않은 듯했다. 하지만 며칠 전 자기도 나갔다 온 적이 있어 딱히 뭐라고 할 수는 없을 터였다.

캐서린은 내 샌들로 눈길을 옮겼다. 굽은 없지만 분명 산책하기에 좋은 신발은 아니었다.

"알겠어요."

그러면서 일어나더니 커피 테이블 위에 리모컨을 두고 아무 말 없이 자기 방으로 들어갔다.

아이를 따라가 볼까도 생각했지만 몇 시간 정도 떨어져 있는 게 서로에게 나을 거라는 결론을 내렸다.

계단으로 로비까지 내려간 나는 건물 밖으로 나갔다. 거의 해가 질 시간이었지만 선글라스를 꼈다. 같은 실수를 절대 반복하지 않을 것이다.

집에서 두 블록 정도 떨어졌을 때 나는 휴대전화를 비행기 모드로 설정했다.

800미터 정도 걸으니 빨간 차양이 달린 작은 카페에 도착했다. 음료나 음식을 주문한 손님은 누구든지 가게 뒤쪽에 있는 컴퓨터를 사용할 수 있다. 확인 작업을 하기에 편리하기 짝이 없는 곳이다.

나는 이곳을 한 달에 한 번 정도 찾는다. 무엇보다 사람이 별로 없고 맥줏값도 저렴하기 때문이다. 캐서린에게는 멜라니와 한 잔한다고 말하거나 가끔은 데이트하러 나간다고 이야기했다. 수녀처럼 살지도 않는 마흔두 살 여자가 독신 생활을 고수하는 것도 이상해 보이니까.

하지만 난 데이트하지 않는다. 그러니까 음식처럼 내가 거부하는 또 다른 것 중 하나다.

나는 내가 만나는 모든 사람이 잠재적으로 위험하다는 걸 절대 잊지 않는다.

예방책만이 내 삶을 지배한다.

그런데도 부족하다면 나는 캐서린을 보호할 마지막 계획이 있다. 그런 상황이 된다면 캐서린에게 잠시 전화하거나 문자메시지를 보낼 시간을 벌 수 있다고 확신한다. 나는 내 공책과 그 뒤표지 안에 테이프로 붙여둔, 캐서린의 사진으로 만든 가짜 신분증이 어디 있는지 알려줄 것이다. 내 옷장 맨 위 선반에 있는 회색 더플백에 들어갈 만큼만 짐을 챙기라고 알려줄 것이다.

캐서린에게 그저 내 지난 이야기 따위나 들려주겠다고 공책을 채우는 게 아니다.

도망치기 위한 방법을 알려주기 위해서이기도 하다.

집에 도착하니 캐서린은 TV 앞에서 졸고 있었다. 나는 캐서린을 깨우지 않았다. 피곤할 때면 난독증이 더 심해져 쓰는 데 시간이 걸리겠지만, 공책을 채우기로 했다.

나와 캐서린이 이 아파트에 산 지 이제 4년이 됐다. 이 집은 우리가 가장 긴 시간을 산 곳이다. 이만하면 긴장이 풀릴 수도 있다.

어떻게 도망쳐야 할지 나에게도 상기시킬 필요가 있다.


제임스가 우리 집 앞에 차를 세웠을 때는 칠흑같이 깜깜했어. 콜벳 조수석에 극도로 긴장한 채 앉아 있는 내게 자기 계획을 다시 읊더구나. 나는 갈아입을 옷가지 몇 벌이랑 찾을 수 있는 귀중품들을 챙겨서 자정에 제임스를 만나러 피자 피아조로 가야 했어.

도망치기 전까지 한 시간이 남아 있었지.

도대체 뭘 챙겨야 했을까?

내 방 한가운데에 서서 게시판에 고정해 둔 폴라로이드 사진들, 여덟 살 생일에 받은 돼지 저금통, 그리고 응원단이 지역 대회에서 우승해 받은 트로피를 바라봤어.

곧 이러고 있을 시간이 없다는 생각이 들고 나서야 움직이기 시작했지.

옷장 맨 위 선반에 둔 회색 더플백을 꺼내 청바지와 운동복 상의, 티셔츠 두 벌, 속옷을 챙겼어. 입고 있던 옷에 코치의 피가 묻어 있었는데도 갈아입지 않았어. 제임스가 절대 증거를 남기지 말라고 했거든.

그리고 화장실에 조용히 들어가 칫솔과 치약과 빗을 챙겼어.

엄마가 서랍장에 있는 벨벳 상자 안에 물려받은 진품 다이아몬드 귀걸이나 오팔 반지 같은 장신구들을 보관한다는 사실을 알고 있었어. 하지만 차마 안방에 몰래 들어갈 용기는 없었지. 부모님이 어떻게든 나와 제임스가 한 짓을 알고 침대 위에 꼿꼿이 앉아 있을 것 같았거든.

나는 돼지 저금통을 뜯었어. 지폐들과 25센트짜리 동전 두 개를 챙겨 주머니에 쑤셔 넣고 더플백을 든 다음 삐걱거리는 소리가 나지 않게 계단을 내려왔어. 물속에서 움직이는 것처럼 팔다리를 느리고 무겁게 옮겼어. 계단에서 공처럼 굴러떨어지지 않게 온 정신력을 집중해 앞으로 한 발씩 내디뎠지.

주방 조리대에 엄마의 지갑이 있었어. 68달러가 현금으로 있길래 챙겼지. 신용카드는 안 된다고 제임스가 그랬거든. 경찰이 추적할 수 있는 건 절대 안 된다고 했어.

주방 문 옆에 있던 접시에 아버지의 지갑이 자동차 키와 함께 있었어. 하지만 차마 아버지 건 훔칠 수가 없었어.

제임스가 내 손목에 채워준 금시계를 봤어. 15분 남았더구나.

약속 장소까지는 10분이면 충분했어.

이성적으로 생각하기가 너무 힘들었어. 내 마음이 문을 굳게 닫은 것 같았거든.

또 뭐가 필요할까?

내 책가방이 주방 테이블 위에 놓여 있었어. 가방 안에 손을 넣어 닥치는 대로 잡았지. 펜. 초록색 스프링 공책(지금 내가 쓰고 있는 이 노트야). 휴지 한 팩. 점심시간에 먹지 않은 사과 한 알. 그걸 다 더플백 안에 넣었어.

벽에 걸린 전화기가 눈에 띄었어. 그저 수화기를 들고 911을 누르면 되는 거야. 이번엔 나를 막을 제임스가 곁에 없으니까.

한 발짝 앞으로 갔어. 그리고 한 발짝 더.

우리 집 근처 코너를 돌던 한 차의 헤드라이트가 어두운 주방 안을 잠시 비췄어.

어쩌면 내가 무슨 생각을 하고 있는지 제임스가 일았을 수도 있지. 그래서 날 잡으러 온 거야.

나는 숨을 참았어.

차는 그대로 지나갔어. 나도 전화기에서 멀리 떨어졌지.

똑—딱, 하고 코치의 시계가 속삭였어.

이제 시간이 다 된 거야.

현관문을 열면서 티미의 책가방 옆에 있던 체리 향 챕스틱을 봤어. 티미가 그 달콤한 향기를 좋아했거든. 그래서 아버지가 항상 약국에서 사다 주셨지. 나는 내 남동생과 아버지 사진도 챙기지 못하고 작별 인사도 할 수 없었잖아. 그래서 챕스틱을 챙겨 주머니에 넣었어.

드디어 집 밖으로 나온 나는 부드러운 밤바람을 맞으며 현관 앞에 섰어.

제임스의 두 번째 계획을 실행에 옮길 차례였지. '챙길 걸 다 챙겼으면 이제 사라질 시간이야.'

너라면 어디로 가겠니?

나는 차에 타서 시동을 걸어 운전하기 시작했어. 제발 자동차 소리에 아무도 깨지 않길 바라면서.

모퉁이에서 신호에 걸렸어. 피자 피아조로 가려면 왼쪽으로 꺾어야 했지. 제임스가 거기서 날 기다리고 있을 거야.

나는 오른쪽으로 꺾었어.

발은 가속페달 위에 있었지만 손은 운전대 위에서 덜덜 떨리고 있었어. 3킬로미터, 8킬로미터, 그리고 16킬로미터…. 도시의 경계를 넘을 때까지 계속 직진했어.

분명 제임스는 내가 어디로 가는지 알 수 없었지. 나조차도 내가 어디로 가는지 몰랐으니까. 하지만 고속도로에서 다른 차를 볼 때마다 그 차가 완전히 지나갈 때까지 숨을 참았단다.

얼마나 오래 운전했는지 모르겠지만 그래도 한 시간 정도는 지났을 거야. TV에서 범죄 쇼를 많이 봐서 그런지 내 신분과 연관된 자동차 번호판을 단 채 내 지문이 남아 있는 차를 계속 타고 다닐 수가 없었어.

물론 사과 대신 드라이버를 챙겨 나왔다면 그런 쇼에 나온 은행털이범들처럼 다른 차와 번호판을 바꿀 수도 있었겠지.

저 앞을 보니 24시간 열려 있는 식당 데니스Denny's가 밝게 빛나고 있더구나. 주차장에는 커다란 트럭이랑 차 몇 대가 주차돼 있었어.

나는 막판에 주차장으로 진입해서 고속도로와는 가장 멀고 어두운 자리에 차를 세웠어. 하루이틀 정도는 내 차를 찾을 수 없을 거야. 어쨌든 차를 거기에 세우는 게 계속 운전해서 이동하는 것보다는 안전하다고 생각했지.

앞좌석에서 더플백을 꺼내 다른 차 쪽으로 걸어갔어. 먼저 대형 트레일러트럭에 가서 몰래 그 주변을 천천히 돌았지. 숨을 만한 곳이 있나 보려고 말이야.

발판 위로 올라가 뒤꿈치를 들고 창문 안을 훔쳐봤어. 긴 벤치에 담요가 뭉쳐 있는 뒷좌석은 운전기사가 낮잠을 자는 곳인 것 같았어. 어쩌면 운전석 뒤 발밑 아래 공간에 담요로 몸을 숨길 수도 있겠다고 생각했어. 기사가 다음 식사를 위해 차를 세우면 나도 그때 나오면 되니까. 아주 훌륭한 계획은 아니었지만 그 지역을 벗어나기 위한 다른 방법은 떠오르지 않았단다.

차 문을 열어봤어. 잠겨 있었지.

나는 내려와서 트럭 앞을 돌아 반대편 문 위로 올라간 뒤 손잡이를 향해 손을 뻗었어.

그때 밤을 가르는 어떤 남자의 목소리가 들렸어. 왜 자기 트럭에 몰래 타려고 하는지 묻더구나.

두려움과 안도감이 동시에 밀려왔어. 내 뒤로 들리는 목소리는 남자였고 어른이었고 짜증을 내고 있었거든. 분명히 제임스는 아니었어.

고개를 숙이고 아래로 내려왔어. 그러면서 뭘 훔치려던 건 아니었다고 웅얼거렸지. 그냥 차를 얻어 탈 수 있을지 보려 했다고. 그러면서 고속도로 쪽으로 급히 자리를 떴어.

그런데 그 남자가 날 불러 세우더구나.

나는 멈췄어. 아직 트럭 기사를 제대로 보지는 못했지만 나보다 훨씬 큰 체격이라는 건 알 수 있었지.

기사는 바로 무슨 말을 하지는 않았어. 빠르게 달리며 정적을 깨는 차 소리를 들으며 나는 기다렸어. 어쩌면 그대로 고속도로로 가서 다른 차를 얻어 타거나 경찰에 신고할 수도 있었을 거야.

내 운명이 생판 모르는 사람의 손에 달려 있다니 차라리 다행이었어.

결국 기사는 차를 얻어 타고 싶다면 그저 물어보면 될 일이라고 말하더구나.

나는 뒤를 돌아봤어. 기사는 거기에 서서 내게 조수석에 올라타라고 손짓했어. 50대 후반으로 보이는 아저씨는 빨간색과 파란색 체크무늬 셔츠를 입은 채 알 수 없는 표정을 짓고 있었지.

그날 밤에 사라져 버려야 했던 나는 그 트럭을 타야만 했던 거야.

고개는 계속 숙인 채 천천히 걸어갔어. 아저씨가 차 문을 열어 줘서 올라탔지. 차 안에서 감자튀김 냄새 같은 게 났어. 음료 거치대에는 마시던 콜라 캔이, 콘솔 박스 위에는 반쯤 남은 롤레이즈*가 있었어. 앞 유리 아래쪽에는 두 팔을 뒤로 모아 가슴이 더 솟아 나오도록 자세를 취한 비키니 입은 젊은 여자의 스티커가 붙어 있었지.

아저씨는 반대편으로 가서 운전석에 올라탔어. 난 이제 됐다고 생각했어. 만약 뛰쳐나가 도망치고 싶다면 지금밖에 기회가 없다는 걸 알았지.

나는 그대로 있었어.

엄마나 코치나 제임스가 내게 한 일을 생각하면 이 아저씨가 어떻게 더 나쁜 행동을 할 수 있겠나 싶었지.

아직도 내 운명은 이 트럭 기사의 손에 달려 있었어.

아저씨는 자리를 잡고 한숨을 쉬더니 너무 많이 먹었다면서 가죽 벨트를 만지더구나. 나는 그가 시동을 걸거나 안전띠를 매기를 기다리면서 옆눈으로 흘겨봤어.

그때 아저씨가 내 쪽으로 몸을 돌리더니 커다란 팔을 뻗는 거야.

두 눈을 꼭 감으며 다른 방향으로 몸을 밀었지만 문 때문에 움직일 수가 없었지.

숨이 안 쉬어졌어. 그저 아저씨가 내 몸에 손을 댈 때까지 가만있는 수밖에 없었어.

아저씨는 뒷좌석에서 뭘 좀 꺼내야 한다고 말했어.

눈을 떴어. 아저씨는 몸을 거의 뒤로 틀어 운전석 뒤 벤치로 손을 뻗더구나.

그리고 아주 작고 늙은 치와와 한 마리를 담요 속에서 꺼내 들었어. 두 눈이 서로 다른 곳을 보는 듯했던 치와와는 자다가 깨서

---

* 미국의 제산제 브랜드.

조금 짜증이 난 것 같았어.

아저씨는 치와와 이름이 쿠키라면서 보통은 내가 있는 자리에 앉는다고 했어.

결국 쿠키는 가는 내내 내 무릎 위에 앉아 있었단다.


## 19. 캐서린

지난번에 출근했을 때는 메모리 윙에서 지내는 모든 환자의 얼굴이 엄마의 얼굴과 겹쳐 보였다.

그런데 이제 내 마음 상태는 완전히 바뀌었다.

알츠하이머병을 앓고 있는 환자들을 평가하는 월말 리포트를 작성하느라 시간이 빠르게 흘렀다. 퇴근 시간을 얼마 남기지 않은 나는 남자 간호사 레지와 함께 환자 여러 명을 데리고 울타리가 쳐진 정원으로 나갔다.

주변 나뭇가지에 앉아 있던 작은 갈색 참새가 짹짹거리기 시작했다. 다몬 씨가 입술을 오므리며 새가 지저귀는 노래를 정확한 음정으로 따라 불렀다.

레지는 나를 보더니 우리 앞에 놓인 상황을 이해했다는 듯 조용히 고개를 끄덕였다. 엄마와 비슷한 또래인 레지는 쌍둥이 아들을 키우는데, 한번은 장난감 자동차가 안에 박힌 특별한 비누 바를 샀다고 했다. 자동차 모형이 흐릿한 글리세린 겹 안에 묻혀 언뜻 보였다는 것이다.

"여기서 일하면 딱 그 비누 바를 보는 느낌이에요." 레지가 말했다. 나는 그게 무슨 의미인지 정확하게 이해했다.

다몬 씨는 여기로 이사하기 전 20년 동안이나 살던 거리 이름을 기억하지 못했다. 하지만 베토벤이 작곡한 모든 음악은 따라 부를 수 있었다. 음악을 기억하는 능력은 알츠하이머병이 감히 침범할 수 없는 곳, 그의 영혼에 꽁꽁 묶여 있는 것 같았다.

다몬 씨는 특히 해 질 녘에 힘든 시간을 보냈다. 내가 지난번에 가져온 드뷔시 CD도 다몬 씨를 위해서였다.

45분 정도 지났을까, 우리는 건물 안으로 들어가는 환자들을 천천히 도와주기 시작했다. 모두 밖에 더 있고 싶어 했지만, 곧 해가 질 시간이었다.

그 전에 환자들을 건물 안으로 들이고 문을 잠가야 했다.

환자들이 안정적으로 저녁 식사를 끝내면 나는 휴식 시간을 갖는다. 보통은 메모리 윙에서 나와 엘리베이터를 다고 메인 층에 있는 주방으로 내려간다. 그러나 오늘은 혼자 있을 시간이 필요했다.

나는 복도 제일 끝에 있는 가족 숙소 쪽으로 걸어갔다.

주변을 둘러보며 아무도 없는지 확인했다. 언젠가 가족 숙소에서 낮잠을 자던 보조 간호사를 환자 가족이 발견한 후로 직원들은 이 공간을 쓰지 못하게 됐다. 복도에 아무도 없는 걸 확인한 나는 숙소 안으로 들어가 조용히 문을 닫았다. 내부는 장기 체류할 수 있는 호텔 방처럼 꾸며져 있었다. 퀸 사이즈 침대와 앉을 공간, 작은 냉장고와 전자레인지와 싱크대가 있었다. 테이블 위에는 휴지 한 상자와 애도에 관한 책이 놓여 있었다.

이곳은 곧 세상을 떠날 환자의 가족들이 임종을 지키기 위해 머물 수 있는, 잠을 자거나 샤워를 할 수 있게 준비해 둔 방이다.

그리고 또 하나 준비된 물품이 있다. 전화기다.

나는 수화기를 들어 어젯밤에 찾아둔 전화번호를 눌렀다. 만약 내 휴대전화를 사용한다면 발신자로 내 번호가 뜰 것이다. 그러나 이 전화기 번호는 나와 연결 짓기 쉽지 않다.

벨이 울리자마자 한 여자가 전화를 받았다.

"알제이스 스테이크하우스 멜리사입니다. 어떻게 도와드릴까요?"

입안이 바짝 말랐다. 어젯밤에 연습까지 했건만. 대사를 적어 왔어야 했나 보다.

"안녕하세요, 저는 애니 넬슨이라고 해요. 직원 관련해서 매니저와 통화하고 싶은데요." 나는 조금 걸걸한 톤을 유지하면서 말했다.

"네! 물론이죠. 잠시만 기다려 주세요."

곧 한 남자가 전화를 바꿔 받았다.

"컬트 대니얼스입니다. 어떻게 도와드릴까요?"

"대니얼스 씨, 전화 받아주셔서 감사해요. 저는 앤 윌슨인데요. 지금 스털링 가족을 위해 일하고 있어요. 저희 법률사무소는 루실 스털링 씨가 처음 만든 금융 신탁을 처리하고 있습니다." 나는 일부러 비슷한 소리를 내는 다른 이름을 댔다.

말하는 동안 수화기 너머로 대니얼스 씨가 당황해하는 걸 느낄 수 있었다.

"그런데 루실 씨의 조카 한 분을 찾아내기가 어려워서요. 가족들은 마지막으로 연락되기 직전에 그 조카분이 이 식당에서 일했다고 하더라고요."

"죄송하지만, 이게 다 무슨 소리죠?"

나는 더 어려운 법률 용어를 읊었다.

"저희는 루실 스털링 씨의 재산 수탁자로서 유언장에 명시된 당사자들에게 재산을 분배할 의무가 있습니다. 다시 말해, 대니얼스 씨가 고용했던 직원 중 한 명이 유산을 받게 된다는 거예요. 행방을 찾을 수만 있다면요."

대니얼스 씨는 바보가 아니었다. 그는 잠시 조용히 있더니 다시 입을 열었다.

"전화번호를 찾아보니 발신자가 선라이즈 요양원인데요?"

"맞습니다. 루실 스털링 씨가 여기 입원 중이에요. 스털링 씨가 저를 찾아올 수 없어서 제가 이곳으로 와 유언 보충서 작성을 도와드리고 있어요. 거의 다 했습니다. 안타깝게도 스털링 씨에게 남은 시간이 별로 없어서 저희는 모든 수단을 동원해 그 수혜자를 찾아 마무리하려고 하죠. 남은 가족끼리 유산 때문에 싸우는 일은 없어야 하니까요."

대니얼스 씨는 이제야 받아들인 모양이다.

"대니얼스 씨, 혹시 루스 스털링이라는 직원의 정보를 알려줄 수 있나요?"

나는 의도적으로 열린 질문을 했다. 이 남자가 엄마를 해고했던 매니저가 아닐지도 모른다. 그러면 검은 표범 마스코트처럼 또 다른 막다른 결말이 될 수도 있다.

"저도 루스가 어디 있는지 알고 싶지만, 모른답니다."

뱃속이 뒤틀렸다.

'계속 말해줘요.' 나는 속으로 애원했다.

"우리도 루스에게 줘야 할 돈이 있거든요. 아마 아직도 직원 파일 안에 주지 못한 마지막 급료가 있을 거예요. 우리 세무사가 언제 감사가 들이닥칠지 모르니 몇 년 동안이나 자료를 그대로 보관하라고 했거든요. 분명 아무도 건드리지 않았을 겁니다."

"마지막 급료요?" 내가 되물었다.

"네. 루스가 어느 날 갑자기 사라졌는데 그 후로 나타난 적이 없으니까요."

두 다리에 힘이 풀렸다. 나는 침대 위에 주저앉았다.

재앙과도 같은 또 다른 거짓말이었다. 나는 굳이 내 친구들, 학교, 찰리를 떠날 필요가 없었다. 마치 내가 엄마보다 더 가깝게 지내는 사람이 있으면 일부러 떨어뜨려 놓으려는 것 같았다.

하나씩 하나씩, 나는 엄마가 우리 주변에 겹겹이 세워둔 거짓을 찢어내고 있다. 가장 마지막에 나는 어떤 진실과 마주할까?

"여보세요?"

나는 시간을 끌기 위해 목을 가다듬으며 이 통화를 끝내려면 무슨 말을 더 해야 할지 생각했다.

"루스 씨에 관한 정보가 있다면 저희에게도 공유해 주시면 감사하겠어요."

"음⋯. 루스의 파일은 찾아볼 수 있어요. 아마 그 오래된 급료나 이력서 외에는 별거 없겠지만요.”

나는 눈을 크게 떴다.

“이력서요?”

목소리가 조여드는 게 느껴졌다.

“네, 아마 그대로 있을 거예요.”

“거기에 뭐가 쓰여 있죠?”

“전에 어디서 일했는지나 주소 같은 게 있겠죠.”

“저에게 팩스로 보내주세요. 아니면 스캔본도 좋고요. 편한 대로요.”

“팩스기가 있긴 해요. 그런데 오늘 저녁에 보낼 수 있을지는 모르겠어요. 저녁 예약이 꽉 차 있거든요. 솔직히 말하면, 파일들이 잘 정리돼 있지 않아서요. 괜찮겠어요? 급해 보이는데.”

“내일이면 완벽해요.” 내가 말했다.

의사나 보험회사와 의료 기록을 주고받느라 아직도 팩스기를 쓰는 것에 감사하며 선라이즈 팩스 번호를 알려줬다.

전화를 끊은 나는 침대 위로 쓰러졌다.

단서를 하나만 찾아낸 게 아니었다. 만약 그 오래된 이력서가 도착하면 모든 흔적을 따라 엄마를 추적할 수 있을 것이다. 어쩌면 집에서 나와 맨 처음 간 곳이 어디인지까지도.

결국엔 엄마가 진짜 누구인지 알아낼 수 있을 것이다.


나는 웬 남자가 “그들이 오고 있어! 오고 있어!”라고 소리칠 때까지 침대 위에 그대로 누워 있었다.

벌떡 일어나 밖으로 나갔다.

다몬 씨가 복도 창가에 쭈그리고 앉아 창밖을 열심히 쳐다보면서 모두에게 뒤로 물러서라는 듯한 손짓을 하고 있었다. 유리로 된 창문 밖은 회색 하늘 아래 눈부시게 푸른 나무들이 무성할 뿐이었다. 어스름한 저녁 빛이 우리를 감싸오고 있었다.

해 질 무렵은 다몬 씨가 정신적으로 혼란스러워하며 지금이 1971년이고 자신이 막 징집된 어린 군인이라고 생각할 때다.

"저들이 보여요?" 다몬 씨가 내게 머리를 기울이며 물었다.

"몰래 침입하려고 해요. 사람들에게 알려요!"

지금 다몬 씨는 베트남전에 참전 중이고 적들은 창문 바로 밖에 있다.

나는 다몬 씨에게 다가가 낮은 자세로 말했다.

"우린 안전해요. 사람들도 알고 있어요." 내가 약속했다.

'서둘러요, 틴.' 나는 마음속으로 틴을 불렀다.

다몬 씨는 나이에 비해 무척 강하다. 이제 싸울 준비를 하고 있다.

나를 돌아보는 다몬 씨의 물기 어린 푸른 두 눈이 가늘어졌다.

"누구요?"

나는 다몬 씨가 존재하는 현재와 과거 세계에 동시에 적용될 법한 단어를 부드러운 목소리로 솔직하게 말했다.

"저는 간호사예요."

"난 당신을 모르오. 우리 부대에 간호사는 없소."

"내 이름은 캐서린이에요. 당신을 도우러 왔어요."

다몬 씨는 머리를 창문 아래로 숙이며 내게 가까이 몸을 기울였다.

"지금 나를 속이려는 거요?"

나는 고개를 저었다.

"난 당신 편이에요."

다몬 씨가 손가락을 자기 입술에 갖다 대며 속삭였다.

"저들이 가까이 오고 있어요. 보여요? 우리를 찾아낸 거예요."

바로 그때 음악 소리가 들렸다. 틴이 CD를 찾은 것이다.

믿기 힘든 변화가 눈앞에서 일어났다. 음악은 다몬 씨를 힘들게 하던 끔찍한 환각을 밀어낼 큰 힘을 갖고 있었다.

다몬 씨는 보이지 않는 실에 끌려가듯 두 손을 들었다. 드뷔시의 「달빛」에 정확하게 맞춰 손가락을 현란하게 움직였다. 우아하고 부드럽게 음을 따라 연주하면서 자리에서 일어나 음악이 들리는 곳을 향해 걷기 시작했다.

나는 몸을 쭉 펴고 느리게 숨을 내뱉었다.

내일은 틴에게 다몬 씨가 복용하는 약을 의사에게 확인받는 게 어떨지 상의해야겠다. 환각 증세가 점점 심해지는데 음악이 주는 효과가 약해지기라도 하면 누군가 다치게 될 수도 있다.

나는 다몬 씨를 뒤따라 놀이 치료실로 갔다. 평화로운 장면이 눈앞에 펼쳐졌다. 몇몇 환자들이 의자나 소파에 기대어 음악을 듣고 있었다. 제이콥슨 부인은 잠이 들기 위해 아기 인형들을 부드럽게 쓰다듬고 있었다. 음악에 완전히 빠져버린 다몬 씨는 손가락을 오르락내리락하며 상상 속 피아노를 연주했다.

내 두 눈은 다몬 씨를 지켜봤지만 마음은 완전히 다른 데 가 있었다. 팩스가 언제 도착할지 궁금했다.

엄마는 어젯밤에 휴대전화 위치 공유 프로그램을 껐는데, 일부러 그랬다는 걸 알고 있다. 어디로 갔는지는 모르겠지만, 단순히 산책하러 나간 게 아닌 건 확실했다.

몇 분 전에 다몬 씨가 내게 속삭인 말이 귓가에 맴돌았다.

**'난 당신을 모르오.'**


## 20. 루스

칠흑 같은 창밖을 들여다보며 어둠 속을 살피는 동안 두 팔로 몸을 감쌌다.

혹시라도 아직 시동을 끄지 않은 채 오래된 콜벳 운전석에 앉아 있는 제임스가 보일까 싶어 네 개 층 아래로 주차장을 훑어봤다.

딱 꼬집을 만한 잘못된 점이 있는 건 아니었지만, 그래도 나는 깊은 불안을 느꼈다. 지난 한 시간 동안 거실 창밖을 내다본 게 벌써 네 번째다.

제임스는 우리를 쫓고 있지 않다고 스스로에게 말했다. 나와 캐서린은 안전해.

블라인드를 닫고 내일 아침까지 그대로 두겠다고 다짐했다.

주방으로 가 차가운 타일 바닥을 맨발로 느끼며 찻주전자에 물을 가득 담았다. 수납장에서 캐서린이 중학교 미술 시간에 만들어 온, 내가 가장 좋아하는 뚱뚱한 머그잔을 꺼내 캐모마일 티백 하나를 넣었다.

몇 분이 지나 찻주전자가 꽥꽥 소리를 냈고, 나는 소리가 날 줄 알았으면서도 흠칫 놀랐다. 머그잔에 물을 가득 담아 향기로운 김을 맡아보고는 거실로 나가 커피 테이블 위 컵 받침 위에 올려뒀다.

휴대전화로 캐서린이 아직 일터에 있다는 걸 확인했다.

현관문을 체인 자물쇠로 걸어 잠갔다. 집주인을 제외하면 아무도 우리 집 열쇠를 갖고 있지 않고, 집주인도 방문할 예정은 없다. 그래도 앞으로 한 시간 동안 나를 놀라게 할 아주 작은 위험 요소라도 허락할 수 없었다.

오늘 밤, 지난 4년간 몹시 두려워하던 그 일을 하려고 한다.

나와 캐서린이 가입한 TV 채널 중에 실제로 있었던 범죄 사건들을 다루는 방송을 계속 틀어주는 곳이 있다. 나는 이런 방송을 통해 배운 것들이 언제 어디서 유용하게 쓰일지 몰라 꽤 즐겨 본다.

그런데 그중에서도 감히 보지 못한 에피소드가 하나 있다.

코치의 살인 사건에 관한 내용으로 범행 20주년을 맞아 4년 전에 처음 방영됐다.

더는 이 방송을 모르는 척 피할 수 없었다.

수년 전에 코치의 손목시계를 없앴지만 나는 아직도 시계 소리를 듣는다. 예를 들면 기차가 기찻길을 따라 덜컹거리며 내려오거나 누군가 리듬에 맞춰 발을 탁탁 두드릴 때 똑─딱, 똑─딱 하는 소리가 들린다.

그건 경고나 다름없었다. 시간이 얼마 남지 않았다.

리모컨으로 프로그램을 불러왔다. 자리에 앉는 것도 너무 불안해서 TV 앞에 섰다.

처음 1분 정도는 프로그램을 소개하는 시간이다. 으스스한 배경음악이 깔리고 크레딧 자막과 함께 세피아 효과를 쓴 사진들이 나타났다. 내가 한 번도 본 적 없는 열아홉 살 제임스를 찍은 사진이었다. 흐릿하게 처리한 배경 때문에 어디서 찍은 건지는 알 수 없었다. 제임스의 사진 뒤로 중학생 때 내 사진이 이어서 나타났다. 사진 속의 나는 웃고 있었고 허리까지 내려오는 머리카락은 어깨 위에 걸쳐져 있었다. 우리 둘의 사진이 화면에서 없어지더니 피라미드 대형을 만든 응원단 앞에 서 있는 것을 포함해 코치가 찍힌 사진들이 그 자리에 떠올랐다. 시청자들이 나를 알아볼 수 있도록 빨간색 원이 가운데 줄 맨 끝에 있는 내 얼굴을 두르고 있었다.

뱃속이 너무 뒤틀려 아파오는데도 계속 TV를 시청했다.

어차피 더 심해질 일만 남았다.

사회자는 가라앉은 목소리로 우울하게 입을 열었다.

"아바 모랄레스는 메릴랜드주 토슨에 있는 오크힐 고등학교 11학년에 재학 중인 착하고 예쁘고 쾌활한 학생이었고 가족들은 지역사회에도 깊은 유대가 있었습니다. 그에 반해 아바보다 몇 살 많은 제임스 베이츠는 베일에 싸인 불안정한 배경을 갖고 있었습니다."

사진들이 몇 장 더 나왔다. 노란색 경찰 통제 선이 둘러쳐진 학교 사진, 코치의 장례식 사진과 함께 사회자는 현장과 사건을 담당했던 수사 팀장과의 인터뷰를 설명했다.

곧 친숙한 얼굴이 화면에 나타나서 움찔했다. 브리트니다. 어릴 때는 입술이 저렇게 부풀어 있지 않았는데 성형수술을 한 게 틀림없다. 무엇보다 자기 엄마와 똑같이 생겼다. 공책에 썼던 대로 피는 못 속인다고 나는 생각했다.

사회자가 질문을 던졌다.

"아바 모랄레스에 관해 말씀해 주시겠어요?"

브리트니는 우리가 일곱 살 때부터 얼마나 친했는지와 제임스가 일하던 식당에서 처음 만났던 그날 밤 자신이 어떻게 같이 있었는지를 아주 순조롭게 이야기했다.

"전 제임스를 보자마자 뭔가 문제가 있다는 걸 바로 알아챘어요. 우리 여자애들 모두 그렇게 생각했죠." 브리트니가 털어놨다.

"그런데 아바는 아니었나요?" 사회자가 물었다.

브리트니는 착용하고 있던 금으로 된 커다란 고리 귀걸이가 붉게 물든 뺨을 때릴 정도로 격렬하게 고개를 끄덕이며 말했다.

"아무래도 사랑에 빠지면 누구든 바보가 되니까요."

나는 주먹을 쥐었다. 지루한 브리트니의 얼굴이 화면에서 사라질 때까지 주먹에서 힘을 빼지 못했다.

제임스의 엄마는 인터뷰를 거절했다고 사회자가 침울하게 말했다. 아버지와 티미도 마찬가지였다.

나는 두 눈을 화면에 고정한 채 서성거리기 시작했다. 이제 무슨 이야기가 나올지 안다. 오래전에 인터넷으로 검색하다가 기사를 읽은 적이 있다. 도서관 컴퓨터실 바로 옆에 작은 쓰레기통이 있어서 정말 다행이었다. 토하러 화장실까지 가지 않아도 됐으니까.

"제임스 베이츠의 양아버지 또한 인터뷰할 수 없었습니다." 사회자는 잠시 의미심장하게 멈췄다.

"그는 오크힐 고등학교 살인 사건이 있기 여섯 달 전, 구타당해 사망한 탓입니다."

제임스의 양아버지 사진이 화면에 나타났다. 보통 체격에 금발이었고 강경한 표정을 짓고 있었다.

"트로이 갱스케는 어느 날 밤 차고에서 혼자 일하던 중 끝이 무딘 물체로 공격을 당했습니다. 수사 당국은 시신 옆에서 발견된 스패너를 살인 무기로 보고 있지만 아무도 이 범죄로 기소되지 않았습니다."

사회자는 이 말을 덧붙였다.

"스패너는 깨끗이 닦여 그 어떤 지문도 남아 있지 않았습니다."

숨이 가빠지기 시작했다. 리모컨을 찾아 무턱대고 마구 정지 버튼을 눌렀다.

전에도 여러 번 그랬지만 나는 본능적으로 도망쳐야 한다고 생각했다.

손목 안쪽을 최대한 세게 꼬집었다. 밀려오는 두려움을 잊을 정도로 날카로운 통증이 내 정신을 깨웠다.

"우린 안전해." 나는 소리 내어 말했다.

그러나 믿지 않는다. 지난 24년 동안 단 하루도 그 사실을 믿지 않았다.

주방 수납장에서 작년에 산 러시아산 보드카를 꺼냈다. 샷으로 한 잔 따라 단번에 마시니 목구멍이 타는 듯했다. 이제야 심장 박동이 느려졌다.

다시 리모컨을 들어 억지로 재생 버튼을 눌렀다.

영상은 프랭클린 코치가 어떻게 살았는지를 보여줬다. 코치가 얼마나 기타를 잘 쳤는지에 대해 전 교장 선생님과 코치의 형이라는 사람이 칭찬했다. 「배드 러브Bad Love」라는 에릭 클랩튼의 노래를 기타로 연주하는 코치의 영상이 흘러나왔다. 코치는 '네 사랑으로 나는 살아가'라며 노래했다.

코치를 찍은 영상이 희미해지더니 제임스를 찍은 영상으로 대체됐다.

양복에 타이까지 갖춘 제임스는 변호사가 분명한 한 남자와 법원에 앉아 있었다. 제임스에게 저런 말끔한 옷이 있는지도 몰랐다.

"심한 구타를 당한 대니얼 프랭클린의 시신은 사건 직후 학교에 도착한 야간 청소부에게 발견됐습니다. 겨우 숨이 붙어 있던 대니얼은 곧바로 구급차를 타고 머시 병원으로 실려 갔습니다. 얼마 지나지 않아 순찰하고 있던 경찰이 닫힌 식당 앞에서 어슬렁거리던 검은색 콜벳을 발견했죠. 경찰은 운전자의 소매에 묻은 피를 발견했는데 나중에 알고 보니 그 피는 대니얼의 것과 일치했습니다. 제임스 베이츠는 오전 12시 15분에 체포됐습니다."

우리가 만나기로 했던 시간에서 15분이 지난 시각이었다.

제임스는 나를 기다리다가 잡혔다.

법원 카메라가 자리에서 일어선 열아홉 살 제임스를 비췄다. 판사가 배심원들에게 평결을 내렸는지 물었다.

"내렸습니다, 재판장님." 대답하는 배심원 대표의 목소리가 멀고 작게 들렸다.

카메라는 배심원 대표가 평결문을 읽는 동안 제임스의 얼굴을 확대했다.

"우리 배심원들은 피고인 제임스 앤드류 베이츠에게 1급 살인 혐의로 유죄를 판결합니다."

제임스는 무너지는 모습을 보이거나 말 한마디 하지 않았다. 그저 미동도 없이 그대로 서 있기만 할 뿐이었다.

갑자기 오크힐 고등학교 앞 층계참에 홀로 앉아《로미오와 줄리엣》을 읽는 내 사진이 나타났다. 저 날을 기억한다. 점심시간이었는데 식당에서 먹기 싫어서 다이어트 콜라와 땅콩버터 샌드위치를 들고 밖으로 나가 책이나 몇 장 읽으려고 한 날이었다. 학교 신문기자로 활동하던 한 학생 사진기자가 나도 모르게 찍은 사진이다.

클랩튼의 노래에서 다른 가사 부분을 부르는 코치의 목소리가 흘러나왔다. '이제 나쁜 사랑은 없는 거야….'

사회자가 다시 화면에 등장했다.

"아바 모랄레스가 운전하던 파란색 닷지 다트는 사건 다음 날 데니스 식당 주차장에서 발견됐습니다. 하지만 운전자는 그 어디에도 없었습니다."

또 브리트니가 나왔다.

"알아요. 마음 깊은 곳에서부터 확신이 들어요. 제임스가 아바를 죽인 거예요." 그러더니 눈물을 글썽였다.

"그리고 맹세컨대 제임스는 제 고양이도 죽였어요. 스모키가 없어졌던 날에 우리 집 앞에서 제임스의 차를 본 이웃이 있어요."

브리트니는 손가락 끝으로 눈 아래를 닦아냈다.

"제임스는 사이코예요. 제임스가 자기 양아버지와 코치를 죽였다는 사실은 모두가 알고 있다고요."

사회자가 끼어들었다.

"베이츠는 양아버지를 살해한 혐의로 기소되거나 유죄판결을 받은 적이 없는데요."

"오, 왜 이러세요. 그건 그저 증거가 충분하지 않았고 제임스가 집 안에서 자고 있었다고 주장해서 그런 거잖아요. 아바가 살아 있다면 왜 집으로 돌아오지 않았겠어요? 제가 말씀드리는데, 제임스는 아바를 살해하고 시신을 절대 찾을 수 없는 곳에 감춘 거예요."

"그것도 하나의 주장이 될 수 있죠. 또 다른 주장은 아바가 공범이었다는 겁니다."

브리트니가 화면에서 사라지고 은퇴한 강력계 형사라는 자막과 함께 전 수사 팀장이 나타났다.

"아바 모랄레스는 범행 동기가 있었죠. 무척 화가 나 있었거든요. 사건 당일 오후에 응원단에서 제외됐습니다. 대니얼 프랭클린이 그녀를 모욕했어요. 공격을 받기 불과 몇 시간 전에 대니얼은 다른 단원들에게 그 사실을 이메일로 알렸고요."

사회자가 얼굴을 찌푸렸다.

"10대 소녀가 그런 이유로 코치를 죽였을 수도 있다니 조금 앞서간 게 아닌가 싶은데요."

"물론 누군가 도와줬을 겁니다."

"아바처럼 어린 여학생이 이렇게 오랫동안 숨어 살 수 있는 건가요?"

은퇴한 형사가 어깨를 으쓱했다.

"물론이죠. 사람들은 언제나 그렇게 살고 있는걸요. 그때만 해도 남들 눈을 피하기가 훨씬 더 쉬웠을 테니까요. 얼굴을 감지하는 기기가 없었고, CCTV는 더더욱 없었죠. 이 나라에만 실종된 사람이 얼마나 많은지 아십니까?"

"수백 명 정도요?" 사회자가 추측했다.

"수천 명입니다."

사회자는 암울하게 고개를 끄덕였다.

"만약 아바 모랄레스가 어딘가에 살아 있다면, 지금 보이는 이 모습을 하고 있을 겁니다."

열일곱 살이었던 내가 나이 든 모습을 가정한 사진이 화면에 나타났다. 지금 내 모습보다 머리는 훨씬 길고 얼굴은 더 통통하다. 전혀 나와 닮지 않았다고 나는 생각했다.

프로그램은 유죄판결을 받은 제임스를 확대한 화면을 보여주며 마무리됐다.

"제임스 베이츠는 20년이 넘는 형을 받아 경비가 삼엄한 교도소에서 수감 중입니다. 그러나 4년 후, 그러니까 제임스의 마흔세 번째 생일이 지난 직후에 가석방될 예정인데, 법률 전문가들은 그가 석방될 가능성이 아주 높다고 보고 있습니다."

카메라가 들어가면서 제임스의 얼굴을 크게 비췄다. 모랫빛 머리카락을 빗질한 흔적과 울대뼈 주변으로 면도하다 생긴 작은 상처가 보였다.

"베이츠는 법정에서 무죄를 주장했지만, 그 외에 자신을 변호하는 말은 한 번도 하지 않았습니다. 그 어떤 인터뷰에도 응하지 않았고, 범행에 관한 단어는 단 한 마디도 내뱉지 않은 걸로 알려졌습니다."

제임스가 살짝 고개를 돌렸다. 마치 나를 똑바로 바라보는 것처럼.

"제임스는 이상적인 수감 생활을 하고 있다고 그의 변호인들은 주장합니다. 볼티모어에 있는 메릴랜드 교도소에서 수감 중이던 제임스는 여러 대학 수준의 컴퓨터 과정을 수료했는데요. 그의 변호사들은 이 사실을 강조하며 베이츠가 사회로 돌아간다면 얼마나 생산적인 삶을 살고 돈벌이가 되는 직업을 얻을지 그 의지를 보여주는 증거로 사용할 것으로 보입니다."

내 눈에는 그저 부드럽고 고요한 제임스의 두 눈만 보였다.

"소문에 의하면 제임스는 교도소 안에서 자유 시간이 있을 때마다 체력 단련실에서 보내거나 종이에 연필로 그림을 그린다고 합니다. 그중에서도 아바 모랄레스를 똑같이 그린 그림이 대부분이라고 합니다."

온몸에 전율이 흘렀다.

제임스는 그날 밤 나를 기다렸다. 지금까지 나를 기다리고 있다.

나는 TV를 끄고 갑작스러운 침묵 속에 그대로 섰다.

4개월 전, 그러니까 꽤 최근에 가석방 심의 위원회는 제임스를 출소시켜야 한다고 결정했다. 언젠가 도서관에서 검색하다가 알게 된 사실이다.

제임스는 곧바로 석방되지는 않았지만 언제 나와도 이상하지 않다. 내가 더 자주 도서관에 들러서 제임스에 관한 소식을 검색하는 이유다. 언제 석방될지 나는 알아야만 한다.

제임스가 나를 잡으러 올 날이 가까워지고 있다.

나는 다른 상상으로 스스로를 설득해 보려고 했고 가끔은, 특히 해가 막 뜨는 맑은 아침이면 그런 일은 일어나지 않을 거라고 거의 믿어 의심치 않았다. 그러나 가장 어두운 밤이 되면 나는 진실과 마주했다.

캐서린이 아는 것과 달리 나는 버지니아에서 자라지 않았다. 아이가 일하게 될 볼티모어에 있는 존스 홉킨스 병원은 지금도 아버지와 티미가 사는 동네에서 차로 얼마 되지 않는 거리에 있다. 제임스가 일한 식당과 내가 다니던 고등학교와도 가깝다.

새로운 직장 생활을 기대하는 캐서린을 생각하면 그 위험까지는 감수해 볼 수도 있다.

하지만 존스 홉킨스 병원은 제임스가 가석방 조건을 충족하기 위해 사회에서 살 집을 준비하고 석방이 확정된 모든 수감자가 들어야 할 몇몇 온라인 교육을 다 이수했을 현재 교도소에서 6킬로미터도 채 떨어지지 않은 곳에 있다.

여러 컴퓨터 기술을 섭렵하고 내가 나타나지 않아 혼자 경찰에 잡힌 순간부터 마음속으로 분노를 키워왔을 제임스는 언제고 교도소 대문을 나올 수 있다.

아무리 경비가 삼엄한 교도소에서 25년 가까이 있었다고 해도 이미 폭력에 사로잡힌 남자에게 무슨 의미가 있을까?

상상이 불가할 뿐이다.

세상에서 가장 사랑하는 사람을 지키기 위해 얼마나 멀리 갈 수 있을까?

나는 너무 어둡고 황량한 곳까지 와버려 내가 누구인지조차 흐릿해졌다. 하지만 하나는 확실하게 안다. 사랑이 있었기에 여기까지 올 수 있었다.

어쩌면 잘못된 선택이었다고 할 수도 있겠지만 다른 방법이 없었다.

캐서린에게는 엄마가 오래전에 돌아가셨다고 거짓말을 했다. 그러나 진실은 엄마가 음주 운전을 하다가 나무를 들이받았다는 것이다. 부고 기사는 엄마가 실종된 딸 때문에 슬픔을 견디지 못하고 계속 의문을 품다가 일어난 사고라고 추정했다.

아무리 아주 작은 기사 한 토막이라고 해도 전혀 사실과 가깝지 않은 내용이다.

여기, **내** 진짜 이야기가 있다. 내가 매일매일 앞으로 나아갈 수 있는 원동력. 임신했다는 사실을 안 그 순간부터, 나는 제임스 안에 있는 분노만큼이나 강한 삶의 의욕을 불태웠다.

내 아이를 보호하기 위해서는 무엇이든 할 것이다.

가짜 알츠하이머병 환자 행세라 할지라도.

내가 한 짓이 혐오스럽다는 걸 알고 있다. 용서받을 수 없는 짓이다. 그 누구도 지금 내가 느끼는 비참함보다 더 나쁘게 느끼도록 말할 수는 없을 것이다.

그러나 인생을 걸고 맹세할 수 있다. 그건 캐서린을 위해서였다. 내가 아프다고 믿는 캐서린은 날 떠나지 않을 것이다. 나는 제임스가 딸의 존재를 알아차리지 못하게, 또 딸을 노리지 못하게 계속 손쓸 수 있을 것이다. 혹시 그런 일이 생기더라도 내가 캐서린 옆에 있어줄 수 있다.

딸아이에게 내 진짜 과거를 털어놓는 건 선택 사항에 없다. 자기 아빠가 누구인지 알게 되면 캐서린 안 깊은 곳에 있는 정체성은 산산조각이 날 것이다. 결코 예전과 같지 않을 것이다.

셀 수 없을 정도로 많은 시간 동안 이것에 관해 생각했다. 그리고 지금 당장은 아주 잔혹한 방법 같겠지만 길게 보면 최선이라는 결론을 내렸다.

알츠하이머병 뒤라면 완벽하게 숨을 수 있다. 암이나 다른 질병도 생각해 봤지만, 증상을 나타내기 어려울 거라 판단했다.

나 역시 이 위장을 오래 유지할 필요가 없길 바란다.

제임스가 사회에 적응하지 못할 거라는 사실을 믿는다. 그는 또 살해하거나 살해당할 것이다. 폭력은 제임스에게 너무 유혹적이다. 절대 그 유혹에서 벗어나지 못할 것이다.

제임스가 죽거나 다시 수용된다면 그때 알고 보니 알츠하이머병이 아니라는 걸 알게 됐다고 말하면 된다. 호르몬이 불균형해지면서 잠시 기억하는 데 혼란이 생겼다고. 검사실에서 뭔가 혼동이 있었던 거라 말하며 캐서린과 새로운 인생이 시작된 걸 축하할 것이다. 혹시라도 내 몸에, 가계에 알츠하이머병 유전자가 없는 게 확실한지 검사를 받게 한다면 기꺼이 받을 것이다. 물론 결과는 긍정적일 테지만 캐서린이 완전히 안심할 수 있다면 나는 뭐든지 할 수 있다.

볼티모어나 아니면 다른 데라도 캐서린이 가고 싶어 하는 곳이 있다면 내 일부가 찢겨 나간 듯 무척 그리워하겠지만 인생에 있어서 옳은 길을 가는 거라고 격려하며 최대한 빨리 이사할 계획을 짜는 걸 도와줄 것이다.

하지만 나는 우리 앞에 펼쳐진 미래가 그저 단순하지만은 않을 것임을 직감적으로 알고 있다. 제임스는 출소하자마자 나를 찾을 테니까.

나를 찾으면, 캐서린도 찾을 것이다.

캐서린의 두 눈을 바라보기만 해도 자기 딸이란 걸 알게 될 것이다.


## 21. 캐서린

엄마가 내게 또 다른 거짓말을 했는지 알아낼 기회다.

엄마에게는 언제나 앞뒤가 안 맞는 뭔가가 있다. 마치 오래전에 주머니에 넣어두고 꺼내지 않은 느슨한 실 한 가닥처럼 언제나 찝찝했다. 엄마는 천주교를 믿는 아주 엄격한 부모님 아래서 자랐다고 했다. 그래서 이름도 성경에서 따온 루스, 가운데 이름은 메리고, 임신하는 바람에 집에서 쫓겨난 거라고 말했다. 엄마가 지은 죄는 부모님이 용서하기에 너무 컸기 때문이다.

내가 열다섯 살이던 무렵, 어느 날 밤에 나와 엄마는 소파에 앉아 〈제퍼디!〉라는 퀴즈 쇼를 틀어놓고 정답을 외치고 있었다. 밖에는 아주 심한 폭풍우가 몰아쳤다. 쏟아지는 비에 이어 천둥소리가 집을 흔들었다.

무섭지 않았다. 나는 언제나 폭풍우를 좋아했다. 팽창한 대기가 위협적으로 변하고 번개가 하늘을 지그재그로 가르는 대자연은 어떻게 성질을 부려야 하는지 잘 알고 있는 게 분명했다.

알렉스 트레벡이 '다만 악에서 구하소서'라는 말이 어디서 인용된 건지 물었을 때 나는 따뜻하고 풍미가 가득한 버터를 한입 가득 물고 있어서 대답할 수 없었다. 그런데 엄마가 소리쳤다.

"셰익스피어?"

참가자가 버저를 누르고 정답을 말했다.

"주기도문?"

물론 셰익스피어는 그런 말을 하지 않았다. 그건 성경 구절이다.

천주교 신자들은 대부분 주일미사에서 주기도문을 외운다. 그 기도가 얼마나 중요한지는 나도 알고 있다. 〈베벌리힐스 아이들〉 재방송에서 화재에 갇힌 제니라는 인물이 기도문을 외우는 장면을 보고 알았다.

그래서 그렇게 말하자 엄마는 내게 쏘아붙였다.

"나 좀 내버려둬. 피곤하네."

나는 손가락으로 머리카락 끝을 돌돌 말았다. 아무리 생각해도 이상하다는 느낌이 안에서부터 차올랐다.

"그러는 게 어디 있어요, 엄마가 피곤하다는 이유로⋯."

"캐서린, 이 대화는 이걸로 끝난 거야."

엄마의 말투는 성질을 부리기 직전이었다. 그래서 나도 그냥 넘어갔다.

오랜 시간이 지난 지금에서야 그때 그 대화를 생각해 봤다.

단순히 그게 깜박한 실수였다고 믿지 않는다.

물론 엄마를 성당 미사에 데려가 잘 관찰하는 게 가장 이상적일 수 있다. 미사 중 자리에 앉고 일어서고 무릎을 꿇는 때를 엄마가 알고 있는지 볼 수 있을 섯이다. 영성체를 모시고 성가를 부르는 게 엄마에게 얼마나 익숙한 행동인지 알아낼 수 있을 것이다. 엄마가 실수라도 하면 나는 바로 알아챌 테니까.

하지만 내가 엄마를 데리고 성당에 갈 방법이 없다. 언젠가 엄마가 자신은 무신론자라며 내게 마음껏 종교를 선택해도 된다고 말했기 때문이다.

그래서 나는 엄마에게 성당 분위기를 조금 내줄까 한다.

오늘 오전 근무를 하는 엄마는 오후 2시 30분 정도면 퇴근할 것이다. 나는 쉬는 날이다. 이미 점심시간에 선라이즈에 들러봤으나 알제이스에서 온 팩스는 없었다. 저녁에 다시 확인해 볼 계획이다.

산뜻하게 샤워를 끝낸 뒤 아직 축축한 머리카락을 둥글고 느슨하게 묶은 채 소파에 앉아 있는데 현관문이 열리고 시간에 딱 맞춰 도착한 엄마가 들어왔다.

옛날 생각을 하며 함께 먹을 버터 팝콘 한 그릇을 만들어 둔 참이었다.

"엄마."

TV를 보고 있었다는 듯 볼륨을 줄였다.

"오늘 어땠어요?"

현관에서 멈칫한 엄마는 내 분위기를 판단하려고 애쓰는 중이다.

"평소랑 똑같았지, 뭐."

엄마는 신발을 벗은 뒤 카펫 위에서 발가락을 구부렸다 폈다가 하면서 한숨을 쉬었다.

"뭐 보고 있니?"

나는 TV를 껐다.

"생뚱맞게 크리스마스 영화를 해주네요?"

"5월에?" 엄마가 이마에 주름을 만들며 물었다.

"1년 내내 크리스마스 영화만 틀어주는 채널이 있더라고요."

엄마는 이제 두 눈을 굴렸다.

"쓸데없이 돈을 더 내는 건 아니겠지?"

나는 팝콘 그릇을 들어 올렸다.

"같이 먹을래요?"

계획을 실행하려면 엄마가 가까이 와줘야 한다. 나보다 눈치가 훨씬 빠른 엄마가 주의를 딴 데로 돌리거나 진심을 숨기기 전에 아주 빠르게 표정을 살펴야 한다.

"그래. 옷만 갈아입고 올게."

엄마가 방으로 들어가자 나는 팔걸이에 머리를 기대고 스트레칭을 하며 자세를 고쳤다. 엄마는 퇴근하고 돌아오면 발을 위로 올려두는 걸 좋아하기 때문에 우리가 소파 위에 머리부터 발끝까지 눕는 것은 드문 일이 아니다. 그 자세로 이야기할 때는 각자 반대편 팔걸이를 베고 서로 얼굴을 마주 본 채로 나는 공부를 하고 엄마는 휴대전화 게임을 했다.

몇 분 지나서 엄마가 나왔다. 머리띠를 벗어 머리카락을 풀어헤친 엄마는 세수할 때 쓰는 도브 비누 향을 풍겼다.

엄마가 거실로 들어올 때 나는 흥얼거리기 시작했다.

엄마는 내 다리를 조금 밀너니 소파 위로 올라와 몸을 쭉 폈다.

나는 정확한 음정과 박자를 지키며 계속 흥얼거렸다.

팝콘 그릇에 손을 뻗어 한 움큼 집어 든 엄마가 말했다.

"노래 좋은데?"

"「아베 마리아Ave Maria」라는 노래예요. 방금 보던 영화에 나오더라고요. 왜 크리스마스면 늘 연주하는 그 노래 있잖아요…. 원래는 유명한 오페라에서 부른 노래라던데?"

말하면서 엄마를 바라봤다. 그런데 내가 원하는 반응이나 두려움은 보이지 않았다.

오히려 엄마는 어깨를 으쓱했다. 뭔가를 알아채거나 안 듯한 조짐이 전혀 없었기 때문에 내가 맞았다고 해줄 의향도 전혀 없어 보였다.

"「나비 부인Madama Butterfly」, 그거예요." 나는 말을 이었다.

"아, 그래."

엄마는 고개를 끄덕이며 팝콘을 한 움큼 더 가져갔다.

"그래서 너는 오늘 하루를 어떻게 보냈니?"

갑자기 양 볼이 달아올랐다.

「아베 마리아」는 기도문이다. 오늘 아침에 검색해 봤다. 가사를 번역해 보면, '은총이 가득하신 마리아님'으로 시작한다. 어릴 때 성당을 다녔다면 이 노래가 자신이 믿는 종교와 관련이 있다는 걸 알 수밖에 없다.

그럼에도 나는 엄마에게 마지막 기회를 줬다.

"오늘 아주 흥미로운 하루였어요. 회사에도 잠시 다녀왔고요."

엄마의 턱에 작은 팝콘 부스러기가 묻었다. 평소 같으면 손을 뻗어 털어줬겠지만 지금은 엄마의 몸에 손을 대고 싶지 않았다. 엄마가 두 다리를 내 다리 옆에 두고 있는 걸 겨우 참는 중이다.

"틴이 새 물리치료사를 영입했거든요. 내 또래더라고요." 나는 거짓말을 했다.

엄마가 눈썹을 치켜뜨며 물었다.

"귀엽니?"

"네. 틴이 요양원 소개를 부탁해서 같이 조금 걸었어요. 이름은 크리스토퍼예요."

지금 내 안은 격동하는 파도 속에서 구르고 있는데 엄마는 전혀 알아채지 못하다니 믿을 수가 없다.

"난 그 이름이 그렇게 좋더라."

엄마는 내 거짓말에 완전히 속았다. 그런 엄마에게 더 괜찮은 대답을 해줄 수는 없었다.

"나도요. 크리스토퍼는 부모님이 엄청 신앙심이 깊으시대요. 그래서 성인의 이름을 따 아이들 이름을 지었다나 봐요. 크리스토퍼는 동물 수호성인 성 크리스토퍼에서 따온 건데 너무 웃겨요. 실제로 그는 고양이와 강아지 알레르기가 있거든요."

엄마는 작게 웃음을 터뜨렸지만 내가 같이 웃지 않자 그만 멈췄다.

"너 괜찮니? 무슨 일이 있는 것 같구나."

동물 수호성인은 성 프란체스코다. 성 크리스토퍼는 여행 수호성인이고.

삼진 아웃. 천주교를 믿는 집안에서 자랐다면 가장 유명한 두 성인은 알아야 하는 거 아닌가?

엄마의 과거 이야기는 얼마 듣지도 못했는데 그중 하나가 가짜라니. 외할아버지와 외할머니는 독실한 천주교 신자가 아니었다. 그렇다면 나를 임신한 엄마를 왜 쫓아낸 걸까?

"캐서린? 괜찮니?"

엄마가 다시 물었다.

마침 휴대전화가 울려서 엄마에게 대답하지 않아도 됐다. 발신자는 볼티모어에서 내가 살 집에 케이블 선을 설치한 통신사 직원이었다. 다음 주부터 시작하기로 한 서비스를 취소하려고 계속 연락을 취했었다.

통신사는 자기네 요금 패키지를 구매하는 절차는 무척 쉽게 만들어 뒀지만 취소하는 절차는 훨씬 더 복잡하게 해뒀다. 전에 통신사 직원과 통화하기 위해 30분 가까이 기다리다가 포기하고 결국 답신 전화를 신청하는 버튼을 눌렀다.

내가 세상에서 가장 짜증 나는 고객 서비스 직원과 통화하는 사이 엄마는 자신의 휴대전화로 관심을 돌렸다. 통화하는데 잡음이 심해서 직원이 내 이름을 알아들을 수 없었다. 그래서 나는 두 번이나 반복해서 알려주고 철자까지 불러줘야 했다.

직원은 내게 더 좋은 패키지를 팔려고 시도했으나 나는 취소해야 한다고 강력히 주장했다.

이런 통화를 하는 와중에도 지금껏 굳게 믿었던 엄마의 이야기를 머릿속에서 떨칠 수가 없었다. 내 예상대로 엄마는 열세 살에 세례를 받지 않았다. 작은 금색 십자가 목걸이도 한 적이 없었다. 엄마가 과연 살면서 한 번이라도 성당에 들어가 본 적이 있을지 궁금했다.

알츠하이머병도 진짜 앓고 있는 걸까, 아니면 이거야말로 엄마가 품고 있는 가장 큰 거짓일까?

엄마를 잡고 흔들면서 도대체 뭐가 진실인지 묻고 싶다. 저 팝콘 알들을 엄마 얼굴에 확 던져버리고도.

통신사 직원이 마지막으로 목소리를 올리며 물었다.

"그래서 어떠세요? 한 달에 4달러 99센트만 더 내시면 되거든요."

"아니요! 지금 그 서비스 계약을 철회하고 싶다고요!"

내가 소리를 지르자 엄마가 얼굴을 들었다.

"아아, 네. 알겠습니다. 잠시만 기다려 주시면 담당 직원…."

"아니요!" 다시 소리쳤지만 이미 늦었다. 수화기에서 녹음음악이 흘러나왔다.

들고 있던 휴대전화를 던졌다. 거실을 가로질러 벽에 부딪힌 전화기가 완전히 박살 났다. 유리가 으스러지며 깨지는 소리가 났다. 그제야 엄마의 얼굴을 보고 깨달았다. 내가 던진 전화기는 엄마의 머리를 겨우 비껴갔다.

스스로를 보호하기 위해 두 팔을 반쯤 든 엄마는 두 눈을 휘둥그레 뜨고 있었다.

"캐서린! 이게 도대체 무슨…."

"왜요, 엄마만 화낼 수 있는 줄 알아요? 적어도 **엄마가** 맞지는 않았잖아요, 그때…."

나는 문장을 끝내지 않았다. 그러나 엄마는 내가 무슨 말을 하려고 했는지 분명히 알고 있었다. **'내가 엄마에게 맞았던 것처럼요.'**

물론 많이는 아니었다. 살면서 서너 번 정도일 것이다. 그 후로 엄마가 끔찍하게 후회하고 있다는 걸 알지만 당장은 내 화가 더 컸다.

솔직히 말하면 엄마가 나를 다시 때려주길 바랐다. 그래야 맞서 싸웠다는 만족감이라도 느낄 수 있을 테니까.

그대로 자리에서 일어서자 떨어진 팝콘들이 바닥 여기저기로 흩어졌다. 겁을 먹은 엄마는 내 밑에서 몸을 웅크리고 있었다.

이게 이렇게 기분 좋은 일이라니 나는 깜짝 놀랐다.

그대로 서서 한숨 돌린 뒤 휴대전화를 주우러 갔다. 바늘만큼 가느다란 깨진 유리 조각들이 박히며 손끝에 핏방울이 맺혔다.

지금 입을 열면 무슨 말이 나올지 몰라 그대로 지갑을 들고 밖으로 나왔다.


선라이즈에 도착해 주차 자리를 찾았다. 아직 운전할 수 있는 입주 환자들과 전일제 직원들에게만 부여되는 주차 스티커를 갖고 있으면 정해진 좋은 자리에 주차할 수 있다. 그 뒤로 방문자들을 위한 주차 자리가 길게 뻗어 있었다. 주차 스티커가 없는 나는 (우리 시간제 직원 중 단 한 명만이 그것을 갖고 있다) 비어 있는 앞쪽 두 자리를 지나쳐 꽉 찬 주차장 맨 뒤쪽에 차를 댔다.

보네빌에서 내려 출입증을 찍은 나는 급히 메모리 윙으로 향했다. 그리고 간호사실과 연결된 작은 사무실로 곧장 들어갔다. 팩스기에 새로 도착한 종이가 있었다. 아직 따뜻한 종이는 나보다 조금 일찍 도착한 것 같았다.

종이에 손으로 쓴 글씨가 보였다. 내가 잘 아는 글씨체다.

수년 전 엄마가 알제이스에 낸 두 장짜리 이력서는 그전에 일했던 곳들의 명단과 추천서 하나로 돼 있었다. 추천서를 써준 사람은 다이앤 브라운으로 모르는 이름이지만 중요한 단서처럼 보였다.

새로운 정보를 갈구하던 나는 또 다른 결심을 했다. 엄마 쪽 가족만을 좇는 게 아닌, 엄마에 관한 진실을 최대한 알아보는 데 힘을 쏟기로.

만약 알츠하이머병까지 거짓이라면(생각할수록 거짓이 맞는 것 같지만), 엄마가 필요한 심리 치료를 받게 도와주려고 한다. 그렇다고 내 인생까지 망치지는 않을 것이다.

일주일 후면 볼티모어에서 살 집의 임대 기간이 시작된다. 날짜에 맞춰 입주할 계획이니 아직 통신사 계약을 취소하거나 대신 살 사람을 구하지 않은 건 다행이었다.

## 22. 루스

여기 수수께끼가 하나 있다. 그릇째 쏟아진 팝콘을 진공청소기 없이 다 주우려면 얼마나 설릴까?

정답. 부모로서 아이를 망쳐버린 모든 순간을 되돌아보기에 충분한 시간이 걸린다. 소리 지르고 협박했던 순간들. 나쁜 선택과 잘못된 조언과 오해들. 팔을 잡아당기고 엉덩이를 때렸던 순간들까지.

엄마가 한 짓에 비하면 내가 했던 몇 안 되는 체벌은 너무 미미해서 감히 같은 급으로 비교조차 할 수 없다.

하지만 아이들은 우리가 이전 세대가 했던 실수를 방지하기 위해 최대한으로 노력한다는 사실을 간과한다. 어려서 인격을 형성하던 그 시기에 우리가 흡수했던 패턴을 깨는 게 얼마나 어려운 일인지 알지 못한다.

아이들은 그저 우리가 잘못하는 것만 본다. 배운 대로 행해버린 잘못들.

캐서린은 우리 사이에 있었던 가장 안 좋은 사건 몇 가지를 마음속에 품고 있다. 주먹을 불끈 쥐고 우뚝 선 캐서린에게서 묵어 있던 억울함을 느낄 수 있었다.

그때 나는 캐서린이 두려웠다.

그 짧은 순간에 캐서린은 이방인 같았다. 전혀 모르는 사람처럼 느껴졌다.

이렇게 묘한 느낌을 받은 건 처음이 아니었다.

왼쪽 팔뚝에 반들반들한 흉터는 셔츠 소매 가장자리에 걸쳐 숨어 있다가 가끔씩 슬쩍 보인다. 그럴 때는 소매를 잡아당기지만 그렇다고 딸려오는 기억까지 숨길 수는 없다.

15년 전에 일어난 일이지만 그 오래된 아파트 복도를 따라 걸으며 위험을 감지하게 한 연기 냄새를 아직도 생생하게 맡을 수 있다. 그날 오후에 나는 세탁 세제가 떨어져 잠시 사러 나갔다. 15분 정도 자리를 비웠을 것이다. 어른스러운 아홉 살 소녀를 혼자 집에 둘 수 있을 정도의 짧은 시간이었다.

처음에는 매캐한 냄새가 코끝을 간질였다. 누군가 요리를 하다가 태웠다고 생각했다. 그런데 복도 오른편에 있던 집에서 연기 감지기 경보 소리가 날카롭게 울렸다.

우리 집이었다.

나는 플라스틱 세제 용기를 떨어뜨리고 집 앞까지 뛰어가 문을 두드리며 소리를 질렀다.

"캐서린!"

대답이 없자 핸드백 안을 더듬거리며 열쇠를 찾아 안으로 들어갔다. 아직은 연기가 심하지 않았다. 앞이 안 보일 정도는 아니었지만, 냄새가 끔찍했다.

캐서린이 보이지 않았다. 나는 본능적으로 주방으로 먼저 뛰어 들어갔다.

눈앞에 펼쳐진 상황을 보고 숨이 멎는 듯했다. 기다란 플라스틱 쓰레기통 속에서 주황색과 금색이 어우러진 불꽃이 활활 타올라 가스레인지 손잡이에 걸어둔 행주를 게걸스럽게 잡아먹고 있었다.

나는 행주를 집어 들어 바닥에 던졌다. 제발 불이 꺼지길 바라며 신발을 신은 채로 그 위를 쿵쿵거렸다. 그리고 정말 불꽃이 꺼졌다.

문제는 이 불을 끄려다가 또 다른 불꽃을 실수로 일으켰다는 것이다.

처음에는 아픈 줄도 몰랐다.

곧 왼쪽 팔이 타는 듯한 느낌에 압도당했다.

"꺼야 해! 꺼야 해!" 나는 입고 있던 싸구려 면티의 긴소매를 맨손으로 때리며 소리쳤다. 오른쪽 팔을 티셔츠에서 꺼내 머리 위로 옷을 휙 잡아당겨 바닥에 던지고 그 위를 발로 밟았다.

캐서린은 그 상황을 보고 있다가 갑자기 일어서서 움직이며 외쳤다.

"차가운 물!" 캐서린이 싱크대 물을 틀었다.

나는 가스레인지 화구 위에 있던 냄비를 들어 물을 채우며 동시에 싱크대 물을 내 팔뚝으로 흘려보냈다. 그리고 냄비의 물을 녹아서 휘어져 가고 있던 쓰레기통 안에 버렸다. 그렇게 꼬박 두 번을 반복하자 불이 완전히 꺼졌다.

내 팔은 아직도 타는 것 같았다. 피부가 벗겨지고 붉어졌다. 나는 쓰레기통 바닥에서 새어 만들어진 물웅덩이 옆에 주저앉았다. 통증 때문에 어지럽고 속이 메스꺼웠다.

"마마. 우리 병원에 가야 해요." 캐서린이 갈라지는 목소리로 말했다.

나는 끄덕였다. 그동안 일했던 여러 식당에서 충분히 화상을 입어봐서 적어도 2도 이상이라는 사실을 알았다.

"무슨 일이 있었니?" 내가 물었다.

"죄송해요. 초에 불을 붙이려고 했어요." 캐서린이 속삭였다.

나는 다시 끄덕이며 일어섰다. 깨끗한 행주를 찬물에 적셔 팔뚝에 감았다. 구급차를 부르는 비용이 보험으로는 감당이 안 될 걸 알았던 나는 핸드백과 캐서린의 배낭을 챙겨 버스를 타고 병원에 갔다. 응급실 의사가 상처에 연고를 발라 치료해 줬다.

그 뒤로 나는 집 안에서 촛불을 켜는 걸 허락하지 않았다. 심지어 생일 케이크에도.

내가 주방으로 뛰어 들어갔을 때 숨이 멎을 듯 놀란 이유가 하나 더 있다.

캐서린은 후회하거나 걱정하거나 놀라 보이지 않았다.

표정이 환해 보이기까지 했다.

카펫 위에 떨어진 마지막 팝콘을 집은 나는 끙 하며 몸을 폈다. 오늘 하루 동안 쟁반을 너무 많이 들어서 콕콕 쑤시는 손가락 관절을 등 아래에 대고 눌렀다.

청소기를 사용하면 쉽게 치울 수 있었겠지만 10대 때부터 귀를 울리는 소리를 내는 기계나 가전제품을 쓰지 않았다. 헤어드라이어로 머리를 말리다가 티미가 울부짖는 소리를 듣지 못했기 때문이다. 외상 후 스트레스 장애 같은 거다. 하다못해 우리 집에는 믹서기도 없다.

주방으로 가보니 캐서린이 팝콘을 튀길 때 쓴 은색 냄비와 뚜껑이 기름 광택으로 덮인 채 싱크대 안에 놓여 있는 게 보였다. 나는 끼고 있던 토파즈 반지를 도자기 걸이에 빼두고 스펀지에 주방 세제를 묻혀 설거지를 시작했다.

나도 속 시원하게 털어놓을 누군가가 있다면 좋겠다. 하지만 나에게 그 누군가는 캐서린밖에 없다.

어쩌면 정신과 의사에게 다시 전화해 봐야 할 수도 있다. 화재 사고가 있던 직후 나는 전화번호부에서 찾은 정신과 의사에게 전화해 가명을 대고 예약한 적이 있다. 처음 병원에 방문했을 때 뿔테 안경을 쓴 대머리 남자가 세련된 참나무 책상 뒤에서 무척 지루하다는 듯 앉아 있었다. 내가 캐서린이 가끔씩 침대에 실수하고 죽은 다람쥐를 다뤘던 일을 이야기하는 동안 의사는 내 이야기에 집중하지 않고 자기 컴퓨터 화면에 띄워놓은 다른 것을 힐끔힐끔 보고 있었다고 확신한다.

무료 상담 15분이 끝나갈 때쯤 나는 자리에서 일어나면서 다친 팔을 딱딱한 팔걸이에 부딪혔다.

의사가 몇 겹이나 거즈를 대어 상처를 감싸줬지만, 너무너무 아팠던 나는 울 수밖에 없었다.

그제야 의사는 고개를 들어 처음으로 나를 쳐다봤다.

“괜찮으세요?”

나는 호흡을 가다듬으며 끄덕였다.

상처를 감싼 밴드가 떨어지지 않도록 헐렁한 스웨터 소매를 잡아당기자, 의사가 무심하게 물었다.

“꽤 심한 상처 같은데 무슨 일이 있었나요?”

아마 내가 자전거 같은 걸 타다 떨어졌다는 답을 기대했을 것이다.

“불을 끄다가 데었어요.”

의사는 그대로 움직이지 않았다. 곧 자리를 박차고 일어서더니 책상을 돌아 내 쪽으로 걸어와서는 팔을 노려봤다.

그가 거의 속삭이듯 물었다.

“당신 딸이 불을 냈나요?”

드디어 의사가 내게 관심을 보였다. 그 이유를 나는 알았다. 범죄 쇼를 아주 많이 시청했기 때문이다.

한 사람 안에서 특정 성향들이 맞물려 충돌할 때, 그 결합은 심각한 폭력 성향을 암시하는 신호가 될 수 있다.

나는 안심하기 위해 정신과 의사를 찾았다. 다 큰 아이가 가끔 이불에 실수하는 건 전혀 이상한 일이 아니고, 그런 아이들이 커서 나쁜 짓을 하는 것도 절대 아니라고, 내가 혼자 생각한 게 맞다고 확인받길 바랐다. 평범한 케이크를 생일 축하용으로 바꿔주는 촛불에 마음이 사로잡히지 않는 아이가 어디 있을까? 캐서린은 성냥을 찾아 불을 켠 뒤 내가 집에서 나는 퀴퀴한 냄새를 없애기 위해 샀던 유칼립투스 향초를 향해 몇 걸음 걸었을 뿐이다. 성냥을 쓰레기통에 버릴 때까지 불이 꺼지지 않은 건 캐서린의 잘못이 아니다. 플라스틱 쓰레기통에서 연기가 피어오르는 걸 보고 그 위에 물을 부어야겠다고 생각하지 못한 것도 마찬가지다.

**그건 캐서린의 잘못이 아니었어.** 나는 100번도 넘게 되뇌었다. 그리고 그 화재가 사고였다는 걸 거의 확신했다.

정신과 의사는 나를 보내려고 하지 않았다. 접수대까지 나를 따라 나왔다. 결국 그는 자기 동료가 하는 연구에 캐서린을 포함시키고 싶다고 말했다.

정말로 날 도와줄 생각은 없었던 것이다.

그 의사에게 내 딸은 그저 실험용 쥐였다. 실험하고 연구하고 활용할 대상.

결국 나는 다음 주에 오겠다고 하고 나왔으나 당연히 다시 가지 않았다. 휴대전화에 깜박거리는 의사의 번호를 봤을 때 전화기를 일하던 식당 요리사에게 건네주며 상대가 전화를 끊을 때까지 포르투갈어로 지껄여 달라고 부탁했다.

팝콘을 튀겼던 냄비가 만족스러울 정도로 깨끗해지자 건조대 위에 올려두고 옷소매를 다시 내려 반들반들한 흉터 자국을 숨겼다.

거실 창으로 가서 주차장을 내려다봤다. 보네빌은 보이지 않았고 캐서린이 언제 올지도 모르겠다.

우리가 차를 산 이래 연료 게이지가 절반 아래로 내려간 적이 없다는 걸 캐서린이 눈치챘는지 궁금하다. 아무리 피곤하고 바쁘고 빈털터리가 돼도 나는 언제나 주유소로 가서 그 작은 화살표가 절반 위쪽의 눈금을 가리키도록 유지했다.

내가 지켜오는 안전 수칙 중 하나였다.

좀 더 오래 밖을 내다봤지만, 장면은 바뀌지 않았다. 결국 나는 창가에서 떨어져 내 방으로 들어왔다. 캐서린이 돌아오길 기다리면서 어린 시절 이야기를 조금 더 써야겠다.


이른 아침에 트럭 기사 마이크가 기름을 넣기 위해 엑손 주유소에 들렀을 때 나는 작별 인사로 쿠키를 쓰다듬어 줬어.

마이크와 여섯 시간 동안 달려왔으니 각자 갈 길을 가야 했지.

마이크는 정말 괜찮겠냐고 물었어. 나는 영스타운 외곽에 사는 이모가 데리러 올 거라고 말했어.

오하이오주에 있는 영스타운은 22킬로미터나 떨어진 곳이었어. 주유소로 오기 전에 고속도로에서 표지판을 봤거든.

마이크는 고개를 끄덕였지만, 그 표정은 내 거짓말을 꿰뚫어 보는 것 같았단다.

나는 손을 흔들고 씩씩하게 걸어 나왔어. 내가 가는 길에 자신이 있다는 듯이 말이야. 90미터 정도 앞에 맥도날드가 있길래 들어갔어. 걸을 때마다 더플백이 다리에 부딪혔지.

드라이브 스루 줄은 길었는데 가게 안으로 들어가 보니 거의 아무도 없어서 다행이었어. 화장실 세면대에서 몸을 씻고 바지에 묻은 핏자국을 지워보려고 했어. 거울을 보니 목이랑 얼굴에도 코치의 피가 아주 작게 묻어 있었어. 무슨 성난 주근깨 같았지. 나는 종이 타월에 물을 적셔 피부가 벗겨질 정도로 미친 듯이 닦았어.

마이크가 주유를 끝내고 확실히 떠날 때까지 기다렸어. 내가 지금 어디에 있는지, 어디로 가고 싶은지 알아야 해서 지도가 필요했는데 제발 엑손 주유소에 있길 바랐지.

맥도날드 옆문으로 급히 나가면서도 고개를 푹 숙이는 걸 잊지 않았어. 녹이 슨 작업용 밴이 지나가면서 얼굴에 검고 짙은 배기가스를 뿜을 때 기침이 나왔어. 나는 최대한 빨리 주유소로 돌아갔지.

해가 뜨기 시작하자 야구 모자나 선글라스를 챙겨 오지 않은 걸 후회했어. 어렸을 때는 어두운 걸 무서워했는데 이제는 밝은 게 무서워진 거야.

주유소 안에 있는 마트로 들어가니 구불거리는 금발의 피곤해 보이는 여자가 금전등록기 뒤에 길게 줄지어 선 진열대에 담뱃갑을 정리하고 있었어.

나는 목을 가다듬고 혹시 가장 가까운 그레이하운드* 역이 어딘지 물었어.

여자는 금전등록기 옆에 있던 접힌 지도를 내게 밀어주면서 뉴캐슬에 하나 있는 것 같다고 말했어.

---

* 북미에서 대륙을 횡단하는 고속버스 회사의 이름.

지도에서 내 위치를 찾는 데 시간이 조금 걸리더구나. 마이크와 나는 겨우 주 경계를 넘어 오하이오로 들어온 거야. 엑손 주유소가 어디 있는지 보여주는 작은 파란색 별 표시를 찾고 손가락으로 뉴캐슬까지 따라가 봤지. 그렇게 먼 것 같지는 않았어.

물론 걸어가기엔 아주 먼 거리였지.

지도를 다시 접어 직원에게 돌려줬어.

밖으로 나와 보니 빨간색 포드 픽업트럭이 세워져 있더구나. 회색 작업복을 입은 우리 아버지 또래로 보이는 운전기사가 막 주유를 시작하고 있었지. 안에는 쿠션이 찢어진 지 오래된 갈색 의자가 보였어.

기사에게 어디로 가는지, 혹시 차를 얻어 탈 수 있는지 물어볼 수도 있었단다.

하지만 언젠가 차를 얻어 탄 소녀들이 겪은 이야기를 들은 게 생각났어. 내 운이 두 번 연속으로 좋을지는 모를 일이었지.

나는 바지 주머니에 손을 넣어 돈뭉치를 확인했어. 총 118달러에 25센트짜리가 몇 개 있었지. 어차피 머지않아 금방 다 쓸 돈이었지만 그때는 선택의 여지가 없었어.

작은 마트를 나와 공중전화 부스로 갔어. 무거운 옐로페이지 전화번호부가 두꺼운 금속 체인에 매달려 있었어. 나는 알파벳 T를 찾아 택시 회사 광고를 몇 개 훑어봤어. 택시를 부르기 위해 25센트 동전 하나를 꺼내 전화기에 넣고 다이얼을 눌렀지. 배차 담당자가 내 주소를 물어서 얼른 마트로 돌아가 그 여직원에게 물어보고 와야 했단다.

사람들의 주의를 너무 끌고 있는 게 아닌가 싶었어. 더플백에 거울 속에서 본 충격받은 표정에 반복하는 질문들까지…. 그런데 다행히도 그 마트 여직원은 〈스타〉 잡지를 넘겨 보느라 주소를 알려주면서 내 얼굴은 거의 쳐다보지도 않더구나.

택시가 도착해 뒷자리에 올라타서야 가슴속을 짓누르던 어떤 무게가 가벼워지는 것 같았어.

기사에게 목적지를 알려주고 몸을 웅크려 무릎 위에 있던 더플백에 얼굴을 기댔어. 24시간도 넘게 계속 깨어 있었더니 몸에 꽉 찼던 아드레날린이 드디어 사그라든 거야.

주유소에서 얼마 안 간 것 같았는데 벌써 그레이하운드 역에 도착했어. 잠이 든 기억이 없는데 꾸벅꾸벅 졸았나 봐.

나는 내 소중한 20달러를 내고 10달러짜리 지폐 한 장과 2달러짜리 동전 두 개를 잔돈으로 받았어. 팁을 줘야 하는 건지 잘 몰랐지. 그런 건 영화나 TV에서나 본 장면이었거든. 사실 택시를 타본 것도 처음이었어. 잘못된 선택을 했다가는 괜히 나중에 택시 기사가 날 기억할 것 같았어. 혹시라도 경찰이 엑손 주유소까지 나를 쫓아왔다가 이 택시 기사까지 추적한다면, 어두운 긴 머리를 한 10대 소녀를 태운 적이 있냐고 물어볼 수도 있잖아. 결국 나는 2달러짜리 동전 두 개를 건넸어. 기사가 평범하게 고맙다고 해서 잘한 선택이라고 생각했지.

뉴캐슬역 밖에 버스 여러 대가 서 있었는데 그중에서 어떤 버스가 먼저 출발할지 모르겠더구나. 안으로 들어가 보니 매표소 앞에 사람들이 줄을 서 있었어. 선반에 쌓여 있는 전단을 가리키는 화살표 그림과 함께 버스 시간표라고 적힌 팻말이 보였어. 그래서 나도 한 장 가지고 왔지. 아주 작은 글씨로 출발 시각과 목적지가 빼곡히 적혀 있었어. 그때까지도 코치의 손목시계가 더플백 안에 있었기 때문에 난 몇 시인지 알 수 없었어. 주위를 둘러보니 벽시계가 있더구나. 아직 아침 8시도 안 된 거야. 전날 그 시간에는 역사 시간에 볼 퀴즈를 걱정하고 제임스를 생각하며 등교했다는 게 믿어지지 않았지.

다음 버스는 한 시간 10분 정도 걸리는 피츠버그로 가는 차였어. 그 버스를 타면 오히려 집이랑 가까워지는 거였지. 반면에 그다음 버스는 집과는 반대 방향으로, 클리블랜드로 더 멀리 데려가는 버스였어. 나는 매표소 앞에 줄을 섰어. 그리고 막 표를 사려는데 어떤 기억이 나더구나.

언젠가 티미랑 같이 우리 집 마당에서 숨바꼭질을 하고 있었어. 내가 10분 정도 티미를 찾다가 '못 찾겠다, 꾀꼬리!'라고 소리쳤지. 귀여운 동생은 내가 처음에 눈을 가리고 수를 셌던 곳에서 멀지 않은 덤불 아래서 기어 나왔어.

"계속 거기에 있었어?" 내가 물었어.

티미는 고개를 젖히고 활짝 웃으며 말했어.

"누나가 날 찾기 시작할 때 다시 돌아온 거야."

나는 매표소 직원에게 피츠버그로 가는 표 한 장을 달라고 했어.

누군가 날 찾는다 해도 내가 다시 펜실베이니아로 돌아왔을 거라고는 생각하지 않을 것 같았어.

사실 완전히 모르는 곳보다는 원래 살던 주 안에 머물고 싶기도 했고.

매표소 직원이 왕복 티켓을 원하냐고 물어서 침을 꼴딱 삼키고는 아니라고, 편도로 달라고 말했어.

12달러를 내고 표와 잔돈을 받아서 버스가 줄지어 있는 곳으로 갔어. 버스들은 앞 유리창에 굵은 글씨로 쓴 목적지를 내놓고 있었지. 나는 제일 앞에 있던 버스에 올라타서 기사에게 표를 주고 맨 뒷줄에 앉았어. 승객이 몇 명 타지 않길래 난 계속 아무도 타지 않길 바랐어.

버스에 타고 몇 분쯤 지나자 기사가 차 문을 닫았어. 곧 버스는 사람이 내는 소리처럼 낮게 신음하더니 덜덜거리며 앞으로 나아갔지.

난 스스로 안전하다고 타일렀어. 내 이름이 베스인 줄 아는 트럭 기사에게 차를 얻어 타고 택시를 타고 이제 버스까지 탔어. 아무도 날 찾지 못할 거야.

엄지손가락으로 오른손 약지에 낀 토파즈 반지를 돌리고 돌렸어. 아버지가 열여섯 살 생일 선물로 주신 거였지. 엄마도 카드를 써 줬지만, 반지를 고르고 상자에 넣어 포장하고 빨간 꽃들로 장식한 건 아버지였어.

울음이 목젖까지 차올랐지만 겨우 참았어.

통로 건너에 얼굴이 지저분하고 운동화 끈이 풀린 한 여자가 몸을 앞뒤로 까딱거리면서 뭐라고 중얼거리고 있었어. 분명 마약을 한 것 같은데 어떤 약에 취해야 저런 행동을 하는지는 몰랐지. 파티에서도 대마초보다 센 담배를 피우는 사람은 본 적이 없었거든. 나

236

는 고개를 돌리면서 아무도 날 보지 못하길 바랐어.

곧 꾸준하게 덜덜거리는 버스 엔진 소리에 진정된 나는 눈꺼풀이 무거워지는 걸 느꼈어. 꾸벅꾸벅 졸고 있는데 갑자기 울리는 날카로운 소리에 깜짝 놀라 깼지. 경찰차가 버스 뒤로 바짝 붙어 오고 있었어. 나는 숨을 거칠게 쉬면서 그 자리에서 자세를 낮췄어.

버스가 길 한쪽으로 차를 대고 경찰관이 탈 때까지 기다리는데 구역질이 나더라고. 그런데 경찰차가 경광등을 깜박거리면서 우리 버스를 지나쳐 가는 거야. 그 뒤로 길게 끄는 애절한 사이렌 소리와 함께 구급차가 따라갔어.

버스는 1.5킬로미터 정도 더 가다가 교통사고 현장을 지나치더구나. 차가 너무 밀려서 가다가 멈추다 했는데 사고 현장을 지나니 앞으로 수월하게 나아갈 수 있었지. 길옆에 찌그러진 차 두 대가 있었어. 가드레일을 받은 남자가 두 손을 머리로 감싸고 있었고.

아마 출근 중이었을 텐데, 그날 해야 할 평범한 일들을 생각하고 있었을 텐데, 머릿속이 뒤죽박죽이 됐을 거야.

버스가 현장을 지나치고 나서야 나는 두 손을 차창에 댄 채 얼굴을 바짝 붙이고 있었다는 걸 깨달았어. 그 순간 절망에 빠진 이방인만이 내가 세상에서 유일하게 연결돼 있는 존재라고 느낀 거야.

목적지까지 가는 내내 나는 완전히 깨어 있었어.

버스가 피츠버그에 도착하고 제일 마지막으로 내렸어. 그제야 제임스와 내가 저지른 끔찍한 범죄에서 충분히 멀리 도망쳤다고 생각했지. 하지만 이제 어디로 가야 할지 몰랐어. 언젠가는 잠도 자야 하는데 호텔에서 지낼 돈이 없는 데다 방을 빌릴 때 필요한 신분증이나 신용카드도 없었으니까.

지나가는 모든 사람을 쳐다봤어. 서류 가방이나 블랙베리*를 손에 들고 바쁘게 걷는 사람들, 거리 한 부분을 착암기로 부수는 건설업자들, 차가 빵빵거리는데도 어깨 한쪽에 배낭을 걸치고 무단 횡단을 하는 남자.

나도 걷기 시작했어.

몇 시간 동안 거리를 헤매다가 프레첼 가판대를 지나쳤어. 이스트 냄새를 맡으니 뱃속이 난리가 났지. 갑자기 허기가 밀려든 거야. 더플백을 뒤져 찾아낸 사과를 걸신들린 듯 베어 먹었어.

손등으로 입가를 닦고 프레첼에 돈을 써버릴까 생각했어. 그러다가 이미 택시비와 버스비로 쓴 돈을 계산하며 그냥 걸어갔지.

아치형 창문과 원형 기둥이 웅장한 회색 건물 앞에서 멈췄어. '피츠버그 카네기 도서관'이라고 쓰여 있더구나.

나는 잠시 건물을 바라본 후 안으로 들어갔어.

하늘 높이 치솟은 천장과 복잡한 무늬 몰딩과 반짝거리는 목제 테이블까지, 그 거대하고 열린 공간은 정말 아름다웠어. 우리 아버지는 천주교였지만 난 한 번도 교회나 성당에 가본 적이 없었어. 아버지에 관한 모든 일에 그랬듯 엄마는 아버지가 믿던 종교마저 무시했거든. 그런데 이 도서관은 내게 피난처처럼 느껴지더구나. 이 안에 있으면 그 어떤 나쁜 일도 일어나지 않을 것만 같았어.

목제 테이블 중 하나에서 빈자리를 찾았어. 누군가 책 몇 권을 올

---


* 캐나다산 스마트폰.

려뒀길래 한 권 뽑아 읽는 척했지. 책 제목은 《맨해튼 프로젝트》였는데 문장들이 길고 빽빽했어. 그중 한 문장을 집중해서 읽어봤지만 글자들이 흐릿해지고 여기저기 날뛰어서 다시 한번 읽어야 했어.

어느 틈에 졸다가 깨어보니 목에 경련이 오고 입안이 바짝 말라 있었어. 테이블에 펼쳐진 책 위에 얼굴을 짓누르고 있었지. 고개를 들어 두 눈을 비볐어. 도서관에 사람들이 더 많아졌지. 내가 있던 테이블에도 여러 명이 앉아서 작업 중이었는데 아무도 날 신경 쓰지 않더구나.

뻣뻣해진 목 근육을 움직일 때마다 움찔거리며 시계를 찾아 두리번거렸어. 6시가 조금 지나 있었어.

그렇게 오래 잤다니 믿을 수가 없었지.

밖은 슬슬 어두워지고 있었어. 곧 해가 질 테고 도서관도 문을 닫겠지.

밤을 지낼 곳을 찾지 못하면 정말 심각한 상황이 되는 거야.

나는 일어서서 급히 밖으로 나갔어.

이제 거리는 더 붐볐어. 차들이 빵빵거리고 브레이크에서 끼익 하는 소리가 나고 사람들은 내 더플백을 치면서 보도에 우두커니 서 있는 나를 마구 지나쳤어. 모두 어딘가 갈 곳이 있었지.

나도 빠른 걸음으로 블록들을 가로질러 걷기 시작했어. 그러다 문 닫은 카메라 가게 앞 거리에서 침낭 속에 웅크리고 있는 사람을 봤어. 나는 시선을 피하고 계속 걸었어. 여자애 혼자서 거리에서 지낼 순 없었지. 밤을 지샐 다른 곳이 있을 것 같았어. 분명 근처에 공원이 있을 텐데. 그러면 덤불 아래나 잘 보이지 않는 외딴곳을 찾을 수 있을 테니까. 밤새 깨어 있다가 다음 날 도서관에 다시 가서 자면 됐지.

꽤 오랫동안 걷다 보니 해가 졌어. 더 나은 계획을 세울 시간도 없었고.

주변 분위기를 살펴보려고 고개를 들었어. 블록 끝에 빨간색 과녁 모양의 간판이 보였어. 타깃* 쇼핑몰이 있는 거야. 거기서 저렴한 침낭이랑 주스 한 병이랑 간식거리를 살 수도 있었지.

입구에 깔린 매트 위로 걸어가자 유리로 된 자동문이 열렸어. 환하고 깨끗한 공간에는 시리얼부터 보드게임까지 모든 게 쌓여 있는 선반들이 줄지어 있었고 매장 가운데에는 옷을 걸어둔 선반들이 늘어서 있었지.

캠핑 용품을 파는 통로로 가서 할인 중인 침낭 두 개를 비교했어. 하나는 가벼웠고 하나는 추위에 강했지. 가벼운 침낭이 더 저렴했어. 내가 뭘 더 고민했겠니?

매장 안을 계속 돌아다니면서 돈이 있다면 사고 싶은 것들을 모두 구경했어. 스키피 땅콩버터랑 가염 크래커. 깨끗한 양말. 핸드로션. 데오드란트와 수건. 레모네이드 맛 스내플 한 병.

그러다가 잠깐 멈춰 섰어. 캠핑 용품 진열대 옆에 있던 유리 선반 아래에 주머니칼이 줄지어 있더구나.

어쩌면 하나 사야 할지도 모른다고 생각했어. 혹시 모르니까 말이야.

---

* 미국의 대형 상점.

하지만 정말 필요할 때 나를 보호하기 위해 쓸 수 있을까?

코치의 피투성이 시신이 눈앞에 떠올랐고 다리에 힘이 풀렸어. 넘어지지 않기 위해 카운터 끝을 잡아야 했지.

심호흡을 몇 번 하고 나서야 겨우 앞으로 나아갈 수 있었어. 더플백을 들고 다니느라 팔이 아프더라고. 새 배낭을 살펴봤는데 전부 너무 비싸더구나.

매장 입구에 있는 커다란 유리창을 다시 지나쳤어. 밖은 이제 완전히 어두워지고 거리도 한산해졌지. 바쁘던 도시는 어느덧 긴장을 풀고 있었어.

나도 이제 나가서 밤을 지낼 곳을 찾아야 했어. 하지만 차마 도저히 그 안전하고 깔끔한 매장을 나갈 수가 없더구나.

나는 살면서 당연하게 여겼던 물건들을 계속 바라봤어. 종이 타월이나 팝타르트, 손톱 다듬는 줄이나 생리대 같은 것들 말이야. 앞으로 나 혼자 어떻게 지낼 수 있을까?

종소리가 울리더니 커다란 스피커를 통해 이제 15분 뒤면 영업이 종료된다는 안내 방송이 나왔어. 빨간색 조끼를 입고 명찰을 단 한 남자가 날 지나쳐 매장 뒤로 갔어. 문단속을 하려는 거겠지. 한 바퀴 돌아보고는 내게 와서 나가야 한다고 말할 거야.

가슴이 죄어오면서 눈물이 차올랐어. 그럴 순 없었지. 단 하룻밤이라도 거리에서 지샐 수는 없었어. 난 그렇게 강하지 않았단다.

그 직원이 돌아왔을 때 아버지에게 전화를 걸 수 있을지 물어볼 수도 있었어. 아버지라면 날 도와주려고 하셨을 거야. 변호사를, 좋은 변호사를 선임해 달라고 외가에 애원하셨을 거야. 내가 감옥이나 소년원에 갇히면 아버지와 티미는 내게 편지를 써줬을 거야.

눈물을 닦고 시야가 맑아져서 보니 난 아직도 파란색 생리대 선반 앞에 있었어.

순간 뇌리에 뭔가가 스쳤어.

생각해 보니 더플백에 생리대를 챙길 생각을 안 했던 거야. 꽤 오랫동안 필요하지 않았거든.

한 달이 넘도록 말이야.

바보처럼 멍하니 선 나는 충격을 받아 마음이 텅 비는 것 같았어. 종소리가 다시 울렸지. 이번 안내 방송은 5분 뒤면 영업이 종료된다는 내용이었어. 남아 있는 손님들은 모두 계산을 끝내고 나가야 했어.

나는 미친 듯이 주변을 둘러봤어. 가까이에 옷을 원형으로 걸어 둔 진열대들이 있었어.

다시 티미가 생각났어. 내가 '못 찾겠다, 꾀꼬리!'라고 외칠 때 눈에 띄는 동그란 덤불 아래 숨어 있던 티미 말이야.

더는 생각할 것도 없이 몸을 숙이고 원형 옷걸이 랙 중앙으로 기어들어 가서 더플백을 끌어안았어.

곧 고르지 못한 내 숨소리만 크게 들렸지. 눈앞에는 걸려 있는 바지들만 보일 뿐이었고. 나는 내 일부가 절대 튀어 나가지 않도록 몸을 최대한 웅크렸어.

머릿속에는 한 문장만이 계속 떠다녔어. '내가 임신했다.'

말도 안 된다고 생각했어. 난 네가 있는 줄 몰랐던 거야.

마지막 안내 방송이 들렸어. 이제 매장 문은 닫혔어.

잠깐 아주 조용했어. 그런데 멀리 어딘가에서 웃음소리가 들려오는 거야. 남자와 여자가 대화하고 있었는데, 남자는 낮은 목소리로 느리게 말했고 여자는 높고 맑은 목소리였어. 무슨 말을 하는지는 잘 들리지 않았지. 나는 두 눈을 꼭 감았어.

몇 분이 지나고 누군가 내가 숨어 있는 곳을 지나갔어. 신발이 리놀륨 바닥에 부딪히면서 끽끽거리는 소리가 났지. 나는 발걸음 소리가 사라질 때까지 숨을 참았어. 한동안 아무 소리도 나지 않더구나. 너무 고요해서 참을 수가 없을 정도였어. 차라리 누가 와서 날 잡아줬으면 했으니까.

드디어 다시 목소리가 들렸어. 그런데 더 멀리서 들리는 것 같았지. 몇 명이 이야기하는지 알 수 없었어. 두 명? 어쩌면 세 명?

이윽고 조명이 모두 꺼졌어. 난 완전한 어둠 속으로 떨어졌지.

소리를 지를 것만 같았어. 그레이하운드 버스에서 봤던 여자처럼 나는 손으로 입을 막고 앞뒤로 몸을 흔들었어.

매장 안은 완전히 조용했어.

그런데 조금 있다가 정말 놀랄 만한 일이 벌어졌어. 내 두 눈이 어둠에 적응한 거야. 잘 보이지는 않았지만 더플백의 윤곽이랑 운동화에 그려진 줄무늬는 알아볼 수 있었어. 고개를 드니 원형 옷걸이 랙 꼭대기와 그 위 공간을 나누는 경계선도 보였어.

빠르게 뛰던 심장박동이 느려지기 시작했어.

나는 천천히 100, 200, 500까지 셌어. 그리고 1,000까지 다 셌지.

무슨 소리라도 들리는지 귀를 기울여 봤지만, 매장 안에는 한 명도 남아 있지 않다는 걸 알았어. 만약 누구라도 있었다면 불을 켜뒀을 테니까.

하지만 한참 더 기다리고 나서야 나는 아파오기 시작한 팔다리를 펴고 원형 옷걸이 랙 밖으로 나갈 용기가 생겼어. 혹시라도 다시 재빨리 들어와야 할지도 모르니 더플백은 안에 남겨뒀지.

밤이 드리운 타깃은 완전히 달라 보였어. 머리 위로 빛나는 화살표가 달린 빨간색 출구 표지판 두 개가 약간의 빛을 비춰줬지. 입구 근처에도 보안등 몇 개가 희미하게 비추고 있었고. 그대로 서서 숨을 참아봤어. 나 외에 아무도 없다는 걸 다시 깨달았지. 거대한 매장 안에 나 홀로 있는 것 같았어.

제일 먼저 내 배를 내려다봤어. 전혀 달라 보이지 않았어.

어쩌면 날짜 계산을 잘못했을 수도 있다고 스스로 다독였어. 하지만 잘못한 게 아니라는 걸 알고 있었어.

임신이라니, 그때의 내가 받아들이기에는 너무 큰 상황이었어. 그래서 난 걱정이 될 때마다 하는 행동을 하기로 했어. 바로 몸을 움직였지.

처음에 왔던 통로로 기어갔어. 위생용품이랑 약품이 꽉 채워져 있었지. 코너를 도니 감자칩이랑 금붕어 모양 크래커, 프레첼과 사탕이 끝없이 줄지어 선 듯한 간식 진열대가 보였어. 배가 너무 고파서 텅 빈 뱃속이 아릴 정도였어.

통로들을 하나하나 살금살금 지나갔어. 매 순간 잠시 멈춰서 무슨 소리가 들리나 확인했어. 심지어 남자 화장실 안에 아무도 없다는 걸 확인할 때까지 모든 칸 앞에 숨어 있었단다. 탐험을 끝내고 나서야 매장의 전체 코너와 곡면에 익숙해졌어.

매장을 청소하는 직원들이 언제 올지는 몰랐지만 어쨌든, 그때까지는 이 넓은 곳이 다 내 거였어.

나탈리 포트먼이 나오는 소설 원작 영화가 있는데, 낯선 마을에서 자기 삶을 꾸려나가기 전에 월마트 안에서 한동안 숨어 지내는 여성의 이야기야. 소개 영상만 봐서 영화가 어떻게 끝나는지는 몰랐는데 문득 그 내용이 궁금해지더구나. 과연 나는 여기서 실제로 며칠 밤을 지낼 수 있을까?

간식 진열대로 돌아갔어. 과자 상자들이 모두 어두운 회색으로 보여서 몸을 기울여 더 가까이 다가가야 했지. 아몬드 조이를 발견했을 때는 입에 침이 고이더구나. 손을 뻗어서 그 차갑고 쪼글쪼글한 포장지를 만졌어. 먹지 않아도 부드러운 초콜릿과 코코넛 맛을 느낄 수 있었지.

그리고 다시 제자리에 놨어.

아기는 영양가가 있는 걸 먹어야 하니까.

몇 미터 나아가니 그래놀라 바가 든 상자가 있었어. 조심히 상자를 열어 하나를 꺼냈는데 비닐 포장지를 뜯는 바스락 소리에 깜짝깜짝 놀랐어. 그래도 아직 괜찮았어. 매장 안에서 소리를 내는 건 나뿐이었으니까.

귀리의 바삭하고 달콤한 첫맛을 느끼자마자 나는 거의 이성을 잃고 바를 통째로 입안에 밀어 넣었어. 하지만 이내 정신을 차리고 조금씩 뜯어 꼭꼭 씹어 먹었어. 하나를 다 먹은 나는 너무나도 갈망했던 스내플 레모네이드가 어디에 있었는지 기억해 냈어. 매장 입구 근처 냉장 진열대 안에 따로 판매하는 아이스티와 소다와 함께 있는 걸 봤거든. 그런데 괜히 커다란 유리창 가까이 갔다가 밖에서 지나가던 누군가가 나를 보기라도 하는 위험을 무릅쓸 수는 없었지. 그래서 그래놀라 바를 들고 매장 안쪽으로 깊이 들어가 카프리선이 든 상자를 찾았어.

언젠가 꼭 돈을 갚겠다고 스스로 약속하면서 상자를 열어 빨대가 달린 은박 파우치 하나를 꺼냈어. 그러고는 게걸스럽게 세 개를 연달아 마셨어. 마실 때마다 달콤한 액체가 입안으로 들어오면서 은박 파우치가 쪼그라들었지.

꼬르륵 소리가 나서 자동으로 배에 손을 올렸어. 배를 내려다보면서 그날 아침 버스 안에서 창문에 손바닥을 대고 있던 걸 생각했어. 전혀 모르는 사람이었지만 자기 차로 사고를 낸 그와 연결된 듯 마음이 아팠지.

이제 내 손은 너를 다독이고 있었어.

잠시 그렇게 가만히 있으면서 널 생각했어. 그때 너라는 존재가 나에게 진짜로 다가왔단다.

네 덕분이야, 캐서린. 난 더는 혼자가 아니었어.

티미는 내가 다섯 살 때 태어났어. 아직 빨갛고 주름졌던 티미를 본 순간 그 아이와 사랑에 빠졌지. 엄마는 딱히 부모로서의 역할을 하지 않았기 때문에 나는 최선을 다해 티미를 돌봤어. 아기였던 동생을 안을 때 목을 받치는 방법과 편안함을 느끼도록 담요로 감싸주는 방법을 배웠지. 밤에는 동생이 잠들 때까지 등을 쓰다듬으며 자장가를 불러줬어.

아직 만나기 전이었지만 난 이미 널 사랑했단다. 맹세해. 내 인생에서 유일하게 남은 좋은 존재였으니까. 네가 아니었다면 난 진작에 수백 번도 넘게 포기했을 거야.

잠시 뒤 나는 캠핑 용품 진열대로 돌아가서 새 침낭 상자를 열어 하나 쓸지 살짝 고민했어. 하지만 다시 제자리에 뒀지. 누구라도 한번 사용한 걸 새 상품인 줄 알고 사 가게 할 수는 없었으니까. 자리를 이동하려는데 침낭 바로 옆에서 뭔가를 발견했어. 손전등이었어.

큰 건 플라스틱으로 포장돼 있었지만, 작은 오이만 한 손전등 여섯 개짜리는 선반에 놓여 있었어. 아버지가 차 안 글러브 박스에 갖고 다니는 것과 똑같다고 확신했지. 학생들이 살던 집 지하실에 두꺼비집을 손보러 갈 때 아버지가 그 손전등을 사용하는 걸 본 적이 있었거든.

손전등 하나를 들어서 켜봤는데 아무 반응이 없었어.

아마 건전지를 넣어야 했을 거야. 비디오카메라와 VCR이 있던 곳에서 듀라셀 건전지를 본 게 기억났어. 더블에이 건전지 두 개 정도면 될 거라 생각하고 그리로 돌아갔어.

맞는 상자를 찾아서 열기까지 한 1분 정도 걸렸을까, 건전지 하나를 손에서 놓치는 바람에 잃어버릴 뻔했지만 결국 손전등을 켰어. 양손을 모아 감싸 쥐고 전원을 켜보니 바닥에 눈부신 하얀색 원이 반짝반짝 빛나는 거야. 그 순간 나는 희망이라는 밝은 빛을 내 마음속에 켰다고 생각했어.

그래놀라 바와 주스 파우치를 더플백 안에 넣어두기 위해 피난처로 되돌아갔어. 옷이랑 세면도구도 챙겨야 했고. 화장실에 가서 좀 씻고 새 속옷이랑 깨끗한 청바지로 갈아입을 수 있으니까. 매장 안은 냉방을 세게 틀어놔서 추웠거든. 운동복 상의로 갈아입어야 했어. 그리고 다시 옷걸이 속으로 돌아와 쉬면서 그래놀라 바랑 주스를 하나 더 먹었지.

알아야 할 게 아직도 너무 많이 남아 있었어. 청소부들이 언제 도착하는지, 야간 경비원들이 따로 있는 건지. 다음 날 아침이 되면 다른 손님들에 섞여 자연스럽게 매장을 나가야 했어. 이틀 동안이나 입고 있던 피 묻은 반바지와 셔츠를 버릴 곳도 찾아야 했고.

하지만 그때는 밤을 지낼 수 있는 안전한 장소에서 허기를 채우고 갈증을 해소한 게 전부였어. 처음으로 나에게, 아니 우리 둘에게 진짜 기회가 온 것처럼 느껴졌단다.


## 23. 캐서린

엄마가 알제이스에 내려고 작성한 이력서 복사본을 접어 핸드백 안에 넣었다. 선라이즈에 와서 원하던 걸 얻었는데 집으로 돌아가고 싶지 않았다. 지금은 도저히 엄마와 함께 있을 수가 없었다.

무척 심란한 지금 내 상태 때문에 실수라도 하지 않도록 유의하며 메모리 윙을 나왔다. 비밀번호를 누르는 내 모습을 누구도 보지 못하게 두 번씩 확인했고 파란 문을 나설 때도 잘 잠겼는지 다시 확인했다. 주간에는 병원에 직원들이 많아 환자들이 멀리 나오기 힘들다는 걸 알면서도 미리 조심했다.

그런데 야간은 또 이야기가 다르다. 밤에는 건물 전체에 간호사와 간호조무사 몇 명과 경비원 한 명, 이렇게 최소 인원뿐이다.

엘리베이터를 타고 로비로 내려가 접수원들에게 손을 흔들었다. 그리고 푸른 잔디밭으로 나와 습기 가득한 늦은 봄의 대기를 한껏 들이마셨다. 매일 지원 병동과 연장 치료 병동에 입원한 환자들이 현관 앞에 앉아 카드 게임을 하거나 정원을 가꾸고 있었다. 몇 명은 옥외용 안락의자에 앉아 있었다. 바깥 온도는 24도에 가까웠지만 무릎에 담요를 올린 환자들도 있었다. 머리카락이 얇아지고 몸도 약해진, 이제 살아갈 날이 얼마 남지 않은 여성 환자들이었다. 다들 자녀가 있겠지.

혹시 그들도 딸을 배신한 적이 있는지 궁금해졌다.

주차장으로 가면서 건물과 가까운 입주 환자 전용 주차 자리로 들어가는 호두색 캐딜락을 봤다. 나는 커플이 차에서 내리기를 기다렸다가 그들을 맞이하러 걸어갔다.

내가 돌본 모든 환자 중에서도 조지와 준 캠벨 부부는 내 마음속에 특별하게 남아 있다. 오늘처럼 기분이 무척 안 좋은 날에도 캠벨 부부와 인사할 기회를 놓칠 수 없었다.

조지와 준은 6년 전 내가 선라이즈에서 막 일하기 시작한 직후에 입원했다. 준은 다시 지팡이를 짚고 걸을 수 있도록 물리치료와 언어치료를 받아야 했다. 나는 우아하고 고운 그녀가 정말 매력적이라고 생각했다. 그녀는 목욕하거나 화장실을 사용할 때 쉰두 살이던 남편이 직접 도와주지 않길 바랐다.

당시 나는 매일 준의 곁에서 일상생활을 도와주는 보호사 중 하나였는데, 캠벨 부부는 내가 자기들을 다른 호칭이 아닌 그저 이름으로 부르길 원했다. 준은 내가 목욕하는 걸 도와줄 때 이렇게 말했다.

"아가, 네가 내 모습을 전부 봤으니 이제 우린 캠벨 부인이라고 부르는 단계는 넘어선 것 같구나."

준은 제1형 당뇨병을 앓고 있어서 인슐린 주사를 하루에도 몇 번씩 맞아야 했다. 물론 그건 내 일이었고 덕분에 주삿바늘을 꽂는 일에 익숙해지기도 했다.

캠벨 부부는 살면서 겪은 어려움에도 불구하고 내가 본 사람들 중 가장 긍정적이다. 이제는 병동이 달라져서 내가 그들을 직접적으로 도울 일은 없지만 계속 연락을 유지했고, 가끔 점심 식사나 가볍게 한잔하는 자리에 초대받기도 했다.

"캐서린!" 나를 본 준이 소리쳤다. 준은 어두운 파란색 원피스에 진주 목걸이를 차고 있었고 조지는 버튼다운 셔츠에 황갈색 슬랙스를 입고 있었다. 둘은 가벼운 볼일을 보러 나갈 때도 언제나 우아한 복장을 고수했다.

나는 둘을 각각 힘껏 안아줬다.

"이제 며칠 있다가 떠나는 거지?" 준이 물었다.

순간 기억해 내느라 시간이 걸렸다.

"일주일이요. 하지만 걱정하지 마세요, 떠나기 전에 한 번 더 들를게요." 내가 말했다.

"그래야 할 거야." 조지가 대답했다.

이야기를 나누는데 준이 피곤해 보였다. 그래서 나는 이만 가보겠다며 그들의 방에 꼭 다시 들르겠다고 약속했다.

캠벨 부부와 작별 인사를 나누는 순간 그들을 만나 잠시 느꼈던 안도감이 사라졌다.

가방에서 휴대전화를 꺼내 시간을 확인했다. 이제 겨우 4시였다. 보통 술집들이 해피아워*를 시작하는 시간이기도 했다. 나는 자주 마시지는 않지만 지금 당장은 강한 진 토닉 한 잔이 무척 간절했다. 그리고 함께 마실 친구도.

알고 보니 엄마는 내가 믿고 있던 사람이 아니었다. 어쩌면 이선에 관해서 내가 틀렸을지도 모른다.

사실 엄마가 일부러 이선에게 약을 탄 술을 마시게 했다는 소리를 들었을 때부터 이선이 내 마음속에서 떠나지 않고 있다. 바에 기대고 있는 이선의 짧은 셔츠 소매 아래 불끈불끈한 이두박근이 자꾸 생각났다.

이미 손에 휴대전화를 들고 있으니 터치 몇 번이면 이선에게 전화를 걸 수 있었다.

신호가 울리자마자 이선이 전화를 받았다.

"헤이, 안녕."

"뭐 하고 있어?" 내가 물었다.

대답하는 이선이 활짝 웃는 게 그려졌다.

"네가 오길 기다리고 있었지."


몇 시간 후 나는 침대에서 뒹굴고 있었다. 이선은 애무하는 내

---


* 술집에서 정상가보다 싼 값에 술을 파는 이른 저녁 시간대를 말한다.

몸이 움직일 때마다 몸으로 반응했다. 온몸이 가라앉고 편안해지는 걸 느꼈다. 몇 잔의 술과 몇 달 만에 처음으로 한 섹스, 그리고 낮잠은 내 긴장감을 어느 정도 떨쳐내는 데 충분했다.

나는 팔을 쭉 펴서 침대 옆 테이블에 둔 휴대전화를 들어 메시지를 확인했다. 문자메시지 두 개와 부재중 전화 한 통. 모두 발신자가 엄마였다. 첫 문자는 내가 이선네 집에 도착한 직후에 왔다.

**오늘 저녁에 같이 영화 보는 건 어때? 어떤 걸 볼지는 네가 정해.**

두 번째 문자는 몇 분 전에 왔다. 아마도 문자 알림 소리에 내가 잠에서 깬 것 같다.

**별일 없는 거지?**

엄마는 분명 위치를 확인했을 테니 내가 어디에 있는지 알 것이다. 내가 이선과 사귈 때 들은 주소를 기억할 테니까.

멜라니가 했던 말이 생각났다.

**'와, 아직도 엄마랑 위치를 공유해?'**

엄마는 내게 처음 휴대전화를 사 주면서 위치 공유 프로그램을 설치했다. 나는 엄마가 하는 일이나 하라고 말하는 일에 언제나 그랬듯 토를 달지 않았다.

순간 이 모든 부당함이 내 안에서 부글부글 끓어오르며 차가운 진과 따뜻한 이선의 몸이 가져다준 아슬아슬한 평온함이 싹 지워졌다. 아무리 엄마가 계속해서 날 감시하고 통제하려고 해도 나는 스물네 살이다. 아직도 저러는 엄마와 그걸 허용하는 나, 누구에게 더 화가 난 건지 알 수 없었다.

그 분노는 내가 뭘 해야 할지 알려줬다. 나는 무거운 이선의 팔 아래를 빠져나와 별로 깨끗하지 않은 화장실 바닥에 맨발로 들어갔다.

"어디 가는 거야?" 이선이 잠결에 쉰 목소리로 물었다.

"전화 통화 좀 하려고. 중요한 일이야. 내 건 충전해야 돼서, 네 전화를 써도 될까?"

일어나 앉은 이선이 두 눈을 비비며 깜박였다. 이선은 침대 옆 바닥에서 휴대전화를 주워 잠시 화면 위를 여기저기 터치했다. 기다리던 나는 조급해졌다. 이선은 어쩌면 호감을 느끼고 있는 여자들과 나눈 문자메시지처럼 내가 보지 않았으면 하는 것들을 정리하고 있을지 모른다. 드디어 전화기를 내게 건넸다.

"고마워." 나는 방을 가로질러 핸드백을 찾았다. 알몸인 것도 잊을 정도로 해야 할 일에 열중했다. 가방에서 접은 종이를 꺼내 엄마가 적은 다이앤 브라운이라는 추천인의 전화번호를 찾았다. 한 번도 들어본 적 없는 이름인 데다가 엄마와 얼마나 친하기에 추천서까지 쓰게 됐는지 모르기 때문에 이 일은 아주 교묘하게 처리해야 했다. 앞으로 내가 나눌 어색한 대화는 이선이 듣지 않기를 바랐지만 거실에서는 그의 룸메이트들이 엑스박스를 하며 떠들고 있어 피할 수가 없었다.

이선은 이제 베개 뒤로 팔을 접어둔 채 잠에서 덜 깬 눈으로 나를 바라봤다. 나는 손가락을 입술에 댄 뒤 전화번호를 눌렀다.

전화벨이 몇 번 울리더니 음성 녹음으로 넘어갔다. 자동 응답 메시지가 내게 이름과 전화번호를 남기라고 했지만 나는 삐 소리가 나기 전에 전화를 끊었다.

실망감이 몰려왔다. 내 전화기로 다시 걸 수는 없었다. 발신자가 나라는 걸 알게 되면 왜 루스 스털링의 딸이 그녀를 추천해 준 이유를 묻는지 변명거리가 없었기 때문이다.

이선의 전화번호라면 나와 연관 짓기 훨씬 힘들 거라 생각했다. 처음 이선에게 전화를 받았을 때 화면에 발신자가 존 퀸런이라고 떴다. 아직 아버지 명의의 가족 요금제를 쓴다는 이선이 그건 아버지 이름이라고 설명해 주기 전까지 혼란스러웠던 기억이 있다.

갑자기 엄마의 목소리가 들려오는 것 같았다. 왜 스물여덟 살 남자가 아직도 부모님의 요금 플랜을 같이 쓰고 있는지, 그 외에 또 어떤 비용을 내주고 있는지 궁금하지 않냐고 속삭이는 소리가 들리는 듯했다.

"별일 없는 거지?"

이선이 엄마가 문자로 물어본 것과 똑같은 질문을 했다. 나는 왜 사람들이 항상 답이 '아니'라는 걸 뻔히 알면서 굳이 그런 질문을 하는지 궁금했다.

나는 모두가 원하는 대답을 했다.

"응. 괜찮아."

오히려 이렇게 물어본다면 이 세상이 어떻게 달라질지 궁금하다. '지금 괜찮지 **않은** 게 뭔데?' 그럼 차라리 사실대로 대답할 텐데.

이선의 전화가 울려서 나는 화면을 보지도 않고 그에게 넘겼다. 나와 이선은 사귀는 사이가 아니다. 누가 문자메시지를 보내든 나와는 상관없는 일이다. 나는 엄마의 이력서를 다시 접어 도로 가방에 넣었다.

오늘 아침 나는 꽤 오랫동안 엄마의 이름을 검색해 봤다. 지나치게 평범한 그 이름은 인터넷에 너무 적게, 또 너무 많이 나와서 별로 도움이 되지 않았다. 루스 스털링이라는 이름은 수도 없이 나왔지만, 정확히 엄마를 찾지는 못했다. 심지어 생일(8월 2일)을 함께 검색했는데도 아무것도 나오지 않았다.

내가 막 옷을 입으려던 참에 이선이 이불을 걷었다. 나를 다시 침대로 초대하려는 것이다. 술에 취했을 때 한 번의 밀회는 실수라고 할 수 있다. 하지만 지금 난 완전히 제정신이다.

내 머리 위로 손을 꽉 붙잡고 다리 하나로 내 다리 사이를 밀고 들어오면서 '이 몸이 그리웠어'라고 말하던 이선을 기억하며 나는 망설였다.

그리고 집에서 나를 걱정하며 기다리는 엄마를 생각했다. 결정은 쉬웠다. 나는 다시 침대 위로 올라갔다.

두 번째로 잠에서 깼을 때는 창문으로 햇빛이 쏟아지고 있었다. 하룻밤을 지새울 목적으로 이 집에 온 건 아니었지만 차라리 잘됐다고 생각했다. 지금쯤 엄마는 출근했을 테니 집으로 돌아가도 마주치지 않을 터였다.

이선과 그의 룸메이트들은 아직 자고 있었다. 그 말은 화장실이 비었다는 뜻이다. 나는 어제 입었던 옷을 걸치고 살금살금 복도로 나갔다. 손가락에 치약을 짜서 할 수 있는 만큼 이를 닦고 얼굴 위로 물을 튀겼다. 뒤엉킨 머리를 빗어보려고 하는데 누군가 문을 똑똑 두드렸다. 문을 여니 사각팬티만 걸친 이선의 룸메이트 한 명이 눈을 반쯤 뜬 채 서 있었다.

"미안, 케이틀린. 진짜 급해서." 그가 웅얼거렸다.

"천만에. 그리고 난 케이틀린이 아니야."

그가 눈을 크게 떴다. 나와 이선의 방을 번갈아 쳐다봤다.

"미안."

나는 그가 지나치게 긴 시간 동안 시끄럽게 소변을 보는 소리를 들으며 기다렸다. 드디어 그가 나왔고 나를 스쳐 지나가면서 중얼거렸다.

"고마워."

다시 화장실로 들어간 나는 이번에는 문을 활짝 열어둔 채 손가락으로 머리를 빗어보려 했다. 하지만 되레 머리카락이 더 엉키는 것 같아 빗이 있나 찾아봤다. 세면대 위에는 보이지 않아 아래에 있는 서랍을 열었다.

통통한 분홍색 화장품 가방이 들어 있었다. 나는 잠시 그걸 노려보며 그 안에 뭐가 들었는지 정말 알고 싶은가 고민했다. 그러나 곧 이미 알고 있다는 걸 깨달았다.

나는 가방을 열어 칫솔과 시크릿 데오드란트, 분홍색 휴대용 면도칼과 둥근 빗, 쿠쉬 마스카라 한 통과 여행용 향수병 등을 찾았다.

진지하게 사귀는 남자 친구가 있는 여자는 혹시나 그 집에서 밤을 보내게 됐을 때 다음 날 아침에 치장해야 할 경우를 대비해 이런 것들을 준비해 둔다.

나도 이선과 사귈 때 바로 이 서랍에 비슷한 가방을 보관하곤 했다.

분홍색 가방을 다시 닫고, 머리 빗기를 단념했다. 이선의 방으로 돌아가니 이불 아래 웅크린 그가 전화기에 대고 속삭이고 있었다.

나는 조용히 내 물건들을 챙겼다. 신발을 막 신으려고 할 때 이선이 전화를 끊었다.

"케이틀린이야?"

이선이 움찔했다.

"그게…. 나도 이러려는 건 아니었는데 네가 전화했을 때…."

"괜찮아. 나도 우리가 다시 사귀게 될 거라고는 기대하지 않았어."

사실 몇 분 정도는 기대했다. 이선은 독립적이지 못하지만 그 짧은 시간만큼은 내 인생에서 가장 단단한 존재처럼 느껴졌다.

방을 나설 때 침대에서 뛰쳐나온 이선이 팬티를 입고 급하게 나를 따라 나왔다.

나는 거실을 가로지르며 커피 테이블 위에 놓인 맥주병들과 물 담뱃대를 봤다. 소파 위 쿠션들은 뒤섞여 있었다. 주방은 어떤 상태인지 굳이 보러 들어갈 필요도 없었다. 조리대 위에 놓인 피자 상자들과 냉장고 안에서 발효 중인 오렌지주스 갑들이 숙취를 위한 게토레이 몇 병과 함께 있을 터였다.

지난 1년간 이 집에 발을 들이지 않았지만, 그 어떤 것도 바뀌지 않았다.

이선의 휴대전화가 다시 울렸다. 아마 왜 그렇게 갑자기 전화를 끊어야 했는지 궁금한 케이틀린일 것이다.

지금쯤 일하고 있거나 이선처럼 밤에 일할 수도 있겠다. 어쩌면 내가 이선을 만나러 바에 갔을 때 나를 쌀쌀맞게 바라보던 금발 웨이트리스일 수도 있다. 물론 이선은 그녀가 모든 사람에게 그런 식으로 행동한다고 했다. 어쨌든 내게는 그녀를 절대 소개하지 않았지만 바에 있던 다른 이들이 그 이름을 언급하는 걸 들은 적이 있다. 분명 'K'로 시작하는 이름이었던 것 같다.

"전화 받는 게 좋을 것 같은데." 소심하게 바라보는 이선에게 말했다. 이선은 얼굴을 덮은 긴 머리카락을 붙더니 살짝 그을린 데다 아름답게 문신이 새겨진 몸을 기울여 내게 작별 키스를 했다.

나는 그에게 키스하지 않고 뒤를 돌았다.

걸어가던 나는 전화를 받은 이선이 여자 친구를 맞이하는 희미한 목소리를 들었다.

"헤이, 안녕."

그리고 다른 목소리도 들었다. 이번엔 내 머릿속에서 들렸다. 엄마의 목소리였다.

**'그게 네가 될 수도 있었는데.'** 엄마가 속삭였다.


## 24. 루스

————

나에게는 보이지 않는 규칙들이 있다. 지갑에 적어도 100달러는 현금으로 가지고 있을 것. 휴대전화 배터리가 빨간색 한 칸만 남을 때까지 두지 말 것. 그래놀라 바와 물 한 병은 꼭 글러브 박스 안에 챙겨둘 것.

그리고 더플백 옆 주머니에는 일자 드라이버를 넣어둘 것.

이제는 처음 내가 도망쳤을 때처럼 타깃 매장 안에서 잘 수는 없을 것이다. 움직임을 감지하는 카메라부터 눈에 보이지 않는 레이저까지 보안장치가 훨씬 더 정교하게 발전했기 때문이다.

하지만 나도 함께 발전했다. 10대였을 때보다 더 철저하게 준비돼 있다.

샘즈에서 바쁜 점심시간이 끝났다. 남은 손님 몇 명만 신문을 읽거나 휴대전화를 보면서 앉아 있을 뿐이다. 나는 은 식기류를 하얀색 종이 냅킨으로 감싸서 커피 머신 옆에 쌓아둔 것들 맨 위에 올렸다.

"저기요."

5번 테이블에 앉은 여자 손님 두 명이 나를 불렀다. 나는 커피 주전자를 들고 5번 테이블로 갔다. 언제나 커피 주전자를 들고 다니는 게 불필요한 이동을 줄여준다는 걸 이미 오래전에 터득했다. 항상 오른손으로 주전자를 들기 때문에 오른팔 근육이 왼팔보다 조금 더 발달했다.

"커피 더 드릴까요?" 내가 물었다.

"계산서만 주세요. 감사합니다."

벌써 계산을 해뒀기 때문에 앞치마 주머니에서 계산서를 꺼내 테이블 위에 올려뒀다.

커피 머신으로 돌아간 나는 쟁반에 엎어둔 흰색 머그잔을 뒤집어 내가 마실 커피를 따랐다. 오늘만 벌써 네 잔째다.

밤새 뒤척여서 그런지 무척 피곤했다. 캐서린이 집에 없으면 쉽게 잠을 잘 수가 없다. 내가 알츠하이머병에 걸렸다고 확신하는 첸 박사가 말한 대로 캐서린과 더 많은 시간을 보낼 수 있을 줄 알았는데 이상하다.

그 반대의 일이 벌어지고 있기 때문이다.

캐서린이 이선을 다시 만났다고 했을 때 깜짝 놀랐다. 캐서린과 이선이 만난 지 1주년이 되는 기념일에 내가 러시아산 보드카 한 병을 사서 이선에게 한잔 권했는데 너무도 원한다는 듯 고개를 끄덕이는 모습을 보고 이제 더는 이선을 보지 못할 수도 있겠다고 생각했다.

5번 테이블 손님들이 일어나서 계산대로 향했다. 나는 그들이 식당을 나갈 때까지 기다렸다가 어질러진 테이블로 가서 치우기 시작했다. 시야 구석으로 누군가 다가오는 걸 알아차린 순간, 가슴이 철렁 내려앉았다. 무슨 일이 벌어질지 알 것 같았다.

멜라니가 빈 주스 잔과 물잔을 쌓았다.

"고마워." 내가 말했다.

"너만 고생할 필요는 없잖아?"

전부터 멜라니가 계속 함께 놀자고 했을 때 나도 정말 나가고 싶었다. 하지만 술은 경계를 쉽게 무너뜨리고 여자들은 비밀을 털어놓으려 한다. 나 역시 술에 취해 용서할 수 없는 실수를 저지를 수 있다. 물론 처음이나 두 번째는 잘 지나가겠지만 결국에는.

캐서린은 내가 하는 말을 잘 듣는 편이다. 우리는 모녀로서 위아래가 있고 당연히 지금은 더 평등해지긴 했지만, 여전히 캐서린은 내가 그은 선을 넘으려고 하지 않는다.

멜라니와 나 사이엔 그런 선이 없다.

언제든 사라져야 한다면 지켜야 할 규칙이 하나 더 있다. 누구와도 가깝게 지내지 말 것. 그러지 않으면 나중에 날 찾으려고 할 수도 있다.

"진짜 손님 없다. 우리도 좀 쉬면서 커피 한잔할까?"

어쨌든 멜라니는 내가 밖에서 만나주지 않으니 바로 이곳에서 커피 한잔을 권했다.

"그러면 좋은데." 나는 아쉽다는 듯 한숨을 내쉬었다.

"오늘 좀 일찍 퇴근하려고. 할 일이 산더미야."

멜라니는 똑똑하다. 내가 자기를 얼마나 좋아하는지 분명히 알 것이다. 그러니 내가 계속 거절할 때마다 그녀로서는 혼란스러울 수밖에 없다.

"필요하면 언제든 말해." 멜라니는 이렇게 대답할 뿐이었다. 그리고 테이블 위 구겨진 냅킨을 들어 치웠다. 우리 손은 피부색만 빼면 누구의 손인지 분간이 어렵다. 웨이트리스라면 손톱은 짧고 깔끔하게 유지해야 한다. 반지나 팔찌를 끼는 건 꿈도 꾸지 말아야 한다. 갈라지거나 튀어나온 부분이 음식에 닿아 긁어놓을 수 있기 때문이다. 갖고 있는 가장 좋은 보석에서 누군가 먹은 끈적한 프렌치토스트 부스러기를 파내는 것만큼은 피해야 한다.

정말로 일찍 퇴근할 생각은 없었지만 이제 별수 없게 됐다. 카운터로 가서 아랫부분부터 흔들리던 스툴을 고치고 있는 샘에게 이제 가도 괜찮을지 물었다. 샘이 알겠다는 듯 끙 하는 소리를 내서 나는 직원 휴게실로 향했다. 비밀번호를 풀어 사물함을 열고 가방을 꺼냈다. 그리고 뒤를 돌아봤다.

가끔 나는 내 딸에게 보이고 싶지 않은 것들을 여기에 보관한다. 캐서린이 존스 홉킨스 병원에서 일자리를 제안받았을 때는 제임스의 가석방 공판 직전이었다. 나는 빌린 책 한 권을 여기에 보관했다. 《알츠하이머병 이해하기》라는 이 책 덕분에 나는 제임스가 가석방되더라도 캐서린을 안전하게 보호할 수 있도록 병을 위장해야겠다고 결심할 수 있었다. 여기엔 심지어 가짜로 보여줄 수 있는 증상까지 상세히 설명돼 있다.

사물함 안쪽에는 내가 보관하고 있는 다른 게 하나 더 있다. 대포 폰이다. 누군가 이걸 찾아낸다 해도 놀랄 건 없다. 나와 관련시킬 만한 게 전혀 없을뿐더러 손님이 두고 간 전화기를 돌려줄 때까지 보관했을 뿐이라고 변명할 수 있다.

그래도 비밀로 하고 싶다.

이 휴대전화를 소지한 지는 오래됐다. 몇 년은 된 것 같다. 하지만 단 한 번도 이걸로 전화가 온 적은 없다.

이건 사용하려고 산 게 아니다.

이 전화기는 언제 터질지 모르는 도화선이다.

누군가 이 번호로 전화해 나에 관해 물어본다면, 그때 나는 내 마지막 방어선이 무너졌다는 걸 알 수 있다.

일터에 올 때마다 이 휴대전화로 메시지가 왔는지 확인한다.

지금도 벽에 꽂힌 충전기에 연결해서 전원을 켜고 화면이 나타나길 기다리는 중이다.

화면에 나타난 문구가 나를 공포에 가뒀다.

**부재중 전화 1**

정신없이 통화 이력을 확인해 언제 어디서 온 전화인지 살펴봤다. 어제저녁 7시쯤에 존 퀸런이라는 남자에게서 온 전화다.

메시지는 없다.

다시 벨이 울리지는 않는지 전화기를 내려다봤다. 그 소리는 마치 내 손에서 폭탄이 터지는 듯 느껴질 것이다.

조용하다.

잘못 걸려온 전화구나, 하고 스스로를 안심시켰다. 이 대포 폰 번호는 끝자리 두 개만 바꾸면 필라델피아에 있는 어느 바쁜 법률 회사 번호라서 잘못 걸린 전화를 몇 번 받은 적이 있다. 존 퀸런은 법률 회사에 전화하려고 걸었다가 '삐 소리가 나면 메시지를 남겨주세요'라는 평범한 자동 응답 메시지를 듣고 아니라는 걸 깨달아 곧바로 끊었을 것이다. 그래서 다시 걸지도 않았다.

대포 폰을 사물함 안쪽에 넣었다가 직접 갖고 있기로 마음을 바꿔 충전기와 함께 핸드백에 넣었다.

대포 폰으로 온 전화를 못 받는 건 캐서린이 대포 폰을 찾아내는 것보다 훨씬 더 위험하기 때문이다.

멜라니에게 손을 흔들고 식당을 나오면서 너무 밝게 인사해주는 그녀를 향한 미안한 마음을 애써 억눌렀다.

보도를 따라 걷다가 버스 정류장 앞에 섰다. 두 발에 번갈아가며 힘을 주니 피로가 사라졌다. 핸드백 안쪽 지퍼에 있는 작은 검은색 플립형 전화기를 예민하게 느끼고 있다.

만약 이 휴대전화가 울리고 발신자가 다이앤 브라운을 찾는다면 그는 분명 나에 관한 정보를 구하고 있을 것이다.

다이앤 브라운이라는 사람은 존재하지 않는다. 그 이름은 내가 여기저기 심어놓은 덫이다. 나는 그 이름과 대포 폰 전화번호를 아파트 임대 계약서나 이력서 등에 적어 누군가 내 과거를 캐거나 나를 추적하려고 할 때 알 수 있게 해뒀다.

'그래, 잘못 걸린 거야.' 나는 눈을 부릅뜬 채 주변을 두리번거리며 다시 되뇌었다.

버스에 올라타고도 여전히 자리에 앉지 못했다. 뒷문 근처에 은색 난간을 붙잡고 서서 고개를 홱홱 돌려가며 승객들의 얼굴을 일일이 확인했다. 십자말풀이에 열중한 내 맞은편 여자는 찌푸린 얼굴로 빈칸을 노려보며 연필 끝에 달린 고무지우개를 신문지 위에 톡톡 두드렸다.

종이를 때리는 희미한 지우개 소리와 박자가 나를 과거로 데려갔다. 똑―딱.

숨이 턱 막혔고 버스가 들썩거리며 앞으로 나아갔다. 캐서린은 안전해, 나는 속으로 말했다. 오전 9시 전에 이선의 집에서 나왔으니까 지금쯤 집에 있을 거야. 나도 곧 집에 도착할 테고. 아무도 우리를 해치지 않을 거야.

일곱 정거장만 지나면 버스에서 내린다. 익숙한 거리를 걸으며 선글라스 뒤에 숨긴 두 눈으로 주변을 경계할 것이다. 주차장에 세워진 모든 차를 살펴보고 호신용 스프레이를 꺼내 손에 든 채 4층까지 계단으로 올라가야지.

난 우리가 완벽하게 안전하다고 해도 이렇게 행동할 것이다. 그저 또 다른 예방책일 뿐이다.

집에 가서 옷을 갈아입은 뒤 보네빌을 타고 도서관에 가서 확인 작업을 해야겠다. 나와 캐서린은 오늘 저녁에 타코처럼 재미있게 만들 수 있는 음식을 해 먹고 소파에 나란히 앉아 TV 쇼를 볼 것이다. 우리의 관계는 따뜻하고 친숙했던 때로 금방 돌아갈 것이다.

아무도 우리를 찾아낼 수 없다. 나는 지난 24년간 잘 숨어왔다.

크고 무거운 와이퍼가 버스 앞 유리를 가로지르며 밀어내는 소리를 듣고서야 밖에 비가 내린다는 걸 깨달았다.

똑―딱, 똑―딱.

두려움이 온몸에 스며들었다. 나는 덜덜 떨기 시작했다. 뭔가가 끔찍하게 잘못됐다. 다시 고개를 돌려 버스에 탄 얼굴들을 바라봤다.

여자는 아직도 연필로 신문을 두드리고 있다. 똑―딱, 하고 와이퍼가 움직이는 박자에 맞춰 속삭였다.

제임스가 점점 가까워진다. 이런 조짐들만 봐도 나는 알 수 있다. 뼛속부터 느낄 수 있다.

버스 출구에 가까이 갈수록 긴장이 심해지는 걸 느꼈다. 핸드백 안에 손을 넣어 호신용 스프레이를 마구 찾았다.

그리고 나는 가장 기본적인 규칙 하나를 깼다.

휴대전화를 들어 제임스 베이츠를 검색했다. 검색 결과 화면이 빠르게 나타났다. 제일 위에 뜬 〈볼티모어 선〉의 온라인 기사를 클릭했다.

내가 오전 근무를 막 시작할 때 올라온 글이었다.

그리고 평생 가장 두려워하던 소식을 읽었다.

'오크힐 고등학교 살인범, 오늘 가석방'이라는 머리기사 아래 나를 노려보고 있는 제임스의 사진이 실려 있었다.


## 25. 캐서린

오전 9시가 되기 전에 집에 도착한 나는 신발을 벗어 던지고 곧장 화장실로 샤워하러 들어갔다. 최대한 빨리 내 몸에 남아 있는 이선의 체취를 벗겨버리고 싶었다.

수도꼭지를 돌려 물을 먼저 틀었다. 따뜻한 물이 나오기까지 항상 몇 분 정도 걸리기 때문에 내 방으로 들어가 벗은 옷들을 빨래 바구니에 던져 넣었다. 방은 어제 내가 떠날 때 그대로였다. 침대 위에는 크림색 이불이 매끄럽게 펼쳐져 있고 불은 모두 꺼져 있었다. 〈홈 에딧〉이라는 프로그램을 보고 무지개 효과를 보겠다며 엄마를 따라 정리한 대로 옷장에는 옷들이 색깔별로 걸려 있었다.

잠시 서서 방 안을 둘러봤다. 뭔가 기분이 언짢았다. 이상한 일이지만 누군가 방에 들어와 손으로 옷들 사이를 훑고 선반 위 책

제목들을 살펴보고 침대 옆 테이블에 올려진 어릴 적 나와 젊은 엄마를 찍은 사진을 한참 바라본 것 같은 오싹한 기분이 들었다.

피해망상이야, 하고 중얼거리며 샤워를 하러 나갔다.

커튼을 들어 올리고 욕조 안으로 들어가자마자 따뜻한 물줄기가 몸을 때렸다. 기분이 나아졌다. 엄마가 할인점에서 소매가보다 덜 주고 사 온 고급 샴푸로 머리에 거품을 내고 헹궜다. 머리카락이 헤어 컨디셔너를 흡수하는 동안 다리를 면도했다.

수건으로 머리를 감싸고 수증기 가득한 욕실에서 나와 피부에 로션을 발랐다. 딱히 새로운 여자처럼 느껴지진 않았지만, 적어도 오늘 하루와 맞설 준비는 마쳤다.

지금부터 혼자 있을 내 시간을 최대한 잘 활용해 보고자 한다.

셔츠 원피스를 입고 머리카락은 자연 건조하기로 했다. 집 안이 답답한 것 같아서 내 방과 거실 창문을 조금씩 열었다. 아침 식사를 위해 주방으로 갔다. 어제 낮에 내가 만든 팝콘 외에는 이선이 권한 진과 토르티야 칩을 먹은 게 다여서 배가 너무 고팠다.

주방 조리대에 쿠킹 포일로 감싼 접시가 있고 위에는 포스트잇 쪽지가 붙어 있었다.

파란색 하트 하나가 그려져 있었다. 포일을 벗겨보니 스크램블 에그와 내가 좋아하는 비건 소시지와 구운 에브리싱 베이글이었다. 반쯤 채워진 커피 주전자는 보온으로 설정돼 있고 달걀에 케첩을 뿌려 먹는 걸 좋아하는 나를 위해 접시 옆에는 케첩 병이 놓여 있었다.

엄마는 나와 달리 채식을 안 하는 걸로 알고 있는데, 아마도 나를 위해 일부러 사 온 게 분명했다. 달걀 요리를 할 때 쓴 팬이 식기 건조대에 있는 걸 보니 엄마가 출근 전에 시간을 들여 설거지까지 해놓고 나간 모양이었다.

엄마는 아침 식사를 하지 않는다. 동이 트자마자 일어나 나를 위해 아침 식사를 준비한 뒤 버스 정류장까지 걸어갔을 것이다.

엄마가 그려놓은 하트를 보자 눈물이 차올랐다.

누군가를 아플 정도로 꽉 껴안아 주고 싶을 만큼 사랑하면서 동시에 이렇게 깊이 화가 날 수도 있는지 나는 몰랐다.

목이 멜 때까지 울고 나서 엄마가 접시 옆에 둔 종이 냅킨으로 코를 풀었다.

지금 나와 엄마 사이에 무슨 일이 일어나고 있는지, 앞으로 전처럼 지낼 수 있을지 모르겠다. 이제부터 내가 엄마의 진짜 과거를 찾아낼 때까지 과연 어떻게 흘러갈지 전혀 감이 안 왔다.

음식을 데우기 위해 전자레인지에 넣고 엄마와 수많은 시간을 보내며 식사했던 나무 테이블 앞에 앉았다. 혼자서 마지막 부스러기까지 남기지 않고 싹싹 긁어 먹었다.

접시와 포크를 설거지해 두고 커피를 두 잔째 따른 뒤 노트북을 꺼내 다시 검색을 시작했다. 다이앤 브라운이라는 사람에게 한 번 더 전화해 보고 싶은 마음이 굴뚝같았지만, 전화 간격을 몇 시간 정도 두기로 했다. *67을 사용해 발신 번호가 표시되지 않도록 할 수도 있지만 어차피 그녀가 전화를 받지 않거나 그냥 끊어버리는 전화를 계속 받으면 나중에는 정말로 나를 의심할 수도 있을 터였다.

어제 오전에는 루스 스털링이라는 이름을 오래 검색했다. 맞는지도 모르는 해변에서 특정한 모래 한 알을 찾는 기분이었다. 많은 부고 기사가 나왔는데, 그 와중에 몇몇은 나이나 사진, 직업이나 결혼 여부 등 기본적인 사항이 잘못 기재돼 있어 그마저도 제대로 건지지 못했다. 오늘은 엄마가 태어난 달, 버지니아, 그리고 '웨이트리스'라는 단어 등을 조합해서 검색했을 때 나올 수 있는 결과 범위를 좁혀보려고 한다.

그렇게 몇 가지 단서를 찾았으나 오히려 미궁 속으로 들어갈 뿐이었다.

결국 나는 조금 거칠게 노트북을 닫고 한 손으로 뒷목을 주물렀다.

너무 오랫동안 컴퓨터 화면을 들여다본 데다 어제 마신 진 이후로 딱히 수분 보충을 하지 않아서 그런지 기분이 언짢고 두통도 조금 있는 것 같았다. 수납장에서 유리잔을, 냉장고에서 브리타 피처를 꺼냈다. 물을 한 컵 가득 따라 벌컥벌컥 마시고 다시 한 컵 따랐다.

피처 안에 물이 별로 남지 않자 뚜껑을 열어 싱크대 수도꼭지 아래에 갖다 댔다. 언젠가는 나도 수도꼭지를 틀면 바로 깨끗하게 정제된 물이 나오는 곳에서 살고 싶지만 지금 당장은 그저 꿈만 꿀 뿐이다.

쏟아지는 물줄기에서 작은 도자기 반지 걸이로 시선을 옮겼다. 내가 기억하는 한 엄마가 예전부터 사용해 온 물건이다.

엄마가 일하러 가거나 설거지할 때 주로 이 뾰족한 도자기 걸이 꼭대기에 꽂아두는 토파즈 반지가 보였다. 어렸을 때 그 반지를 끼게 해달라고 엄마를 조르곤 했다. 엄마는 단 한 번도 허락하지 않았다. 내가 그 직사각형 원석을 만지기만 해도 섬세하게 세공된 거라며 손을 홱 하고 치웠다.

엄마는 그 반지가 100만 달러 정도의 가치가 있는 것처럼 행동하지만 보석 중에서도 토파즈는 비교적 저렴한 편이다. 내가 10학년이던 열여섯 살 때 옛 친구 알리야가 생일 선물로 아버지에게 토파즈 귀걸이 한 쌍을 받았기 때문에 알고 있다. 우리가 이사 가기 바로 전이었고 그녀의 부모님은 더 사치스러운 건 엄두도 내지 못했을 것이다.

피처에서 물이 넘쳐 손에 흘렀다. 하지만 움직일 수 없었다.

나는 알리야가 부모님에게 반짝이는 은색 포장지로 싼 작은 네모 상자를 건네받던 때로 돌아가 있었다. 우리는 모두 알리야네 집에서 저녁을 먹고 생일 케이크에 초를 불 때 축하해 줬다.

알리야의 아버지는 선물을 뜯자마자 귀걸이를 차보며 활짝 웃는 딸의 사진을 찍었다.

'생일 축하한다, 우리 딸.' 알리야의 엄마가 말했다. 알리야는 그날 막 열다섯 살이 됐다. 그때가 11월 초였다.

엄마의 반지가 다시 눈에 들어왔다. 처음 보는 것처럼 낯설었다.

때때로 우리가 계속 찾고 있던 것이 알고 보면 바로 눈앞에 있을 때가 있다. 그저 잠재의식 속에서 인정하고 싶지 않기 때문에 단서를 놓치는지도 모른다.

어쩌면 결국 엄마도 부적처럼 여기는 물건을 과거로부터 갖고 왔을 수 있다. 바로 반지다.

분명 엄마는 생일이 8월 2일이라고 했다.

하지만 토파즈는 11월의 탄생석이다.

나는 최면에 걸린 듯 물을 잠그고 무거운 피처를 그대로 싱크대에 뒀다. 젖은 손을 닦고 다시 노트북 앞으로 갔다.

이제 엄마가 하는 말은 한마디도 믿을 수가 없다.

물론 생일도 거짓으로 알려줬을 수 있다. 그러나 맹목적으로 믿었던 나는 그런 기본적인 사항에는 의문을 품을 생각조차 하지 않았다. 엄마가 그 반지를 좋아한 건, 숨긴 진실을 보여주기 때문이 아니라 그저 예뻐서라고 생각했다. 무의식적인 공모자처럼 엄마의 거짓을 지원하는 이야기를 마음속에서 만들어낸 것이다.

8월 2일을 축하하기 위해 판지로 만든 생일 카드에 그렸던 수많은 풍선과 직접 구운 초콜릿 컵케이크들. 전부 다 거짓이었을까?

마음속에서부터 깊은 분노가 다시 천천히 타오르기 시작했다. 나는 주먹을 쥐었다 펴기를 반복했다.

엄마는 또 무엇을 꾸며냈을까? 아마 이름마저도….

나도 모르게 자리에서 벌떡 일어났다. 지금 떠오른 이 생각에 나를 덮칠 수 있는 독이라도 있다는 듯 테이블을 뛰쳐나와 뒷걸음질 쳤다. 리갈패드를 가지러 천천히 걷는 동안 심장이 빠르게 뛰었다. 어제 엄마의 이름을 검색하다가 우연히 발견한 게 하나 있다. 지금 다시 확인해야 한다. 엄마의 이름과 생일이 완벽하게 맞아떨어지는 검색 결과가 하나 있었다….

나는 리갈패드를 앞장으로 넘겨 끄적거린 메모들을 모두 훑었다. 그리고 한 장 더 앞으로 넘겼다. 내 안에서 조바심이 부풀어 올랐다. 분명히 여기에 있다. 찾아야 한다. 아닌 줄 알고 줄을 그어두긴 했지만, 다시 보면….

드디어 눈앞에 나타났다. 검정 펜으로 그어놓은 줄 밑에 있었다.

~~루스 메리 스털링, 위스콘신, 엄마와 같은 생일. 열두 살 사망.~~

나는 너무 떨려서 패드를 떨어뜨렸다.

엄마의 진짜 이름은 스털링이 아니다.

엄마는 밝은 갈색 피부를 갖고 있지만 흰색이라고 주장했다. 여러 서류에 그렇게 적는 걸 본 적이 있다. 하지만 분명 일부는 라틴계 여성처럼 보였다. 나도 엄마의 피부색을 물려받았다. 첼시와 알리야와 나는 언젠가 팔뚝을 일렬로 늘어놓은 적이 있었다. 흰색, 검은색, 그리고 갈색. 내가 바로 가운데 색이었다. 이선마저도 우리가 처음 만났을 때 내가 완전히 백인이라고 하자 꽤 놀란 표정을 지었다.

내가 균형을 잃고 쓰러지게 하려는 듯 바닥이 마구 흔들리는 것 같았다.

테이블로 다가가 천천히 의자에 앉았다.

루스 메리 스털링은 오래전에 죽었다. 그럼, 우리 엄마는 누구지?

답이 딱 나왔다. 엄마는 루스 스털링의 신원을 도용한 여자다.

신원 도용은 사망 이후에 할 수 있다. 선라이즈에서도 몇 번이나 겪었을 정도로 꽤 흔한 일이다.

엄마는 나를 열여덟 살에 낳았다고 했다.

하지만 루스의 신원을 훔친 거라면 그녀의 정확한 나이까지도 가져왔을 것이다.

이름, 생일, 나이, 인종…. 일반적으로 사람들이 병원이나 정부 관련 서류에 처음으로 적는, 우리가 누군지 정확히 알려줄 수 있는 핵심적인 사항들이다.

나는 이제 엄마가 진짜 누구인지 모르겠다.

마음이 지금 당장 도망치라고, 최대한 빨리 벗어나라고 아우성쳤다. 아드레날린이 몸을 지배하기 시작하며 움직일 힘을 줬다. 나는 방으로 뛰어가 배낭을 꺼내 침대 위에 옛날 학교 공책들과 펜들을 쏟아냈다. 옷가지 몇 벌을 아무렇게나 밀어 넣고 지퍼를 잠갔다. 칫솔이 생각나 화장실로 뛰어갔다. 거울 속에 비친 내 모습을 보고 순간 멈칫했다. 커다란 두 눈은 흥분한 상태였다.

자신을 루스 스털링이라고 부르는 여자는 누구일까? 우리 엄마가 맞긴 한 걸까?

적어도 거울은 내게 확실한 답을 줬다. 나는 엄마와 똑 닮은 입술과 높고 밋밋한 광대를 가졌다. 엄마가 우리 삶을 일거수일투족 조종했는지는 몰라도 내 얼굴 모습을 결정하는 유전자에까지 영향을 미칠 수는 없다.

나는 바닥에 털썩 내려앉아 두 팔로 다리를 감싸며 웅크렸다.

어릴 때 공포 영화 중에서도 집 안에 괴물이 있는 영화를 제일 좋아했다. 아무것도 모르고 있는 여주인공에게 지하실에서 나오라고 화면을 향해 소리를 지르면서도 어떻게 바로 뒤에서 서서히 다가오는 어두운 그림자를 모를 수 있는지 믿을 수가 없었다.

그런 영화는 언제나 엄마와 나란히 앉아 갑자기 무서운 장면이 나올 때마다 서로를 붙잡으며 보곤 했다.

"엄마에 관한 건 모두 가짜네." 작은 목소리로 소리 내어 말했다. 중얼거려서라도 그 사실을 내 귀로 들어야 했다.

생각할 게 너무 많아지자 그저 바로 여기, 파란 욕조 매트 위에서 눈을 감고 잠이 들고 싶었다.

하지만 그건 올바른 도피가 아니었다. 어떻게든 의지를 끌어모아 여기서 벗어나야 했다. 어디로 갈 수 있을까?

그때 등골이 서늘해지는 소리가 들렸다.

엄마는 일하고 있어서 앞으로 몇 시간 동안은 집에 올 수 없을 텐데? 혼자 있을 시간이 더 많다고 생각했다.

현관 열쇠 구멍을 휘젓는 소리가 들렸다.


## 26. 루스

휴대전화 화면 속 선명하지 않은 제임스의 사진을 본 순간 나는 미친 듯이 하차 벨을 눌러 버스를 세웠다. 문이 활짝 열리지 않았는데도 계단을 뛰어내려 보도에 착지했다.

두 눈을 크게 뜨고 주변을 둘러봤다. 버스 정류장에는 파란색-

금색 사리를 입은 여자가 유아차를 앞뒤로 밀며 내가 알아듣지 못하는 언어로 노래를 불렀다. 타운하우스 계단에 10대 두 명이 앉아 담배를 태우며 하얗고 성긴 연기를 뱉어냈다. 스쿠터를 탄 배달원이 뒷자리에 중국 음식이 담긴 플라스틱 상자를 메고 내 앞을 휙 하고 지나갔다. 곧 튀긴 음식 냄새가 대기를 떠돌았다.

한 마른 남자가 정확히 나를 향해 걸어왔다. 선글라스를 꼈고 머리카락은 모래 빛깔이었다. 심장이 터질 것만 같던 나는 가까이에 있는 가게 앞으로 가서 다른 사람들과 섞였다.

가까워지는 남자를 보니 나이는 많아 봤자 열아홉 살 정도로 보였다. 내가 마지막으로 봤던 제임스의 나이다. 다시 보도로 나와 집으로 향하는 두 다리가 심하게 떨렸다.

정신을 바짝 차려야 한다. 지금 밀려오는 공포와 맞서 싸우기 위해 내 모든 의지를 끌어와야 한다.

"캐서린을 보호해야 해."

이날이 올 걸 대비해 그동안 준비해 둔 것들에 집중하기 시작하며 소리 내어 말했다.

캐서린이 모르는 내 비상용 은행 계좌에 740달러가 있다. 나는 우리 차 조수석 아래에 현금 인출용 카드를 테이프로 붙여놨다.

이제 그 현금이 필요하다.

집으로 가는 길을 우회하려고 버스에서 일찍 내린 건 아니었다. 변호사를 만나야 한다. 이미 연락할 만한 변호사도 알아뒀다. 제임스가 가석방된다는 걸 알았을 때부터 계속 검색한 나는 변호사의 연락처를 휴대전화에 저장해 둔 참이었다.

쉬지 않고 주변을 두리번거리며 씩씩하게 걸었다. 뒤에서 한 차가 시끄럽게 경적을 울려서 순간 움찔했지만 발걸음을 멈추지 않았다.

'캐서린을 보호해.'

이 문장은 내 안에서 주문이 됐다. 지금부터 내가 하는 모든 행동은 나와 내 딸을 두르는 또 다른 강철 우리를 세우기 위함이다.

나는 본능적으로 대포 폰을 핸드백 안에 챙겨 온 걸 다행으로 여겼다. 지금부터 할 대화를 위해 추적할 수 없는 전화기를 처음으로 사용해야 한다.

변호사 사무실로 전화를 걸었다. 신호음이 세 번 울린 후 변호사가 직접 전화를 받았다. 내가 감당할 수 있는 변호사라면 직원을 쓸 만큼 큰 수입은 없을 테니 말이 된다. 그래도 내 비밀 현금은 얼마 가지 않아 모자랄 테지만.

나는 내가 프랭클린 코치의 친척으로, 우리 가족이 이제 정말 제임스가 자유의 몸이 된 것이 맞는지 너무 궁금해한다는 거짓 이야기를 만들어냈다.

"그동안 저희가 얼마나 힘들었는지 절대 이해 못 하실 거예요." 목소리에 묻어나는 감정을 굳이 숨길 필요도 없이 변호사에게 털어놨다.

"그저 제임스가 어디에서 살게 되는지만 알고 싶어요. 우리 아버지가 편의점 같은 데서 제임스와 마주치지 않기를 바라니까요. 만약 그런 일이 생긴다면 우리 아버지는 진짜 돌아가실 수도 있어요. 지금 건강이 무척 안 좋으시거든요."

나는 쨍그랑거리며 금속 쓰레기통 뚜껑을 닫는 환경미화원을 지나 시끄럽게 웃으며 보도를 뛰어오는 아이들을 피하려고 모퉁이를 돌았다. 이제 소음이나 동작 때문에 방해받을 일은 없다. 내 목적은 절대적이다.

딸아이의 평생을 위해 오늘을 준비해 왔다.

"어려운 일이네요." 변호사는 혀를 치아에 부딪치는 소리를 내며 대답했다.

"그러니까, 지금 이렇게 말씀드리면 제가 일자리를 잃을 수도 있겠지만요, 의뢰인분의 가족은 피해자 가족 자격으로 검찰에 연락해 볼 수 있어요. 그들은 출소자가 이동할 때마다 피해자들에게 알려줄 수 있거든요. 물론 무료로요."

나도 그건 이미 알고 있다. 하지만 그런 서비스를 신청하려면 내가 누구에게도 털어놓지 못하는 내 정보를 써내야 한다. 그런 정보들은 나와 직접적으로 연결되는 단서들을 흘릴 것이고, 제임스가 아니더라도 경찰은 분명 발견할 것이다.

"우린 이걸 조용히 처리하고 싶어서요."

변호사는 한동안 아무 말도 하지 않았다. 혹시 변호사가 내가 제임스의 위치 정보를 당국에 보고하지 않고 얻으려는 다른 이유라도 있나 의심하는 건 아닐까 궁금했다.

어떤 가족은 복수를 상상만 하는 것 이상으로 행동해야 한다.

나라면 제임스가 캐서린 쪽으로 숨만 쉬어도 당장 그렇게 할 테니까.

"아마 가석방된 출소자들은 더 깐깐하게 감시할 거예요. 일단

은 볼티모어에 있는 사회 복귀 훈련 시설에 들어갈 겁니다. 가석
방 담당자에게 계속 보고해야 할 거고요. 아무 데나 쏘다니면서
의뢰인분 가족을 신경 쓰게 하지는 못할 거예요."

변호사는 내가 무슨 말을 하려고 하는지 다 안다는 듯 계속 이
어갔다.

"아무튼 좋아요. 물론이죠. 제가 알아보겠습니다. 출소자의 전체
이름을 주시고, 혹시 죄수 번호도 알면 주세요. 도움이 될 겁니다."

그 정보라면 도서관에서 확인 작업을 하는 동안 주州 웹사이
트에서 쉽게 찾았기 때문에 이미 공책에는 그보다 많은 걸 변호사
이름과 함께 적어뒀다. 어떤 집 주소처럼 보이도록 위장해 놓기까
지 했다.

"저는 이제 증언 조사를 받으러…." 잠시 말을 멈춘 변호사가
손목시계를 확인하는 모습을 상상했다. "30분 후에 나가야 해서
요. 내일 아침까지는 알아보지 못할 겁니다. 괜찮으시겠어요?"

제임스는 아직 석방되지도 않았다. 무슨 영화에서처럼 그 커
다란 대문이 오전 9시 정각에 칼같이 열려 제임스가 혼자 걸어 나
올 수 있는 그런 상황이 아니다. 교도소들은 각각 일정대로 움직
인다. 어떤 특정 수감자를 따로 다루는 것도 아니다. 서류 작업부
터 현재 모습을 사진으로 찍어두는 등 여러 절차를 거치고 나서야
제임스는 지내게 될 곳으로 이동할 것이다. 그 모습을 찍기 위해 기
자들이 와 있을 수도 있다. 모두 조사해 뒀다. 확실하다.

제임스는 내가 집을 나왔을 때보다 더 가진 게 없다. 출소하면
서 어느 정도 수당은 받겠지만 그렇다고 오늘 밤 당장 나를 찾아

낼 수는 없을 것이다.

"내일 좋아요. 수수료는 얼마일까요?" 내가 물었다.

"이 일은, 250이면 되겠네요."

나는 빠듯한 예산에서 짜낸 1달러와 5달러짜리를 매주 은행에 입금해 둔 걸 떠올렸다.

"페이팔로 결제해도 되나요?"

페이팔은 모르는 사람에게 결제할 수 있는 손쉬운 방법이다. 메일 주소만 있으면 되는데, 나는 이미 이걸 위해 하나 만들어 뒀다. 선불 비자 카드를 사서 거래할 때 사용하면 된다. 이날을 위해 어찌나 오랫동안 준비해 왔던지, 나는 정확히 뭘 해야 할지 이미 알고 있다.

"네. 하지만 제가 베이츠 씨 정보를 알아낼 수 있는지 기다려 주세요. 전화번호 남겨주시면 제가…."

나는 아파트 건물로 들어가면서 변호사의 말을 끊었다.

"제가 내일 아침에 전화할게요."

제임스는 다른 주에 있어. 나는 수백 번도 넘게 되뇌었다. 만약 제임스가 내가 어디에 살고 있을지 생각해 본다 해도, 떠올리는 것은 캘리포니아 해변이나 로마 외곽에 있는 작은 마을 정도일 것이다. 이렇게 가까이에서 살고 있을 거라고는 절대 예상하지 못할 것이다. 어느 누구라도.

로비 문을 열고 건물 뒤쪽으로 걸어가 입주자를 위한 회색 금속 우편함으로 향했다. 우리 집 우편함을 열어 스털링이라고 적힌 작은 흰색 이름표를 빼내 아무것도 쓰여 있지 않은 뒷면으로 돌려

끼웠다. 그러고는 우편함을 잠근 뒤 이동했다.

우체부는 우리가 406호에 사는 걸 안다. 누가 새로 이사 오지 않는 한 아마 우편함 이름도 확인하지 않고 우편물을 넣어둘 것이다. 뭔가 이상하다고는 눈치채지 못하리라.

하지만 제임스가 어떻게든 내 새로운 이름을 찾아내고 이 건물에 살고 있다는 것도 알게 되면, 적어도 정확한 호수는 바로 알아내기 힘들게 만들어둬야 한다.

호신용 스프레이를 가방에서 꺼내 노즐이 얼굴 바깥쪽을 향하도록 하고 계단을 걸어 올라갔다. 보통 사람들이 그러듯 안쪽으로 붙지 않고 벽 쪽으로 크게 돌았다.

우리 집 층에 도착한 나는 계단실 문을 끼익 하고 열어 복도를 내다봤다. 아무도 없다. 집으로 빠르게 걸어가며 옆집에서 나는 TV 소리에 감사했다. 근처에 누군가 있다는 뜻이니까.

현관문을 열고 들어가 등 뒤로 닫은 뒤 데드볼트를 돌리고 체인을 당겼다.

집에 캐서린이 있는 걸 알고 있다. 마지막으로 위치를 확인했을 때, 그러니까 지금부터 5분도 채 되지 않는 시점에 집이었다.

그런데 아무 소리도 들리지 않았다.

집이 작아서만은 아니다. 보통은 집에 들어오면 캐서린이 보이지 않아도 집 안 어딘가에 있다는 걸 쉽게 알아챈다. 엄마의 본능이거나 무슨 유령 탯줄처럼 나와 캐서린 사이에 연결된 보이지 않는 끈 정도라고 해두자.

그런데 지금은 캐서린을 전혀 감지할 수가 없다.

천천히 호신용 스프레이를 앞으로 들고 조용하게 발걸음을 옮기며 주방과 거실을 살펴봤다.

아무도 없다. 내가 캐서린을 위해 만들어 둔 아침 식사 쟁반은 사라졌다.

침실 문이 두 개 다 열려 있었다. 어쩌면 침대에서 자고 있을 수도 있다. 그렇다면 캐서린이 집 안에 있어도 내가 감지하지 못할 법하다.

먼저 캐서린의 방을 지나쳤다. 모든 게 어젯밤 그대로다. 기다리던 캐서린이 문자메시지로 친구 집에서 자고 온다고 했을 때 혼자 남겨진 나는 캐서린 방에 들어가 아이의 물건들 곁에 잠시 있었다.

화장실에 들어갔다가 헉하고 놀랐다. 캐서린이 두 눈을 감은 채 매트 위에 웅크리고 있었다. 피부가 도자기처럼 매끈해 순간 나는 밑도 끝도 없는 공포에 빠져들었다.

무릎을 꿇었다. 캐서린은 숨을 쉬었다.

"캐서린." 내 목소리가 이상하게 들렸다. 목청을 가다듬고 다시 불러봤다.

"아가야?"

캐서린의 눈꺼풀이 떨렸다.

"몸이 안 좋아요."

캐서린의 이마에 손을 갖다 댔다. 차갑다. 밤에 이선과 술을 너무 많이 마셔 숙취가 심한 걸까. 아니면 독감이라도 걸린 것일지 몰랐다.

호신용 스프레이를 주머니에 쑤셔 넣고 물었다.

"침대로 갈까?"

캐서린은 고개를 끄덕이며 내 팔을 잡고 천천히 일어났다. 우리는 발을 질질 끌며 느리게 복도로 나가 캐서린의 방에 도착했다. 침대 위에 캐서린이 메던 학교 배낭을 비워놓은 게 보였다. 다른 손으로 아이가 쓰던 공책들과 펜들을 한쪽으로 밀어두고 이불을 당겨 올렸다.

캐서린은 아주 늙은 여자처럼 움직이며 조심스럽게 이불 속으로 몸을 들였다.

이상하게 들릴지 모르겠지만 차라리 지금 캐서린이 아픈 게 다행이다. 어쨌든 당분간은 어디도 가지 못할 테니까.

침대맡에 있는 학교 용품들을 책상 위로 치웠다. 배낭은 옷장 안 바닥에 놨다. 가방 안에 아직 뭔가 남아 있었으나 캐서린이 나아지면 직접 정리하도록 그냥 뒀다.

눈을 감고 있는 캐서린은 다시 어린아이가 된 것처럼 너무 연약해 보였다.

"잠옷으로 갈아입을래?" 내가 물었다.

대답이 없다.

고개를 숙여 머리카락을 정리해 주자 캐서린이 흠칫했다.

"다시 올게." 내가 말했다.

주방으로 가 머그잔에 캐모마일 차를 탄 뒤 꿀을 한 순가락 넣고 크래커 몇 개를 찾았다. 비상약 보관함에서 찾은 애드빌 두 알과 함께 캐서린이 누워 있는 침대 옆 테이블에 올려두고 창가로

갔다. 물론 4층이긴 하지만 조금 열려 있는 게 마음에 걸렸다. 창문을 닫고 잠갔다.

돌아보니 캐서린은 나를 향해 눈을 살짝 뜨고 있다가 얼른 감았다. 내가 잘못 봤을 수도 있다.

오랫동안 딸아이를 바라봤다. 이불 속에서 움직이지 않고 조용했다.

결국 방에서 나오긴 했지만 문은 활짝 열어뒀다. 아직도 어깨에 메고 있던 핸드백을 이제야 서랍장 위에 올려두고 일할 때 입는 옷을 벗었다. 주머니에 있던 호신용 스프레이는 핸드백 안에 도로 넣었다. 오늘은 밖에 나갈 일이 없어서 운동복으로 갈아입었다.

늦은 점심 식사를 차리려고 거실을 가로질러 주방으로 가다가 바닥에서 캐서린의 리갈패드를 주워 노트북 위에 올려뒀다.

혹시 캐서린이 나중에 배가 고플 수도 있으니 넉넉하게 만들 생각으로 커다란 프로그레소 야채수프 캔을 땄다.

삼키는 게 쉽지 않았지만 일부러라도 내 몫을 간신히 비웠다. 어찌 됐든 나라도 약해지면 안 되기 때문이다.

캐서린이 싱크대 안에 그대로 둔 물이 가득 찬 브리타 피처를 냉장고에 넣고 설거지를 끝낸 나는 토파즈 반지를 끼고 캐서린을 살피러 가봤다. 캐서린은 조금도 움직이지 않은 듯 보였다.

아픈 두 다리를 올려두기 위해 내 침대에 누웠다. 깊이 집중하기엔 너무나 불안했지만 결국 공책을 꺼냈다.

이제 제임스도 풀려났으니 최대한 빨리 내 딸을 위해 모든 걸 적어야 한다. 혹시 내게 무슨 일이 생긴다 해도 나는 캐서린이 적어도 내가 누군지, 내가 왜 그랬어야 했는지는 알아주면 좋겠다.

타깃 매장에서 생활한 지 일주일이 지났을 때 나, 아바 모랄레스는 완전히 다른 사람으로 변했단다.

사무용품 진열대에서 가위를 빌려 허리까지 내려오는 머리카락을 턱선에 맞춰 잘랐어. 액세서리 진열대에서는 선글라스를 이것저것 써보다가 조금 큰 직사각형 모양이 위장하기에 제일 낫다는 걸 알았지.

원래는 화장하는 걸 좋아했지만 새로 변한 나는 그저 메이블린 압축 파우더만 발랐단다. 진한 눈썹 위에 바르면 눈썹 색이 조금 연해졌거든. 검은색-금색 파이리츠* 야구 모자는 가격표를 떼고 챙위를 발로 밟고 나니 새것 같지도 않고 내 새로운 모습을 완성해 주더구나.

키를 조금 높여줄 수 있는 굽 있는 신발로 바꿔볼까도 생각했다가 금방 접었단다. 하이힐을 신고 달리는 건 쉽지 않을 테니까.

새로운 루틴도 생겼어. 매장이 열리기 전에 아침을 먹고 도서관에서 먹을 점심 도시락까지 준비했지. 스키피 땅콩버터를 식빵에 발라 샌드위치를 만들고 바나나가 많이 달린 송이에서 한 개씩 빼왔어. 가끔은 라이프 세이버 사탕 봉지나 밀키웨이 초콜릿 바도 챙겼지.

건강 관리 진열대에서는 출산 전에 먹는 비타민을 챙겨서 매일

---

* 피츠버그의 프로 야구단.

밤 자기 전에 한 알씩 먹었단다.

첫 주가 끝나갈 때가 되니 매장이 어떻게 돌아가는지 잘 알게 됐어. 직원들은 매장 문을 닫고 9시가 조금 넘으면 모두 퇴근했어. 매장 입구에 보안등 두 개만 남기고 모든 조명을 껐지. 그때부터 다음 날 이른 아침까지, 타깃 매장 전체가 내 거였단다. 나는 아기 용품 진열대를 돌아다니면서 아주 작은 아기 옷이랑 턱받이 등을 구경하고 작은 아기 침대나 '점퍼루'라고 부르는 것도 살펴보면서 너에게 뭐가 필요할지 알아봤어. 어떨 때는 넉넉한 블라우스 아래에 베개를 넣고 임부복을 입어보기도 했지. 아이들 코너에는 빈백 의자가 있었어. 거기 웅크리고 앉아 손전등을 비추고 과자를 먹으며 〈피플〉이나 〈유에스 위클리〉 신간을 읽기도 했어. 그렇게 몇 분 동안 엔싱크 멤버들 이야기나 〈도슨의 청춘일기〉 배우들이 정말 사귀는지를 궁금해하는 그저 평범한 10대 소녀가 될 수 있었지.

잠에 들기 전에는 화장실 싱크대에서 스펀지로 몸을 닦았어. 머리를 감을 때면 플라스틱 컵에 물을 담아 붓고 또 붓고를 반복해서 거품을 씻어내야 했단다. 머리를 짧게 자르니 훨씬 쉬워지더구나.

혹시라도 청소부들이 내가 들어가 자던 원형 옷걸이 랙을 옮겨 카펫 아래를 청소할 수도 있을 것 같아서 또 다른 피난처를 찾았어. 청소부들이 출근하는 6시 반 직전에 장난감 통로에 있는 낮은 선반 위로 올라가 유아용 잔디깎이가 든 커다란 상자 뒤에 누웠단다.

청소부들이 떠나면 다시 원래 피난처로 돌아가 매장 문이 열리기를 기다렸어. 딱 한 명에게 걸린 적이 있긴 해. 내가 막 옷걸이 랙 안에서 나왔을 때 아주 일찍 장을 보러 나온 손님 한 명이랑 마주친 거야. 난 일어서지도 못하고 바닥에 쭈그려 있었어.

고개를 숙이고 신발 끈을 묶는 척했어. 제발 그 손님이 풀리지 않은 신발 끈을 알아채지 않기를 바라면서 말이야. 하지만 아무 일도 일어나지 않은 걸 보니 정말 그 손님은 속았나 봐.

타깃 매장에서 원하는 만큼 계속 살 수 없다는 걸 알았어. 아기는 조용히 해야 한다는 걸 이해하지 못하니까.

그래서 일주일 뒤에 나왔어. 이번에는 도서관용 도시락을 싸는 대신 더플백을 싸서 매장이 오픈하고 15분 후에 피난처에서 빠져나와 매장 입구로 갔지.

아무것도 사지 않고 나가는 것보다 덜 의심스러워 보이도록 계산대에서 껌 한 통을 샀어. 설령 직원들이 나를 붙잡고 가방 검사를 했더라도 훔쳤다고 할 만한 물건은 찾지 못했을 거야. 사용하던 손전등과 알람 시계는 다시 제자리에 갖다놨고 파이리츠 모자와 선글라스는 원래 내 것처럼 보였거든. 가방 안에는 원래 내 옷들만 들어 있었고 뜯어진 그래놀라 바나 매장 라벨이 안 붙어 있는 반쯤 남은 땅콩버터는 의심하지 않을 거라고 확신했어. 나는 언제나 불필요한 포장재 같은 건 미리 다 버렸거든. 혹시나 케이스 안에 전자 보안 태그가 들어 있을 수도 있으니까. 내가 버린 쓰레기는 손님들이 매장에서 버린 쓰레기랑 섞였지.

계산대 직원은 포도 맛 풍선껌을 계산하면서 나를 거의 보지도 않고 잔돈을 거슬러 줬어. 그런 뒤 나는 햇볕 아래 거리에 서 있었단다.

우선 몇 가지 할 일이 있었어. 먼저 코치가 차던 손목시계를 처

리해야 했어. 전당포에 맡길까도 생각해 봤는데 시계 뒤에 'DTF'라
고 이니셜이 새겨져 있었어. 위험할 정도로 특이했지.

그 시계에 귀신이 붙은 것 같은 기분도 들었어. 더플백을 머리
에 베고 잘 때 얇은 가방 천 너머로 시계가 희미하게 똑딱거리는 소
리가 끝없이 들렸거든. 나는 시계를 티셔츠로 감싸고 가방 맨 아래
에 놓은 뒤 다른 옷가지들로 덮었어. 그래도 그 소리를 없앨 수가
없었어. 내 마음속에만 존재한다는 걸 알면서도 말이야.

모자챙을 더 낮게 내린 나는 보라색 껌을 하나 뜯어 입안에 넣
고 앨러게니강으로 향했어. 마켓 스퀘어를 가로지르고 앤디 워홀
다리를 지나 강가 옆으로 난 길을 찾았어. 1킬로미터 정도 걸었을
까, 조깅하는 사람들과 서둘러 일터로 가는 사람들, 유아차를 끄는
엄마들을 지나쳤지. 그동안 나는 내 손목보다 조금 더 두꺼운 돌멩
이 하나를 찾았어.

나무 기둥 아래 놓여 있는 흰색과 회색이 섞인 부드러운 돌멩이
였어.

손목시계를 돌멩이에 딱 맞게 채웠어. 주변에 사람들이 줄어들
길 기다렸다가 강가에 가서 돌멩이를 최대한 힘차게 던졌지.

시계를 찬 돌멩이는 고요하고 탁한 강물 아래로 가라앉았어.

잔물결이 처음에는 작았다가 점점 고리 모양으로 넓게 퍼지며
일었어. 강기슭에 선 나에게까지 퍼져 올 것 같아서 나도 모르게 뒤
로 물러섰어.

왠지 그 시계가 물 밖으로 기어 나와 나에게 돌아올 것 같은 말
도 안 되는 생각을 겨우 떨쳐냈단다.

다시 길을 따라 급히 걸어가기 시작했어. 아무도 내가 뭘 하는지 관심이 없어 보였지. 코치랑 관련된 유일한 물리적 연결 고리를 드디어 없애버린 거야. 그러니까 또 다른 보호막으로 나를 한 겹 더 둘렀다는 이야기야. 어차피 코치를 살해한 죄로 체포된 제임스도 범죄 과정이나 나에 관한 이야기는 한마디도 하지 않고 있었거든. 며칠 전에 도서관 정기간행물 코너에 걸려 있던 신문에서 기사를 읽어서 알고 있었어.

정신을 똑바로 차려야 했어. 시간의 흐름을 알려주는 시계는 없었지만, 이제 너랑 함께 지낼 곳을 찾으려면 남은 날이 별로 없다는 걸 알았거든.

다음으로 할 일은 피츠버그 대학교에 가는 거였어. 학기 중이었기 때문에 모든 남학생 클럽은 신입 회원 모집을 끝낸 후였어. 하지만 보통 여학생들은 사교 클럽 하우스에 언제나 들어가도 되지. 학생들이 사는 집을 수리하던 아버지를 따라다니면서 알게 된 건데, 캠퍼스에는 언제나 가짜 신분증을 만들 수 있는 학생이 한 명쯤은 있단다. 물이 새는 싱크대나 파티 중에 부서진 판자 창문을 고치러 갔을 때 래미네이팅 기기와 쌓여 있는 작은 여권 사진들을 전혀 치우지 않은 학생들을 정말 많이 봤거든.

한번은 이력서에 쓰려고 '조안 스미스'라는 새 이름이 새겨진, 그런대로 괜찮은 운전면허증을 하나 얻었어. 타깃 매장 근처에 있는 커피숍과 델리 가게에 이력서를 냈지. 경력이 많지는 않았지만, 웨이트리스 일은 해낼 수 있을 것 같았어. 그렇게 돈을 어느 정도 모으면 작은 방을 하나 빌리려고 했어. 월세만 꼬박꼬박 잘 내면 내 신원이나 나이 따위는 신경 쓰지 않을 주인에게 말이야.

겨우 마음이 가라앉았는데 한 부녀가 나를 향해 걸어오는 게 보였어. 다섯 살 정도 돼 보이는 여자아이는 걷는 내내 그 작은 손으로 아버지의 커다란 손을 잡고 있었지.

아버지가 딸을 안아 들려고 몸을 숙이면서 "테 키에로Te Quiero"라고 하는 말을 들었어. 나는 그 말이 '사랑한다'라는 뜻인 걸 알고 있었어. 아버지가 내게 매일 밤 해주던 말이었거든.

누군가 날카로운 핀으로 풍선을 찌른 듯 몸속에서 공기가 빠져나가는 것 같았어. 길 한가운데서 무릎을 꿇어버렸지. 그날 아침 내내 나는 울음을 멈출 수가 없었단다.


더는 쓸 수가 없었다.

나는 공책을 도로 놓고 캐서린을 보러 갔다. 차나 크래커는 건드리지도 않았다. 아무래도 푹 자는 듯했다.

재빨리 뜨거운 물로 샤워하고 TV를 조금 보려 했으나 아무래도 집중이 되지 않았다. 결국 집 안을 어슬렁거리다가 이미 깨끗하게 정돈된 주방 서랍장을 다시 정리하고 식물에 물을 줬다. 저녁 시간이 되자 예전에 겪었던, 지금은 불가능해 보이는 상황을 상기하며 땅콩버터 샌드위치를 만들어 먹었다.

그 후에는 캐서린의 방문 앞에 서서 꽤 오랫동안 아이를 바라봤다.

가장 아끼는 유일한 사람을 잃을 수는 없다. 토파즈 반지는 아버지가 남긴 유일한 물건이고 절대 떨어지지 않게 사서 바르는 체리 향 챕스틱은 동생 티미와의 유일한 연결 고리다.

딸마저 잃을 수는 없다.

침대로 올라가 캐서린 옆에 누웠다. 제임스가 근처에 없는 건 알지만 그래도 오늘 밤은 여기서 자는 게 좋겠다. 현관문과 캐서린 사이에 있고 싶었다.

전혀 피곤하지 않았는데 어쩐지 결국 잠이 들었다. 밤새 몇 번이고 깨서 집 안을 둘러보며 안전한지 확인하고 캐서린이 깃털처럼 가볍게 숨 쉬는 소리를 들으며 다시 잠들었다. 하지만 깊게 자진 못했다. 얕은 잠 속에서 나는 작은 소음이나 기척에도 예민하게 반응할 준비가 돼 있었다.

다음 날 아침에 일어나 보니 캐서린은 나에게서 조금 떨어져 있었다. 거의 침대 끝에 매달려 있다고 해도 될 정도였다.

오늘 해야 할 일들을 생각하며 그대로 조금 더 누워 있었다. 결국 햇빛이 방을 가득 채울 만큼 날이 밝아서야 일어났다.

현관을 시작으로 창밖의 주차장까지 확인하며 다시 집 안을 한 바퀴 둘러봤다. 모든 게 제자리에 있어 만족한 나는 옷을 갈아입고 커피를 진하게 내렸다.

소파에 앉아 천천히 커피를 두 모금 마신 뒤 아침을 먹지 않는 나만의 규칙을 깨고 블루베리 요거트에 호두를 한 줌 넣어 먹었다. 왜인지 에너지를 비축해야 할 것만 같았기 때문이다.

잠시 뒤 캐서린이 일어나 화장실을 사용하는 소리가 들렸다. 그래서 토스트를 준비했다. 내가 어제 해둔 아침 식사 외에는 아무것도 먹지 않았으니 분명 배가 고플 것이다.

내가 있는 거실로 올 줄 알았던 캐서린은 다시 방으로 들어갔다.

복도를 걸어가 캐서린 방 앞에 선 나는 열려 있는 방문에 손을 부드럽게 갖다 댔다.

"으음." 캐서린은 눈도 뜨지 않고 웅얼거렸다. 이렇게 금방 다시 잠이 들 수는 없다. 불과 조금 전에 잠에서 깼으니까.

"몸은 좀 괜찮아졌니, 잠꾸러기 아가?" 내가 물었다.

"약간요. 아직도 피곤하긴 해요."

"아침 먹을래?"

"조금 있다가요. 좀 더 자고 싶어요."

캐서린은 이불을 목까지 끌어 올리고 머리를 베개에 파묻었다. 나와 눈을 마주치지도 않았다. 그래도 어제 내가 만든 차는 마셨다.

이제 거의 강박적으로 갖고 다니는 휴대전화를 보니 오전 9시였다. 변호사가 부탁한 일을 확인하기에는 조금 이른 시간이었지만 전화를 걸어보고 싶었다. 그런데 이 집에서는 할 수 없었다. 벽들이 얼마나 얇은지 집 안 어디에서도 캐서린이 내 통화 내용을 들을 수 있을 터였다.

"잠깐 밖에 나갔다 올게. 금방 올 거야." 나는 조용히 말했다.

호신용 스프레이를 꺼내고 계단에서는 벽에 붙어 천천히 움직이며 익숙지 않은 소리가 들리지 않는지 귀를 기울이는 등 항상 지켜온 나만의 예방책을 따랐다. 계단을 내려가면서 만난 이웃은 머리카락을 새빨갛게 염색하고 한 손에 스케이트보드를 든 2층에 사는 아이였다.

로비에서 전화할 뻔한 걸 겨우 참고 혹시 캐서린이 낫지 않을 경우를 대비해 거리 아래로 내려가면 있는 마법사 모자 가게에서 독감 약을 사기로 했다. 어두운 밤보다는 지금처럼 밝은 대낮에 거리에 있는 편이 나았기 때문이다. 모퉁이를 돌아 집에서 약 20미터 정도 멀어진 지점까지 걸어간 후에야 대포 폰으로 변호사에게 전화를 걸었다.

변호사는 첫 신호음이 끝나기도 전에 전화를 받았다. 숨을 가쁘게 쉬면서 무척 흥분한 상태로 내가 미처 입을 열기도 전에 "안녕하세요?" 하고 인사했다.

무슨 일이 있는 말투다.

걸음을 멈추고 본능적으로 가장 가까이에 있는 가게 앞 벽에 등을 붙이고 섰다.

"제임스 때문에 전화를…"

변호사가 내 말을 가로막았다.

"의뢰인, 맞죠? 그 가족분? 이런 답변을 드리고 싶지는 않았는데, 제임스 베이츠가 사라졌어요."

시야가 흐려졌다. 마치 유령의 집에서 왜곡된 거울에 비친 것처럼 내 앞을 지나가는 사람들의 얼굴이 일그러졌다.

"언제요?" 나는 겨우 물었다. 말하기가 힘들었다. 누군가 손으로 내 목구멍을 감싸고 있는 것 같았다.

"사회 복귀 훈련 시설에서 한밤중에 없어졌대요. 이미 가석방 법률 위반이에요. 경찰들과 집행관들이 행방을 찾고 있어요. 분명 찾을 거예요, 그러니 걱정하지 말고…."

**캐서린.**

딸의 이름이 마음속에서 폭발했다. 나는 대포 폰을 핸드백에 넣고 달리기 시작했다. 지금 당장 내 두 눈으로 캐서린을 봐야 한다. 거리를 거의 다 차지한 두 남자를 팔꿈치로 칠 뻔하며 지나치자 그중 한 명이 욕을 퍼부었다.

이제 우리 집 건물까지 10미터도 남지 않았다. 당연히 내가 없는 사이 아무 일도 일어나지 않았을 것이다. 지금 캐서린이 얼마나 아픈지는 상관없다. 캐서린은 당장 일어나서 내가 공책과 캐서린의 가짜 신분증을 챙기는 동안 재빨리 짐을 싸야 한다.

거의 날다시피 로비로 들어갔다. 계단을 한 번에 두 칸씩 올라가면서 차라리 제임스와 맞닥뜨리기를 바랐다. 캐서린과 함께 있을 때보다 나 혼자 있을 때 마주치는 게 훨씬 나으니까.

계단에는 아무도 없었다.

손이 너무 떨려서 구멍에 열쇠를 맞춰 넣는 걸 두 번이나 시도해야 했다. 문을 열고 집 안으로 뛰어들자마자 캐서린의 이름을 외치며 복도를 따라 아이 방으로 들어갔다.

침대가 비어 있었다. 이불은 한쪽으로 밀어뒀다.

나는 화장실로 뛰어갔다. 그리고 내 방으로, 마지막으로 거실로 뛰어다니며 캐서린을 부르고 또 불렀다.

아이가 사라졌다.

창밖으로 주차장을 살폈다. 캐서린이 급히 보네빌로 향하고 있었다.

혼자 있다. 아무도 캐서린을 쫓지 않는다. 캐서린은 어제부터 입고 있던 셔츠 원피스 차림에 한쪽 어깨에는 배낭을 걸치고 있었다.

몸도 좋지 않다는 애가 왜 저렇게 빨리 가는 거지?

유리창을 세게 쳤다.

"캐서린!" 당연히 캐서린은 내 목소리를 듣지 못했다.

보네빌에 탄 아이가 얼마나 빠르게 차를 뺐는지 타이어 휠에서 날카로운 소리가 났다.

그 자리에 선 나는 정신이 멍해졌다. 어젯밤만 해도 움직이는 게 고통스럽다는 듯 행동했다. 너무 아파서 먹지도 못하겠다고 했다. 아까 내가 집을 나서는 순간 침대에서 벌떡 일어나 급히 계단으로 내려간 게 틀림없다.

이 상황을 도저히 믿을 수 없던 나는 그대로 서서 숨을 거칠게 쉬었다.

휴대전화 알림 소리에 본능적으로 문자메시지를 확인했다.

최근에 여러 일들이 한 번에 터져서요, 엄마. 생각할 시간을 좀 가져야겠어요. 며칠 동안 나가서 지낼게요. 오래 걸리지는 않을 거예요. 제가 없는 동안에는 연락하지 말아주세요.

"안 돼!" 나는 소리쳤다.

휴대전화로 캐서린의 위치를 미친 듯이 확인했다. 앞으로 어떻게 해야 할지 생각하면서 위치 정보 화면이 뜨기를 기다렸다. 택시를 잡아타서 캐서린을 막을 수 있을 것이다. 눈앞에 캐서린을 데려올 수만 있다면 다시는 아이를 잃지 않을 것이다.

위치 정보가 뜨는 데 너무 오래 걸렸다. 새로 고침 버튼을 눌렀다.

하지만 아무 정보도 뜨지 않았다.

캐서린은 나에게 자기 위치를 숨기고 있다.


## 27. 캐서린

—————

엄마가 내 방 창문을 잠글 때 머리끝이 쭈뼛 섰다. 엄마가 내 옆에 누워서 잘 때는 덫에 걸린 동물이 된 것 같았다.

밤새 깨어 있던 나는 엄마가 옆에서 뒤척일 때마다 몸이 굳었다. 엄마는 깊게 잠을 자는 스타일이 아니다. 그러니 내가 바닥에 두 다리를 내리고 일어서면 끼익 하는 침대 스프링 소리에 잠에서 깰 터였다.

거의 움직일 수가 없었다.

리갈패드는 아직도 거실 바닥에 떨어져 있을 텐데. 지금쯤이면 분명 엄마가 봤을 것이다. 과연 내용을 읽었는지는 모르겠지만 만약 그랬다면 내가 엄마를 뒷조사하고 있다는 걸 알았을 것이다.

미친 소리 같지만 난 이제 엄마가 두렵다.

도대체 엄마가 무슨 일을 저지른 건지 알 수가 없다. 아니면 도대체 어디까지 할 수 있는 건지.

밤중에 엄마가 몸을 내 쪽으로 돌려 눕는데 숨을 쉴 수가 없었다. 마치 내가 질식하도록 공기 중의 산소를 모두 빨아들이는 것 같았다.

**'당신은 루스 스털링이 아니잖아요.'** 나는 곁눈으로 엄마를 흘겨보고는 천천히 매트리스 끝으로 최대한 몸을 움직이며 생각했다.

**'그럼 나는 누구지?'**

아침이 돼 방 안으로 들어온 희미한 햇살이 그렇게 고마울 수가 없었다.

드디어 엄마가 잠에서 깼다. 나는 계속 아픈 척을 했다. 엄마 앞에서 도저히 멀쩡하게 행동할 수가 없어서 그대로 아픈 시늉을 하기로 한 것이다. 참을성 있게 기다리다 보면 언젠가는 분명 도망칠 기회가 올 걸 알았다.

그저 차분히 기다리기만 하면 됐다.

기대했던 것보다 빨리 그 기회가 왔다.

아침 9시쯤 엄마가 말했다.

"잠깐 밖에 나갔다 올게. 금방 올 거야." 그리고 현관문을 닫는 소리가 들렸다.

엄마가 나를 시험해 보려고 문 뒤에서 기다리고 있다가 침대에서 일어나는 나를 덮치는 끔찍한 순간이 오는 건 아닐지 걱정했다. 그러나 곧 두려움을 떨치고 이불을 걷었다. 배낭과 핸드백, 휴대전화와 리갈패드, 노트북과 운동화를 챙겼다.

옷은 이미 입고 있으니 화장실로 가서 양치만 하면 1분 안에 나갈 준비가 끝난다.

현관문을 열고 복도를 바라보며 숨을 참았다. 아무도 없다. 살금살금 계단실 쪽으로 가서 귀를 쫑긋 세우고 육중한 문을 내 쪽으로 천천히 잡아당겼다. 몇 층 아래에서 인기척이 들리는데 그게 엄마인지 다른 이웃인지 모르겠다. 누가 됐든 아주 느리게 움직이고 있었다. 그 발소리가 사라질 때까지 기다렸고 드디어 사라졌다. 나는 뛰지 않으려고 자제하며 내려갔다.

혹시라도 넘어져서 다치기라도 하면 그야말로 재앙이다.

로비에 도착했다. 엄마는 어디에도 보이지 않았다.

제발 엄마가 차를 쓰지 않았기를 기도할 뿐이었다.

주차장으로 이어지는 옆문으로 서둘러 갔다. 손은 이미 핸드백 안에서 차 키를 찾고 있었다.

도착해서 옆문을 열려는데 전에 아파트에서 본 것 같은 나이든 부부가 장을 본 종이 백을 각자 하나씩 든 채 다가오고 있었다.

저 노부부의 얼굴 앞에서 문이 닫히도록 내버려두고 그냥 밖으로 나간다면 나는 어떤 사람이 되는 걸까?

무거운 문을 연 채로 그 옆에 서서 기다렸다. 시간이 흐를수록 내 몸은 굳어져만 갔다.

로비까지 오는 데 너무 오래 걸렸으나 노부부는 문을 통과하며 내게 진심으로 감사 인사를 했다.

"아니에요!" 나는 새된 목소리로 대답했다.

처음에는 아스팔트 위를 천천히 건너보려고 애썼다. 하지만 반도 가지 않아 점점 속도를 내어 빠르게 걸었다.

보네빌이 보인다. 아무도 내 앞을 막고 있지 않다.

난 정말로 떠날 것이다.

운전석에 앉아 안전띠도 매지 못한 채 시동을 걸자마자 재빨리 차를 뺐다.

처음 정지신호에 걸렸을 때 나는 위치 공유 프로그램을 끄고 엄마에게 당분간 떠나 있겠다는 메시지를 음성으로 써서 보냈다.

몇 킬로미터 더 가서 고속도로에 진입해 규정 속도에 맞추자 드디어 정상적으로 숨을 쉴 수 있었다.

어디로 가야 할지, 이제 뭘 해야 할지 나도 모르겠다. 하지만 엄마에게서 멀리 떨어질수록 안전하다고 느꼈다.

웬디스* 주차장에 차를 대고 의자를 뒤로 기댔다. 심장박동이 이제야 느려지기 시작했다.

그때 휴대전화로 메시지가 왔다.

나는 움찔하며 본능적으로 시선을 아래로 향했다. 엄마가 보냈을 메시지를 읽고 싶은지 아닌지 잘 모르겠다.

그런데 엄마에게서 온 게 아니었다. 틴이 보낸 메시지였다.

**제발 최대한 빨리 알려줘요.**

나는 조금 전 아침에 틴에게서 도착한 메시지들을 읽었다. 보호사 한 명이 아파서 출근을 못 했다며 괜찮다면 내가 대신 일해줄 수 있냐는 내용이었다.

어떤 게 나을지 잠시 고민했다. 엄마는 설마 지금 내가 일하고 있을 거라고는 생각하지 못할 것이다. 사실 누구라도 그러리라. 나를 찾으러 여기저기 다니겠지만 메모리 윙에는 들어오지 못할 것이다. 내가 아는 한 가장 보안이 철저한 장소니까.

---

* 미국의 유명 패스트푸드 체인점.

지금 갈게요.

나는 틴에게 메시지를 보냈다.


## 28. 루스

5분.

내가 나에게 줄 수 있는 가방을 꾸릴 시간이다. 이제 이 집에는 돌아오지 못한다는 생각으로 짐을 싸야 한다.

이 순간을 오랫동안 계획해 왔다. 지난 몇 년 동안 시간을 줄이기 위해 초 단위로 재가며 우리의 작은 방들을 휩쓸어 빠르게 다양한 물건들을 분류하고 버리는 훈련까지 했다.

캐서린이 차를 쓰지 않았으면 했지만, 적어도 우리에게 필요한 몇 가지 물품은 이미 차 안에 있었다.

나는 빠른 몸동작으로 내 회색 더플백을 옷장 선반에서 꺼내 침대 위에 펼쳤다. 옷장 안에 걸려 있던 모자 두 개를 꺼내고 깨끗한 옷을 몇 벌 골랐다. 그것들을 다 더플백 안에 넣은 후 급히 캐서린의 서랍장으로 갔다. 갈아입을 옷과 운동복 상의를 꺼냈다. 우리 사이가 발각되지 않도록 침대 옆 테이블에서 둘 다에게 소중한 사진을 챙기고 화장실에 가서 칫솔을 가져왔다.

주방으로 가서 손전등과 여분 건전지, 캐서린의 머리카락을 자를 가위를 챙겼다. 이 물건들은 내가 어젯밤에 정리한 그대로 서랍장 안에 나란히 놓여 있었다.

의자를 끌고 와 올라간 뒤 음식을 보관하는 수납장 맨 위 칸을 열어 오래된 라이스 크리스피 상자를 꺼냈다.

캐서린이 내가 테이블에 올려둔 노트북과 리갈패드, 휴대전화와 핸드백을 이미 가져갔기 때문에 챙길 필요는 없었다. 토파즈 반지는 손가락에 잘 끼워져 있고 선글라스는 핸드백 안에 공책과 함께 들어 있다. 나와 캐서린의 출생증명서나 사회 보장 카드 등이 담긴 중요한 서류 폴더를 꺼내고 거실 책장에 있는 캐서린의 사진 액자 두 개를 치웠다. 이제 이 집 안에 우리 둘을 찍은 사진은 단 한 장도 없다.

마지막으로 챙길 건 오랫동안 갖고 있던, 칼집에 든 커다란 칼이다.

보도로 나가는 순간까지 30초 정도 여유가 있었다. 우버는 이미 불러뒀다.

지금 내가 어디로 가야 할지 정확하게 알았다.

캐서린은 위치 공유 프로그램을 껐을지 모르지만 난 아이가 휴대전화만 계속 들고 있다면 언제나 추적할 수 있는 백업 프로그램을 갖고 있다.


## 29. 캐서린

선라이즈에 도착할 무렵 나는 무척 힘든 결정을 내렸다. 이제는 틴에게 털어놔야 한다. 틴이라면 거의 모든 종류의 가족 위기를 봐왔을 것이다. 우리가 그렇게 친한 사이는 아니지만 나는 틴을 믿는다.

또 다른 숨은 이유도 있다. 틴이 내 이야기를 듣고 사정을 딱하게 여겨 혹시라도 가족 숙소에서 며칠 지낼 수 있게 해주지 않을까 하고 내심 바라는 중이다. 오늘 오후에 입주 환자들이 미술 공예 수업을 들으러 공동 휴게실로 이동하면 직원들은 보통 쉬는 시간이 생기는데, 그때 틴을 불러낼 생각이다. 틴에게 속내를 털어놓으면 따라올 이점이 또 있다. 결국 다시 볼티모어에서 일하기로 했다고 말하더라도 내가 미쳤다고는 생각하지 않을 것이다.

이렇게 결심하니 마음이 한결 가벼워졌다. 깊은 정신 질환을 앓는 엄마에, 내가 그녀에 관해 파헤치는 모든 골치 아픈 문제들까지 더해져 혼자서 감당하기에는 너무 벅찼기 때문이다. 틴은 도와줄 것이다. 할 수 있는 모든 걸 해줄 것이다.

일렬로 심어진 나무들이 중심 도로를 가려주는 주차장 끝에 보네빌을 주차했다. 차 문을 잠그고 서둘러 건물 안으로 들어가 곧바로 직원 탈의실로 향했다. 연어 색 간호사복으로 갈아입고 메모리 윙 환자들이 모두 아침 약을 먹었는지 둘러봤다. 어젯밤 잠을 제대로 자지 못해 아침에 늦게 일어난 에이브러햄 부인을 도와줬다. 다시 데운 아침 식사를 가져가 부인이 오트밀을 조금 먹는 동안 함께 앉아 있었다. 에이브러햄 부인은 말수가 적은 편이다. 그런데 내가 막 그릇을 치우기 시작하자 부인이 눈을 깜박이며 오랫동안 말을 안 해서 목이 멘 목소리로 물었다.

"내 학생 중 한 명인가요?"

잠시 기억 한 조각이 돌아왔다. 에이브러햄 부인은 고등학교 수학 교사였다. 내가 어떤 수업을 가르치냐고 물으니 부인은 다시 기억이 흐려진 눈빛을 했다. 잠깐 과거로 돌아갔던 부인은 이미 사라졌다.

오전 시간을 보내면서 나는 익숙하고 안정된 일터의 분위기, 동료들과 입주 환자들과 소통하는 내 생활을 보며 적어도 이 세상 어느 부분은 아직 말이 된다고 여기게 됐다. 메모리 윙에서 지내는 환자들은 각자 머릿속에서 일어나는 전투에 갇혀 있으며, 과거와 현재를 가르는 선이 오락가락하고 흐릿한 상태라는 걸 생각하면 정말 모순이 아닐 수 없다.

이제는 비현실적인 것이 내 삶의 기반이 돼버렸다.

점심시간이 되자 틴은 제이콥슨 부인의 가족이 지난달 폐렴을 앓은 부인을 특별히 신경 써줘서 고맙다는 의미로 메모리 윙 직원들에게 피자 배달을 시켜줬다고 말했다.

갑자기 허기가 졌다. 마지막으로 음식을 먹은 지 24시간도 넘게 지났다.

나는 화장실을 사용하는 환자를 도와주고 손을 씻겨준 뒤 내 손도 씻느라 작은 직원용 주방에 조금 늦게 갔다.

이미 도착한 동료들은 선 채로 따뜻하고 냄새가 좋은 피자를 맛있게 먹고 있었다. 나는 피자 먹는 스타일이 서로 다르다는 이야기를 하던 중간에 끼어들었다. 틴은 포크와 나이프로 한 입씩 잘라 먹었다. 브롱스에서 자란 레지는 뉴욕 스타일로 피자 가장자리를 타코처럼 접어 먹었다. 다른 동료는 피자 조각을 그대로 들어 삼각형 끝부분부터 베어 먹었다.

"어서 와요, 캐서린. 누가 제대로 먹고 있는지 말해봐요." 레지가 웃으며 말했다.

"아무도 없네요." 나는 비건 피자 한 조각을 들며 말했다.

"라자냐 피자라고 들어봤어요? 식빵용 철판에 만드는 건데…."

라자냐 피자를 어떻게 만드는지 막 설명하려는데 레지가 고개를 끄덕였다.

"네. 먹어본 적 있어요. 진짜 맛있죠. 그래도 거리에서 파는 레이스의 조각 피자는 아무도 따라갈 수 없어요."

나는 얼굴을 찌푸렸다.

"잠깐만요, 라자냐 피자를 먹어본 적이 있다고요? 우리 엄마가 처음으로 개발한 건데."

레지가 고개를 저으며 입안 가득 든 피자를 삼키더니 말했다.

"대학 다닐 때 메릴랜드에 있던 식당에서 먹었어요. 그 식당 대표 메뉴였거든요."

순간 나와 동료들 사이에 거대한 유리 벽 하나가 떨어진 기분이었다. 틴이 피자 크러스트를 쓰레기통에 버린 뒤 복도로 나가고, 레지가 다른 피자 상자를 열고, 아직 입도 대지 않은 내 피자의 온기가 종이 접시를 통과해 손바닥까지 전해지는 걸 모두 인식하면서도, 나는 더 이상 이곳에 속해 있지 않았다. 나는 무대 날개에서 배우들이 연기하는 장면을 지켜보고 있었다.

"어디에서 학교를 다녔다고 했죠?" 레지에게 겨우 물었다.

"토슨이요. 볼티모어 근처예요."

피자 상자 뚜껑을 들고 있던 레지는 나머지 동료에게 먼저 권한 후 한 조각을 집어 들며 말했다.

"그 식당 이름은 기억나요?"

레지가 얼굴을 찌푸렸다.

"피자 뭐였는데…. 미안해요, 모르겠어요."

"금방 올게요." 나는 중얼거렸다. 간신히 주방을 나와 복도로 향했다. 생각을 정리할 시간이 간절히 필요했다. 아주 작은 어떤 단서를 포착하기 직전이다. 불을 밝혔다가 사라지는 반딧불이를 쫓는 느낌이다.

레지는 우리 엄마 또래다. 엄마는 워싱턴 D.C.에서도 버지니아주 쪽에서 자랐다고 했다.

토슨은 D.C.에서 한 시간 거리지만, 메릴랜드주 쪽에 있다.

엄마가 다녔던 고등학교 위치를 찾느라 고생한 그 모든 시간이 헛수고였을지 모른다. 만약 내가 주를 잘못 짚은 거라면. 엄마는 지도를 180도 돌리는 것만으로 전체 이야기를 완전히 다르게 만들었을 수 있다. 엄마라는 존재가 모두 가짜라는 이야기다. 그렇다면 이건 진짜 과거에서 나온 이야기일 수 있지 않을까?

엄마가 라자냐 피자를 발명했다는 건 거짓말이었다. 어쩌면 과거에 대한 실마리를 차단하고 싶어서 사실대로 말하지 않은 걸 수도 있다.

어쩌면 레지가 갔다는 그 식당에서 라자냐 피자를 먹어봤을지도 모른다.

반딧불이가 불을 더 밝혀 머릿속을 비췄다. 이제 내게 필요한 건 휴대전화와 잠깐의 시간이었다. 나는 서둘러 가족 숙소로 향했다.

다몬 씨가 복도에서 자기만 들을 수 있는 음악을 듣는지 고개를 끄덕이고 있었다.

"고마워요." 다몬 씨는 지나가는 내게 인사하며 내가 들고 있던 종이 접시에 손을 뻗었다. 마치 식당에서 종업원에게 주문한 음식을 받는 것 같았다.

그때 나는 또 한 가지 단서를 생각하며 그대로 피자를 다몬 씨에게 줘버렸다. 어쩌면 고등학생이던 엄마는 그 식당에서 일을 했을 수도 있다. 그래서 라자냐 피자 만드는 법을 배운 것이다. 지금 엄마는 웨이트리스다. 그 식당에서 처음으로 웨이트리스 일을 시작했을 가능성이 있다.

가족 숙소로 들어가는 문 앞에서 잠시 멈춰 주위에 아무도 없는 걸 확인한 나는 문을 열고 들어갔다. 어두운 실내는 서늘하고 조용했다.

시간이 아주 많지는 않지만 적어도 조사 범위를 좁힐 수 있는 몇 가지 정보를 드디어 얻었다. 나는 휴대전화를 꺼내 검색을 시작했다.

그렇게 오래 걸릴 일도 아니었다. 엄마가 지난 24년간 쌓아온 거짓을 무너뜨리는 데는 90초면 충분했다. 젠가 게임에서 안정적으로 남은 한 조각을 마지막으로 당겨 무너뜨릴 때처럼 말이다.

나는 유명한 '라자냐 피자'의 원조, 피자 피아조라는 식당의 페이스북 페이지를 뚫어져라 바라봤다.

30년 전 직접 개발한 메뉴입니다. 드셔보세요!
지금까지 먹었던 피자는 잊게 될 겁니다.

이런 문구 아래에 라자냐 피자 사진이 있었다. 내가 어릴 때부터 엄마가 만들어 주던 바로 그 음식이다. 피자를 자르는 방식도 똑같았다. 직사각형보다는 식빵용 철판 폭에 맞춰 정사각형으로 잘라줬다.

페이스북 검색창에 피자 피아조라고 다시 입력한 뒤 이번에는 하위 옵션으로 '사람들'을 선택하니 부스 자리와 테이블에 모여 앉은 손님들로 가득한 식당 사진, 이전과 현재 매니저들과 직원들 사진까지 수많은 검색 결과가 쏟아졌다. 메릴랜드주 토슨에 있는 주소와 웹사이트, 그리고 전화번호까지 나왔다.

나는 예전에 일했거나 지금 일하고 있다는 사람 중 화면 제일 위에 있는 몇 명에게 보낼 메시지를 재빨리 입력했다.

안녕하세요. 이상하게 들릴지 모르겠지만 저는 25년 전에 피자 피아조에서 일했던 여성을 찾고 있습니다.

잠시 멈추고 다른 어떤 내용을 넣어야 할지 생각해 봤다. 이름이나 인상착의는 알릴 수 없다. 엄마는 학교 다닐 때 머리가 허리까지 길었다고 했지만, 그것마저 거짓말일 수 있다.

결국 나는 이렇게 썼다.

그 당시 식당에서 일하셨다면 꼭 답장 부탁드리겠습니다. 아주 중요한 일입니다.

'보내기'를 누르고 메시지를 복사해 식당과 관련된 다른 사람들에게도 전송했다. 지금 10대 정도거나 현재 일하고 있는 사람들은 걸렀다. 태어나기도 전에 엄마와 마주쳤을 리가 없다. 하지만 이제 막 페이스북을 시작한 것 같은 엄마 또래로 보이는 한 남자나 꽤 오래전부터 지금까지 식당 주인인 것으로 보이는 여자를 포함해 몇 명은 가능성이 있었다. 물론 사람들은 모르는 사람이 온라인으로 보내는 메시지를 경계하기 때문에 내가 보낸 메시지를 아무도 확인하지 않을지도 모른다.

하지만 난 지금 처음으로 뭔가 일이 잘 풀리는 듯한 느낌이 들었다.

남은 오후 내내 쉬지 못했다. 직원들이 쉴 수 있는 시간은 미술공예 수업 시간에 제이콥슨 부인이 테이블로 걸어오다가 깊은 물웅덩이를 피하려고 몸을 옆으로 휘청했을 때 끝났다. 부인은 발을 헛디디며 넘어져 테이블 끝에 턱을 부딪혔다.

알츠하이머병은 지각력만큼이나 시력에도 영향을 준다. 다른 환자가 바닥에 떨어뜨린 파란색 카디건이 제이콥슨 부인에게는 물웅덩이로 보였다.

당연히 화가 난 부인을 진정시키느라 다친 상태를 보기까지 시간이 좀 걸렸는데 부인의 턱을 확인한 틴은 상처가 심각하지 않다고 판단했다. 대기 중인 의사가 와서 부인을 살펴봤고 우리는 부인의 가족과 페이스타임을 연결해 상황을 설명했다. 이 작은 사고를 다루는 동안 또 다른 환자가 미술공예 수업 재료들을 테이블과 바닥에 여기저기 뿌려놔 곧바로 청소해야 했고 이후에는 환자들의 저녁 식사를 거들고 저녁 약을 챙겨야 했다.

퇴근 시간인 오후 6시가 다 돼서야 나는 가족 숙소로 돌아갈 수 있었다.

그사이에 페이스북 일대일 메시지가 새로 와 있었다.

안녕하세요, 네.
저는 25년 전에 피자 피아조에서 일한 적이 있어요. 아직도 당시 동료들과 연락하고요. 멋진 친구들이죠. 누구를 찾고 있나요?

남자의 페이스북 닉네임 옆에 작은 초록색 점이 그가 아직 접속 중이라는 걸 알렸다.

나는 서둘러 엄마가 바꿀 수 없는 몇 안 되는 사실들을 자세히 설명했다.

저도 이름은 정확히 몰라요. 아마 열여덟 살이었을 거예요. 눈동자는 녹갈색이고 피부는 밝은 갈색이에요. 키는 155센티미터 정도 될 거고요.

지난 25년 동안 엄마가 바꾸지 못한 또 다른 확실한 뭔가가 있을 텐데. 잠시 생각해 보다가 더 적었다.

춤을 잘 춰요. 아마 고등학교 때 응원단에 있었을 거예요. 그런데 확실하진 않아요.


남자는 내가 메시지를 보낸 순간 다 읽었는지 곧바로 답장을 보내왔다.


아, 당신이 누구를 이야기하는지 정확히 알겠어요. 이름이 A로 시작했는데…, 이럴 수가. 지금 당장은 기억이 안 나네요. 분명 생각이 날 거예요. 머리가 정말 길었고 웃을 때 아주 예뻤죠. 이 식당에서 일하진 않았지만 자주 와서 놀다 갔어요. 피자를 정말 좋아했거든요! 하하.


절벽 아래로 발을 디뎌 자유롭게 낙하하는 기분이었다.
엄마 이야기다. 확실하다. 엄마의 진짜 이름은 A로 시작하고 메릴랜드주 토슨에 위치한 식당 근처에 살았던 게 분명하다.
재빨리 남자의 프로필 정보를 훑었다. 친구 추가를 하지 않았기 때문에 제한적이긴 했지만—피차일반이다—고향이 볼티모어라고 돼 있었다. 아마 존스 홉킨스 병원과 꽤 가까운 곳에 살고 있을 것이다.
나는 남자처럼 식당을 'PP'*라고 부르며 다시 메시지를 입력했다.

---

* 식당 '피자 피아조Pizza Piazzo'를 줄여 부른 말.

아직도 PP에 가나요?

또다시 남자는 바로 답장을 보내왔다.

오랫동안 안 갔는데, 당신이랑 이야기하다 보니 라자냐 피자가 생각나네요. 아무래도 오늘 저녁에 가봐야겠어요.

나는 잠시 생각하다가 메시지를 입력했다.

저도 오늘 저녁에 갈 거예요. 혹시 만나서 더 이야기 나눌 수 있을까요?

어쩌면 엄마의 사진을 남자에게 보여줄 수도 있다. 휴대전화에 몇 장 있을 것이다. 남자는 사진들을 보고 엄마를 더 기억해 낼지도 모른다.

나는 보내기 전 내가 쓴 답장을 내려보다가 한 글자씩 천천히 지웠다.

엄마는 온라인으로 알게 되는 그 누구도 믿을 수 없다고 나에게 쭉 말해왔다. 한번은 내가 인스타그램을 하게 해달라고 사정하자 소셜 미디어로 알게 된 새 친구를 만나러 쇼핑몰에 갔다가 가짜 계정을 만들어 속인 중년 남자에게 납치당한 소녀에 관한 기사를 오려 내 베개에 올려두기도 했다.

물론 내가 먼저 이 남자와 연락을 시작했지만, 프로필 사진이 스포츠카인 것도 그렇고 대화 내내 꽤 적극적으로 다가오는 게 뭔가 이상했다.

게다가 만약 이 남자가 엄마를 기억한다면 식당과 관련된 다른 이들도 마찬가지일 것이다. 그리고 이제 나는 엄마가 다녔던 고등학교를 찾을 수 있다. 당장 뭔가를 더 알아내겠다고 온라인 이방인까지 필요하진 않았다. 하지만 나중에라도 다시 연락할 수 있으니, 지금은 정중히 인사를 하기로 했다.

나는 메시지를 다시 입력했다.


**좋은 저녁 보내세요, 그리고 감사해요!**


그리고 페이스북에서 로그아웃했다.

선라이즈에서 한 시간 남짓 운전하면 피자 피아조까지 갈 수 있다. 차가 밀리더라도 저녁 시간 중에는 도착할 수 있을 것이다. 어쩌면 진짜 엄마가 나고 자란 동네일지도 모르는 곳에서 저렴한 호텔을 잡아 하룻밤 묵을 수도 있다.

오늘 저녁이면 마침내 엄마에 관한 진실을 알게 된다.

나는 두려움과 흥분으로 몸서리쳤다. 어쩐지 지금 이 모든 걸 그만두고 그저 집에 가서 엄마와 대화를 나누고 싶기도 했다.

만약 내가 엄마에게 의심 가는 것들을 이야기하면 엄마는 과연 솔직하게 말해줄까?

하지만 이미 엄마에 대한 내 신뢰는 깨졌다.

게다가 지금 와서 그만두기에는 너무 멀리 와버렸다.

가족 숙소 문을 살짝 열고 복도에 아무도 없는지 확인한 후 밖으로 나와 공동 휴게실로 향한 나는 틴에게 퇴근 인사를 하기로 했다. 파란색 문으로 나가기 위해 비밀번호를 입력하기 시작했다.

그러다 무엇 때문인지 나는 방향을 틀어 다몬 씨가 베트콩들에게 포위됐다고 믿었던 복도에 있는 커다란 창가로 돌아갔다.

아마도 엄마에 관해 항상 느껴왔던 육감 때문일 것이다. 엄마가 현관문 구멍에 열쇠를 꽂는 소리가 들리기 1분 전쯤부터 고개를 들고 있거나, 둘 다 정확히 똑같은 생각을 동시에 해서 누가 됐든 한 명이 **'오늘 저녁은 카레 어때?'** 같은 말을 물었을 때처럼 말이다.

어쨌든 나는 창가로 갔다. 내가 세워둔 위치에 보네빌이 그대로 있는 걸 확인했다.

그런데 누군가가 마치 나를 기다리는 듯 차에 기대어 서 있었다.

창문 가까이 가서 눈을 가늘게 뜨고 다시 봤다.

엄마다.

엄마가 내 쪽을 본 것도 아닌데 나는 본능적으로 움츠러들었다.

위치 공유 프로그램 전원을 껐는데 어떻게 여기까지 따라왔는지 궁금했다. 내가 틴과 나눈 메시지를 해킹한 걸까? 아니면 운 좋게 추측해서 와본 걸까?

어찌 됐든 엄마는 컴퓨터 기술이 능숙하지도 않고 차도 내가 끌고 왔기 때문에 여기까지 무척 힘들게 왔을 것이다. 아마 우버를 타고 왔겠지.

차에 기댔던 엄마가 주위를 순찰하듯 천천히 배회하는 모습을 바라봤다. 그런 식으로 충분히 멀리 이동하면 그사이에 빠져나가 차를 끌고 벗어날 희망을 품으며 기다렸다.

그러나 엄마는 절대 보네빌 근처를 뜨지 않았다.

엄마는 어떻게든 나를 기다릴 준비가 돼 있다.

내가 다가가면 무슨 행동을 하려는 걸까?

내 방 창문을 잠그고 옆에 슬쩍 누워 이불을 덮던 엄마가 기억 났다. 소름이 끼쳤다.

이제 엄마는 내가 얼마나 도망치고 싶어 하는지 알고 있다. 나를 더 강하게 잡아둘 새로운 방법이라도 모색하는 걸까? 어쩌면 엄마는 내가 볼티모어로 이사할 거라는 사실이나 틴에게 모든 걸 털어놓을 거라는 사실을 벌써 알고 있을 수도 있다.

엄마에게 걸릴 수는 없다. 토슨까지 갈 다른 방법을 찾아야 한다.

주차장에 세워진 차들을 바라보다가 어떤 생각이 머릿속에 반짝하고 스쳤다.

다른 방법은 이미 있었다.


## 30. 루스

---

나는 내 원래 이름, 아바 모랄레스를 너무나 사랑한다. 발레리나에게나 주어질 이름처럼 우아하면서 연약한 느낌이다.

반면에 루스 스털링이라는 이름은 아바와는 정반대로 건장하고 금욕적인 젊은 여성이 불만 없이 열심히 일만 하는 느낌이다.

내게 반드시 필요했던 능력이기도 하다. 나는 여러모로 루스 스털링이 되길 바랐다.

이미 나는 오래전 40달러를 주고 산, 조안 스미스라는 이름으로 된 운전면허증을 갖고 있었다. 캐서린이 태어나고 얼마 되지 않아서는 거의 완벽한 위조 신분증을 살 수 있을 정도로 충분한 돈을 모았다. 먼저 샀던 것도 웨이트리스 일자리를 구하거나 다른 싱글맘에게 방을 얻을 때 아주 유용하긴 했다. 하지만 이번에는 조안의 사회 보장 카드나 출생증명서를 만들어 준 그 대학생을 다시 찾지 않았다.

캐서린을 낳을 때 내가 열여덟 살은 넘어야 한다는 사실을 알고 있었다. 관공서 등에서 나를 성인으로 본다면 누구도 내 아이를 강제로 데려가지 않을 터였다. 그에 걸맞은 신분증만 있다면 아무도 의심하지 않을 것이고, 병원에서 캐서린을 낳아 나와 같은 성으로 사회 보장 카드를 만들어 줄 수 있었다.

내 딸의 정체성을 만들어 주기 위해 제일 먼저, 반드시 거쳐야 할 단계였다.

같이 일하던 다른 웨이트리스가 나를 도와줄 사람을 알고 있었다. 그녀는 내게 뭘 해야 할지 간략하게 설명해 줬다. 봉투 안에 500달러를 현금으로 넣어 특정 거리의 코너에서 기다리라고 했다. 이글스 셔츠를 입은 남자에게 봉투를 전해주고 아무것도 묻지 말아야 했다.

남자에게 돈을 건네주고 그다음 주, 나는 또다시 약속된 시간에 그 코너에 서 있었다. 지난번과는 다른 남자가 나를 지나치면서 마닐라지로 만든 봉투를 손에 건네주더니 한 걸음도 멈추지 않고 그대로 걸어갔다.

나는 완벽하게 다른 사람이 됐다.

가끔 진짜 루스를 생각하곤 한다. 내가 그 이름을 가져오기 몇 년 전에 열두 살을 끝으로 생을 마감한 소녀. 평범한 상황이었다면 우리 삶은 서로 절대 마주치지 않았을 것이다. 아주 드문 심장 질환을 안고 태어난 루스는 위스콘신에서 낙농업을 하는 대가족과 살았다. 당시 영원히 내 걸로 삼을 확실한 신원이 필요했던 나는 도서관에서 마이크로필름으로 된 루스의 부고 기사를 찾았다. 루스의 형제자매들과 이모들과 삼촌들의 이름이 부모님 이름과 함께 모두 실려 있었다.

루스가 된 나는 일자리가 끊겨 캐서린이 굶주리던 힘겨운 시기에 식료품 할인 구매권과 WIC 할인권*을 받아 달걀과 시리얼 등을 살 수 있었다. 정부가 보기에 나는 루스였기 때문에 세금을 낼 수 있었고, 그 말은 곧 은퇴하게 되면 사회 보장을 받을 수 있다는 뜻이었다.

요즘은 25년 전보다 남의 신분을 내 것으로 만드는 게 훨씬 더 어려워졌다. 나는 이제 들킬 가능성이 미미했지만. 시간이 지날수록 그 위험은 더 줄어드는 듯했다.

때때로 꽃을 들고 키와스컴**에 있는 루스의 묘지에 찾아가 용

---

* 여성, 유아, 어린이 영양 제공 프로그램.
** 위스콘신주에 있는 마을.

서를 구하고 싶다고 생각했다. 무슨 말이라도 할 수 있다면, 그렇게 빨리 생을 마감한 건 유감이지만 대신 내 삶을 구했다는 걸 알아줬으면 한다고 말하고 싶었다.

보네빌에 등을 기대고 차체가 흡수한 열을 느끼며 선라이즈 입구에서 시선을 떼지 않았다. 수평선을 향해 내려앉는 태양을 피하려면 손을 경례하듯 머리 위로 들고 있어야 했다.

여기 와서 거의 온종일 기다리며 지켜보고 있다. 대략 30분마다 다리를 스트레칭하고 주변을 확인하기 위해 주차장을 도는 중이다.

낮은 엔진 소리가 신경에 거슬렸다. 페덱스 트럭 한 대가 선라이즈 입구 앞에 미끄러지듯 서더니 운전기사가 나왔다. 기사가 트럭 뒷문을 열자 익숙한 보라색 로고가 붙은 갈색 상자들이 줄지어 있는 게 언뜻 보였다. 기사는 작은 상자를 하나 집어 차 문을 닫고 건물 안으로 들어갔다.

나는 다시 보네빌 근처를 돌기 시작했다. 곧 캐서린이 나올 것이다. 그때 내가 바로 이곳에 있을 것이다.


## 31. 캐서린

---

방문을 노크하며 억지로 미소를 지었다. 군살 없는 체형이 드러나는 청바지와 티셔츠를 입은 조지 캠벨 씨가 곧 문을 열어줬다. 그는 일흔여섯이라는 나이에도 매주 토요일마다 골프를 치고

이틀에 한 번은 가벼운 무게를 드는 운동을 하며 필요한 곳은 직접 운전해서 다녔다.

이 마지막 사항이 아주 중요한 부분이다.

"준! 캐서린이 왔어!"

너무나 반가워하는 조지를 보니 죄책감이 밀려왔다.

나는 휴게실에서 남은 음식을 담아 은박 포일로 덮은 접시를 들어 보였다.

"피자가 좀 남아서요. 좋아하실 것 같아 가져왔어요."

조지와 준은 세 가지 코스 요리라도 대접받는 듯 너무도 다정하고 정중하게 반응해서 내가 하려는 일을 더 힘들게 만들었다.

"우리와 잠시 함께할 시간이 있니? 지금 막 소비뇽 블랑 한 병을 땄거든." 조지가 물었다.

현관문 쪽을 슬쩍 봤다. 장식장 위에 초록색 그릇이 있는 건 이미 확인했지만, 안에 뭐가 들어 있는지는 보이지 않았다. 만약 조지 말대로 와인을 한잔 마신다면 확인할 시간을 벌 수 있을 터였다.

하지만 피자 피아조가 언제 문을 닫을지 몰랐고, 지금 나에게는 오늘 밤 그곳에 가는 게 더 중요했다.

사람들은 대개 루틴을 따르며 산다. 나는 나 자신을 안심시켰다. 조지가 갑자기 루틴을 바꿀 리는 없었다.

"감사해요, 그런데 가봐야 해서요. 다음에 꼭 같이 마셔요." 이렇게 말하면서 나는 핸드백 어깨끈이 흘러내리도록 했다. 열려 있는 가방 맨 위에는 작은 물건들이 아무렇게나 놓여 있었다.

조지는 예상한 대로 문 앞까지 나를 바래다주러 왔고 나는 작별 인사로 그를 가볍게 안아주며 핸드백을 떨어뜨렸다. 일부러 립스틱과 마스카라, 동전들이 나무 바닥 위에 흩어지게 했다.

조지는 즉시 몸을 숙여 떨어진 물건들을 주웠고 나는 몸을 숙인 조지 너머로 동그란 그릇에 손을 뻗어 뭐가 있는지 확인했다. 그때 손끝에 날카로운 금속 가장자리가 잡혔다. 캐딜락 차 키였다.

조지가 마지막 동전을 줍기 전에 나는 차 키를 손안에 넣었다. 그는 떨어진 물건들을 내 핸드백에 모두 넣어 돌려줬다.

"정말 감사합니다."

차 키를 든 오른손 주먹을 꼭 쥔 채 문밖으로 나가며 곧 또 보자고 약속했다.

그 약속은 정말 지킬 생각이다. 내일 아침 제일 먼저 캠벨 부부를 찾아가 어제 핸드백에서 떨어진 물건 중 없어진 게 있는데 입구 통로에 있는 테이블 아래로 굴러갔는지 확인해 봐도 되겠냐고 물을 것이다. 조지가 알아채지 못한 사이 차 키는 그릇 안 자기 자리로 돌아갈 테고 연료도 내가 쓴 만큼 다시 채워둘 것이다.

차라리 솔직하게 캐딜락을 빌려도 되냐고 묻고 싶지만, 조지가 그 차를 아주 아낀다는 걸 알고 있다. 그런 부탁을 하면 조지가 매우 언짢아하며 거절할 텐데, 그걸 감당할 자신이 없었다.

지금 나는 평소 잘 하지 않는 틀어 올린 머리 스타일에 간호사 복장이다. 아주 대단한 위장은 아니지만 엄마는 내가 절대 간호사 복을 입고 출퇴근하지 않는다는 걸 안다. 그러니 멀리서 얼핏 봐서는 그게 나라는 걸 즉시 알아차리지 못할 수도 있다.

게다가 아직 운전할 수 있는 환자들은 건물에서 아주 가까운 주차 자리를 얻는다. 따라서 나는 엄마에게 들키지 않고 10미터 정도만 밖으로 걸어 나가면 된다.

선라이즈 입구 안쪽에서 중년 부부가 수납을 마치고 떠날 때까지 기다렸다.

그리고 나와 보네빌 사이를 막아주길 바라며 그 부부 뒤를 쫓았다.

캐딜락까지 5미터도 남지 않았다.

손안에 있는 조지의 차 키는 이미 밖을 향하고 있었다. 고개를 낮게 숙이고 차 옆으로 이동해 웅크리고 앉은 다음 문을 열어 안으로 미끄러지듯 들어갔다. 시동을 켜고 배낭을 조수석에 던진 뒤 차를 뺐다.

몇 초만 지나면 과연 엄마가 나를 봤는지 알 수 있다.

주차장 밖으로 나가 우회전해서 4차선 도로로 진입한 후 백미러를 확인했다. 만약 보네빌이 내 뒤를 으르렁거리며 따라온다면 나도 뭘 어떻게 해야 할지 모르겠다.

내 뒤로 아무도 따라오지 않았다.

가속페달을 밟아 시속 50킬로미터 규정 속도를 넘어 달리다가 신호가 노란불로 바뀌는 동시에 매끄럽게 통과했다.

보이는 차는 페덱스 트럭뿐이었다.

나는 자유다.


노을빛이 하늘을 물들였다. 퇴근 시간 막바지인 지금, 고속도로에는 많은 차가 꾸준히 움직이고 있었다. 나는 중간 차선에서 앞 차와의 간격을 유지하고 있다. 내 모든 신경은 안전 운전에 초점이 맞춰져 있다. 휴대전화가 울리는데도 보지 않았다. 혹시 사고라도 나서 캠벨 부부의 차를 몰래 운전한 게 알려지면 아마 해고당하거나… 심하면 절도죄로 기소당할 수도 있으니까.

그런 가능한 결과들을 생각하면 지금이라도 돌아 나가야 했지만 나는 핸들을 더 꽉 붙잡고 직진했다. 24년간 나를 속여왔던 거짓이 내 의지를 더 부추겼다.

'이름이 A로 시작했는데.'

오늘 밤 나는 드디어 엄마에 관한 진실을 알아낸다.

오후 7시 반이 되기 전에 피자 피아조에 도착했다. 식당은 식료품점, 미용실, 은행 등 줄지어 선 가게들 맨 끝에 자리해 있었다. 식당 근처 주차장은 만차였다. 인기가 많은 식당임이 분명했다. 식료품점과 가까운 주차장 중간쯤에 차를 댔다. 헤드라이트를 끄고 나서야 밖이 얼마나 어두워졌는지 실감했다.

주변에 아무도 없는 걸 확인하고 뒷자리로 들어가 배낭에 넣어온 반바지와 새 셔츠로 재빨리 갈아입었다. 혹시 필기가 필요할 수도 있으니 핸드백 안에 리갈패드가 있는 걸 다시 확인하고는 차에서 내려 문을 잠그고 식당으로 향했다.

어쩌면 나는 엄마가 10대 시절 남긴 발자취를 그대로 따라가고 있는지도 모르겠다고 생각했다. 식당의 커다란 금속 손잡이에 손을 뻗으며 그 옛날 똑같이 행동했을 엄마를 상상했다.

갑자기 온몸을 타고 흐르는 짜릿한 전율을 느꼈다. 왜인지 뒤를 돌아봤지만 아무도 없었다.

식당 안으로 들어가자 시끄러운 소리가 뺨을 후려치듯 밀려왔다. 꽉 찬 식당 안은 수십 명이 떠드는 소리가 웃음소리와 함께 넘쳐흘렀다. 한가운데에 있는 직사각형 테이블에는 아이의 생일을 축하하는 가족들과 경기를 끝내고 식사하는, 유니폼을 맞춰 입은 소프트볼 선수들이 있었다. 벽을 따라 줄지은 나무 부스는 각각 빨간색 유리 받침에 놓인 봉헌 촛불로 밝게 빛났다.

흰색 버튼다운 셔츠에 검정 슬랙스를 입은 여자가 손님 응대 스탠드 뒤에 서 있었다. 나와 비슷한 또래라니 조금 실망했다. 우리 엄마를 알 리가 없기 때문이다.

"피자 피아조에 오신 걸 환영합니다. 몇 분이실까요?"

"혼자예요."

여자는 고개를 끄덕이더니 메뉴판 하나를 들고 말했다.

"이쪽입니다."

여자를 따라 부스 자리로 이동하며 주변을 둘러봤다. 테이블마다 식당의 대표 메뉴가 담긴 식빵용 철판이 삼각대 위에 놓여 있었다. 한 웨이터가 납작한 스패철러로 사각 모양 한 조각을 떠서 자신이 맡은 테이블에 앉은 커플에게 접대하는 걸 보면서 내게 수도 없이 그렇게 해주던 엄마가 생각났다.

여자는 나를 데리고 식당을 가로질러 뒤쪽에 있는 작은 부스로 안내했고 나는 다른 손님들이 제일 잘 보이는 쪽에 자리를 잡았다. 바로 뒤에는 주방이 있어 스윙 문 너머로 접시들이 맞부딪히며 쨍그랑거리는 소리와 시끄러운 목소리가 들렸다.

메뉴판을 보는 대신 휴대전화를 꺼냈다.

아까 못 받은 전화는 이선에게서 온 것이었다. 메시지를 남기지는 않았다. 아마 벌써 술을 마시기 시작해 같이 놀 사람이 필요한 모양이다. 부재중 전화 알림을 확인하고 사진들을 넘겨보다가 가장 최근에 찍은 엄마의 사진을 찾았다. 아주 잘 나온 건 아니지만 졸업식 때 나와 함께 찍은 사진으로 엄마는 커다란 선글라스를 끼고 있었다. 그래서 다시 찾아보기 시작했다.

거의 1년간 찍은 사진들을 모두 보고 더 오래된 사진도 찾아봤다. 지금까지 몰랐다니 믿을 수가 없었다. 내 휴대전화에 엄마와 찍은 사진은 스무 장 정도가 다였다. 그것도 엄마는 전부 커다란 직사각형 선글라스를 쓰고 있거나 카메라 앞에서 몸을 돌려 얼굴이 제대로 나오지 않았다.

이건 우연일 수 없다.

다시 대학교 졸업식 때 사진으로 돌아와 엄마의 얼굴만 보이도록 확대했다.

서른 살 정도로 보이는 웨이터가 왔다. 나는 콜라를 주문하며 어떤 요리를 시키면 좋을지 추천을 부탁했다.

"라자냐 피자를 드셔보세요. 가장 작은 사이즈가 2인분이지만 남은 건 싸드릴 수 있어요."

나는 그게 좋겠다고 했다. 그리고 돌아서는 웨이터에게 물었다.

"한 가지 여쭤봐도 될까요?"

웨이터가 곧바로 뒤돌아섰다.

너무 어려서 나를 도와줄 수 있을지는 모르겠지만 내 생각보다 나이가 더 들었을 수도 있으니 시도는 해봐야겠다.

"이상하게 들릴 수 있겠지만, 이곳에 자주 오던 한 여자를 찾고 있거든요." 슬그머니 휴대전화를 들이밀며 화면을 가리켰다.

웨이터는 사진을 보더니 얼굴을 찡그렸다.

"죄송해요, 저는 한 번도 못 본 것 같아요. 선글라스를 끼고 있어서 더 모르겠어요."

"사실은 되게 오래전 일이거든요…. 혹시 여기서 아주 오랫동안 일한 분이 계시면 여쭤볼 수 있을까요?"

"음, 저희 매니저님이 오래전부터 일하셨어요. 여쭤봐 드릴까요?"

"그러면 너무 감사하죠."

급히 자리를 뜬 웨이터는 몇 분 뒤 긴 유리컵에 콜라를 담아 왔다. 내 앞에 콜라를 내려놓고 곧 매니저가 올 거라고 알려줬다.

이미 힘이 넘치고 신경이 곤두선지라 더 이상의 당분과 카페인은 필요 없었다. 그래도 음료를 단숨에 반이나 마셨다. 두 손을 가만히 두고 있기가 쉽지 않았다. 테이블에 있는 냅킨을 한 장 꺼내 긴 조각으로 찢기 시작했다. 그리고 조각 하나하나를 작은 공처럼 말았다.

막 두 번째 냅킨을 집으려는데 한 남자가 내 테이블로 다가왔다. 은테 안경을 쓰고 흰머리를 바싹 자른 다정한 인상의 남자는 명찰에 매니저라고 쓰여 있었다.

"안녕하세요, 리치예요. 무엇을 도와드릴까요?"

나는 간절하게 고개를 끄덕였다. 방금 막 음료를 마셨는데도 입안이 바짝바짝 말랐다.

"그러면 정말 감사하겠어요. 이 식당에 자주 오던 한 사람을 찾고 있거든요. 젊은 여성인데, 아주 오래전 이야기예요."

"얼마나 오래죠?"

"거의 25년 전이에요. 그때 아마 고등학생이었을 거예요."

매니저가 미소를 거뒀다.

"이름이 A로 시작하는데요…."

매니저는 가까이 대준 휴대전화는 보지도 않고 눈썹을 찡그렸다.

곧바로 대답하지 않자 나는 신경이 쓰여 웅얼거리기 시작했다.

"여기서 일을 한 건 아니고 자주 왔었어요. 그때는 검은 긴 머리에… 아마도 고등학교 응원단에 있었을 거예요."

매니저는 그냥 화난 표정이 아니었다. 분개하고 있었다.

"25년 전이라고요?"

그는 한마디 한마디 할 때마다 눈을 가늘게 떴다.

"이제 와서 그 여자를 찾는다고요? 지금 장난하세요?"

나는 고개를 저었다.

"뭐라고요? 아니요!"

매니저가 팔짱을 끼며 물었다.

"어디서 오셨어요?"

"저요? 펜실베이니아요. 하지만…."

"어느 신문사에서 오셨냐고요. 누가 보낸 거죠?"

"저는 기자가 아닌…."

내 음식을 갖고 오던 웨이터가 뒷걸음질 쳤다.

"식사가 끝날 때까지만 여기 있다가 나가세요. 혹시 우리 직원이나 다른 손님을 귀찮게 하면 경찰을 부르겠어요."

화가 난 매니저가 단호히 말했다.

나는 완전히 넋이 나간 채로 매니저를 쳐다봤고 웨이터는 라자냐 피자를 테이블에 두더니 황급히 자리를 떴다.

매니저는 웨이터에게 내 쪽을 흘깃 째려보고 가리키면서 뭐라고 말했다.

나도 혼란스러움에 두 눈을 깜박이며 그들을 바라봤다. 매니저와 한 대화는 너무도 기이해서 거의 말도 안 되는 꿈을 꾼 것 같았다. 대체 이게 무슨 상황인지 이해하려고 애썼다. 매니저는 내가 누구를 이야기하는지 아는 것 같았다. 하지만 엄마가 그를 직접 해하기라도 한 것처럼 그 반응이 너무도 극단적이었다.

'도대체 엄마는 무슨 짓을 한 거지?'

엄마가 감추고 있는 진실에 다가갈수록 세상은 더 이질적이고 적대적으로 보일 뿐이었다.

온몸이 주체할 수 없이 떨렸다. 다시 매니저를 불러 내가 당신을 그렇게 화나게 한 여자의 딸이라고 설명하고 싶었지만 그것이 그를 더 화나게 한다면?

웨이터가 내 자리로 와서 아무 말 없이 계산서를 주고 떠났다. 아직 음식에는 손도 대지 않았으니 그건 상당히 명백한 메시지였다. 나는 여기서 환영받지 못하고 있다.

그렇다고 이대로 나갈 수는 없었다. 이 식당이야말로 엄마의 과거에 가장 가까운 단서였기 때문이다.

내 맞은편에 선 매니저는 전혀 개의치 않고 당당히 나를 지켜 봤다. 저렇게 감시하고 있는 한 누구와도 말을 섞을 수 없다. 아니면 직원들이 퇴근할 때까지 주차장에서 기다렸다가 엄마의 사진을 보여줄 수도 있다. 누군가는 나에게 진실을 알려줄 것이다.

바로 앞의 움직임들이 눈에 밟혔다. 입구에 서 있던 여직원은 혼자 온 다른 남자 손님을 안내하고 있었다. 야구 모자를 쓴 그 남자는 내 자리에서 멀지 않은 2인용 테이블에 앉았다. 대리석을 깎아놓은 듯한 미남이었다. 팔에 새겨진 문신은 색이 화려하진 않지만 이선이 한 것과 비슷한 어떤 예술적인 상징처럼 보였다. 서투른 솜씨로 새겨진 검푸른 빛깔 문신이었다.

남자는 평범하게 행동했다. 자리에 앉아 은 식기를 만지작거리며 식당을 둘러봤다. 나는 우리 사이에 앉은 가족에게 가려져 남자가 나를 볼 수 없도록 조금씩 멀어지며 부스 가장 안쪽에 푹 눌러앉았다.

다시 눈을 흘겨 고개를 숙인 채 메뉴판을 보는 남자를 훑어봤다. 어깨 위 공간으로 두껍게 솟은 삼각근과 거북무늬 뿔테 안경이 보였고 길고 덥수룩한 검은 머리카락은 모자 아래로 삐져나와 있었다.

남자가 쓰고 있는 파란색 야구 모자를 더 자세히 바라봤다. 로고 같은 게 있는데 잘 보이지 않았다. 만화 캐릭터나 동물인 것 같은데.

휴대전화를 꺼내 메시지를 확인하는 척했지만, 실은 저 파란 야구 모자를 제대로 보기 위해 카메라를 켜서 화면을 확대했다.

손이 너무 떨려 초점을 맞추는 데 시간이 조금 걸렸다. 드디어 초점이 맞았을 때 화면 속에 보인 건 만화 캐릭터가 아니었다. 두 번째 추측이 맞았다. 동물이었다.

팬서스.

나는 금빛으로 수놓아진 표범을 응시했다. 입가의 피부는 송곳니를 드러내기 위해 뒤로 늘어졌고, 발톱은 막 공격이라도 할 것처럼 치켜세우고 있었다.

팬서스. 파란색과 금색.

입안이 바짝 말랐다. 우연이라고 할 수 없었다.

엄마가 다니던 고등학교의 마스코트다.

아마도 남자의 아이들이 이 학교에 다니거나 남자가 이 학교를 졸업했을 것이다. 우리 엄마를 알 수도 있다. 엄마 또래로 보이니까.

계속 카메라를 든 채 화면을 들여다봤다. 남자는 내가 자기를 보고 있는 걸 안다는 듯 고개를 살짝 틀어 카메라 렌즈를 통해 나와 눈을 마주쳤다.

곧바로 고개를 숙이고 휴대전화를 핸드백 안에 넣었다. 가방 끈을 어깨 위로 올리는데 한기가 밀려오는 걸 느꼈다.

저 남자와 이야기하고 싶었다. 하지만 매니저가 근처에서 돌아다니고 있어서 다른 손님에게 다가가 같이 앉아도 되는지 물어볼 수가 없었다.

너무 생각에 잠긴 나머지 뭔가 완전히 잘못됐다는 첫 번째 신호를 놓칠 뻔했다.

갑자기 어떤 여자가 비명을 질러 깜짝 놀랐다. 고개를 들자 옆 테이블에서 한 가족이 나를 경계하며 바라보고 있었다.

소름이 끼치도록 불안해진 나는 혹시 매니저가 그 가족에게 뭔가를 말해서 나를 적으로 보게 했나 싶었다.

연기 냄새를 맡고 나서야 그들이 나를 보는 게 아니라는 걸 알았다. 내 뒤쪽의 뭔가를 보고 있었다.

나 역시 뒤를 돌아보니 두껍고 검은 연기가 주방 문을 감싸면서 올라오고 있었다.

스윙 문이 터지며 벽에 부딪혀 부서지더니 요리사들이 마구 뛰쳐나왔다. 불길은 걷잡을 수 없이 빠르게 퍼졌다. 마치 누군가 가속제를 뿌린 것처럼 빨간색과 주황색 불꽃들이 주방 위로 활활 타올라 벽을 타고 식당 안까지 들어왔다.

홀 안은 혼돈으로 치달았다.

어른들은 아이들을 데리고 밖으로 나가려고 아우성치며 비명을 질렀다. 모두 침착하게 있으라는 큰 목소리가 헛되이 울렸고 쟁탈전으로 의자들이 마구 넘어졌다. 검은 연기가 느리고 숨 막히게 식당 안을 채웠다. 내 눈에는 그 연기가 유니폼을 맞춰 입은 소프트볼 선수들을 삼키려는 것처럼 보였다.

움직일 수가 없었다. 나는 완전히 매료됐다.

불은 언제나 나를 얼어붙게 했다.

불꽃이 바람을 타고 더 높이 자욱하게 피어올라 벽 전체를 덮고 천장으로 올라갔다. 누군가 화재경보기를 당겨 사이렌 소리가 요란하게 울려 퍼졌다.

따가운 두 눈에서 눈물이 흐르고 기침이 나왔다. 폐 안으로 연기가 들어왔다.

어디선가 사이렌 소리가 들렸지만 아주 멀리서 나는 것 같았다.

눈앞에 아무도 보이지 않았다. 모두 밖으로 사라졌다. 나는 여기 너무 오래 있었다. 지금 당장 밖으로 나가야 했다.

내가 들어왔던 식당 문은 반대편 끝에 있었다. 근처에 옆문이 있는 걸 본 듯한데 지금은 보이지 않았다. 통창들이 식당을 두르고 있었지만 열리는지 알 수 없었다. 연기가 계속 홀 안으로 들어와 시야를 방해했다.

공포가 나를 자리에 묶어뒀다.

어디로 가야 할지 모르겠다. 폐 안으로 깨끗한 산소를 끌어들이기 위해 다시 숨을 들이마시고 힘겹게 기침했다. 목구멍이 타는 듯했고 눈앞은 연기로 가득 찼다.

정문을 향해 간다면 제시간에 나가지 못할 수도 있다. 옆문 쪽으로 기어갈 수도 있겠지만 찾지 못한다면?

불타는 건물에서 나가지 못한 사람들은 이렇게 죽는다. 불길에 직접 닿기도 전에 연기를 들이마셔 죽는 것이다.

살아남기 위해 뭐라도 해보려는데 주방에서 누군가 튀어나왔다. 불길을 뚫은 그 사람은 연기와 섞여 보였다.

남자인지 여자인지 알 수 없었지만, 그 사람은 분명 부스에 앉아 있는 나를 향해 오고 있었다.

내가 목적인 것처럼.

“캐서린!”

순간 어지러움에 사로잡혔다. 이건 말도 안 된다. 있을 수가 없는 일이다.

검은색 그을음을 이마에 묻히고 작은 수건으로 코와 입을 막은 엄마였다. 야성에 서린 두 눈은 내가 한 번도 보지 못한 눈빛이었다.

엄마는 내 팔을 잡아 부스에서 끌어냈다.

“움직여!”

엄마가 나를 옆문까지 끌고 가는 동안 나는 통제할 수 없는 기침으로 고통스러웠다.

말도 안 되는 일이다. 엄마가 여기에 있는 것도, 한 손에 치명적으로 보이는 칼을 들고 있는 것도, 엄마가 하는 말도 모두 다 말이 안 됐다.

“그가 여기 있어.” 엄마가 다급히 속삭였다.

“너를 감시하고 있었어.”

3장

GONE
TONIGHT

## 32. 루스

---

보네빌을 피자 피아조 옆문 앞 연석에 불법으로 주차했다. 차 키는 손에 쥐고 있고 차 문은 열려 있다. 바퀴들은 출구를 향하고 있다.

"어서 타!" 캐서린에게 명령했다.

충격받은 식당 손님들은 건물 반대쪽 끝으로 나갔다. 피자 피아조 안에 있던 사람들은 주방에서 난 불길에서 멀어지기 위해 모두 그 방향으로 대피했다.

역시 봉헌 초 한 개와 요리용 기름통 한 개면 충분할 거라고 믿은 게 옳았다.

캐서린은 너무 느리게 움직였다. 지금은 그저 무거운 짐덩이 같았다. 그에 비해 난 정반대다. 온몸을 통과하는 전류가 팔다리에 채워져 흔치 않은 힘을 발휘했다. 아득히 들려오는 사이렌 소리를 뒤로하고 캐서린을 차까지 데려갔다. 긴급 구조대가 구급차와 경찰차를 보낼 것이다. 어느 쪽이 먼저 올지는 알 수 없다.

지금쯤 제임스는 피신한 인파에 섞여 있다가 따로 도망치려 하고 있을 것이다. 아무리 검정 가발과 거북무늬 뿔테 안경으로 위장했다 해도 곧 경찰이 도착할, 대략 25년 전에 체포됐던 바로 그 장소에 남아 있고 싶지는 않을 테니까.

이런 혼란 속에서 제임스는 절대 우리를 발견하지 못할 터였다. 공포가 거의 히스테리 수준까지 올라간 상태였다.

"안전띠 매!" 캐서린에게 소리친 나는 몇 초 만에 차 뒤를 돌아 운전석에 앉았다.

얼굴에서 수건을 홱 떼어내고 가속페달을 세게 밟으며 쌩하고 주차장을 떠나는데 차 뒤쪽이 좌우로 미끄러졌다. 고속도로를 향해 달리면서 도로 앞과 뒤를 잽싸게 확인했다. 제임스가 어떤 차를 모는지는 모르지만 분명히 훔친 차일 것이다.

그 말은 내 뒤를 따라오는 지붕 회사 로고가 그려진 트럭을 포함해 주변에 있는 차들 중 하나일 수 있다는 뜻이다.

반대편에서 경찰차가 요란하게 달려오자 브레이크를 살짝 밟았다. 그 순간이 지나자마자 다시 속도를 올렸다.

지금 당장 제임스가 우리를 따라오는 건 불가능해, 나는 속으로 말했다. 주차장은 건물 반대편에 있었고, 몰려 있는 사람들 속에서 빨리 빠져나오기란 쉽지 않았을 것이다.

하지만 제임스는 석방되고 하루 만에 자기 딸을 찾아냈다. 캐서린을 꾀어 피자 가게로 불러낸 게 확실한데 마침 내가 시간 맞춰 도착해 그가 뭘 하려고 했든 방해할 수 있었다.

이제 제임스가 무슨 초인처럼 보였다.

등골이 오싹해진 나는 운전대를 더 세게 잡았다.

그가 식당 안으로 들어가는 걸 내가 보네빌에 앉아 지켜보고 있었다는 사실을 그는 꿈에도 몰랐을 것이다. 다시 제임스를 본 순간 나는 평정심을 완전히 잃어버렸다. 처음에는 위장한 모습 때문에 바로 알아보지 못했으나 그만이 가진 자세가 눈에 딱 들어왔다.

감옥살이를 하는 동안 제임스는 허물을 벗고 나오는 생물처럼 문명이라는 얇은 껍질을 벗겨냈다. 이제 그의 겉모습은 그의 내면과 정확히 일치했다. 식당 유리 너머로 보이는 제임스는 지나치게 근육이 발달해 있었다. 테이블에 있던 스테이크용 칼을 집어 들어 손톱 끝으로 칼날을 계속해서 건드리는 모습이 힘이 센, 위협적인 남자로 보이기에 충분했다.

정지선에 다가가니 신호가 노란불로 바뀌었다. 나는 가속페달을 바닥에 닿을 때까지 힘껏 밟아 신호가 빨간불로 바뀌기 몇 초 전에 사거리를 지났다.

8킬로미터 정도 더 달리고 나서야 도로에서 눈을 떼고 고개를 돌려 캐서린을 봤다.

눈을 멍하게 뜬 채 자리에 웅크려 앉은 캐서린은 가끔씩 기침을 했다.

조수석 창문을 조금 열어 캐서린이 마신 연기가 빠져나가도록 해줬다.

"도대체 무슨 일이에요?" 캐서린이 작고 떨리는 목소리로 물었다.

"내 말부터 들어. 대체 그 식당에는 왜 갔는지 알아야겠구나. 누가 불러낸 거니?"

"뭐라고요?"

아무래도 내 질문을 이해하지 못한 듯했다. 캐서린을 잡고 마구 흔들어 대고 싶었다. 지금 한가하게 충격에 빠져 있을 시간이 없다. 제임스가 아는 모든 사실을 내가 알아야 한다. 빨리.

"네가 있는 테이블 근처에 한 남자가 앉아 있었어. 그 남자를 만나려고 했던 거니? 어떻게 연락을 받은 거야?"

캐서린은 느리게 고개를 저었다. 술을 너무 마셔 의식을 잃기 직전인 사람처럼 정신을 못 차리고 초점이 흐릿했다.

**"대답해!"**

내가 지르는 소리에 캐서린이 움찔했다. 내가 쏟아낸 말은 캐서린을 후려쳤다. 캐서린은 이제야 자기 몸으로 돌아왔다는 듯 똑바로 앉았다.

**"내가** 대답하라고요?"

이제 내 딸은 내가 거의 처음 들어보는 아주 냉랭한 목소리로 말했다.

"난 지금 당신이 누군지도 모른다고요."

나는 반응하지 않았다. 그럴 여유가 없다. 대신 최대한 신중하게 단어를 골라가며 계속 차 뒤를 확인했다.

"우리는 지금 어떻게 하면 너를 안전하게 지킬 수 있는지만을 이야기할 거야."

캐서린이 내 말을 듣는 것 같지는 않았다.

"엄마가 불을 낸 거예요? 나는 어떻게 찾아낸 거예요? 나를 추적까지 하고 있었던 거예요?"

"빌어먹을!" 나는 손바닥이 아플 정도로 세게 핸들을 쳤다.

"지금 네가 위험하다고, 캐서린! 우리 둘 다!"

캐서린은 남은 이목구비를 삼켜버릴 정도로 푸른 두 눈을 크게 떴다. 제임스가 저 눈을 봤을까? 캐서린이 가진 두 눈이 자신이 가진 것과 같다는 걸 알아챘을까?

차분하게 호흡을 고르는 소리가 들렸다. 캐서린은 진정하려고 애썼다.

나도 똑같이 따라 했다.

"무슨 남자를 말하는 거예요?" 드디어 캐서린이 입을 열었다.

"그 머리카락이 검고 긴 남자 말이야. 그 사람을 만나러 간 거잖니. 어떻게 연락을 받은 거야?"

옆눈으로 보이는 캐서린이 고개를 저었다.

"연락을 받은 게 아니에요."

내 차 뒤로 어두운색 세단이 바짝 쫓아왔다. 내가 지금 시속 130킬로미터로 가고 있으니 저 차는 거의 날고 있다.

가속페달을 더 세게 밟자 오래된 내 차가 안간힘을 쓰며 부르르 떠는 게 느껴졌다. 세단은 이제 범퍼 가까이 왔다.

이 4차선 고속도로에서 우리가 피할 곳은 없다. 콘크리트로 된 중앙분리대가 반대 방향 도로 두 차선 옆을 가르고 있었고 당장 보이는 출구도 없었다.

"고개 숙여!" 캐서린에게 소리친 나는 오른쪽 차선으로 차를 옮겨 브레이크를 세게 밟았다.

내 몸은 앞으로 날아오르다가 단단히 맨 안전띠 덕분에 철썩하고 끌려 돌아왔다. 몸 안에서 공기 한 줌을 뱉어내듯 헉하는 소리가 났다.

따라오던 세단이 속도를 늦추고 우리를 향해 후진하기를 기다리며 눈을 떼지 않았다.

하지만 세단은 그러지 않았다. 전혀 속도를 늦추지 않은 채 눈앞에서 다음 언덕 너머로 사라졌다.

시끄러운 경적 소리에 나는 현실로 돌아왔다. 트럭이 뒤에서 달려오는데 우리는 분주한 도로를 가로막고 멈춰 서 있었다.

가속페달을 밟으며 앞으로 나아가 겨우 사고를 면했다.

"엄마! 뭐 하는 거예요!" 캐서린이 소리쳤다.

트럭 기사가 차선을 바꿔 우리를 지나치며 또다시 경적을 울렸다. 고개를 들어보니 기사는 고개를 휘젓고 있었다.

드디어 앞에 출구가 보였다. 나는 차선 변경 신호등도 켜지 않고 마지막 순간에 오른쪽으로 꺾어 출구로 나갔다. 주유소로 들어가 시동을 끄고 나서야 아무도 우리를 뒤쫓고 있지 않다는 걸 확신했다.

나와 캐서린 사이에 무거운 침묵이 가라앉았다.

나는 등받이에 기대어 숨을 내쉬었다.

안전띠가 살을 파고들었던 어깨 아래를 문지르며 얼굴을 찡그렸다.

정신을 똑바로 차리기가 쉽지 않았다. 나는 캐서린을 안전하게 보호하는 데 온 신경을 쏟았다. 그러나 제임스가 그가 알아야 할 것보다 더 많이 알고 있다면 도대체 그 '안전'이라는 것이 무슨 의미가 있을지 모르겠다.

"왜 식당에 있던 그 남자 이야기를 자꾸 하는 거예요? 엄마가 그 남자를 어떻게 알아요?" 캐서린이 물었다.

늘 그랬듯이 캐서린이 묻는 말에 대답을 피해보려고 입을 열었다. 하지만 입술 끝에서 거짓말이 나오지 않았다.

자리 아래로 푹 내려앉은 나는 완전히 패배한 기분이었다.

거의 25년을 도망쳐 왔다. 다른 이름 세 개. 일자리 열두 개. 이사 아홉 번.

더는 캐서린에게 진실을 숨길 수가 없었다.

"그 남자가 네 아빠야."

내가 부드럽게 내뱉은 말이 우리 사이에 쇳덩이처럼 떨어졌다.

짧게 숨을 내뱉은 캐서린은 차마 나와 마주 볼 수 없다는 듯 고개를 돌렸다.

팽팽한 긴장감과 거짓말과 불신이 우리 관계를 서서히 질식시키는 지금도 나는 내 딸을 다른 어떤 생명체보다 더 잘 안다.

캐서린은 열심히 머리를 굴리고 있다. 아마 제임스가 팔에 새긴 문신도 수감 중에 새긴 것임을 알아챘으리라. 나와 함께 보던 범죄 프로그램에서 흉악범들이 감옥에서 비슷하게 조잡한 문신을 새긴다는 내용이 나왔기 때문이다. 제임스에게서 풍기던 위협적인 분위기 역시 느꼈을 것이다.

나는 캐서린이 던진 뒤따를 질문들에 마음의 준비를 했다.

그러나 캐서린은 내게 말했다.

"그 남자가 나에게 연락한 게 아니에요." 캐서린은 계속 나와 눈을 마주치지 않았으나 자기 말을 강조라도 하듯 어깨를 살짝 들썩였다.

"내가 먼저 연락을 한 것 같아요."

딸아이의 입에서 이어질 말을 더 들으려니 절망적인 동시에 무섭기도 했다.

"…어떻게?"

"페이스북이요. 예전에 피자 피아조에서 일했던 사람들을 찾고 있었는데 그 남자가 그 가게에서 일했다고 했어요."

나는 두 눈을 꼭 감았다. 캐서린이 피자 피아조를 알고 있다면 내 진짜 과거에 위험할 정도로 가깝게 다가왔다는 뜻이다.

머릿속이 빙빙 돌기 시작하더니 갑자기 제정신으로 돌아왔다. 이렇게 드러난 장소에 캐서린을 두다니 너무 위험했다. 지금 제임스에게서 캐서린을 숨기는 것보다 중요한 건 없었다.

나는 마지막으로 두 가지를 물었다.

"그가 네 실명을 알고 있니?" 고개를 끄덕이는 캐서린을 보자 속이 쿵 하고 떨어지는 것 같았다.

다음 질문. "그가 네가 어디 사는지나 어디서 일하는지 알고 있니?"

캐서린은 깊게 생각하는지 보네빌 천장을 올려다봤다.

"아니요. 페이스북 소개 글을 보긴 했을 텐데 거기엔 내 이름이랑 엄마가 바다 앞에서 찍어준 내 사진뿐이에요. 다른 개인정보는 친구 추가가 된 사람들만 볼 수 있어요."

열여덟 살이 된 캐서린이 내 말을 듣지 않고 소셜 미디어 계정을 만들려고 했을 때 나와 약속한 부분이다.

"그 남자가 날 알아요?" 캐서린이 속삭였다.

"아니." 진작 딸을 진정시키지 않은 내 탓을 하며 곧바로 대답했다.

"내가 임신했다는 사실조차 몰랐어. 아무도 몰랐지."

내 말을 곧이곧대로 믿은 캐서린이 다시 고개를 돌렸다.

핸들 위에 머리를 갖다 댔다. 약 1분 동안 지금 상황을 정리해봤다. 캐서린의 실명을 아는 제임스가 쉽게 주소를 알아낼 수 있어 우리가 사는 아파트로는 돌아갈 수 없다. 모아둔 돈으로 며칠은 호텔에서 묵을 수 있겠지만 돈이 다 떨어지면? 아니, 그 전에 제임스가 다시 우리를 찾으면?

"엄마? 뭐 하고 있어요?"

나는 고개를 들어 캐서린의 손을 잡으려고 팔을 뻗었다. 내 손이 닿기도 전에 캐서린이 팔을 휙 하고 치워서 마음이 아팠다.

"지금 당장은 주유부터 해야지. 계속 이동해야 해."

"어디로 가는데요?"

"오늘 밤을 지낼 안전한 곳으로. 그 남자, 제임스가 우리를 찾으려고 할 거야. 절대 그렇게 둘 순 없어."

나는 보네빌에서 뛰어내려 기름통 가득 연료를 채웠다. 앞으로 몇 시간 더 운전해서 저렴한 호텔 방을 잡으면 둘 다 쉴 수 있을 것이다. 대단한 계획은 아니지만 지금으로서는 최선이었다.

차에 타서 운전대를 잡는데 캐서린이 꺼낸 말이 나를 한 번 더 놀라게 했다.

"우리가 숨을 만한 데를 알아요."


## 33. 캐서린

느릿느릿 발을 끌며 걷는 엄마의 팔을 부축하며 접수대로 향했다. 엄마는 완전히 다른 사람인 척하고 있다. 나를 위해 챙긴 라벤더색 상의를 입은 채 몸을 한껏 구부리고 있다.

전적으로 나에게 의지해서만 앞으로 갈 수 있다는 듯이 고개를 낮게 숙이고 발걸음을 자주 멈췄다.

밤 근무를 서는 경비원이 접수대를 향하는 우리를 쳐다봤다.

"폴! 와, 오랜만이네요." 나는 최대한 밝게 말했다.

폴 역시 환하게 웃었다.

"캐서린, 다시 보니 반갑네요."

폴은 미소를 거두더니 한마디 더 했다.

"오늘 늦게 들어오네요."

로비 안이 상당히 시원한데도 나는 식은땀이 흐르는 걸 느꼈다. 최대한 평소와 같이 말했다.

342

"맞아요. 제이콥슨 부인을 입실 등록하고 5층에 모셔다 드리려고요. 지금 너무 피곤해하세요."

폴은 옆 컴퓨터에서 키보드를 두드리는 나를 바라봤다. 사실은 내 출입 등록을 하고 있었다. 어쨌든 내가 비밀번호를 알고 있으니까. 우리는 선라이즈로 왔다.

"오늘 저녁에 행사라도 있었나 봐요?" 폴이 물었다.

평소 외출하는 입주 환자들을 승합차로 많이 태우고 다녔기 때문에 폴은 저녁마다 환자들을 데리고 오는 나와 마주친 적이 꽤 있다. 그래도 이렇게까지 늦은 시간에 돌아오는 건 처음이었다. 게다가 벌써 승합차 운전을 안 한 지도 몇 년이나 지났다. 그래도 폴은 이상한 낌새를 알아차리지 못할 것이다. 야간에만 근무하는 탓에 낮에 내가 환자를 데리고 외출했는지 알 길이 없기 때문이다. 엄마는 제이콥슨 부인보다 스무 살도 넘게 어리다. 하지만 둘 다 키가 작고 머리카락 색이 어둡다. 폴이 근무할 때 메모리 윙 환자들은 보통 잠자리에 든 상태라 제이콥슨 부인뿐만 아니라 다른 환자들도 누가 누군지 자세히 알지 못할 터였다.

폴은 메모리 윙에서 누군가 탈출하기라도 하면 바로 행동에 나설 준비가 돼 있다. 당연히 일반인이 메모리 윙에 숨어들어 갈 거라고는 생각도 하지 못할 것이다.

"아드님 생일 파티가 크게 있었어요. 가족들이 부인이 와주길 바랐는데 부인도 아주 잘해주셨죠. 케이크도 조금 드셨답니다."

옆에 선 엄마는 내가 시킨 대로 아무 말도 하지 않았다. 그래도 폴이 의심스러워하거나 내가 키보드로 입력하는 내용을 확인하려고 할 때 어떻게 해야 하는지 알고 있었다.

"다 됐어요." 키보드에서 손을 떼며 말했다. 그저 내 출입 등록을 한 게 다지만 폴은 컴퓨터 기록을 확인해 보지 않는 한 알 수 없을 것이다.

우리의 운명을 가르는 순간이 왔다. 엄마도 나처럼 불안해하는 걸 느낄 수 있었다. 핸드백을 든 내가 엄마의 가방과 내 노트북과 위생용품이 든 배낭까지 메고 있는 모습을 폴이 이상하다고 생각하지 않기를 바라면서 숨을 죽이고 걸어갔다.

폴은 나와 엄마를 차례로 쳐다보며 부드럽게 말했다.

"즐거운 시간이었기를 바라요, 제이콥슨 부인. 안녕히 주무세요, 두 분 다."

나도 참았던 숨을 내쉬며 폴에게 인사했다. 엄마 역시 혹시라도 내가 컴퓨터에 입력하는 내용을 알아내려고 시도하려는 폴을 방해하기 위해 점점 강도를 높여 끙끙거리거나 꼼지락거리는 척할 필요가 없어 안도했을 것이다.

생각해 보면 나도 그렇게 긴장할 필요가 없었는지도 모르겠다. 폴이 나나 우리 엄마를 믿지 못할 이유도 딱히 없기 때문이다. 나와는 다르게 폴이 사는 세상 사람들은 아마도 자기 신분을 속이지 않을 것이다.

엄마를 엘리베이터에 태워 5층 버튼을 눌렀다. 메모리 윙을 드나드는 모든 사람을 녹화하는 카메라를 유념해 우리는 계속 연기했다.

5층에 도착한 나는 비밀번호를 입력해 문을 열고 엄마를 안으로 들였다.

그 누구의 눈에도 띄지 않는 게 아주 중요했는데 크게 걱정할 필요는 없었다. 입주 환자들은 모두 저녁 약을 먹고 자고 있을 시간이다. 야간에 근무하는 간호사와 간호조무사가 매시간 층을 돌지만, 그 외 시간에는 간호사실에서만 머무른다.

손가락을 세워 입술에 대고 엄마에게 따라오라는 손짓을 했다. 우리는 발뒤꿈치를 들고 복도를 따라 내려가다 잠시 멈춰 무슨 소리가 나는지 귀를 기울였다. 저 멀리서 대화 소리가 들리긴 했지만 무슨 내용인지 알아듣기에는 소리가 너무 작았다.

곧 입주 환자들이 지내는, 희미하게 불을 켜둔 조용한 방들을 지난다. 제일 끝에 있는 방이 바로 내가 가려는 곳이다.

분명 비어 있을 것이다. 혹시라도 방문 가족이 하룻밤을 보내게 되면 모든 직원은 미리 고지를 받는데 오늘 낮에 근무하는 동안 밤에 도착하는 메모리 윙 환자 가족에 관한 이야기는 전혀 없었다.

문고리를 돌리고 안을 슬쩍 들여다봤다. 아무도 없다.

옆으로 비켜서서 엄마를 들어오게 한 후 등 뒤로 문을 닫았다.

가족 숙소 안에서, 아니 적어도 지금 우리는 안전하다.

샤워실에 걸려 있는 수건을 가져와 돌돌 만 뒤 아무도 새어 나가는 불빛을 보지 못하도록 문 아래 틈을 막았다. 큰 소리만 내지 않는다면 탄로 날 일은 없다. 누가 이 방을 확인할 일은 없고 그 전에 복도 끝까지 걸어올 일도 없다.

엄마가 내게 다가와 속삭였다.

"캐서린, 내가…."

나는 손을 들어 엄마가 하려는 말을 막았다.

"화장실 좀 다녀올게요."

화장실로 들어가 불을 켜고 문을 잠갔다. 변기 뚜껑을 내리고 그 위에 앉았다.

극도로 힘든 달리기경주를 막 끝낸 것처럼 정신이 어질어질하고 한숨 돌리기가 어려웠다.

지난 며칠 동안 나는 엄마의 신원이 가짜라는 걸 알아냈다. 이제 엄마는 내가 항상 이기적이고 성숙하지 못한 소년이라고 상상해 왔던 아빠마저도 가짜라고 말할 참이다.

고개를 숙여 두 손으로 머리를 감쌌다.

둥둥 떠다니던 엄마를 이루는 퍼즐 조각들이 이제야 좀 맞춰지나 싶었다. 어쩌면 내 아빠라는 사람이 헤어지자는 엄마를 스토킹했을 수도 있다. 그래서 엄마는 신원을 바꿔서라도 숨으려 했을 수 있다. 여기저기 다른 동네로 갑작스럽게 이사를 했던 것도, 엄마가 처음부터 아무와도 깊은 관계로 지내지 못한 것도, 그 이유라면 말이 된다고 생각했다.

하지만 왜 나에게 말해주지 않았을까?

이제 막 엄마의 진짜 과거를 알기 직전인데 마치 벼랑 끝에 선 기분이다. 그저 모든 걸 알기 전으로 다시 돌아가고 싶은 마음만 강하게 들 뿐이었다.

그럴 수는 없다. 몇 초만 있으면 금방 진실을 손에 쥘 것이다.

핸드백에서 휴대전화를 꺼냈다.

구글 검색창에 새로운 검색어를 입력했다.

**버지니아**가 아닌 **메릴랜드. 팬서스. 제임스. 피자 피아조.**

이거면 됐다.

제일 먼저 식당 웹사이트와 옐프* 후기들이 떴다.

그리고 기사들이 화면을 꽉 채웠다.

첫 번째로 읽은 기사 제목은 **'오크힐 고등학교 살인범 가석방'** 이었다.

기사에 실린 사진을 보자 헛구역질이 나왔다.

가발과 안경만 빼면 불과 몇 시간 전 식당에서 본 그 남자였다. 전체 이름은 제임스 앤드류 베이츠. 살인자다.

내 아빠이기도 하다.

무릎 사이로 머리를 떨어뜨리고 떨리는 얇은 숨을 겨우 들이마셨다.

거짓은 엄마의 신원만이 아니었다.

내 신원도 거짓이었다.

간신히 기사를 읽어 내려갔다. 반쯤 왔을 때 눈을 감고 어지러움이 지나가길 기다려야 했지만, 끝까지 읽었다.

화면 속 글자는 분명 읽을 수는 있는데 내가 잘 모르는 언어로 쓰인 것처럼 내용을 이해하기가 너무 어려웠다. 엄마와 지내던 단정하고 조용한 삶과는 완전히 달랐다.

---

* 지역 기반 소셜 네트워크. 여러 도시의 식당에 대한 평판을 공개 의견 수집을 통해 모으는 서비스를 제공한다.

제임스는 엄마가 다니던 고등학교 응원단 코치를 죽였다. 그리고 옥살이를 했다. 우리 엄마는 사건이 있던 날 밤에 사라졌다. 엄마의 진짜 이름은 아바 모랄레스다.

폭로들이 나를 주먹으로 치듯 연이어 차례차례 달려들었다.

가석방된 제임스가 사라져 체포 영장이 발부됐다는 두 번째 기사의 마지막 부분에 다다랐을 때, 누가 화장실 문을 두드려 나는 화들짝 놀랐다.

"캐서린? 괜찮니?"

**아니요**, 울고 싶어요. 하지만 나는 숨죽인 목소리로 대답했다.

"곧 나갈게요."

휴대전화를 핸드백에 넣었다. 인터넷에 수많은 내용이 떠다녔지만 일단 기본적인 내용은 알았다. 여기까지가 오늘 밤 견딜 수 있는 한계다.

흰 타일이 발린 작은 화장실 안에 움직이지 않고 앉아 있었다. 어떻게 느껴야 할지, 이제 뭘 해야 할지 모르겠다.

드디어 자리에서 일어나 세면대로 가서 물을 틀었다. 두 손을 모아 시원하고 맑은 물을 받아서 얼굴 위에 끼얹고 손을 닦는 수건으로 두 뺨을 문질렀다.

그리고 문을 열었다.

엄마의 얼굴을 보니 내가 모든 진실을 알아낸 걸 안 눈치였다.

엄마는 두 손을 무릎 위에 두고 침대 끝에 앉아 있었다. 어둑한 방에서 우리가 만들어낸 그림자는 엄마가 나이 들고 연약하다는 사실을 새삼스레 보여줬다.

내 안에서 비누 거품처럼 부글거리던 질문들이 하나로 걸러졌다.

"엄마가 사라졌던 날 무슨 일이 일어난 거예요?"

엄마는 고개를 숙이며 대답했다.

"제임스가 무슨 계획을 꾸미고 있는지 나는 몰랐어. 정말이야, 캐서린. 그저 코치 사무실에만 몰래 들어가서 난장판으로 만들고 나오는 게 끝일 줄 알았지. 코치가 그 정도 벌은 받아야 한다고 생각했으니까. 좋은 사람은 아니었어…."

말끝을 흐린 엄마가 말을 이었다.

"나중에, 그러니까 코치가 죽어가고 있을 때 나는 911에 신고하려고 했어. 그런데 제임스가 너무 겁을 주는 거야…. 어떨 때는 그렇게 자상하고 배려가 넘쳤는데 그땐 완전히 다른 사람으로 변하더구나."

나는 계속하라는 의미로 고개를 끄덕였다.

"우리는 각자 집으로 가서 옷가지랑 귀중품을 챙겨 오기로 했어. 피자 가게 앞에서 제임스랑 만나기로 했는데 내가 다른 방향으로 차를 몰고 간 거야."

이해할 수 있었다. 만약 제임스가 나를 향해 걸어오는 걸 봤다면 나도 최대한 빠르게 달려 도망쳤을 것이다.

"제임스가 엄마에게 폭력을 쓰기도 했어요?" 내가 물었다.

엄마는 고개를 저었다.

"전혀. 하지만 제임스가 자기 양아버지를 죽인 건 맞는 것 같아. 그리고 그날 밤 같이 도망치자는 걸 내가 반대했다면, 어쩌면 나도 다치게 했을 거야."

나는 또 다른 거짓을 깨부수며 엄마에게 몇 걸음 다가갔다.

"엄마 가족이 엄마를 의절한 게 아니죠?"

이제 고통스러워하는 엄마의 두 눈을 바라보기 힘들 정도였다. 마치 산산조각이 난 유리 같았다.

"그래, 그러지 않았어. 오래전에 발신 주소 없이 아버지에게 짧은 편지를 보낸 적이 있어. 아버지와 남동생만 아는 암호로 내가 살아 있다는 메시지를 보냈지. 그 둘이 걱정할 걸 생각하면 견딜 수 없었지만…." 엄마는 갈라지는 목소리로 이어서 말했다. "내가 임신했다고 집에서 날 버린 건 아니었어. 뱃속에 네가 있다는 건 나도 도망치고 나서야 알았으니까."

엄마에게 남자 형제가 있다. 그렇다면….

"나에게 삼촌이 있어요?"

"티미야." 오랜 시간이 지났고 이름을 부르기만 했을 뿐인데 모든 힘을 쏟아내는 것처럼 눈물이 엄마의 얼굴 위로 주르륵 흘렀다.

"엄마 진짜 몇 살인 거예요?" 내가 물었다.

"마흔하나."

엄마는 침을 꿀꺽 삼켰다.

"너를 임신하고 집을 나온 게 열여섯 살 때였어. 열일곱에 널 낳았지."

아무도 없이 혼자서 완전히 겁에 질린 열여섯의 엄마를 상상해 봤다. 마음이 조금씩 녹아 내리기 시작했다.

엄마는 계속 말했다.

"널 위해 계속 숨어 살았어. 살인자가 낳은 아이들이 어떤 삶을 사는지 알아봤거든. 테드 번디*에게 딸이 있다는 거 아니? 사람들은 그 딸이 유럽에서 가명으로 사는 줄 알고 있어. 얼마나 끔찍하게 사는지, 난 반드시 숨어야 했지. 절대 네가 그런 삶을 살게 할 수는 없었으니까."

엄마가 하는 이야기에서 뭔가가 내 마음을 사로잡았다. 그래, 엄마도 피해자다. 그렇지만 그게 그렇게 간단하지 않았다.

"오직 나 때문에 숨은 건 아니잖아요. 엄마도 공범으로 잡힐 수 있으니까, 엄마를 보호하기 위해서라도 숨어야 했잖아요."

엄마는 고개를 끄덕였다.

"맞아."

이제 우리 사이에는 마지막 거짓이 남아 있다.

"알츠하이머병도 거짓말이죠?"

순간 엄마의 표정이 완전히 일그러졌다가 다시 돌아왔는데 이번에는 내가 잘 아는 그 뻔뻔한 표정이었다.

"난 필요하다면 계속 그렇게 거짓말했을 거야. 제임스는 감옥에서 풀려나는데 그 근처에서 네가 혼자 산다니. 그가 널 찾아내기라도 하면… 난 널 지켜주지 못하잖니. 널 근처에 둬야겠는데 그 외에 다른 방법은 모르겠으니까."

나는 오랫동안 가만히 엄마를 바라봤다. 엄마는 나를 가까이

---

두기 위해 그 끔찍한 거짓말을 지속했지만 그건 엄마를 위해서가 아니라 나를 보호하기 위해서였다. 그렇다고 해서 엄마가 한 행동이나 그로 인한 고통, 내가 견뎌야 했던 혼란을 없던 일로 할 수는 없다.

엄마는 두 손으로 팔을 감싸 비벼대기 시작했다. 옷소매가 들려 팔뚝에 있는 오래되고 울퉁불퉁한 흉터가 보였다.

엄마는 피부에 불이 닿는 게 얼마나 고통스러운 건지 알면서도 오늘 밤 나를 구하러 불길 속으로 뛰어들었다.

하지만 내 삶을 얼마나 통제하고 있는지 한 번도 나에게 알리지 않은 채 우리 둘에게 이런 중요한 결과를 초래하는 선택을 했다. 적어도 나에게 엄마를 임신시킨 남자가 위험한 사람이라고는 말해줄 수 있었다. 그 정도 진실은 나도 알아야 마땅했다.

"날 용서해 줄 수 있겠니?" 엄마가 속삭이며 물었다.

우리 사이에는 이미 거짓이 깔려 있다. 그래서 나는 솔직하게 대답했다.

"모르겠어요."

그 후로 우린 조용했다. 둘 다 육체적으로나 정신적으로 만신창이였다. 입고 있던 옷에서 연기 냄새가 너무 심하게 나 벌써 보네빌에서 깨끗한 옷으로 갈아입고 나온 터였다. 이제 이를 닦고 침대에 눕는 일만 남았다.

자리에 눕는데 잊고 있던 일이 슬그머니 기억났다. 나는 똑바로 일어나 앉았다.

캠벨 부부의 캐딜락이 아직 피자 피아조에 주차돼 있다.

# 34. 루스

100번도 넘게 이 상황을 머릿속으로 검토해 봤지만 계속 같은 결론에 다다랐다. 안전한 길은 단 하나뿐이다.

나는 천을 씌운 의자를 우리가 숨어 있는 이 방 문 앞까지 끌고 와 앉아 있고 캐서린은 몇 미터 앞에서 죽은 듯이 자고 있다. 자정이 한참 지난 시각이다. 나 역시 잠시라도 눈을 붙여야 했지만 도저히 누워 있을 수 없었다.

"엄마?"

캐서린이 잠긴 목소리로 속삭여 고개를 홱 돌렸다. 잠꼬대다.

자리에서 일어나 캐서린에게 가서 머리를 쓰다듬어 줬다.

나는 쉬 하며 입으로 소리를 냈다. 딸아이는 긴장을 풀고 내 바람대로 더 편안한 꿈속으로 빠져들었다.

캐서린을 바라보며 가장 최악인 사람과 연락하기 전에 피자 가게가 나와 무슨 관계가 있는지 먼저 물어봤으면 얼마나 좋았을까 하고 생각했다. 하지만, 아니다. 그건 공평하지 않다. 우리 사이에 불신이라는 벽을 세운 건 나다. 그리고 캐서린이 하는 행동을 보면 그 벽은 영원히 무너지지 않을 수도 있다.

나는 어두워진 방 안에서 잔혹한 자기비판과 뒤늦은 후회를 넘치도록 했다. 하지만 곧 그런 생각들을 모두 떨쳐냈다. 어차피 이 상황을 이겨내려면 지난날이 아닌 앞날을 내다봐야만 한다.

캐서린은 자기 아빠와 그 어떤 점도 닮지 않았다고 나는 확신했다. 그런데도 그 둘은 서로를 찾아내 손끝이 닿을 때까지 흐리고 안개 낀 창공 너머로 손을 뻗었다.

캐서린이 페이스북 일대일 메시지로 연락한 남자는 제임스가 분명하다. 다시 짚어보자면, 제임스는 석방된 날 바로 페이스북에 가입했다. 그리고 자신을 잘 아는 사람이라면 자기를 찾아내기에 충분하지만 동시에 경찰 당국은 그의 존재를 알아채지 못할 정도로만 프로필을 채웠다.

그는 피자 피아조를 전 직장이라고 올렸다. 프로필 사진으로 자기가 몰던 검정 콜벳 사진을 골랐다. 첫 이름과 가운데 이름을 뒤섞어 자신을 데이비드 제임스라고 소개했다. 그러고는 지난날을 향해 아픈 인사라도 하듯 가장 좋아하는 음악가를 에릭 클랩튼이라고 써뒀다.

이 정보는 나도 자유롭게 볼 수 있다. 티미의 계정을 확인하느라 몇 년 전에 만들어 둔 가짜 계정으로 로그인만 하면 되니까.

제임스의 계정에서 다른 단서들을 찾느라 잽싸게 눈을 굴리는 동안 나는 완전히 당황했다. 제임스가 올려둔 배경 사진은 나만 알아볼 수 있는 사진이었다. 내가 다녔던 고등학교 뒤편 숲 한가운데에 있는 들판은 우리가 처음으로 섹스하고 그 뒤에도 종종 찾았던 곳이다. 제임스는 마치 자기가 그곳에 있다고 내게 명확히 알려주기 위해 공개적인 토론회에서 사적인 단서라도 남기고 있는 것 같았다.

그리고 나는 깨달았다. 어쩌면 제임스는 정말 그랬을 수도 있다.

전혀 생각지도 못했던 완전히 새로운 시나리오가 머릿속에서 폭발하자 긴장했다. 만약 제임스가 나와 연락이 되기 위해 조심히 더듬이를 내밀고 있는 거라면, 지금까지 약 25년간 나는 아예 잘못 짚고 있었다.

지금껏 제임스가 내가 일부러 만나기로 한 장소에 나타나지 않았다고 생각하는 줄 알았다. 감옥에 갇혀 있으면서 내게 복수를 하는 환상에 젖어 있는 제임스를 상상하곤 했다.

하지만 제임스는 우리가 만나기로 한 시각에서 겨우 15분이 지나자마자 체포됐다. 그때까지도 내가 고속도로 반대 방향으로 달리고 있을 거라고는 전혀 생각하지 못했을 것이다.

내가 늦은 정당한 이유는 수두룩하다. 충격이 가시지 않아 준비하는 데 시간 가는 줄 몰랐을 수 있다. 물건을 챙겨 집 밖으로 나오는데 아버지가 깨서 다시 잠들 때까지 기다려야 했을 수도 있다. 차에 문제가 생겼을 수도 있고 짐을 싸는 데 시간이 모자랐을 수도 있다.

그런 핑계들을 재빨리 생각해 냈다. 물론 제임스도 다 고려한 내용일 것이다.

내가 경찰에 가서 제임스가 코치를 살해한 범인이라고 말하지 않은 건 나를 위해서이기도 했지만, 제임스가 나를 어느 정도 좋게 봐줄 여지를 남긴 것이기도 했다.

몸을 앞으로 숙이고 무릎 위에 팔꿈치를 댄 채 의자 깊숙이 앉은 나는 머릿속이 소용돌이치는 걸 느꼈다.

어쩌면 제임스가 감옥에서 내 모습을 그렸다는 그 그림들은 복수를 생각하며 그린 게 아닐 수도 있다. 비뚤어진 사랑을 바라보는 시각에서 비롯됐을 가능성이 있다. 혹시라도 석방된다면 다시 나와 커플이 될 수도 있다고 생각해 왔는지도 모른다.

모든 걸 잃지는 않았다. 나에게는 기회가 한 번 더 있다.

이것이 앞으로 나아갈 유일한 방법이다. 제임스는 오늘 붙잡혀야 한다.

그러려면 어떻게 해야 하는지도 알고 있다. 그 오랜 시간 동안 경찰로부터 숨어 다녔지만, 이제는 경찰을 이용해 나와 한 팀으로 움직이게 할 것이다.

나는 휴대전화로 페이스북 일대일 메시지를 켜서 제임스에게 나만의 단서 몇 가지를 뿌리며 용의주도한 메시지를 남겼다.

**별빛 아래 우리만 아는 그 장소에서 아침 9시에 만날까? 사랑하는 너의 초콜릿 칩 카놀리 소녀가.**

기다렸지만 곧바로 답장이 오지는 않았다.

시간이 흐를수록 눈이 건조하고 가려웠음에도 오지 않는 답장을 기다리며 작은 화면에서 눈을 떼지 않았다. 지금은 한밤중이다. 제임스는 자고 있을 것이다. 우리를 뒤쫓아 고속도로를 달리고 있을 리는 절대 없다.

결국 나는 휴대전화를 내려놨다. 오늘은 내 마음이 둔해지도록 둘 수가 없다. 다만 조금이라도 휴식을 취해야 했다. 캐서린 옆에 누웠지만 쉽게 잠이 들지 않았다. 우리가 있는 방 문은 잠금장치가 약해 누구든 마음만 먹으면 들어올 수 있었다. 멀리서 들리는 발걸음 소리마다 제임스가 복도를 따라 걸어오는 듯했다. 바람에 끼익 하거나 바스락거리는 소리가 우리에게 다가오는 제임스 같았다.

나는 오랫동안 몸을 뒤척였다. 결국 일어나서 몰래 들고 들어온 라이스 크리스피 상자를 열었다. 방문과 침대 사이 타일이 깔린 바닥 위로 바싹 마른 시리얼을 뿌렸다.

바사삭 부서지는 시끄러운 소리는 누군가 우리에게 접근하려 한다는 걸 알려줄 것이다.

그제야 나는 호신용 스프레이를 손에 쥐고 눈을 감았다.


## 35. 캐서린

___

몸을 돌려 블라인드 사이로 스며드는 얇은 햇빛에 눈을 적응시킨 뒤 바닥에 웅크리고 앉아 라이스 크리스피를 줍는 엄마를 바라봤다.

"배가 고팠는데 엎질러 버렸네." 엄마가 소곤거렸다.

엄마를 보고 있자니 어젯밤 기억이 내 마음을 옥죄었다. '당신 이름은 아바 모랄레스잖아요. 당신은 인생 대부분을 숨어 살았어요. 나도 숨겼고요'라고 속으로 말했다.

엄마가 바닥에서 마지막 시리얼 조각을 치울 때 나는 침대에서 내려와 이불을 휙 젖혔다.

"잘 잤니?" 엄마가 물었다. 어찌나 평범한 질문인지.

하지만 오늘은 전혀 평범하지 않다.

나는 고개만 끄덕였다. 엄마와 말을 섞을 수 없는, 아니 섞고 싶지 않은 기분이었다.

화장실로 가서 이를 닦고 세수했다. 방으로 돌아오니 배에서 엄마도 들을 수 있을 만큼 크게 꼬르륵거리는 소리가 났다.

"여기." 엄마가 가방에서 그래놀라 바 하나와 물병을 꺼내 건넸다.

"이건 어디서 났어요?"

엄마가 어깨를 으쓱하며 말했다.

"다 보네빌에 있던 거야."

나는 그래놀라 바를 허겁지겁 먹었다. 거의 다 먹고 나서야 엄마도 배가 고플 거라는 걸 깨달았다. 마지막 남은 한 입을 엄마에게 건넸지만, 엄마는 손사래를 쳤다.

우리 둘 다 충분히 먹을 음식이 없을 때면 항상 그랬듯이.

죄책감 같은 뭔가가 내 안에서 마음 졸이던 다른 감정들과 함께 뒤섞였다.

다 먹은 포장지를 반바지 주머니에 쑤셔 넣고 우리가 남긴 흔적이 있는지 둘러봤다.

엄마를 몰래 선라이즈로 데리고 들어오는 건 쉬웠다. 그러나 데리고 나가는 건 분명 더 복잡할 터였다. 가장 이상적인 방법은 입주 환자들이 아침 식사를 끝내고 어슬렁거리는 늦은 아침까지 기다렸다가 나가는 거였다.

하지만 어젯밤 내가 일어나 앉아 엄마에게 설명했듯이 나는 최대한 빨리 캐딜락을 제자리에 갖다 놓고 싶었다. 제발 조지 캠벨 씨가 항상 지켜오던 루틴을 따라주길 바랄 뿐이었다. 그는 하루하루 번갈아 가며 수영장에서 수영하거나 체육관에서 무게를 들고 샤워를 한 뒤 식당에 가서 준과 늦은 아침을 먹는다. 그래도 예상치 못한 이유로 일찍 차를 써야 할 수도 있었고, 그런 위험을 무릅쓸 수는 없었다.

휴대전화로 시간을 확인했다. 경비원들은 오후 9시부터 오전 5시까지 접수대에서 근무한다. 이미 퇴근한 지 오래일 것이다. 접수대 직원들이 오전 근무를 맡기 때문에 아무도 우리 엄마가 누구인지는 모를 것이다.

엄마는 입주 환자나 가족, 밤사이 방문한 간호사 등으로 위장해 빠져나갈 수 있다. 그중 어떤 정체가 가장 수월하게 접수대 직원들을 이해시킬지 고르기만 하면 된다.

하지만 먼저 우리는 메모리 윙을 벗어나야 한다.

나와 엄마는 가족 숙소를 마지막으로 쓸고 침대 위 이불을 정리하고 싱크대에 떨어진 물방울을 닦아내고 문 아래에 돌돌 말아 끼워둔 수건을 빼냈다. 방 안이 우리가 오기 전 상태로 완벽히 돌아가자 나는 배낭을 한쪽 어깨에 걸쳐 메고 문 앞에 서서 바깥에서 나는 소리를 꽤 오래 들었다.

천천히 문을 조금 열어 밖을 살펴봤다. 복도에는 아무도 없었다.

뒤돌아 엄마를 향해 고개를 끄덕였다. 내가 먼저 긴 복도의 리놀륨 바닥 위로 서서히, 그리고 조용히 발을 내디뎠다. 엄마는 바로 뒤에서 내 행동을 따라 했다. 몇 미터 정도 가다가 멈춘 나는 다시 귀를 기울였다.

아직 오전 7시가 되기 전이었다. 일찍 출근하는 직원들이 잇따라 도착하기 시작할 때였다. 우리는 밤샘 근무한 직원이 마지막 서류 작업을 끝내고 있기를 기대하며 빠져나갈 시간을 계산했다. 출구에 도착하기 전까지 잠에서 깬 환자를 돌보러 가는 직원이 아니면 그 누구와도 마주쳐서는 안 된다.

모퉁이까지 별일 없이 도착하자 곧 파란 칠이 된 출구가 보이기 직전이었다. 그때 내가 두려워하던 발소리가 들렸다.

누군가 우리 쪽으로 걸어오고 있었다.

뒤돌아보니 엄마가 눈을 크게 뜨고 나를 바라봤다.

우리가 지금 왜 여기에 있는지 설명할 길이 없었다. 밤 근무를 한 직원은 내가 누구인지 알지만, 지금은 근무 시간이 아니라는 것도 안다. 엄마가 입주 환자가 아니라는 것도 단박에 알아챌 것이다.

나는 당장 생각나는 대로 행동했다. 가장 가까이에 있던 방문을 열어 안으로 들어갔다. 엄마가 뒤따라 들어오자 문을 닫았다.

우리는 문에 달린 창문 양옆으로 서서 벽에 등을 기댔다.

발소리가 점점 가까워졌다. 우리가 온 길로 계속 오면 모퉁이를 돌 것이다. 만약 목적지가 이 방이라면 우리는 걸린다.

나는 숨을 참았다.

발걸음이 박자를 맞췄다. 열 걸음 오고 잠시 쉬었다. 다시 열 걸음 오고 또다시 쉬었다. 점점 가까이 다가오더니 우리가 숨은 방 바로 밖에 섰다. 한 번 더 쉬더니 가던 길을 갔다.

나는 천천히 숨을 내쉬었다. 누군가 이른 아침 순찰을 한 것 같은데 우리를 보지는 못했다.

바로 앞에는 어젯밤 엄마가 가장했던 제이콥슨 부인이 자고 있었다. 침대 안전 가드를 모두 올린 채 그 안에 태아처럼 몸을 웅크리고 있었다.

제이콥슨 부인과 방 안을 둘러보는 엄마를 쳐다봤다. 여기에 날카로운 모서리는 전혀 없다. 다른 방들과 마찬가지로 침대 옆 테이블이나 서랍장 모두 모서리가 둥글었다. 가구나 벽, 바닥과 침대 이불 등이 전부 대조적인 색으로 이루어진 이유는 제이콥슨 부인이 각 표면을 구별하는 걸 돕기 위해서다. 복잡한 패턴보다는 부드럽고 기분 좋은 색조들이 방 안을 가득 채웠다. 제이콥슨 부인이 처음 입주했을 때 부인의 아들은 자기 어머니가 가장 좋아하는 큰 안락의자를 가져다 났다. 하루는 무릎을 꿇은 채 행주를 들고 있는 부인을 발견했다. 패턴에 그려진 장미 꽃송이가 '얼룩'인 줄 알고 닦아내려 한 것이다. 이제 그 의자에는 아무 무늬 없는 초록색 커버를 씌워놨다.

서랍장 위에 늘어놓은 가족사진 중에는 제이콥슨 부인이 자녀 네 명과 어린 손주 열한 명에 둘러싸인 사진도 있었다. 부인의 질병이 진행되기 전에 찍은 사진이다. 사진 속에서 카메라를 똑바로 바라보고 있는 부인은 무척 행복하고 활기차 보였다. 지금 침대 위에 웅크리고 누워 있는 연약하고 창백한 여자와 같은 사람이라고는 믿기 힘들 정도였다.

엄마는 내가 하는 일에 관한 이야기를 많이 들었지만, 직접 두 눈으로 가까이서 마주하는 건 처음이었다.

'이게 엄마가 나에게 한 짓이에요.' 나는 생각했다. '엄마가 곧 저렇게 될 거라고 믿게 했잖아요.'

엄마가 자세히 오랫동안 들여다보길 바랐다.

이번에는 멈추지 않고 빠르게 돌아오는 발걸음 소리가 차츰 희미해질 때까지 기다린 나는 문을 살짝 열어 복도에 아무도 없는 걸 확인하고 밖으로 나갔다.

드디어 파란색 출구에 도착해 비밀번호를 입력하고 문을 밀어 열었다. 우리 뒤로 잠금장치에서 나는 딸깍 소리에 깜짝 놀랐는데 다른 데서도 들렸을지는 모르겠다.

조금 뒤 나와 엄마는 엘리베이터에 탔다.

내려가는 내내 아무 말도 하지 않았다.

문이 열리자마자 우리는 로비를 가로질러 접수대로 향했다. 나는 아무렇지 않게 눈에 익은 접수대 직원에게 손을 흔들었다. 일부러 접수대와 엄마 사이에 자리했다.

"좋은 아침이에요." 엄마가 밝게 인사하자 접수대 직원도 같이 인사했다.

엄마는 어제 우리가 편의점에서 산 안경을 썼다. 가까이서 보면 엄마가 상대적으로 젊다는 걸 알 수 있지만 나는 접수대 직원이 엄마를 자세히 보게 두진 않을 생각이다.

엄마는 오늘 예정된 각종 활동 일정표가 놓인 높은 타원형 테이블 앞에 잠시 서더니 한 장 집었다. 모두 내가 시킨 일이다. 원래 하던 일인 양 엄마는 서슴없이 행동했다.

"오늘 무지 더울 거예요. 즐거운 산책 하세요, 리드 부인." 내가 말했다.

"그래야죠!" 엄마는 자동문을 향해 걸어갔고 나는 잠시 접수대 앞에 섰다.

일이 잘 풀리고 있다. 접수대 직원이 엄마가 아닌 나를 보고 있으니 말 다 했다. 이제 나는 직원이 혹시라도 나중에 내가 방금 부른 이름을 기억해 내려고 애쓰지 못하도록 그 기억을 흐리게 만들어야 했다.

"혹시 윌리엄스 부인이 페덱스에서 소포를 받았는지 아세요?"

직원이 얼굴을 찡그렸다.

"소포를요? 잘 모르겠는데요."

나는 끄덕이며 말했다.

"네, 그게 데이비스 부인 앞으로 도착한 것 같더라고요…. 그러니까 제 말은 이 층에 있는 리 부인이요." 그러고는 조금 웃었다. "이제 저까지 헷갈리네요. 어쨌든, 괜찮아요. 제가 이따가 돌아와서 확인해 볼게요."

직원이 끄덕였다. 옆에 놓인 휴대전화 화면을 보니 그녀는 솔리테어 게임을 하는 중이었다. 책상 위에는 세븐일레븐에서 사 온 대용량 커피와 반쯤 먹다 남은 슬림패스트 바가 있었다. 직원의 눈빛이 멍한 걸 보니 지금 일어나는 정보를 받아들이고 정리해서 저장할 준비가 돼 있지 않았다.

운이 좋다면 지금 이 작은 해프닝은 혼잡한 그녀의 마음속에서 영원히 사라지거나 **'빨간색 8은 검은색 9 위로 이동'**, **'이 슬림 패스트 바가 초콜릿 도넛이면 좋겠다'** 같은 다른 생각들에 밀려날 것이다.

나는 속으로 묵묵히 그녀에게 메시지를 전했다. **우릴 잊어버려요.**

## 36. 루스

밖으로 나온 나는 이렇게 아름다워서는 안 되는 세상에 발을 내디뎠다. 산들거리는 바람이 공기를 흐트러뜨리는 사이사이로 이른 아침 햇살이 금빛으로 걸러졌다. 선라이즈를 둘러싸고 있는 정원은 꽃들이 만개했다. 체리 색과 크림색 철쭉은 현관을 둘러 폈고 진한 보라색과 따스한 노란색 피튜니아가 화단을 가득 채우고 있었다.

여느 아침과는 다른 오늘, 주변을 넋을 잃고 바라보고만 있을 수는 없었다.

방금 새로운 페이스북 메시지가 막 도착했기 때문이다.

나는 걸음마다 주변을 살피며 빠르게 보네빌로 가서 운전석에 올라탔다. 차 문을 잠그고 나서야 쓰고 있던 안경을 벗고 제임스가 보낸 메시지를 읽었다.

오전 9시 정각. 너무 보고 싶다. 하지만 먼저 할 이야기가 있잖아.

그리고 내가 전화를 걸 수 있는 번호를 하나 남겨뒀다.

입안이 바짝 말랐다. 이렇게 오랜 시간 끝에 드디어 제임스에게 소식을 들었다.

고개를 들자 선라이즈에서 나오는 캐서린이 보였다. 나는 시동을 걸고 캐서린을 태우기 위해 입구 근처로 차를 옮겼다. 조수석에 탄 캐서린은 아무 말 없이 안전띠를 매고 팔짱을 낀 채 앞만 봤다.

날이 선 고요함에 내 불안은 커졌지만, 지금으로서는 아무것도 할 수가 없었다. 캐딜락을 되찾고 캐서린이 안전한 범위에 있는지 확인한 후 제임스에게 전화하는 데만 집중해야 했다.

제임스는 우리가 약속 장소에서 만나기 전에 정말 내가 맞는지 확인하고 싶어 했다. 내 신원을 밝혀주는 건 쉬운 일이었지만, 그동안 내가 그를 그리워했다고 믿게 하는 게 어렵지 않기를 바랄 뿐이었다.

주차장을 빠져나와 차들이 거의 없는 4차선 도로에 진입했다. 출근 시간 전이라 도로에 차가 별로 없어 피자 피아조까지 금방 도착할 터였다.

차 안이 후덥지근했는데 괴팍한 차내 에어컨은 전혀 도움이 되지 않았다. 창문을 조금 열고 운전에 적응했다.

내 생각에 얼마나 몰두하고 있었는지 캐서린이 묻는 말에 대답도 못 할 뻔했다.

"우리 이제 어떻게 할 거예요?"

나는 얼굴을 찡그렸다. 이미 다 끝난 이야기다.

“어제 식당에서 매니저랑 이야기하면서 네 존재를 너무 각인 시켰잖니. 그러니까 너는 그 근처에 가지 않는 게 좋아. 화재 사건이 너랑 관련 있다고 의심받을지도 모르니까. 캐딜락은 내가 되돌려 두는 게 맞아.”

다행히 캐서린은 주차장 가운데에 캐딜락을 주차해 뒀는데, 피자 피아조에서 꽤 떨어진 곳이라 눈에 띄지는 않았다.

“선라이즈에 다시 주차해 둘 테니 거기서 만나자.” 내가 다시 말했다.

“그다음은요.” 캐서린이 끊어 말했다. “나도 지금 숨어 있어야 하는 건가요?”

“오늘 오후까지만. 늦어도 내일까지야. 그러면 다 끝날 거야. 원래 생활로 돌아갈 수 있어, 캐서린.” 나는 약속했다.

캐서린은 반만 웃으며 말했다.

“내 원래 생활이요? 좋아요.”

다시 둘 다 아무 말이 없어 나는 제임스와 할 통화를 생각했다. 제임스는 나를 열정적이면서도 어떤 면은 순수한 소녀로 기억할 것이다. 지금의 나는 전혀 그렇지 않지만 어떻게 해서든 그때의 나로 돌아가야 했다.

정지신호에서 브레이크를 밟고 핸드백에서 어두운 선글라스를 꺼냈다.

“그래서 지금 무슨 계획을 꾸미고 있는 거예요?”

불신이 가득한 딸아이의 목소리가 매우 불쾌했다.

“아직 생각하고 있어. 이번만큼은 날 믿어줘.” 캐서린은 모르는 게 나았다.

신호가 바뀌어 가속페달을 밟았다.

캐서린은 신랄하게 고개를 젓더니 감정이 가득한 목소리로 말했다.

"지금까지 거짓말만 했잖아요. 그런데 이제 와서 믿으라고요?"

캐서린에게 모든 걸 이해할 시간이 필요하다는 건 알지만 지금은 아니다. 나는 앞으로 일어날 일들을 위해 모든 정신적 에너지를 모아둬야 한다. 오늘만큼은 많은 일이 잘못될 수 있다.

오래 묵혀둔 억울함과 분노가 끓어오르는 걸 느꼈다.

"그래, 캐서린. 내가 너에게 거짓말을 했던 건 모두 널 보호하기 위해서였어!"

캐서린은 다리를 뻗어 발을 대시 보드에 올렸다. 내가 싫어하는 행동이다. 사고라도 나면 에어백 때문에 두 다리를 크게 다칠 수도 있다고 누누이 이야기했다.

"그랬겠죠, **아바**."

원래 이름을 들은 나는 움찔했지만, 반응하고 싶은 마음을 꾹 참았다. 시속 70킬로미터 속도를 유지하며 운전하는 데만 집중했다. 두 손으로 운전대를 잡고 시선은 앞을 향했다.

한 시간쯤 더 가서 주유소나 다른 공공장소에 차를 대고 캐서린과 자리를 바꿀 것이다. 캐서린은 캐딜락이 있는 주차장에서 몇 블록 떨어진 곳에 나를 내려주고 곧바로 다시 메모리 윙으로 돌아갈 것이다.

또 한 시간만 지나면 제임스는 체포될 것이다.

그렇게 나 때문에 마음에 상처를 입은 딸에게 어느 정도 보상할 수 있겠지.

고속도로로 진입해 속도를 더 내자 타이어들이 으르렁거리며 매끄러운 포장도로 위를 수월하게 지나갔다. 태양은 구름 한 점 없는 맑은 하늘에 조금 더 높이 떠 있었다. 차창으로 들어온 햇살에 왼쪽 얼굴이 따뜻해졌다.

우리는 내 고향에 점점 가까워지고 있었다.

다시 한번 마음속으로 계획을 되뇌었다. 먼저 가방 안에 있는 대포 폰으로 전화를 두 통 걸어야 한다. 한 통은 제임스에게, 다른 한 통은 오래전 부모님과 살던 집 주방에서 걸지 못한 911 상황실에.

캐서린은 대시 보드에서 두 발을 떼어 내려놓고는 똑바로 앉았다.

"그 사람…, 제임스랑 어떻게 끝난 거예요? 엄마는 평범한 가정에서 태어났고 고등학교 때도 그렇게 인기가 많았다면서…, 뭐가 잘못된 거예요?"

아이는 상처받고 화가 난 만큼 궁금한 점도 많아졌다. 그 질문들에 이제는 대답해야 한다는 걸 알았다. 그러지 않으면 아이를 영원히 잃을 수도 있다.

"그건 다 사실이 아니야. 미디어는 더 나은 이야깃거리를 위해 확실한 그림을 그려내는 걸 좋아하지. 하지만 우리 가정이 평범한 건 아니었어…. 알코올의존자였던 엄마가 우리를 학대했거든."

"엄마랑 삼촌을요?"

나는 끄덕였다.

"그리고 우리 아버지도. 적어도 감정적으로 말이야. 엄마는 아버지에게 소리를 많이 질렀어. 하지만 아버지는 단 한 번도 엄마를 때린 적이 없었지. 나는 학교에서 그렇게 인기가 많지도 않았어. 그래서 제임스를 만났을 때, 진심으로 날 바라봐 주고 배려해 준다고 생각했던 것 같아."

이번에 캐서린은 확실히 이해했다.

"어쩌면 엄마의 약한 부분을 알았을 거예요. 반면에 엄만 그가 어떤 사람인지 알아보지 못했고요."

캐서린은 자기가 얼마나 아는지 전혀 모르고 있다. 반면에 제임스는 내가 그를 아는 것보다 나를 더 잘 안다.

"그래." 나는 숨을 내쉬었다. "다시 돌아보니 낌새들이 조금씩 있었어. 그런데도 그날 밤 코치에게 하는 걸 보기 전까지는 나도 그가 어디까지 할 수 있는 사람인지 몰랐던 거야."

캐서린이 손을 들어 관자놀이를 문질렀다. 나도 두통이 시작됐다. 우리 둘 다 당장 커피가 필요했지만 차를 멈출 수 없었다. 제임스가 만나기로 한 장소로 나올 시간에 캐서린을 최대한 멀리 떨어뜨려 놔야 했기 때문이다.

남은 시간 동안 우리는 캐서린이 웨이즈 앱*으로 방향을 알려 줄 때를 제외하고는 아무 말도 하지 않았다.

익숙한 도로 위를 다시 운전하니 과거로 돌아온 것 같아 기분

---

* 소셜 기반 음성 길 안내 서비스 앱.

이 이상했다. 어젯밤에는 캐서린이 가는 방향을 파란 점으로 알려 주는 휴대전화를 보며 눈에 뵈는 것 없이 이 길을 달렸다. 트럭들 사이사이를 비켜 가며 가장 왼쪽 차선을 들어갔다 나왔다 했다. 그때 나는 내 딸을 그 특정 장소로 불러낸 게 제임스라고 직감한 터였다.

오늘 아침, 다시 그 도로 위를 달리고 있지만 어제와는 아주 다른 느낌이다.

"다음 출구에서 나가요." 캐서린이 휴대전화 화면에 뜬 지도를 보며 길을 안내했다.

"나도 이제부터 아는 길이야." 내가 말했다.

기억을 더듬으며 도로를 누볐다. 놀이터와 운동장이 있는 커다란 잔디 공원을 지나쳤다. 티미가 속해 있던 리틀 야구 리그의 게임을 여기서 한 적이 있었다. 티미가 처음으로 안타를 친 순간 나와 아버지는 응원석에서 일어섰고 티미는 우리를 돌아보며 밝게 웃은 뒤 방망이를 집어 던지고 온 힘을 다해 1루까지 뛰었다. 또 한번은 아버지가 일하다 남은 나뭇가지들로 만들어 준 연을 날려보러 이 공원에 왔었다.

마치 유리 장신구를 보호 랩으로 겹겹이 싸서 보존해 온 것처럼 그 토요일 오후의 장면이 세세하게 기억났다.

티미가 날린 연이 참나무 높은 곳에 걸리자 나는 티미가 울기 전에 내 걸 쥐버렸다. 아버지는 아무 말 없이 내 어깨를 꽉 쥐며 조용하게 고맙다고 했고 그 손을 한동안 내리지 않았다. 우리는 들판을 뛰어다니며 숨이 차고 땀을 흘릴 때까지 빨간색-흰색 줄무늬 연을 날렸다. 보드라운 잔디 위에 털썩 주저앉자마자 아이스크림 트럭 종소리가 들렸다. 우리는 서로 눈을 맞추고 자리에서 일어나 트럭을 향해 손을 흔들고 멈추라고 소리를 지르며 질주했다. 결국 트럭이 멈췄다. 티미는 눈알이 풍선껌으로 장식된 만화 캐릭터 모양 아이스크림을 골랐다. 나는 초콜릿 에클레어, 아버지는 딸기 쇼트케이크 맛을 골랐다. 작은 나무 막대기가 드러날 때까지 먹고 차로 돌아가는 동안 아버지는 양팔로 우리에게 어깨동무를 했다.

그게 내가 사라지기 전 봄에 있었던 일이다.

다시 좌회전하면서 백미러로 공원을 한 번 더 봤다. 피자 가게까지 800미터도 남지 않았다. 눈에 띄지 않도록 차들과 사람들이 어느 정도 붐비면서도 너무 복잡하지는 않은 곳을 찾아 차를 세워야 했다. 나는 라이트 에이드 약국 주차장을 골랐다. 주차장 가운데에 있는 자리로 부드럽게 차를 몰고 들어가 시동을 껐다. 운전대에서 손을 떼는데 손가락이 아렸다. 나도 모르게 평소보다 더 꽉 붙들고 있던 게 분명했다.

차 키를 뽑아 캐서린에게 건넸다. 캐서린은 자기 핸드백에서 캐딜락 차 키를 꺼냈다. 그 차가 호두색이라는 건 이미 알고 있었다. 캐서린이 주차한 장소를 설명해 줬다. 이제 내가 알아서 찾아가기만 하면 됐다.

지금 너무도 캐서린을 꽉 안아주고 싶었지만, 아이가 싫어할 걸 알았다. 그래서 겨우 "곧 보자"라고 말하고 보네빌에서 내렸다.

"엄마?"

나는 돌아봤다.

캐서린은 무슨 말을 어떻게 해야 할지 고민하는 것 같았다. 결국 "행운을 빌어요"라고 말해줬다.

"난 언제나 네 뒤에 있을 거야." 내가 약속했다.


10분 뒤 나는 캐딜락을 찾았다. 이제 길을 건너 한 블록 걸어 내려가 주차장으로 들어가면 된다.

신호등 옆 커브에 서서 신호가 바뀌길 기다렸다.

승용차와 승합차, 트럭들이 휙 하고 나를 지나쳤다. 운전자 중 내 어린 시절을 아는 사람이나 어젯밤 피자 피아조 주방으로 바로 연결되는 옆문으로 몰래 들어가는 내 모습을 본 사람이 있을지도 모른다는 사실은 생각하지 않으려 했다. 불을 지르던 몇 초간 나는 아무와도 마주치지 않았고 수건으로 코 아랫부분을 틀어막은 상태였음을 상기했다.

지금은 커다란 선글라스를 끼고 있는데도 완전히 벌거벗은 기분이다. 이곳은 내게 불운만 안겨줬다. 여기에 다시 돌아옴으로써 내 인생에서 가장 어두웠던 운을 다시 부르고 있는 게 아닌가 하는 생각을 떨칠 수가 없었다.

신호가 바뀌었다.

길을 건너자 경찰 통제선이 둘러쳐진 피자 피아조에 가까워졌다. 어제 소방차는 제시간에 와서 화재를 진압했다. 밖에서 봤을 때는 일꾼들이 깨진 유리창을 판자로 덧대고 있는 걸 제외하면 아무 일도 없었던 것처럼 보였다.

심호흡을 하고 대포 폰을 내려다봤다. 제임스가 준 번호를 이미 입력해 둔 상태였다. 그저 통화 버튼만 누르면 됐다.

그런데 손가락이 움직이지 않았다.

잠시 두 눈을 감고 지난 24년 동안 공포나 절망이나 슬픔이 나를 짓누를 때 하던 행동을 했다. 캐서린을 떠올렸다. 내 손을 꼭 잡고 버스 정류장으로 걸어가는 어린 딸아이를 그려봤다. 열린 차창을 통해 불어오는 바람에 날리는 긴 머리를 한 지금의 캐서린을 떠올렸다.

초록색 버튼을 눌러 통화가 연결될 때까지도 그 이미지를 계속 생각했다.

첫 신호음이 끝나기도 전에 제임스가 전화를 받았다.

"아바?"

내가 기억하는 것보다 낮고 깊은 목소리였다. 직접 들으니 충격이 온몸을 관통했다.

"안녕, 제임스." 내 목소리 역시 다르게 들렸다. 평소보다 높고 긴장한 목소리였다.

제발 공포로 가득한 내 목소리를 신나서 흥분한 걸로 잘못 듣길 바랄 뿐이었다.

제임스가 숨을 뱉는 소리가 들렸다.

"이게 정말 너인지 확인해야 했어."

주차장에 다 왔다. 캐딜락은 20미터도 채 떨어져 있지 않다. 나는 머릿속으로 되뇌던 대사를 읊으며 차로 향했다.

"나 너무 오래 기다려 왔어, 제임스. 매일 네 생각만 했어. 매일 밤, 잠이 들면 네 꿈을 꿨어."

내 입에서 나오는 단어들은 완전히 진실했지만, 제임스는 다른 의미로 받아들일 터였다.

"그날 우리가 만나기로 했던 날 밤에… 집에서 늦게 나와야 했어." 나는 말을 이었다. 눈물이 흐르기 직전이었지만 목소리에 담긴 감정을 억누르지는 않았다. 분명 내게 유리하게 작용할 것이다.

"정말 미안해. 내가 늦어서 네가 잡혔다는 걸 아직도 믿을 수가 없어."

"무슨 일이었어?"

연습한 티를 내서는 안 됐다.

"우리 엄마…, 내가 짐을 싸러 들어갔을 때 엄마가 깨어 있었어. 갑자기 나에게 소리를 지르기 시작했어. 우리 엄마가 어땠는지 알잖아… 겨우 내 방에 들어가서 방문을 잠그고 창문 밖으로 빠져나갔어. 너를 만나러 가고 있는데 식당 앞에 경찰차를 보고난…, 그러니까 너무 겁이 났던 것 같아. 뭘 어떻게 해야 할지 몰랐어. 그래서 계속 운전했어. 정말 미안해."

오랜 침묵이 흘렀다. 제임스가 무슨 말을 할지 기다리는 동안 두 손이 떨렸다.

"그런 비슷한 일이 일어났을 줄 알았어." 제임스가 말했다.

내 말을 믿고 있다. 정말 생각한 대로 일이 풀리고 있다.

지금 제임스가 어디에 있을지 생각해 보려 했다. 아마도 이름이 없는 모텔에 있거나 우리가 만나기로 한 장소 근처에 차를 대고 있을 것이다.

"지금은 어디에 살아?" 제임스는 마치 오랜만에 다시 만난 지인의 안부를 묻듯이 물었다.

나는 그가 마음에 들어 하도록 공들여 대답했다.

"캘리포니아. 그런데 네가 가석방됐다는 소식을 듣자마자 메릴랜드로 오는 비행기를 탔어."

만약 제임스가 더 자세히 물어본다 해도 나는 일일이 대답할 수 있었다. 완전한 허구로 내 배경을 완벽하게 만들어 뒀다.

"차를 빌렸어. 그리고 지금 막 아나폴리스 근처에 있는 홀리데이 인에서 체크아웃했고." 나는 말을 이었다.

아나폴리스는 토슨에 있는, 우리가 만나기로 한 장소에서 한 시간 정도 남쪽으로 가면 나온다. 캐서린이 이동하고 있는 방향과 반대 방향에 있는 곳으로 신중하게 골라 말했다.

캐딜락에 탄 나는 제임스가 무슨 소리인지 알아채길 바라며 차 문을 세게 닫았다.

"이제 차에 탔어. 널 만나러 갈 거야."

"이럴 수가, 아바…. 이제야 널 보게 된다니 정말 믿을 수가 없어."

"이번엔 그 누구도 우릴 떨어뜨리지 못할 거야. 이제 끊어야겠다, 제임스. 운전하면서 전화하다가 경찰에게 잡히고 싶지 않아."

나는 시동을 걸었다. 내가 꾸민 이야기를 더 많이 들려줄수록 제임스는 의심스러운 점에 대해 덜 물어볼 것이다.

"그래야지…. 하나만 더 물어볼게."

제임스는 차분하고 따스하게 말했지만, 내 혈관들은 얼음장같이 차가워졌다.

"페이스북에서 내게 접근했던 여자는 누구야? 식당에서 봤거든. 네가 보낸 거야?"

내가 준비한 모든 이야기 중에서도 이 내용만은 제임스가 반드시 의심 없이 믿어야 한다. 망설여서는 안 된다. 내 인생 최고의 연기를 펼쳐야 한다.

"아, 내가 태스크래빗*에서 고용한 여자야. 페이스북에서 너인 것 같은 프로필을 찾았는데 얼마나 안전한지 몰라서 대신 식당에 나가달라고 했어…. 내가 쓴 편지까지 전해주는 걸로 비용을 냈는데 하필이면 그 전에 거기서 불이 나는 바람에…."

"그 여자가 날 어떻게 알아봤어?" 제임스가 물었다.

"못 알아봤어. 혼자 온 마흔네 살 남자를 찾아서 테이블 위에 편지를 놓고 오는 것 외에는 아무것도 알지 못했으니까. 혹시나 다른 남자에게 잘못 전해주거나 누군가 나를 함정에 빠뜨리려고 해도 아무도 알지 못하도록 최대한 모호하게 설명했거든."

빙빙 돌려 말한 이 이야기는 조금 이해하기 어려웠다. 하지만 지금 내가 그런 척하는 만큼 제임스에게 집착했다면 그와 만날 수 있는 모든 방법을 절박하게 동원했을 것이고, 그중에서도 오랫동안 만나지 못한 친구나 연인을 찾는 데는 소셜 미디어가 제격이다. 이야기가 어떻게 전달되고 있는지 몰라 제임스와 얼굴을 마주하고 싶었다. 그러나 언제나 거짓된 눈빛을 하는 제임스라면 별로

---

* 단기 아르바이트 중개 서비스.

의미는 없을 터였다.

"그래, 아바." 제임스가 대답했다.

어쨌든 믿은 눈치다.

"사랑해."

이 단어를 내뱉는 동안 구역질이 목구멍까지 올라왔다.

"나도 사랑해."

제임스가 먼저 전화를 끊을 줄 알았는데 그러지 않았다. 왜인지는 모르겠지만 나도 끊으면 안 될 것 같았다.

계속되는 침묵으로 목덜미에 소름이 돋았다.

결국 제임스가 먼저 입을 열었다.

"곧 보자."

전화가 끊겼다.


## 37. 캐서린

누구든 삶의 끝자락에 가서는 비밀을 누설한다.

요양원에서 일한다는 건 언제나 죽음과 가까이 있다는 뜻이다.

가끔 마지막 숨을 내뱉는 환자 곁에서 임종을 지켜보곤 한다. 그나마 의식이 또렷한 연장 치료 병동 환자들이 마지막으로 하는 고백을 들어보면 생각보다 아주 사소하다.

**언니랑 싸우지 않고 계속 연락할걸….**

**아이들이 어릴 때 함께 시간을 더 보낼걸….**

'사랑한다'라는 말을 더 많이 할걸….

그러나 간혹 새로운 출발인 양 저승에 들어가길 원한다는 듯한 고백을 하기도 한다.

**내가 낳은 아기를 입양 보냈는데 아무에게도 말하지 않았어….**

**결혼 생활 대부분의 시간 동안 다른 여자를 사랑했어….**

**다들 내 남동생이라고 생각하는 남자는 사실 내 아들이야….**

나는 그렇게 엄청난 비밀을 오랫동안 지키고 있는 게 어떤 기분일까 궁금했다. 항상 마음이 무겁고 낯선지, 아니면 시간이 흐르면서 다른 사지처럼 신체 일부로 여겨지는지.

캐딜락을 몰고 올 엄마를 보네빌에 가만히 앉아 기다릴 수 없었던 나는 선라이즈 주변을 천천히 걸었다.

만약 내가 그런 상황이었다면 과연 어떻게 했을지 너무나 궁금하다. 내 출신이나 진짜 가족사를 알지 못했던 행복한 상태로 돌아갈 수 있을까?

그 답은 알 수 없지만 한 가지는 확실했다. 엄마가 내게 해준 거짓 이야기들을 믿었을 때 내 삶은 훨씬 쉬웠다.

이런저런 생각을 하고 있는데 틴과 간호조무사 한 명이 메모리 윙 환자 몇 명을 데리고 밖으로 나오는 게 보였다. 나는 그들에게 걸리지 않도록 고개를 돌리고 재빨리 걸었다. 그때 틴이 내 이름을 부르는 소리가 들렸다.

나는 제발 이걸로 끝이길 바라며 손을 흔들었다. 그러나 틴은 나에게 오라고 손짓했다.

이제 곧 엄마가 도착할 것이다. 엄마는 주유하기 위해 고속도로 출구를 빠져나왔다고 조금 전에 문자메시지를 보냈다. 틴에게 걸어가는 동안 나는 엄마 이야기를 어떻게 했었는지 기억해 내려고 애쓰느라 머릿속이 빠르게 돌아가는 걸 느꼈다. 둘은 한 번도 만난 적이 없으니 틴이 우리 엄마를 알아볼 수 있을 거라고는 생각하지 않았다. 틴은 그저 엄마가 아프다는 것만 알았다.

"캐서린. 오늘 쉬는 날 아니에요?" 틴이 눈살을 찌푸리며 물었다.

"도저히 일터를 떠날 수가 없어서요." 나는 농담을 던졌다. "그건 아니고 어제 뭘 두고 가서 가지러 왔어요."

틴은 작성해야 할 서류들과 주차 허가 스티커 등이 든 폴더에 관해 설명하기 시작했다. 이제 나도 전일제 직원이 된 것이다.

웃으며 끄덕였지만 속으로는 시간과 위험을 계산했다. 오전 9시밖에 되지 않았으니 틴은 늦은 오후나 이른 저녁에 퇴근할 것이다. 해가 지고 나면 틴은 메모리 윙에 없을 테니 오늘 밤 필요하면 다시 엄마를 몰래 들여올 수 있다.

흐르는 땀이 햇빛 때문만은 아니었다. 끊임없이 계산하고 대화를 피해야 했던 엄마가 느낀 인생은 이런 맛이었으리라.

틴은 내 대답을 기다리고 있었다.

"좋아요. 조금 있다가 올라가서 폴더를 챙길게요. 지금은 광합성을 더 하고 싶어서요." 내가 대답했다.

틴은 더 가까이 다가와 선한 갈색 눈으로 나를 바라보며 물었다.

"괜찮아요?"

나는 겨우 웃었다.

"잠을 제대로 못 자서요. 괜찮아요."

틴은 내 팔을 짧게 꽉 쥐었고 나는 그게 동정 어린 무언의 메시지라는 걸 알았다. 틴은 내가 아픈 엄마 때문에 볼티모어로 이사 가기로 한 걸 취소했다고 알고 있다.

"저는 지금 올라갈 건데 폴더는 제 책상 위에 올려둘게요." 틴이 말했다.

그때 반짝이는 호두색 캐딜락이 주차장으로 들어오는 걸 옆눈으로 흘깃 쳐다봤다.

"완벽해요." 내가 대답했다. 차가 멈췄다. 엄마는 어디에 주차해야 할지 모른다. 그렇다고 틴과 대화하던 내가 직접 주차 자리를 안내해 줄 수도 없었다.

다행히도 틴은 뒤돌아 선라이즈를 향해 걷기 시작했다. 건물 안으로 들어갈 때까지 기다린 나는 옳은 주차 자리를 손가락으로 가리켰다.

그런데 정문에서 네 번째였나, 다섯 번째였나?

제발 맞는 자리를 고르길 바라며 두 자리를 노려봤다. 캐딜락이 주차장 중간에서 공회전했다. 오래 걸릴수록 관심을 끌 확률이 높았다.

나는 네 번째 자리를 가리켰고 엄마는 조심히 주차했다. 그쪽으로 걸어가자 엄마는 막 차에서 내려 문을 잠근 참이었다.

엄마가 건네주는 차 키를 손바닥으로 쓸며 받았다.

"운전석 위치도 맞춰놨어. 조지가 나보다 키가 클 테니까."

"좋은 생각이에요."

이제 두 가지 일을 빨리 처리해야 한다. 엄마를 어떻게 할지 결정하고, 차 키를 조지와 준 방에 있는 그릇에 돌려놔야 했다.

엄마를 매일 지원 병동 환자로 위장하는 게 안전할 수도 있다. 선라이즈에 거주하는 환자 약 200명을 모두 알아보는 직원은 없을 테니까.

"계속 왔다 갔다 하세요. 최대한 빨리 돌아올게요." 선라이즈 입구를 향해 걷기 시작하며 내가 말했다. 벤치에 멍하니 앉아 있는 다몬 씨에게 가까워지면서 나는 조용히 했다. 다몬 씨를 데려온 간호조무사는 몇 미터 떨어진 곳에서 알츠하이머병 말기인 여자 환자를 부축하고 있었다.

"좋은 아침이에요, 다몬 씨." 내가 인사하자 다몬 씨가 고개를 들었다.

표정이 싹 바뀌었다.

"내 딸이니?" 다몬 씨가 정확하게 엄마를 보고 물었다.

엄마는 빠르게 눈을 몇 번 깜박거렸는데 대답할 말을 찾지 못한 게 분명했다.

"죄송해요." 엄마는 겨우 입을 열더니 계속해서 걸었다. 하지만 한두 걸음도 가지 않아 다몬 씨가 부르는 소리가 들렸다.

"실라! 멈춰봐!"

나와 엄마는 그 자리에 얼어붙었다.

다몬 씨는 실라라는 이름의 딸이 있다. 나도 한 번 본 적이 있는데 샌프란시스코에 살아서 거의 오지 못했다.

"왜 나를 피하니?" 다몬 씨가 큰 목소리로 말했다. 우리가 계속 걸어간다면 동요할 게 확실했다. 어쩌면 엄마를 쫓아올 수도 있었다. 다른 사람들과 섞이는 대신 오히려 더 눈에 띌 것이다. 입주 환자와 직원 10여 명이 근처에 있었다. 모두가 주목할 것이다. 캐딜락 차 키가 내 손안에 있다. 지금 제자리에 돌려놔야 한다. 가장 최소한으로 위험을 무릅쓸 방법을 찾느라 내 머릿속은 빙빙 돌았다.

"옆에 가서 앉아요. 맞장구를 쳐주세요. 저분은 오케스트라에서 피아노 연주를 했대요. 그래서 클래식 음악을 좋아해요. 바흐나 베토벤 이야기를 해요. 그러면 진정할 거예요." 내가 속삭였다.

엄마는 다몬 씨에게 걸어가 옆에 앉았다. 나는 다시 움직이기도 전에 다몬 씨를 향한 부드럽고 누그러진 엄마의 목소리를 들었다.

서둘러 건물 안으로 들어간 나는 접수대 직원에게 손을 흔들어 인사하고 조지와 준이 지내는 방으로 곧장 갔다.

방문을 두드리며 숨을 참았다.

준이 대답하기까지 1분도 걸리지 않았으나 평생을 기다린 느낌이었다. 준은 밝은 연두색 바지 정장을 입고 장밋빛 립스틱을 바른 상태였다. 적어도 자고 있는데 깨운 건 아니었다.

따스하게 웃는 준과 마주하자 어깨를 짓누르던 부담감 일부가 날아갔다. 차 키가 없어진 걸 알았다면 저렇게 근심 없어 보이진 않았을 것이다.

"이틀 동안 두 번이나 오다니! 이게 무슨 횡재야!" 준이 외쳤다.

"귀찮게 해서 죄송해요. 휴대전화가 없어져서요. 혹시 어제저녁에 여기 두고 갔나 싶어서 왔어요."

"오, 아가. 나는 못 봤는데. 그래도 한번 둘러보렴."

이렇게 간단한 일이었다. 준이 나를 거실로 데리고 들어갈 때 나는 차 키를 그릇 안에 넣었다.

차 키가 떨어지며 쨍그랑하는 소리가 났다.

소리를 들은 준이 돌아보자 나는 재빨리 그릇 안에 손을 넣었다.

"여긴 없네요." 나는 실망했다는 듯 말했다.

거실로 들어갔다. 자리에 앉지 않았기 때문에 딱히 어디를 찾아야 할지 알 수 없었다.

커피 테이블 위에는 잡지 더미와 당뇨를 앓는 준이 혈당을 체크할 때 쓰는 컴퓨터 마우스같이 생긴 기기가 다였다. 나는 커피 테이블 아래로 몸을 숙이면서까지 계속 뭔가를 찾는 척했다.

"안 보이네요." 내가 말했다.

"이런, 어떡해. 휴대전화를 잃어버리는 것보다 더 화나는 건 없는데, 안 그러니?"

친절한 준의 목소리에 내 죄책감은 커져만 갔다. 준은 조지와 함께 내게 할머니 할아버지 같은 존재였다. 심지어 내가 대학을 졸업했을 때 직접 쓴 카드와 함께 꽤 많은 용돈을 준 적도 있다.

나는 시선을 피해 아래를 봤다. 혈당 모니터 기기 끝에 새하얀 테스트 스트립이 나와 있었다. 내가 왔을 때 준은 막 포도당 수치를 확인하려고 하던 게 분명했다.

"이거 제가 도와드릴까요?"

준을 위해 뭐라도 하고 싶고 대화 주제를 바꾸고 싶기도 해서 내가 물었다.

기기를 가져와 준의 검지에 대고 지금까지 수백 번도 넘게 했던 것처럼 세모날*로 찔러 나온 피를 하얀 테스트 스트립에 한 방울 떨어뜨렸다. 다른 당뇨병 환자처럼 준도 냉장고 안에 인슐린 펜을 보관했는데 지금 당장은 꺼낼 필요가 없어 보였다. 수치가 괜찮았기 때문이다.

이렇게 우리 대화의 흐름이 바뀌길 바랐는데 준이 물었다.

"전화벨 소리가 들리는지 내가 걸어봐 줄까?"

헉하는 순간이었다. 지금 내 가방 안에 있는 전화기가 진동 모드로 돼 있는지 확실하지 않았다.

"어머, 저 지금 생각났어요. 어젯밤 직원 휴게실에 충전한다고 두고 왔어요."

내가 뒷걸음질치며 말했다.

"그래, 아가. 그리고 잊지 말아, 우리랑 와인 한잔하기로 했잖아. 오늘 밤 어떠니?"

이제 문 앞까지 왔다.

준의 제안에 정신이 번쩍 들었다. 제임스가 잡히지 않으면 나와 엄마는 선라이즈에서 하룻밤 더 자야 할 것이다. 그렇다면 저녁에 이곳에서 마주칠 수도 있으니 다른 일정이 있다고 말할 수도

---

* 양날 끝이 뾰족한 의료용 칼.

없었다.

"음, 제가… 제가 오늘 저녁 시간 내내 일을 해야 할 수도 있어
서요…."

결국 말끝을 얼버무린 나는 준이 뭐라고 대답하기도 전에 얼
른 안아주고 방을 빠져나왔다.

너무 당황해서 마음을 가라앉히기 위해 복도에 잠시 서 있어
야 했다.

마음속에서 걱정이 줄어들자 그 자리에 분노가 치밀었다. 이
게 다 엄마 때문이다. 엄마 혼자 내린 그 망할 결정들 때문에 내가
이곳에서 쌓아온 경력과 인간관계가 다시는 풀 수 없을 정도로 엉
켜버렸다.

결국 다시 볼티모어로 가겠다고 말하면 당연히 틴도 당혹스러
울, 아니 어쩌면 아주 짜증이 날 것이다.

그 외에도 엄마가 망쳐놓은 내 관계들을 생각했다. 이선. 물론
나에게 좋은 남자는 아니었지만 그래도 그걸 결정할 사람은 **나여
야** 하지 않나?

점점 더 화가 났다.

그간 제대로 먹지도 자지도 못한 탓인지 몸이 예민한 동시에
무거운 느낌이 들었다. 샤워하고 따뜻한 음식을 먹고 침대에 누워
쉬고 싶은 생각이 간절했지만, 그 무엇도 할 수가 없었다.

제임스를 우리에게서 떼어놓기 위한, 엄마가 갖고 있다는 그
커다란 계획이 실패한다면 나는 우리 집으로 다시는 돌아가지 못
할 수도 있다. 모든 걸 남겨둔 채 도피 생활을 해야 할 수도 있다.

엄마처럼.

이에 관해 엄마에게 따지기로 작정하고 복도를 따라 뛰었다. 엄마를 보네빌에 태워 한적한 곳으로 가서 이야기할 것이다. 엄마에게 쏟아낼 말은 다른 이들이 엿듣길 바라는 말이 아니기 때문이다.

선라이즈 로비를 가로질러 정문으로 나간 나는 내리쬐는 햇빛 탓에 눈을 가늘게 떴다.

엄마는 나와 헤어졌을 때 그대로 나무 벤치 위 다몬 씨 옆에 앉아 있었다. 둘은 나를 등지고 있었다.

그런데 뭔가 달라졌다. 순간 당황해서 걸음을 멈췄다.

다몬 씨가 엄마의 어깨 위로 팔을 두르고 있었다.

둘은 완전한 부녀로 보였다. 혼란스러운 다몬 씨의 마음이 마법을 부려 자신이 믿는 관계를 실제로 만들어낸 것 같았다.

다시 둘을 향해 걷기 시작했다. 이번에는 더 천천히.

나와 근무 일정이 거의 겹치지 않아 잘 모르는 시간제 보호사가 나를 보고 미소 짓더니 다몬 씨와 엄마를 보고 끄덕이며 속삭였다.

"너무 보기 좋지 않아요? 저분이 저렇게 행복해하는 건 처음 봐요."

내가 다가갔을 때 다몬 씨는 아주 부드럽게 이야기하고 있었다. 그러나 무슨 내용인지 알아들을 수 없었다. 나는 두꺼운 잔디를 조용히 밟았다. 엄마도 다몬 씨도 내가 온 걸 알아채지 못했다.

벤치를 돌아 앞에 서서 내가 왔다고 알려주려는데 둘의 대화 내용이 들렸다.

"내일도 나를 보러 와주겠니?" 다몬 씨가 물었다.

"올 수 있으면요." 엄마가 대답했다.

엄마는 천천히 머리를 옆으로 기울여 다몬 씨의 넓은 어깨에 기댔다.

둘을 둘러싼 사랑의 기운이 느껴졌다. 둘은 각자 그리워하는 사람을 온 마음에 채우고 있었다. 나는 움직일 수 없었다. 마법을 깨고 싶지 않았다.

"넌 언제나 좋은 딸이었단다. 너를 딸로 두다니 정말 행운이었어." 다몬 씨가 엄마에게 말했다.

물론 내가 다몬 씨에게 맞장구쳐 달라고 부탁했지만, 엄마는 그 이상을 한 것 같았다. 그 몇 분 동안 자신이 사랑하는 아버지와 함께 있다고 정말로 믿고 있었다.

누군가의 딸이 된 엄마의 모습은 처음 봤다.

사실 열여섯이라는 어린 나이에 사랑하는 이들을 모두 떠나야 했던 엄마가 어땠을지는 단 한 번도 진심으로 생각해 보지 않았다.

도저히 가늠할 수 없는 그 마음을 지친 엄마의 꾸미지 않은 목소리로 이제야 들을 수 있었다.

"너무 그리웠어요, 아버지."

엄마가 속삭였다.

# 38. 루스

정수리 바로 위를 내리쬐는 태양이 더 뜨겁게 느껴졌다.

정오가 다 됐다. 캐서린은 선라이즈 안 어딘가에서 우리가 먹을 음식을 급히 준비하고 있다. 다몬 씨도 점심 식사를 위해 메모리 윙으로 돌아갔다.

일찍부터 야외에 나와 있던 사람들은 이제 시원한 에어컨이 틀어진 실내로 들어갔다. 지금쯤이면 제임스는 경찰에 잡혔을 것이다. 나는 9시 5분 전에 대포 폰으로 911에 전화를 걸어 오크힐 고등학교 뒤쪽 들판에서 검정 가발 같은 걸 들고 있는 도망자 제임스 베이츠를 봤다고 신고했다. 교환원은 제임스가 무기를 소지했는지 물었고 나는 모른다고 대답했다. 그리고 내 이름을 알려달라고 했을 때 전화를 끊었다.

제임스가 체포되는 모습을 두 눈으로 직접 보고 싶었으나 그 들판 근처에 계속 있는 건 너무 위험했다.

휴대전화를 꺼내 구글에 제임스를 검색했다. 새로운 소식은 없었다. 아마도 아직 언론이 제임스가 체포된 사실을 듣지 못했기 때문이리라.

온몸이 긴장하기 시작하자 다몬 씨와 앉아 있던 나무 벤치 등받이에 몸을 기대고 다른 기분 좋은 일을 상상했다.

곧 오래전 그 여름날 함께 연을 날리며 웃던 아버지의 모습이 떠올랐다.

다몬 씨와 앉아 있을 때, 마치 아버지가 시공간을 초월해 낯선 사람을 통해 보낸 사랑이 정말 어두운 시기를 지나고 있는 내 주변을 감싸는 것 같았다.

이건 처음 겪는 일이 아니었다.

그날 밤 나를 운전석 옆에 태워줬던, 졸린 치와와를 데리고 다니던 트럭 운전기사가 있었다. 그때 나는 내가 알던 모든 사람과 장소와 물건으로부터 점점 멀어져 갈수록 극심한 공포가 밀려오는 걸 느꼈다. 공황 발작으로 과호흡이 시작되던 바로 그 순간 트럭 기사가 라디오 채널을 틀어줬다. 아버지가 우리에게 종종 들려주던 캣 스티븐스*의 「와일드 월드Wild World」가 흘러나오자 나는 겨우 진정했다.

또 캐서린이 네 살이던 무렵 크리스마스를 며칠 앞둔 어느 매섭게 추운 저녁이었다. 나는 내 작은 아이를 위한 선물은커녕 우리가 먹을 음식조차도 살 돈이 없었다. 빵 바구니를 무료로 제공하는 식당 테이블에 앉아 배를 채운 후 도망치고 싶다는 생각이 간절했다.

그날 저녁 식당은 무척 바빴다. 웨이터가 나에게 어른 메뉴를, 캐서린에게는 아이 메뉴를 주고 간 뒤 테이블을 정리하던 소년이 뜨거운 빵을 갖다줬다. 메뉴판을 테이블에 둔 나는 잽싸게 빵 바구니를 받아서 가장 두꺼운 빵에 버터를 발라 캐서린에게 줬다. 그리고 내 입에도 한 덩이를 욱여넣고 얼음물을 마셨다.

웨이터가 주문을 받으러 오기 전에 식당에서 나가려고 했지

---

만, 행동이 너무 느렸다.

내가 자리에서 일어서서 캐서린을 안으려고 할 때 웨이터가 나를 봤다. 그는 내가 뭘 하려는지 정확히 알았다. 우리는 코트도 채 벗고 있지 않았다. 그렇게 비싼 식당이 아니었는데도 나는 우리가 갈 수 있는 곳이 아니라고 생각했다. 전에 살던 이웃에게 물려받은 옷을 입은 캐서린은 자기보다 두 치수는 큰 재킷을 입고 있었고 나 역시 낡은 외투 차림이었다.

웨이터가 식당 문을 가리키며 우리보고 나가라고 할 때 내 얼굴은 너무 부끄러워 붉게 물들었다. 그런데 겨우 몇 걸음 가지 않아 옆 테이블에 앉아 있던 한 남자가 다가왔다. 검은 콧수염이 번들거리는 머리카락과 어울렸던 그 남자는 아버지를 떠올리게 하는 억양으로 말했다.

"이 숙녀분들은 내 손님입니다."

남자는 비싼 옷을 입었거나 명령조로 말하지 않았지만, 누구도 논쟁할 여지가 없는 말투인 건 분명했다.

콧수염을 기른 남자는 우리 테이블로 와서 아주 중요한 사람을 대하듯 캐서린에게 의자를 빼줬다. 나와 캐서린은 다시 자리에 앉았다.

"먹고 싶은 만큼 시켜요." 남자가 자기 자리로 돌아가기 전에 말했다.

나는 캐서린을 위해 그린빈을 곁들인 치킨 텐더, 케첩을 추가한 구운 웨지 감자와 사과 주스 한 컵을 시켜 아이가 필요한 영양분을 최대로 섭취할 수 있게 했다. 또 우리가 그를 이용한다고 오해하지 않도록 저렴한 미네스트로네 수프 한 접시를 시켰다.

그 뜨겁고 맛있는 음식을 먹는 내내 나는 고개를 숙이고 입을 닦는 척하며 실은 아무도 모르게 눈물을 훔쳤다.

모르는 남자는 우리가 식사를 끝내기 전에 일어나서 우리 테이블 위에 40달러를 두고 갔다. 주문한 음식을 계산하고도 며칠 동안 먹을 식료품을 살 수 있을 정도의 금액이었다.

그 돈을 본 나는 테이블 위에 얼굴을 묻고 울고 싶었다. 그 뒤로도 그 식당을 여러 번 지나쳤으나 남자를 다시 보지는 못했다.

순간 날카로운 울음소리에 공상에서 깬 나는 고개를 들었다. 까마귀 한 마리가 근처 나뭇가지에 앉아 나를 노려보며 깍깍거리고 있었다.

어떤 사람들은 까마귀가 흉조라고 하지만 나는 그렇게 생각하지 않는다. 부당한 평판을 받는 까마귀는 사실 영리하고 장난기가 많은 새다.

또 다른 까마귀 울음소리가 대기를 관통하자 피부에 닭살이 돋았다.

지금쯤이면 제임스는 수갑을 차고 교도소에 앉아 있을 거야. 나는 확신했다.

그러니 내가 자기를 완벽하게 배신했다는 사실도 알게 됐을 것이다.

이런 무시무시한 생각에서 벗어나고 싶었다.

캐서린이 아직 음식을 갖고 오지 않아서 공책과 펜을 꺼냈다. 내가 반드시 적고 싶은, 아버지의 사랑을 느낄 수 있는 이야기가 있다.

네가 두 살 반이었을 때, 우리는 엄청난 부자가 된 것 같은 어느 놀라운 저녁을 보냈단다.

내 인생에서 정말 근사하면서도 아주 무서운 밤이었지.

그때 우리는 다른 싱글맘에게 빌린 다 쓰러져 가는 타운하우스의 한 작은 방에서 막 쫓겨났어. 그녀를 탓하진 않았어. 임대료가 아주 저렴했는데도 난 감당할 수 없었지. 그때까지 벌써 두 번이나 이사했고 하던 일도 몇 개나 그만둔 상태였어. 하나는 어린 남자 아기를 봐주는 보모 일이었는데 알고 보니 너를 데리고 다니는 걸 그 집 부모가 싫어해서 해고당했고, 그 뒤엔 싸구려 호텔 프런트 데스크에서 야간 근무를 했어. 너는 내 책상 아래에서 아늑하게 담요를 덮고 조용히 잤는데도 불시에 찾아온 매니저가 널 발견했고 그게 끝이었지.

그 싱글맘은 날 돕고 싶어 했는데 그녀도 내야 할 돈이 있었지. 나보고 나가줘야겠다고 말할 땐 우리 둘 다 눈에 눈물이 고여 있었단다.

그 방은 가구가 딸린 방이어서 가져갈 짐이 많지는 않았어. 내 옷과 위생용품이 든 회색 더플백이랑 네 옷과 소지품이 든 배낭이 다였거든.

그땐 차도 없었고 내가 추스를 동안 우릴 재워줄 친구도 없었어. 그래서 난 타깃으로 돌아갔단다.

넌 정말 조용한 아이였어. 불이 다 꺼져도 네가 울 걱정은 없었지. 그래도 만약을 대비해 공갈 젖꼭지처럼 생긴 반지 사탕 하나를 샀어. 사탕이라곤 전혀 맛보지 못한 너였는데 입안에 넣자마자 눈빛이 밝아지더구나.

나는 오래된 내 루틴을 그대로 따랐어. 매장이 문을 닫는 시간 1~2분 전까지 기다렸다가 널 안고 원형 옷걸이 랙 안으로 들어갔어. 곧 불이 꺼질 테지만 마마가 여기 있으니 안전하다고, 네 귀에 대고 속삭였어. 넌 그 동그랗고 파란 눈으로 날 올려다봤어. 체리 맛 사탕을 다 먹기도 전에 누가 가져갈까 무서웠는지 입은 열심히 사탕을 빨고 있었지.

30분쯤 지나서 우리는 옷걸이 랙에서 나왔어. 매장 전체가 우리 거였지.

난 마치 모험을 떠나는 것처럼 굴어서 널 재미있게 해주고 싶었어. 그래서 손전등을 꺼내고 제일 먼저 한 일이 빨간색 플라스틱 장바구니를 하나 가져와 소풍에 필요한 건 뭐든지 담으며 통로 사이사이를 누비는 거였어. 나는 과일 맛이 나는 롤업 사탕이랑 프레첼, 레모네이드 주스 상자를 골랐어. 너는 오레오 한 상자를 고르더구나. 아이들 용품 진열대에 꾸며둔 작은 테이블과 의자에 자리를 잡은 우리는 배가 부를 때까지 먹고 마셨단다.

그러고 나서 정말 신나는 일이 펼쳐졌어.

우리는 옷을 파는 구역으로 가서 입어보고 싶은 걸 모두 골랐어. 넌 뭘 입어도 너무 귀여워서 정말 다 사 주고 싶어질 정도였지. 그래도 마지막으로 고른 부드러운 크림색 셔츠에 빨간색 코듀로이 바지를 입히고 끈 대신 찍찍이가 달린 작은 운동화를 신겼어. 나는 새 청바지에 후드 티를 입었고 우리 둘 다 깨끗한 양말과 속옷으로 갈아입었지.

난 가장 좋은 걸 마지막까지 미루고 있었어. 우리는 그다음 장난감 진열대로 갔단다.

오, 캐서린…. 내가 원하는 장난감은 뭐든 골라도 된다고 했을 때 너의 표정은 정말…. 넌 도저히 믿을 수가 없다는 듯이, 이렇게 좋은 일은 생전 처음 겪는다는 듯한 표정을 지었어.

너는 통로를 따라 이리저리 다니면서 내가 손전등으로 비춰주는 서로 다른 장난감들을 보느라 정신이 없었어. 한 시간 정도 지난 것 같았지. 빨간 머리 인형. 작은 냄비와 프라이팬과 플라스틱 음식 모형들. 퍼즐과 미로 게임과 밝은색으로 칠해진 블록들까지.

결국은 갈색과 흰색이 섞인, 늘어진 귀를 가진 푹신한 강아지 인형을 고르더구나.

포장지를 뜯고 보안 태그를 잘라내는 건 쉬웠어. 사무용품 진열대에 가면 언제나 시험용 가위가 있었거든.

그다음 우리는 내가 고른 산드라 보인턴이 쓴 그림책 몇 권을 들고 커다란 빈백 의자에 함께 앉았어. 내 옆에 자리 잡은 따뜻한 네가 잠이 들 때까지 책을 읽어줬지.

난 너를 랙 안의 피난처로 다시 데려갈 생각이었어. 그런데 어찌나 피곤한지 자꾸 두 눈이 감겼지. 너무 편안했거든. 그래서 잠시만 눈을 감고 있기로 했어.

그러다가 무거운 발걸음 소리에 잠에서 깼어.

눈을 떠보니 너무 밝아서 순간적으로 앞이 보이지 않았지. 무슨 일인가 보려고 눈을 찡그렸는데 그만 얼어버렸어. 매장 천장에 불이 켜져 있고 누군가 우리를 향해 걸어오고 있었어.

순전히 공포만으로 두 다리에 힘이 빠져버렸어. 너를 더 꽉 안고 빈백 의자에 깊숙이 파고들었지.

키가 큰 형체가 다가왔어.

우리는 정말 아무것도 할 수 없었어. 두려워서 온몸이 마비된 것 같았어. 울음을 터뜨릴 수조차 없었으니까.

파란색 커버롤을 입은 남자가 우릴 내려다보고 있었어.

나는 꺽꺽거리면서 "제발"이라고 겨우 말했어.

남자는 계속 우리를 보기만 하고 아무 말도 하지 않았어.

난 그 남자도 매장 안에 몰래 들어왔나 보다 생각했어. 어쩌면 매장을 털러 왔을 수도 있잖아.

남자는 자기 입술에 검지를 갖다 댔어.

나는 그게 조용히 하라는, 아무 말도 하지 말라는 의미라 생각하고 힘차게 끄덕였어. 그 남자가 매장에 있는 물건뿐 아니라 우리 가방과 소지품까지 모두 가져가도 상관없었어. 그저 우리를 다치게만 하지 않는다면 괜찮았지.

그런데 다른 목소리가 더 들리는 거야. 남자와 여자의 목소리였어.

내 눈도 적응이 됐는지 그제야 남자 옆에 세워진 청소 카트가 보였어. 남자는 아주 젊었어. 나보다 몇 살 정도 위였을 거야. 먹고 사느라 청소 일을 한 거겠지.

나는 안도하며 숨을 내쉬었어. 하지만 아직 안전한 건 아니었어. 만약 이 남자가 경찰을 부른다면 난 잡혀갈 테고 넌 그들이 데려갈 거야. 그건 겨우 시작이겠지. 경찰은 머지않아 내 진짜 신원을 알게 될 테니까.

타깃 매장에서 지내던 때를 떠올리며 당연히 모든 게 그대로일 거라고 생각했어. 청소부들이 오는 시간이 이른 새벽에서 늦은 밤으로 바뀐 건 몰랐지.

정말 끔찍한 실수였어.

커버롤을 입은 남자가 정신없이 손짓하기 시작했어. 알고 보니 나보고 일어나서 자기를 따라오라는 뜻이었어. 나는 아직도 자는 너를 팔에 안고 빈백 의자에서 일어섰어. 네가 '브라우니'라고 이름 붙인 그 강아지 인형은 바닥에 떨어뜨렸어.

남자는 그 인형을 주워서 매장 모퉁이에 있는 피팅 룸으로 서둘러 갔어. 열쇠 꾸러미에서 하나를 찾아 문을 열더니 우리보고 안으로 들어가라고 손짓했지.

나는 뒤에서 그를 부르는 여자 목소리를 들었어.

남자는 문을 닫고 잠가서 교대가 끝날 때까지 우리를 안전하게 안에 머물게 했어.

여자가 다시 남자의 이름을 불렀고, 이번엔 그가 대답하더구나. 에스토이 아키Estoy Aquí. 여기 있다는 뜻이었어.

잠자는 너를 안고 있던 나는 피팅 룸 바닥에 그대로 주저앉았어. 귀를 믿을 수가 없었지.

그 청소부의 이름, 여자가 불렀던 그 이름이 너무 낯익었거든.

마테오. 아버지 이름이야.

아버지가 아직도 어딘가에서 나를 보호해 주고 있다는 신호 같
았어.


공책을 덮고 선라이즈 정문을 바라봤다. 캐서린이 한 손에는
하얀 스티로폼 컵 두 개를 담은 종이 트레이를, 다른 손에는 갈색
종이봉투를 들고 나왔다.

다시 휴대전화를 확인해 봤다. 경찰 담당 기자가 제임스가 잡
힌 소식을 들었을 텐데. 경찰들은 분명 그 소식을 알리고 싶을 것
이다. 제임스를 체포한 사실을 자랑스러워할 것이다.

곧 안심할 수 있을 터였다.

그런데 아직도 새로운 소식이 뜨지 않았다.

캐서린이 내민 트레이에서 커피 한 잔을 들어 올리고 깊은 풍
미를 음미하며 숨을 들이쉬었다.

이제 기다리기만 하면 된다.


## 39. 캐서린

엄마와 풀어야 할 엉킨 실이 너무 많다.

우리는 커피를 마시고 주방에서 요리사에게 슬쩍 건네받은 후
무스와 베지 랩을 걸신들린 듯 먹어치웠다. 그리고 이야기를 시작
했다. 몇 시간이 지나서야 나는 알고 싶던 진실에 겨우 다다랐다.

처음으로 엄마가 먼저 나에게 마음을 열었다.

20년도 넘게 나를 안에 두고 세워온 벽을 무너뜨리는 일은 아주 고통스러워 보였다.

그러나 우리가 함께 앞으로 나아가려면 자신의 과거에 나를 초대해야 한다는 걸 엄마는 정확하게 이해하고 있었다.

우리는 제멋대로 가지를 뻗은 커다란 나무 그늘 아래 야외용 안락의자에 앉았다. 곧 불쾌할 정도로 날이 더워졌지만, 굳이 자리를 옮겨 이 낯선 친밀감을 끊고 싶지 않았다.

엄마와 티미 삼촌에게 포악했던 외할머니 이야기, 엄마를 성희롱한 응원단 코치를 벌주기로 한 제임스 이야기, 그리고 내가 태어나기 한 달 전까지 타깃에 숨어 지냈던 이야기, 우리 둘이 지낼 작은 방을 얻기 위해 웨이트리스로 일하면서 동전을 하나하나 모은 이야기까지. 엄마가 품은 이야기들은 그야말로 입이 떡 벌어지는 내용이었다.

그저 성실하고 평범하게 살던 엄마의 평소 모습과 그 이야기들을 연결해서 받아들이는 건 쉽지 않았다.

엄마라는 사람의 진짜 모습은 단 한 번도 본 적이 없다고 생각했다. 엄마는 항상 내 주변을 돌고 있는 행성처럼 느껴졌다. 어쩌면 딸이란 존재는 성인이 되는 특정 순간에 다다를 때까지 대부분 그렇게 느낄 것이다. 우리는 어떤 관계를 형성하고 있는지에 따라 엄마를 정의하곤 하니까.

이제 엄마는 제임스를 둘만의 오래된 장소로 꾀어내 경찰에 신고했다는 이야기까지 했다. 그가 체포된 사실을 확인만 하면 우리가 살던 아파트로 돌아갈 수 있다고 말했다.

엄마는 진이 다 빠진 모습으로 한숨을 쉬더니 의자 뒤로 몸을 기댔다. 피부가 누렇게 뜨고 너무 말라서 평소보다 광대뼈가 더 도드라져 보이는 엄마는 손등으로 눈썹을 문지르며 송골송골 맺힌 땀을 닦아냈다.

"너도 별일 없게 도와줄게. 아직 볼티모어로 이사할 수 있을 거야. 차에다 짐을 실어서 다음 주에 데려다줄 수 있어."

나는 들고 있던 얇은 스티로폼 컵을 구기며 겨우 입을 뗐다.

"내 일은 내가 알아서 할게요."

순간 엄마의 얼굴에 상처 입은 표정이 스쳐 지나갔다.

지금 그 얼굴을 보고 싶지 않았던 나는 틴이 남긴 폴더를 보려고 배낭을 열었다. 우리가 먹을 음식을 준비하기 전에 틴의 책상에서 가져왔다.

폴더 안에서 내용물을 꺼냈다. 작성해야 할 서류들과 치과 치료 혜택 광고, 이름과 로고와 연도가 적힌 파란색-흰색 선라이즈 주차 스티커가 들어 있었다.

주차 스티커를 보며 틴에게 두 번째로 퇴사하겠다고 이야기하면 전혀 쓸 일이 없겠구나, 하고 생각했다.

"하나 더 물어볼 게 있어요." 내가 말했다.

두 눈을 감고 있던 엄마는 내 목소리에 눈을 떴다.

"이선이요. 우리 1주년 기념일이었던 그날 밤에…"

엄마는 한숨을 내쉬더니 자세를 고쳐 좀 더 곧게 앉았다.

무슨 대답을 하든 나에게는 아주 중요한 순간이었다. 엄마는 이제 내게 아무것도 숨기지 않기로 했다. 그동안 날 속였던 건 나를 보호하기 위해서만이 아니라 옆에 두고 내 인생을 조종하려는 의도였는지 알아낼 수 있을 것이다.

"이선에게 약을 먹였죠?"

**"뭐?"**

진짜로 놀란 모습이다. 그렇다고 이해가 되는 건 아니었다.

"엄마가 따라준 술을 마시고 완전히 기절했다던데요."

엄마는 고개를 저었다.

"무슨 일이 있었는지 알려줄게. 이선이 그 전날 밤에 우리 집에 휴대전화를 두고 갔어." 여기까지는 내가 아는 내용이라서 계속하라는 의미로 끄덕였다.

"소파 쿠션 틈으로 들어갔더구나. 나도 그날 저녁에 퇴근해서 TV를 볼 때까지는 몰랐어. 내 아래에서 진동이 울렸거든."

엄마는 내게서 눈을 떼지 않고 말했다.

"미안하구나, 캐서린. 누가 이선에게 문자메시지를 보내서 울린 진동이었어. 휴대전화를 꺼냈는데 화면에 메시지 첫 줄이 보였고."

뱃속이 뒤틀렸다. 약간 메스껍기도 했다. 다음에 엄마가 무슨 말을 할지 듣지 않아도 알 수 있었다.

"다른 여자였어." 엄마가 침착하게 말했다. 그 오랜 시간이 지나 이제 이선의 배신은 내 주위를 날아다니는 벌만큼이나 아무것도 아닌 것처럼 느껴지는 그 모든 일을 겪었는데도 나는 배를 두 팔로 감싸 안을 정도의 고통을 느꼈다.

내 주변 사람들 누구도 진실하지 않은 것 같았다.

겨우 호흡을 가다듬고 물었다.

"메시지는 무슨 내용이었어요?"

"화면이 잠겨 있어서 첫 부분만 조금 읽을 수 있었어. 하지만 그것만 봐도 그 둘이 그날 오후에 함께 잤다는 걸 알 수 있었지."

그날 오후는 이선이 우리 기념일을 준비하느라 바쁘다고 말했던 때다. 나는 장미꽃을 사고 침대 이불을 빨고 카드에 사랑한다고 쓰는 이선을 상상했다. 다른 여자와 뒹구는 이선이 아니라.

"그래서 이선에게 약을 먹인 거예요?"

엄마는 고개를 가로저었다.

"나가서 보드카 한 병을 샀어. 이선이 왔을 때 한 잔 권했고. 스스로 선택한 거야."

나는 두 손에 머리를 파묻었다.

"첫 잔은 내가 따라줬어. 하지만 그다음부터는 혼자 따라 마셨지. 그건 홀짝거려야 하는 보드카였는데 그렇게 마시지 않았어. 그래서 그렇게 기절한 거야."

무슨 생각을 해야 할지 몰랐다. 모든 게 엉망진창이었다.

"그러면 왜 그렇게 얘기해 주지 않았어요? 왜 나에게는 사실대로 말해줄 수 없는 거예요?"

엄마가 내 어깨에 손을 올렸는데 나를 진정시키는 게 아니라 화를 참는 것 같았다. 나는 몸을 흔들어 엄마의 손을 털어냈다.

"그렇게 하는 게 너를 위하는 일이라고 생각했어. 이선은 네가 처음으로 아주 많이 사랑한 남자잖니. 그 애가 바람피운 걸 알면 네 자존심이 상할까 봐 걱정됐어. 차라리 네가 스스로 그 애랑 헤어지는 방법을 통제하는 게 더 낫다고 생각했어."

"하지만 난 통제하지 못했어요." 내가 말했다. **"엄마가 했죠."**

머릿속 어딘가에서 다시 의심이 들었다. 엄마가 또 거짓말을 하는지도 몰랐다.

증거가 필요했다.

"이선에게 메시지를 보냈다는 여자요, 이름이…." 내가 물었다.

말이 끝나기도 전에 엄마는 내가 무슨 생각을 하는지 알아챈 것 같았다.

"케이틀린." 엄마가 대답했다. "단 한 번도 잊어본 적이 없구나."

이선이 지금 만나는 여자 이름이다. 이선을 보러 갈 때마다 나를 차가운 눈빛으로 쏘아보던 그 금발 웨이트리스라고 확신한 그 여자다.

그 여자의 이름을 엄마에게 언급한 적은 한 번도 없다. 엄마는 진실을 이야기하고 있다.

그러니까 이선도 나를 속인 것이다. 난 정말 호구인 모양이다.

순간 피곤한 감정이 무거운 담요처럼 나를 덮쳤다. 이미 과부하가 된 뇌의 전원은 곧 꺼질 듯했다.

머리를 들어 올리기에도 너무 무거워서 의자의 딱딱한 나무판에 기대어 젖혔다.

엄마가 의자에서 일어나 주변을 걷기 시작하는 모습을 마지막으로 눈을 감았다.


다시 눈을 떴을 땐 관자놀이 주변이 욱신거렸고 해는 이미 낮게 떠 있었다. 휴대전화 시계를 보니 벌써 오후 5시가 지났다.

옆에 앉아 있던 엄마는 자고 있지 않았다. 1,000년도 넘은 것 같은 초록색 스프링 공책에 뭔가를 쓰고 있었다. 눈을 뜬 나를 보더니 공책을 덮고 큰 가방에 넣었다.

"아무 일도 없었어요?"

"몇 분 전에 누가 나와서 캐딜락을 몰고 갔어. 커플이었는데 남자는 백발이고 분홍색 드레스를 입은 여자는 지팡이를 짚고 있었어." 엄마가 말했다.

"조지랑 준이에요. 아마 저녁을 먹으러 나간 걸 거예요."

엄마가 끄덕였다.

"다른 데도 아무 소식 없고요." 내가 말했다.

질문이 아니라 평서문이었다. 엄마의 얼굴만 봐도 아직 제임스가 잡혔다는 소식이 발표되지 않은 걸 알 수 있었다.

조금만 더 기다리면 돼, 라고 엄마는 계속 이야기했다. 나는 일어나서 스트레칭하고 화장실을 쓰기 위해 선라이즈 안으로 들어갔다. 메인 층에 있는 휴게실에 가서 커다란 쟁반에 누가 갖다 놓은 쿠키를 몇 개 집어 들고 물을 두 컵 채웠다.

엄마에게 돌아가니 막 휴대전화를 내려놓고 있었다. 엄마는 내가 갖다준 오트밀 건포도 쿠키를 한 입 베어 물고 물을 크게 한 모금 마셨다.

"고마워."

시간은 계속 흘렀다. 엄마는 조금 더 긴장한 표정이었다. 자세도 굳어졌다.

해는 더 낮게 지고 있었다. 몇 층만 올라가면 있는 메모리 윙 환자들이 슬슬 불안해질 시간이었다.

저녁 중에서도 이 시간대가 되면 뭔가가 환자들을 불안에 떨게 했다.

하지만 오늘은 나야말로 이 시간쯤 되면 집으로 돌아가서 오랫동안 뜨거운 물로 샤워할 수 있길 바랐다. 방문을 닫고 오로지 혼자 생각에 잠기고 싶었다.

별다른 소식 없이 해는 뉘엿뉘엿 지고, 우리는 이도 저도 아닌 상태에 갇혔다.

"우리 조금 걸어야 해요." 이윽고 내가 말했다. 나와 엄마는 너무 오래 앉아 있었다. 지금쯤이면 환자들은 모두 건물 안에서 저녁 식사를 끝내고 잠자리에 들 준비를 할 것이다. 밖에는 아무도 없었다. 나는 주의를 끌고 싶지 않았다.

엄마가 자리에서 일어섰고 우리는 건물 주변을 돌았다. 요양원 뒤쪽은 훨씬 덜 꾸며졌다. 깔끔하게 손질된 꽃밭 대신 커다란 금속 컨테이너에 쓰레기와 재활용품이 쌓여 있었다. 의자도 벤치도 없어서 우린 서 있었다.

나는 이 모든 게 끝나면 뭐부터 할지 생각하며 시간을 보냈다. 내일은 근무하는 날이라 내 결정을 번복한 이유에 대해 틴과 어려운 대화를 나눠야 할 터였다. 진실을 말할 수는 없지만 그렇다고 거짓말을 하고 싶지도 않았다.

거짓이라면 이제 질렸다.

마지막으로 한 줄기 회색빛을 띠던 하늘이 마침내 완전히 깜깜해졌을 때 내 휴대전화가 울렸다. 나는 깜짝 놀랐다.

만약 이선이 다시 내게 문자메시지를 보냈다면 나는 꺼지라고 말한 후 차단해 버렸을 것이다.

그런데 이선이 아니었다.

메시지를 보낸 사람은 조지 캠벨이었다.

캐서린, 주차장에 아직 차가 있는 걸 봤단다. 혹시 최대한 빨리 나와 준에게 와줄 수 있겠니? 중요하게 상의할 이야기가 있어서 그래.

메시지를 읽자마자 마음이 쿵 하고 내려앉았다.

모든 걸 되돌려 놨다고 생각했다. 엄마에게 차에 기름을 4분의 3 지점까지 채워두라고 했고 캐딜락 안에 내가 두고 온 물건은 없는지 확인해 달라고 했다. 내가 뭘 놓친 걸까? 어쩌면 조지가 자기 차에서 뭔가 이상한 점을 발견했고 준이 오늘 아침에 내가 찾아와 차 키를 두는 그릇 안을 뒤졌다고 말했을 수도 있다.

이제 그들은 내가 한 짓을 의심하고 있다.

"뭔데 그러니?" 엄마가 물었다.

나는 휴대전화 화면을 엄마에게 보여줬다.

엄마의 얼굴이 일그러졌다.

"오, 안 돼."

# 40. 루스

캐서린이 내 시야에 없는 게 싫다.

논리적으로는 딸아이가 지금 몇 미터 떨어지지 않은 곳에, 캠벨 부부네 방 안에 안전하게 있다는 걸 알지만 말이다.

그래도 숨이 얕아지며 가슴이 답답하게 죄어왔다. 안절부절못하고 열 걸음 앞으로 갔다가 돌아서서 다시 열 걸음 돌아오기를 반복하고 있다.

캐서린은 캠벨 부부에게 운명을 맡기기로 했다. 어젯밤에 절박하게 차가 필요했던 나머지 한순간에 바보 같은 결정을 내렸다고 사실대로 이야기하고 용서받기를 바랐다.

조지와 준은 아주 친절한 사람들이라고 했다. 그러니 아마 자기를 이해해 줄 거라고도.

캐서린이 내게서 멀어져 캠벨 부부를 만나러 가는 걸 지켜봤다. 느릿느릿 걷는 걸음 하나하나가 내 안을 찌르는 것 같았다. 아이는 어깨를 돌리며 정의를 마주할 준비를 했다. 마치 전학 간 첫날에 학교 교문으로 들어가던 그 모습 같았다.

고개 들어, 어깨 펴고.

나는 그렇게 아이를 새 학교에 처음 보내던 날들처럼 메시지를 보냈다. 아이는 모퉁이를 돌아 사라졌다. 이제 사라진 지 15분 가까이 돼간다.

가만히 있을 수가 없었던 나는 휴대전화로 아이의 위치를 확인했다.

아직 선라이즈 안에 있다.

조지와 준과 어떤 대화를 하기에 이렇게 오래 걸리는지 모르겠다. 물론 더 걸리지는 않을 것이다.

찬 바람이 불어와 팔로 몸을 감싸며 조금 떨었다. 해가 수평선 너머로 가라앉으니 온도가 급격히 내려갔다.

더플백에 상의가 있지만 보네빌은 건물 반대편에 주차해 뒀다. 지금 이 장소를 떠날 수는 없었다. 캐서린이 돌아왔을 때 내가 있어야 하니까.

다시 구글에 제임스를 검색했다. 새로운 결과는 없었다.

다른 키워드를 조합해 또 검색해 봤다. **오크힐과 들판과 도망**. 그래도 없었다.

건물 가까이 가봤다. 선라이즈 앞은 넓게 포장된 산책길과 창문에서 새어 나오는 노란 불빛들로 아주 밝았다. 그런데 입주 환자들은 절대 올 일이 없는 이 뒤편은 완전히 다른 세상이었다. 너무 어두워서 전방 3~5미터 너머는 보이지도 않고 커다란 쓰레기통에서는 기분 나쁜 악취가 스멀스멀 올라왔다.

어떤 창문이 캠벨 부부의 방인지 알고 싶었다. 그들이 몇 층에 사는지 캐서린에게 물어봤어야 하는데 깜박했다. 그저 아이가 어느 방에 있는지만 알아도 걱정이 덜 될 것 같았다.

뭔가 움직이는 걸 본 것 같아 휙 돌았는데 나무 기둥을 오르는 다람쥐였다.

쿵쾅거리는 심장에 손을 얹고 숨을 내쉬었다.

몸과 마음이 점점 더 조마조마해졌다. 캐서린이 옆에 있길 바라는 마음이 극도로 심해져 화학적인 금단현상을 겪는 기분이었다.

타깃에서 혼자 어두운 밤을 지새던 그 옛날에 그랬듯이 숫자를 100까지, 그리고 200까지 셌다.

이제 캐서린과 떨어진 지 거의 20분이 다 돼간다.

주변에는 아무도 없다. 완전히 깜깜하다. 황량하다.

뭔가 끔찍이 잘못됐다는 게 단전에서부터 느껴졌다.

시선을 떨궈 휴대전화를 확인했지만, 아무것도 오지 않았다.

그러다 갑자기 뭔가가 떠올라 눈을 휘둥그레 떴다.

나는 무의식적으로 커다란 숄더백에서 대포 폰을 꺼냈다. 오늘 오전 9시에 경찰에 신고할 때 빼고는 한 번도 보지 않았다.

맥박이 점점 빨라지는 걸 느끼며 전원을 켰다.

저렴한 기계라 그런지 화면이 한동안 깜박거리더니 꺼졌다. 그러더니 다시 켜졌다.

입안이 바짝 말랐다.

한 시간도 채 되기 전에 모르는 번호로 새 문자메시지가 와 있었다.

순간 공포가 온몸을 관통했다. 손이 너무 심하게 떨려 메시지를 확인하려고 조작하는 동안 전화기를 떨어뜨릴 뻔했다.

메시지 화면을 보자마자 나는 어이가 없어 두 눈을 깜박였다.

아무 글자도 없이 사진이 하나 와 있었다. 작고 선명하지 못한 사진이었다.

주위가 어두워 잘 보이지 않자 나는 다른 손으로 휴대전화를 들어 손전등을 켜고 대포 폰을 향했다.

지금 보고 있는 게 뭔지 이해하기까지 시간이 좀 걸렸다.

그걸 이해한 순간 나는 대포 폰을 떨어뜨리고 양팔을 휘저으며 선라이즈를 향해 뛰어갔다. 잔디를 가로지르며 날 듯이 뛰어서 두 발이 거의 땅에 닿지 않았다.

사진은 오늘 오전 9시에 피자 피아조 근처에 세워둔 캐딜락에 올라타는 내 모습이었다. 각도로 봐서 사진을 찍은 이는 나무와 덤불로 가려진, 주차장 뒤로 향하는 옹벽 위에 서 있었다.

더 빨리 뛰어갈수록 거칠어진 숨이 폐를 찢는 것 같았다.

나는 제임스에게 한 시간 정도 걸리는 아나폴리스에 위치한 호텔에 있다고 말했다. 통화하는 내내 제임스가 어디 있는지는 묻지 않았다. 그저 어디 싸구려 호텔에 조용히 누워 있다고만 생각했다.

그러나 그는 나와 같은 주차장에서 내 말이 거짓말인지 아닌지를 실시간으로 확인했다. 통화 내내 나를 지켜보고 있었던 것이다. 심지어 전화하는 중에 그런 말을 했다.

'곧 보자.'

제임스는 내 사진을 찍자마자 그렇게 말했다.

심장이 쾅쾅거리는 걸 느끼며 조지와 준의 방문을 두드렸다. 그들은 1층 모퉁이에 있는 방 두 개짜리 유닛에 살고 있다. 지금까지 이 방문을 얼마나 많이 두드렸는지 셀 수 없을 정도다. 캠벨 부부는 언제나 환영하는 미소를 지으며 문을 열어줬다.

오늘은 그러지 않겠지.

보통은 문을 두드리고도 한참 지나서야 문을 열어준다. 드디어 문이 열렸고 준과 마주했다.

준의 표정을 본 나는 너무 놀라서 나도 모르게 뒷걸음질 쳤다.

준은 조금도 화난 표정이 아니었다. 대신 웃음을 참느라 힘들어하고 있었다.

"캐서린!" 준은 지팡이를 벽에 기대어 둔 채 불과 몇 시간이 아닌 몇 달 만에 본다는 듯 두 팔을 뻗어 나를 안아줬다.

나는 완전히 혼란에 빠졌다. 할 말을 모두 준비해 온 참이었다. 캠벨 부부가 나를 신고하지 않도록 굽신거리고 울며 빌 준비가 돼 있었다.

조지는 좁은 통로에 있는 장식장 옆에 서서 우리와 마주했다. 차 키가 들어 있는 초록색 그릇이 놓인 그 장식장이다.

"기다렸단다, 아가." 조지도 나를 안아줬다.

"저를… 저를 기다렸다고요?" 내가 더듬거리며 물었다. 의지와는 상관없이 내 두 눈은 캐딜락 키를 향했다.

"거실로 들어와. 너를 기다리는 깜짝 선물이 있단다!" 준이 보챘다.

도대체 무슨 일인지 전혀 알 수가 없었지만 나는 나무처럼 딱딱한 미소를 억지로 지어 보였다.

"먼저 눈을 꼭 감아." 조지가 신이 나서 말했다. "실눈 뜨기 없기!"

나는 하라는 대로 했다. 앙상하고 차가운 준의 손이 내 손을 잡는 게 느껴졌다. 준이 지팡이로 바닥을 때리는 소리를 따라 몇 걸음 앞으로 갔다. 우리가 어디로 향하는지 안 보고도 알 수 있었다. 구석구석을 다 알 정도로 이 방에서 얼마나 많은 시간을 보냈는지 모른다. 우리는 거실로 향하는 지점에 서 있었다. 눈을 뜨면 반짝이는 나무 커피 테이블을 둘러싼 베이지 색 소파와 커다란 의자 두 개가 보일 것이다.

캠벨 부부는 내가 볼티모어로 이사한다고 알고 있다. 그럼 이건 송별회 같은 걸까?

이상야릇한 압박감에 공기가 무거워지는 것 같았다.

"이제 눈을 떠보렴!" 준이 외쳤다.

눈을 뜨고 마주한 장면은 다소 싱거웠다. 웬 남자 손님 한 명이 소파에 조용히 앉아 있었다.

그런데 이 방에 들어왔을 때보다 순간적으로 더 혼란스러웠다. 이 남자가 누군지, 캠벨 부부가 왜 나를 불렀는지 알 수가 없었다.

남자의 깊게 발달한 근육질 팔에서 지나치게 넓은 어깨로, 그리고 얼굴로 시선을 옮겼다. 머리카락을 모두 밀었는지 지금은 민

머리였다. 안경을 쓰고 있지 않았지만, 나는 그 이목구비를 알아
봤다.

명치를 얻어맞은 듯 모든 숨을 토해냈다.

제임스가 일어나서 내게로 다가오자 물결치는 공포가 나를 에
워쌌다.

이건 말도 안 된다. 그것도 지금, 이 순간이 아주 행복한 시간
이라고 믿어 의심치 않는 조지와 준의 아늑한 공간에서는 일어날
수 없는 일이었다.

제임스가 팔을 뻗어와서 흠칫 놀랐지만, 그저 나를 안는 척을
하려는 것뿐이었다.

그의 가슴에 눌리자 무슨 시멘트 블록에 깔리는 느낌이었다.

"나를 데이비드라고 불러." 제임스가 내 귀에 대고 속삭였다.

준이 손뼉을 치며 말했다.

"이게 우연이라니 믿을 수 있겠니? 조지와 함께 저녁을 먹으
러 나갔는데 조금 있다가 네 사촌이라는 사람이 우리 옆 테이블에
앉는 거야. 그래서 같이 수다를 떨기 시작했지. 알고 보니 너를 놀
라게 해주려고 여기까지 왔다는구나!"

어지러웠다. 제임스가 지휘하는 꿈같은 세상에 발을 들여버렸
다. 제임스는 무대를 꾸미고 배우들을 배치했다. 자신은 존재하지
않는 인물, 내 사촌 데이비드인 '척'하고 있다.

캠벨 부부는 우리가 오랜만에 만난 가족이라고 믿었다. 물론
맞는 말이지만 나와 제임스의 진짜 관계를 아는 사람은 나뿐이
었다.

"그래서 둘이 지금 얼마 만에 만난 거지?" 조지가 물었다.

나를 정확하게 쳐다보는 제임스 때문에 얼굴에 핏기가 사라졌다. 그는 밝고 따스하게 말했다.

"정말 너무 오랜만이에요. 그래도 어젯밤에 만난 것처럼 편한데요. 그렇지, 캐서린?"

한마디 한마디가 바늘이 돼 내 살갗을 찔렀다. 제임스는 그걸 즐기며 내가 느끼는 공포를 마음껏 구경하고 있었다.

그런데 제임스는 이들을 어떻게 찾았지? 아니, 어떻게 나와 캠벨 부부 사이를 알았을까?

순간 나는 틴이 전해준 폴더에서 단서를 꺼내듯 제임스가 나를 쫓아올 수 있었던 이유를 명확하게 알았다.

선라이즈 주차 스티커.

캠벨 부부도 캐딜락 뒤 유리창에 하나 붙여놨다.

어젯밤 피자 피아조에 갔을 때 제임스는 내가 들어간 뒤 따라 들어왔다. 하지만 그게 내가 먼저 식당에 도착했다는 뜻은 아니다. 제임스는 분명 분주한 주차장을 살피다가 캐딜락에서 내리는 나를 발견했을 것이다. 그리고 내 페이스북 사진을 봤으니 나를 알아봤다.

그저 내가 타고 온 차로 걸어와서 선라이즈 스티커를 봤을 뿐이다.

준은 내가 안절부절못하는 걸 알아차렸다. 얼굴에 미소를 거두고 눈썹 사이를 찡그리며 물었다.

"캐서린? 괜찮은 거니, 아가?"

내가 대답을 주저하자 제임스는 다시 소파로 돌아갔고 조지도 고개를 돌려 나를 봤다. 지금 두 사람은 제임스를 자세히 보고 있지 않았다.

그걸 알고 있는 제임스는 나만 볼 수 있도록 청바지를 손가락으로 잡아당겨 밑단을 들어 올렸다.

진짜 총이다. 실제로는 처음 본다.

제임스는 발목에 찬 권총집에 들어 있는 저 반짝이는 검은 무기처럼 위협적인 표정을 지었다.

내가 잘 연기하지 않으면, 우리 모두를 죽이려는 걸까?

두 눈에서 눈물이 쏟아져 내렸다.

"저는 그냥…, 너무 행복해서 말이 안 나올 정도예요." 간신히 입을 열었다.

준이 미소 지었다. 내 말을 그대로 믿었다.

제임스는 청바지에서 손을 떼 밑단을 내렸다. 다시 다정한 보통 남자의 얼굴로 바뀌었다.

"조지, 어서 마실 걸 준비하고 둘만의 시간도 좀 줍시다."

준은 지팡이를 짚고 조지와 함께 주방으로 갔다. 둘이 떠난 후 남은 침묵은 커다란 공허처럼 느껴졌다.

나는 아직도 어떻게 그렇게 나를 빨리 찾았는지 이해할 수 없어 제임스를 노려봤다. 어쨌든 엄마가 설치한 덫에서 교묘하게 빠져나와 나를 여기까지 쫓아왔으니까.

"내 옆에 앉아, 캐서린." 제임스가 옆에 있는 쿠션을 툭툭 치며 말했다.

겁에 질린 나는 하라는 대로 했다. 차마 거절하기엔 너무나 무서웠다.

떨리는 다리로 걸어가 제임스와 최대한 거리를 두고 옆에 앉았다.

제임스는 내가 들고 있던 휴대전화를 가져가 커피 테이블 위 자기와 가까운 쪽에 뒀다. 엄마에게 몰래 메시지를 보내려던 내 희망은 그렇게 사라졌다.

"우리 같이 아는 친구가 있잖아. 그녀가 어디에 있는지 알아야겠어." 제임스가 조용히 말했다.

"친구요?" 나는 이 남자가 도대체 어디까지 알고 있는지 몰라 열심히 따라잡으려고 했다.

내가 뒤로 조금 물러나자 제임스는 그만큼 내 곁으로 오며 입꼬리를 씰룩거렸다. 일부러 나를 소파 팔걸이까지 몰아 꼼짝 못하게 할 작정이었다.

"널 시켜서 날 찾게 했잖아. 이제 네가 나를 위해 그 여자를 찾아야겠어."

제임스는 엄마가 어디에 있는지 궁금해했지만 그게 내 엄마라는 건 몰랐다.

주방에서 무언가 터지는 소리가 크게 들려 나는 깜짝 놀랐다. 본능적으로 머리를 숙여 무릎에 파묻었다.

제임스는 꿈쩍도 하지 않았다. 내가 천천히 머리를 들자, 웃기까지 했다. 그저 샴페인 코르크 마개를 따는 소리였다. 준과 조지는 오늘이 축하할 밤이라고 철석같이 믿었다.

"어제 캐딜락을 타고 식당에 왔지?" 아마도 내가 차에서 내려 피자 피아조로 걸어가는 모습을 지켜봤을 거라는 내 의심을 확인이라도 시켜주듯 제임스가 말했다.

"그런데 오늘 아침에 아바가 캐딜락을 몰고 갔단 말이야. 그러니까 분명 네가 아바를 만나서 차 키를 전해줬다는 이야기지. 그녀가 어디에 있는지 알고 있잖아. 어디에 사는지 알 수도 있지. 캠벨 부부에게 아바 이름을 던져봤는데 전혀 반응하지 않더군. 그런데 네 이름을 대보니 네가 얼마나 멋진 젊은 여성인지 열변을 토하더라고."

나는 고개를 저었으나 제임스는 계속 이야기했다.

"우리는 여기 10분 정도 앉아서 술을 마실 거야. 너는 오랜만에 사촌을 만나 너무 반갑다는 듯이 행동할 거고. 그리고 여기서 나가 네 차를 타고 아바가 있는 데로 갈 거야."

제임스는 차분하고 안정된 말투로 말했다. 입고 있는 청바지와 감옥에서 팔에 새긴 문신을 가린 감색의 긴팔 폴로셔츠는 깔끔했다. 얼굴 가까이서 내뱉는 숨에서는 박하 향이 났다. 어제와 완벽히 다른 모습에 어질어질했다. 사람의 탈을 쓴 괴물 같았다.

"조지나 준에게 무슨 신호라도 보내거나 도망치려고 하면 네가 저 문까지 반도 가지 못했을 때 둘 다 죽여버릴 거야."

진심으로 하는 말이다.

쟁반에 샴페인 네 잔을 담은 조지와 지팡이를 잡지 않은 손으로 믹스 너트가 담긴 그릇을 든 준이 거실로 돌아왔다.

준은 그릇을 커피 테이블에 놓고 조지는 잔을 돌렸다.

나는 손을 어찌나 떨었는지 금빛 음료가 잔 가장자리로 튈 뻔했다.

조지가 잔을 들며 말했다.

"가족을 위해."

우리는 샴페인 잔으로 건배했다. 나도 잔을 입술에 댔지만, 목구멍이 뭐든 삼킬 수 없을 정도로 꽉 막힌 느낌이었다.

"우리가 친 작은 장난에 너무 충격받지 않았으면 좋겠구나, 캐서린. 네 보네빌이 아직 주차장에 있는지 확인하려고 데이비드를 태국 음식점에서부터 태워 왔단다. 그리고 우리 손님으로 등록해서 데려왔어. 그래야 네가 정말 깜짝 놀랄 테니까!"

"완전히 놀랐어요." 내가 말했다. 조지는 차에 관심이 많다. 전에 내가 카뷰레터를 교체하며 너무 많은 돈을 낸 것 같아 조언을 구한 적이 있어서 내 차가 뭔지 알고 있다.

"제 차로 돌아갈 때는 캐서린에게 데려다 달라고 하면 되겠어요." 제임스가 웃으며 말하자 나도 머릿속이 빙빙 도는 걸 느끼며 따라 웃었다.

늦지 않게 뭐라도 해야 했다. 제임스와 단둘이 차에 타면 그때는 너무 늦는다.

화장실에 긴급 호출을 할 수 있는 줄이 있다. 그걸 당기면 간호사가 재빨리 문 앞으로 올 것이다.

하지만 그러고 나서는? 제임스가 그대로 이 집에서 나가버릴 수도 있었다.

조지와 준이 함께 있는 한 제임스를 화나게 하는 위험을 무릅

쓸 수는 없었다.

"캐서린?"

다들 나를 보고 있었다. 뭔가를 물어봤나 보다.

"죄송해요." 제임스가 다가와서 내 손을 꽉 잡았다. 혐오감이 뱃속을 휘어 감았다.

"제임스가 네 외가 친척인지 묻고 있었어."

준이 물었다.

제임스가 고개를 저으며 말했다.

"친가 친척이에요."

준이 눈썹을 찡그렸다. 나는 준에게 내 가족에 관해 어떤 이야기를 했었는지 급하게 기억해 내려고 애썼다. 실제로 형제자매 없이 엄마와 단둘이 산다는 것 외에 다른 이야기는 안 했을 것이다. 그러니 사촌 이야기도 전혀 안 했을 테고.

준이 계속 이런 질문을 이어간다면 충분히 의심할 수 있다. 제임스가 하는 이야기에서 구멍을 발견하고 걱정하기 시작할지도 모른다. 어쩌면 나와 제임스가 떠난 후 경찰을 부를 수도 있고.

준이 표정을 펴며 말했다.

"멋지군요." 준은 남의 사정을 파헤칠 만큼 무례한 사람은 아니었다.

제임스의 손에서 내 손을 빼려고 시도했다. 그러자 제임스는 손마디가 아플 정도로 꽉 잡았다.

"준이 뇌졸중을 앓고 당뇨를 치료하는데 네가 얼마나 완벽하게 돌봐줬는지 말해주더라. 너라면 분명 좋은 간호사가 될 줄 알았어, 캐서린." 제임스는 나를 자랑스러워하는 사촌 오빠처럼 아무렇지 않게 말했다.

그는 상황에 맞춰 변하는 카멜레온이었다. 캠벨 부부를 속인 것만 봐도 알 수 있었다. 선라이즈 바깥 어딘가에 주차하고 눈에 띄는 캐딜락이 나갈 때까지 기다렸을 것이다. 조지와 준을 따라가 옆 테이블에 자리를 잡고 대화를 시작했겠지. 이미 내 본명을 아는 데다 내가 캠벨 부부의 차를 썼다는 이유로 그들과 친하다는 것도 알고 있었을 테니 아무 이야기나 지껄이면서 나와 어떤 관계인지 알아냈을 것이다.

그리고 내가 내 발로 걸어오도록 덫을 놨다.

"캐서린이 어렸을 때 제가 돌봐주곤 했어요. 언젠가 핼러윈 날이었는데 그때 벌써 간호사로 변장했었죠. 그때 갖고 있던 플라스틱 청진기랑 혈압 측정 띠 기억나?" 제임스가 웃으며 말했다.

나도 억지로 웃어 보였다. 마치 마리오네트 인형이 돼 제임스가 원하는 대로 움직이도록 끈이 잡아당겨지기를 기다리는 기분이었다.

"그럼 캐서린보다 몇 살 위인 거지, 데이비드?" 조지가 물었다.

"글쎄요, 어디 보자. 캐서린, 네가… 몇 살이었지?" 제임스가 재촉했다. "지난 생일에 카드를 보낸 건 기억하는데 아직도 내 마음속에선 땋은 머리를 한 작은 여자아이 같아서 말이야."

"스물일곱이요." 나에 관한 정보를 최대한 흐릿하게 주기 위해 거짓말을 했다.

"저는 마흔셋이에요. 캐서린이 태어났을 때 제가 열여섯 살이었으니까 다들 저라면 캐서린을 돌봐줄 수 있겠다고 생각했죠."

"제가 늙어서 그런지 건망증이 심해지나 봐요. 캐서린, 난 네가 스물네 살인 줄로만 알았단다." 준이 농담하듯 말했다.

나이에 관해 뱉은 말을 도로 주워 담고 싶었다.

제임스는 천천히 고개를 돌려 나를 쳐다보더니 내 손을 더 꽉 쥐었다. 나는 너무 아파서 거의 훌쩍였다.

그는 내가 거짓말을 하고 있다는 걸 알아챘다. 이제 나는 오히려 제임스에게 의심받는 처지가 됐다.

올가미가 목을 조여오는 것 같았다.

앞으로 어떻게 될지 생각할수록 머리가 지끈거렸다. 엄마는 선라이즈 뒤편에 있다. 만약 제임스가 나를 정문으로 데리고 나가면 내가 건물에서 나오는 걸 전혀 알지 못할 것이다.

"셋은 얼마나 오래 알고 지냈어요?"

제임스는 아파하는 내 손을 놓고 뒤로 기댄 채 소파에 팔을 두르며 물었다. 나는 반대되는 힘으로 균형을 잡듯 본능적으로 몸을 앞으로 숙였다. 다시 내 몸에 손을 댄다고 생각하니 치가 떨렸다.

"6년이죠." 준이 대답하며 눈썹을 찡그리는 걸 보고 고등학교를 졸업하자마자 선라이즈에 취직한 나와 만났던 일을 기억한다는 걸 알았다. 방금 내가 말한 나이와 계산이 안 맞기 때문이다.

'제발 다른 이야기는 하지 말아주세요.' 속으로 애원했다.

"누구 더 마실 분?" 조지가 물었다.

내 잔은 그대로 차 있었고 제임스와 조지의 잔은 반쯤 남았다. 만약 준이 끄덕인다면 그대로 일어나 샴페인 병을 가지러 가는 것처럼 주방으로 뛰어갈 수 있었다. 어쩌면 거기서 나를 방어할 방법을 찾을 수 있을지도 몰랐다.

하지만 준이 대답하기도 전에 제임스가 일어섰다.

"정말 좋은 시간이었어요. 그래도 계속 이렇게 시간을 뺏을 수는 없죠. 두 분도 분명 할 일이 있을 테니까요. 그리고 캐서린과 저는 오래된 친구를 만나러 가기로 했거든요."

시간이 별로 없다.

"가기 전에 내가 사진 한 장 찍어줄게요." 조지가 제안했다.

"아, 그건 괜…." 내가 입을 열었다.

"괜찮아, 나중에 보면 정말 좋을 거야." 준이 끼어들었다.

제임스 옆에 서 있는 건 제일 하고 싶지 않은 일이었다.

"그럼요. 먼저 상 치우는 거 도와드릴게요." 나는 누구도 말리기 전에 내 잔과 제임스의 잔을 들며 말했다.

작은 주방에서 최대한 오래 버티며 조리대 위에 있는 칼들을 흘깃 쳐다봤다. 배낭은 엄마에게 맡겼고 옷 주머니들은 긴 칼을 숨기기엔 너무 얇다. 휴대전화는 아직 커피 테이블 위에 있고 주방에는 일반전화가 없다. 캠벨 부부라면 집 안에 진짜 총을 숨겼을 리는 절대 없고 사실 나도 어떻게 사용하는지 모른다.

거실로 다시 나가면 사진 찍는 일은 모두 잊었기를 바랐다. 하지만 제임스가 나를 보고 "캐서린?" 하고 부르며 오른팔을 들어 얼른 오라는 손짓을 했다. 선택의 여지가 없었다. 제임스에게 가는데 조지가 내 휴대전화를 주워 들고 카메라를 켰다. 제임스는 어깨동무하며 나를 당겼고 조지는 웃으라고 말했다.

"사진 잘 나왔나 한번 보자." 조지가 인상을 쓰며 두 손가락으로 화면 속 사진을 확대했다.

"와, 몰랐는데 사진으로 보니 둘이 정말 닮았구나!"

머릿속으로 비명을 질렀다. 아드레날린이 온몸 구석구석을 흘러 다녔다. 너무나 도망치고 싶었지만 나를 꽉 두르고 있는 제임스의 단단한 팔 안에 갇혀 있었다.

조지는 사진을 준에게 보여주기 위해 화면을 옆으로 꺾었다.

"아, 그러네요. 정말 그래요. 둘 다 너무 아름다운 푸른 눈을 갖고 있어요. 유전인가 봐요."

제임스는 천천히 고개를 돌려 다른 손으로 내 턱을 들어 올렸다. 한 번도 깜박이지 않고 내 눈을 바라보는 그의 눈빛에 나는 완전히 무력해졌다.

제임스가 확신하는 그 정확한 순간을 볼 수 있었다.

제임스는 내가 자기 딸이라는 걸 알았다.

## 42. 루스

선라이즈 모퉁이를 도는데 폐가 타들어 갔다. 이제 정문이 보인다. 50미터도 남지 않았다.

그때 세상이 발밑으로 기울어졌다. 나는 미끄러지며 멈췄다.

제임스가 캐서린의 등을 팔로 누른 채 바짝 붙어 서서 정문으로 나오고 있었다.

시간이 멈춘 듯했다. 숨을 쉴 수가 없었다.

그들이 포장된 산책로를 따라 주차장으로 가는 걸 지켜봤다.

내 안에서 가장 깊은 공포가 스멀스멀 피어올랐다.

시야가 내 딸과 그 옆에 있는 남자로 좁아지면서 소리 없는 비명이 목구멍을 채웠다.

우리를 어떻게 찾았지?

제임스는 캐서린과 너무 가까이 있었고 캐서린 등 뒤로 뭔가를 들고 있는 것처럼 보였다. 확실히는 모르겠지만 들고 있는 각도로 봐서는 총이었다. 나는 천천히 주차된 차들에 몸을 가리며 최대한 조용하게 걸었다.

제임스는 다른 손으로 비틀거리는 캐서린의 팔을 붙잡으며 똑바로 서라고 홱 세웠다. 딸아이가 작고 높은 소리를 내뱉었다.

분노와 두려움이 한데 엉켰다. 가서 제임스의 얼굴을 할퀴고 싶었다. 가방에 손을 넣어 칼과 차 키를 꺼낸 후 바닥에 가방을 가만히 내려놨다. 움직임에 방해가 되는 건 원치 않았기 때문이다.

제임스가 캐서린을 차에 태우도록 둘 수는 없다. 만약 그렇게 된다면 나는 영영 딸아이를 보지 못할 것이다. 경찰을 부르기엔 너무 늦었다. 그들이 제시간에 온다고 해도 요란한 사이렌 소리에 제임스가 총이라도 쏘기 시작하면 캐서린은 곤경에 처할 것이다.

제임스는 잃을 게 없었다. 혹시라도 그동안 나를 만날 생각으로 감옥 생활을 버텼다면 이제는 그 환상이 헛된 꿈 그 이상도 이하도 아니라는 걸 알게 됐을 터였다.

밝은 선라이즈 입구 근처 주차장에 비해 모퉁이는 어둡다. 이런 밤에는 아무도 밖으로 나오지 않는다.

고개를 최대한 숙이고 주차장 가장 먼 쪽으로 가는 제임스와 캐서린을 따라 천천히 움직였다. 선라이즈 승합차 차창에 제임스가 뒤를 돌아 주변을 확인하고 다시 걸어가는 게 비쳤다.

나도 뒤를 돌아봤다. 아무도 따라오지 않았다. 주차장에는 우리 셋만 있지만 제임스는 아직 나를 보지 못했다.

딸아이를 사랑하는 만큼 힘이 솟았다. 감각들은 예민해지고 시야는 넓어졌다. 깜박거리는 머리 위 가로등과 하늘에 뜬 은빛 달과 희미하게 들리는 귀뚜라미 울음소리를 느꼈다. 무엇보다 나는 캐서린에게서 절대 눈을 떼지 않았다.

캐서린과 제임스는 보네빌 근처까지 갔으나 제임스는 그게 우리 차인지 모른다.

내가 몰래 차에 타서 그들을 향해 돌진한다면, 그리고 캐서린이 피할 방법을 찾는다면, 나는 제임스를 칠 수 있을 것이다.

하지만 너무 위험하다. 총알이 날아가는 속도는 달리는 차보다 빠르다.

둘은 멈춰 섰다.

주변이 무척 어두웠지만 나는 최대한 가까이, 그 둘이 하는 이야기를 들을 수 있을 정도까지 다가갔다. 3미터도 떨어지지 않은 곳에 세워진 뷰익 뒤에 숨었다.

"전화해." 제임스가 시켰다.

"뭐라고 말해요?" 캐서린이 물었다.

"뭐든 여기로 올 수 있게 해."

머릿속으로 계획을 세웠다. 휴대전화는 아까 놓고 온 가방 안에 있다. 그게 지금 진동 모드로 돼 있는지는 확실히 모른다. 만약 캐서린이 전화를 걸었는데 벨 소리가 울린다면, 그 소리를 들은 제임스의 주의를 분산시킬 만큼 충분한 시간을 벌 수 있을까?

캐서린이 주머니에서 휴대전화를 끄집어내 전화를 걸 때 나는 칼을 꺼냈다. 그리고 출발선에 선 단거리 주자처럼 몸을 낮게 숙였다. 칼을 든 손에 힘이 더 들어갔다.

하지만 주차장 건너에서 벨 소리는 들리지 않았다. 아마 진동 모드이거나 가방 안에 깊숙이 들어 있어 소리가 들리지 않는 모양이었다.

정말로 캐서린의 전화를 받고 싶었다. 하지만 다시 가방이 있는 데로 가려면 아주 빨리 움직여야 하고, 그건 분명 제임스의 주의를 끌 것이다.

그때 제임스가 한 말에 내 속이 곤두박질쳤다.

"엄마가 전화를 안 받아?"

캐서린이 내 딸이라는 걸 알고 있다. 이제 캐서린은 볼모로서의 가치가 더 클 터였다.

또 뭘 더 알고 있을까?

캐서린에게 일어날 일을 감수할 수는 없었다.

나는 칼을 아래로 내려 오른쪽 허벅지 바로 옆에 숨긴 채 그림자 밖으로 걸어 나갔다.

"제임스, 나 여기 있어."

고개를 반쯤 돌려 나를 본 제임스는 아무런 반응이 없었다. 갑작스럽게 나타난 나를 보고 깜짝 놀랐을 법한데도, 그는 절대 티를 내지 않았다.

캐서린이야말로 멍한 표정으로 나를 봤다. 얼마나 두려움에 떨고 있는지 느껴질 정도였다.

마음속 깊은 곳에서부터 분노가 끓어올랐다. 자기 아이가 위협을 당할 때 엄마라면 본능적으로 느끼는 분노였다.

"아이는 놔줘, 제임스."

"아이를 놔줘?" 제임스가 따라 말했다. 이어서 조롱하는 목소리로 말했다.

"이제야 한 가족이 모두 모였는데?"

충격이 온몸을 휘저었다. 그는 모든 걸 알고 있다.

"널 기다렸어, 아바."

오래전 그가 체포되던 그날 밤뿐만이 아닌 지난 24년간 날 기다렸다는 뜻이다.

"아이는 아무 상관 없어. 어젯밤까지도 네가 자기 아빠라는 사실을 몰랐다고." 내가 말했다.

제임스가 눈을 깜박였다. 당황한 게 분명했다.

"그게 정말이야?"

캐서린은 어떻게 해야 할지 몰라 나를 쳐다봤다.

"사실대로 말해줘, 캐서린." 내가 재촉했다.

"엄마는 내…, 그러니까 엄마 남자 친구가 임신을 시켜놓고 끝까지 자기 아이가 아니라고 잡아뗐다고 했어요."

"저 여자는 그만 쳐다봐!" 제임스가 명령하듯 쏘아댔다. 그리고 조금 뒤로 떨어져 캐서린을 제대로 봤다. 이제 아이를 향해 있는 반짝이는 검은 총이 확실히 보였다.

캐서린은 무력하게 제임스에게로 시선을 돌렸다.

"페이스북에서는 왜 나에게 접근한 거야?" 제임스가 물었다.

'사실을 말해, 캐서린.' 아이가 이 상황에서 살아남을 기회를 잡아야 했다. 제임스는 오로지 나만 탓해야 했다. 캐서린을 제임스로부터 보호하기 위해 벽돌처럼 거짓말을 쌓아왔지만, 이제 아이를 구하려면 그 벽들을 모두 허무는 수밖에 없었다.

"엄마에 관해 더 알고 싶었어요…. 엄마는 절대 과거 이야기를 해주지 않았거든요. 엄마가 어디서 자랐고 진짜 이름이 뭔지… 그런 걸 뭐라도 알고 싶었어요. 정말이에요."

"그래, 네 엄마가 우리를 이렇게 오랫동안 떨어뜨려 놨구나. 아빠라는 존재가 그립기는 했어?"

캐서린이 괴로워하는 게 보였다. 제임스의 화가 나를 향하게 하고 싶지 않은 것이다.

"대답해." 제임스는 위험할 정도로 차분하게 말했다.

"가끔은요."

제임스가 아이를 빤히 쳐다봤다. 그리고 천천히 총을 아래로 내리기 시작했다.

캐서린이 거짓말을 하는 게 아니라고 믿는 게 분명했다.

"다 내 잘못이야, 제임스. 제발 아이는 놔줘." 내가 속삭였다.

나는 둘을 향해 천천히 걸었다. 내게로 고개를 돌린 제임스는 눈을 휘둥그레 떴다.

내가 다리 옆에 붙여 들고 있는 칼을 본 것이다.

순간 두려워졌다. 제임스는 고개를 젖히더니 웃기 시작했다.

"인정할게, 아바. 넌 정말 강한 여자야. 겉으로는 사탕처럼 달콤해 보이지만 그 안에 뭘 숨기고 있는지 난 알아봤지. 그래서 우리가 서로 잘 맞는 거야."

제임스가 총에 뭔가를 했다. 안전핀을 뽑은 건지 다시 채운 건지 모르겠다. 그리고 수면 위로 돌멩이를 던지듯 손목을 옆으로 튕겼다.

제임스의 총이 미끄러지며 차 아래로 들어갔다.

나는 단 한 순간도 긴장을 풀지 않았다.

제임스는 평화로워 보일 때 가장 위험하다. 폭력은 다른 그 무엇도 할 수 없는 방식으로 제임스 안에서 중심을 잡는다.

항복한다는 듯 제임스가 팔을 들고 넓게 벌렸다.

"해봐, 아바. 덤벼봐. 캐서린은 내가 나쁜 놈이라고 생각할 거야. 네가 살인자라는 걸 우리 딸이 알게 해야지."

나를 자극했다.

"나를 찌르고 나면 기분이 어떨 거 같아, 아바? 내 피를 보면 한 번이라도 후회할까? 얼른 마음을 바꾸고 구급차를 불러서 날 살려줄까?"

지금 제임스가 뭘 하는지 정확히 안다. 나를 사지로 몰아 중심을 잃게 하려는 것이다.

칼을 쥔 채로 한 걸음 더 가까이 갔다.

캐서린은 그 자리에 얼어붙었다.

‘**도망쳐!**’ 나는 내 모든 힘을 끌어모아 마음속으로 소리쳤다.

캐서린은 서서히 자리를 피했다.

“캐서린?”

제임스가 부르는 소리에 아이는 깜짝 놀랐다.

“너희 엄마가 한 가지는 옳았네. 이건 모두 네 잘못이 아니야. 너에게는 네 엄마를 정말 많이 사랑했던 아빠가 있었어. 그 아빠도 널 정말 사랑했을 거야.”

제임스는 이미 죽었다는 듯 과거형으로 말했다. 나는 칼을 좀 더 높이 들었다.

“솔직히 말하면, 나는 내 일부가 계속 살아가는 것도 좋다고 생각해.”

그때 제임스는 내 피가 얼어붙는 듯한 행동을 했다. 걸음을 옮겨 캐서린의 양 볼에 손을 대더니 입술부터 이마까지 마치 사랑하는 아버지가 딸에게 굿나잇 키스를 해주듯 부드럽게 만진 것이다.

겨우 뒤를 돌아 선라이즈 입구를 향해 걷는 캐서린을 바라봤다. 아이가 정문에 다다르고 비로소 안전해지자 나는 무방비 상태인 제임스가 놀라길 바라면서 칼을 획 그으며 덤벼들었다.

제임스는 목을 보호하기 위해 번개처럼 몸을 뒤로 젖히며 팔꿈치를 들어 올렸다. 내 칼날은 제임스의 피부를 벴으나 그다지 깊은 상처는 아니었다.

내가 계속 칼을 휘두르자 제임스는 무슨 가벼운 몸싸움이라도 하듯 뒤로 깡충거렸다.

팔에서 피가 뚝뚝 떨어지는데 얼굴은 웃고 있었다.

"이게 너야, 아바. 이게 바로 언제나 그랬던 너란 사람이야."

나는 무시했다. 내 심리를 휘두르게 내버려둘 수 없었다.

다시 덤볐다. 이번에는 제임스가 나를 속이며 옆으로 피해 한 손으로 내 손목을 잡는 바람에 칼이 허공을 휘둘렀다. 힘이 너무 세서 손이 마비되는 것 같았다. 나는 가능한 한 계속 칼을 쥐었지만 제임스가 내 손목을 흔들어 보도 위로 떨어뜨렸다.

제임스는 나를 자기 쪽으로 당기며 떨어진 칼을 발로 찼다. 칼에 베인 팔로 나를 감았다. 몸으로 나를 압박했다.

그러더니 몸을 숙여 자기 입을 내 입 위로 게걸스럽게 덮으며 키스했다.

나는 제임스의 입술을 깨물었다. 그는 머리를 뒤로 젖히더니 웃었다.

"이게 내 여자지."

그리고 나를 머리로 내리쳤다.

나는 다리에 힘이 풀려 바닥에 쓰러졌다. 귓가가 울렸다. 고통이 온몸을 지배했다. 내 위로 제임스가 다리를 벌리고 올라앉아 두 손으로 목을 졸랐다.

"별들을 봐봐, 아바. 여전히 우리의 별들이야."

몸을 비틀고 몸부림치며 제임스를 떨어뜨리려고 했지만 그의 무게와 힘은 상대도 되지 않았다. 폐가 타들어 가는 듯했다.

점점 더 힘을 가하는 제임스의 목덜미에 파란색 핏줄이 붉거지는 게 보였다. 눈앞에서 하얀 섬광이 폭발했다.

팔을 뻗어 차가운 아스팔트 바닥을 더듬거리며 총이나 칼을 찾았지만 허사였다. 곧 등에 필사적인 힘을 쏟으며 몸을 동그랗게 구부려 봤지만 제임스는 꿈쩍도 하지 않았다.

폐에 산소가 부족했다. 몸에서 힘이 빠져나갔다. 더는 맞서 싸울 수가 없었다.

제임스가 내 눈을 깊이 바라봤다. 내게서 삶이 빠져나가는 걸 보고 싶은 게 분명했다.

하지만 나는 제임스를 더는 보지 않았다.

대신 내 팔에 안긴 채 검은색 속눈썹을 볼에 드리우고, 그 통통한 손가락으로 내 새끼손가락을 감은 채 자는 캐서린을 떠올렸다. 스툴에 앉아 색칠 공부를 하며 퇴근 준비를 하는 나를 기다리는 다섯 살 캐서린을 떠올렸다. 내가 달러스토어에서 사 준 빨간색-흰색 줄무늬 연을 날리며 공원 잔디밭을 뛰어다니던 열 살 캐서린을 떠올렸다.

그때, 캐서린이 어두운 그림자가 돼 제임스 뒤로 나타났다.

캐서린은 두꺼운 하얀 펜을 잡은 채 주먹을 쥐고 있었다. 그걸 제임스의 튀어나온 목 핏줄에 내리꽂더니 조용히 뒤로 물러나 시야에서 사라졌다.

제임스는 모기에 물린 것처럼 짜증 난다는 듯이 고개를 옆으로 휙 움직였다.

한 손을 들어 목에 갖다 대면서도 나머지 한 손은 내 목을 계속 눌렀다.

나는 정신없이 숨을 들이마셨다.

제임스는 머리를 흔들면서 손을 내려 다시 내 목을 감쌌다. 그러나 나를 누르는 힘이 훨씬 약해졌다.

잠시 뒤 어둠 속에서 캐서린이 또 나타나 제임스의 목을 한 번 더 찔렀다. 이번엔 캐서린이 나타난 걸 알아차린 제임스가 한 손을 휘둘러 캐서린을 잡아 옆으로 던져 딱딱한 보도로 쓰러지게 했다.

그리고 재차 머리를 흔들었다.

"나에게 무슨 짓을 한 거야!"

그는 움찔하더니 천천히 눈을 몇 번 깜박거렸다.

나는 제임스의 팔을 붙잡아 내 칼에 그인 상처를 손톱으로 눌렀다.

제임스는 팔다리에 힘이 빠진 듯 상체를 옆으로 쓰러뜨렸다. 두 손도 내 목에서 떨어져 나갔다.

나는 절박하게 산소를 들이마시며 호흡했다. 어둠이 시야 구석에서 서서히 사라졌다.

몸을 움직이기엔 아직 힘이 없었고 제임스도 그런 것 같았다. 아직 내 위에 앉아 있지만, 무슨 고무 인형 같았다.

캐서린이 팔꿈치를 비비며 일어나 제임스에게 걸어왔다.

그러고는 발을 들어 이제 제임스는 마네킹에 지나지 않는다는 듯 가볍게 걸어찼다.

제임스는 눈을 뜬 채 내 옆 바닥으로 넘어졌다. 살아 있기는 한데 몸을 움직일 수 없는 것 같았다. 나를 향해 팔을 들어 뻗다가 다시 떨어뜨렸다.

나는 캐서린이 뻗는 손을 잡고 일어나 앉았다.

순간 구역질이 났다. 캐서린이 내 등을 문질러주며 말했다.

"괜찮아요."

"저 이에게 뭘 한 거야?" 내가 쉰 목소리로 제임스를 따라 물었다. 목구멍이 얼마나 말랐는지 말하는데 너무 아팠다.

"인슐린이요. 두 달 치 양을 한 번에 주사했어요."

제임스는 침을 질질 흘렸다. 반쯤 감은 눈으로 아직도 우릴 쳐다보고 있었다. 뭔가를 말하려는 듯 입이 뒤틀렸다.

"이제 어떻게 되는 거야?" 내가 물었다.

"지금 도움을 받지 못하면 죽을 거예요."

나는 캐서린을 쳐다봤다. 캐서린도 나를 쳐다봤다.

우리는 둘 다 움직이지 않았다.


## 43. 캐서린

———

캠벨 부부네 주방에 혼자 있었을 때 냉장고를 열어 준의 인슐린 펜들을 바지 주머니에 넣었다. 사람들은 대부분 인슐린이 당뇨병 환자들의 삶과 죽음을 좌우한다고 알고 있다. 그러나 당뇨병을 앓고 있지 않은 사람이 인슐린을 맞았을 때 얼마나 치명적인지는 잘 모른다.

체지방이 적고 근육량이 많은 제임스 같은 경우 정맥이 더 두드러지는 경향이 있다. 캠벨 부부의 집을 떠나기 전에 나는 이미 그걸 내 표적으로 삼았다.

엄마를 보네빌 조수석에 태우고 바이털을 확인했다. 심박수는 아까보다 느려졌지만 피부는 차고 축축했다. 흰자는 붉게 충혈되고 이마가 부어 있었다.

"금방 올게요."

차 문을 닫으며 말했다.

트렁크에 실은 제임스의 시신과 단둘이 차에 뒤서 엄마는 당황했을 것이다. 내 직업은 종종 죽음과 마주친다. 그러나 엄마는 이렇게 가까이서 목격한 적은 없을 터였다.

어찌 됐든 엄마의 가방과 칼, 제임스의 총을 챙겨서 떠나야 했다.

물건들을 챙겨 차로 돌아온 나는 운전석에 앉았다. 주차장에는 제임스가 있던 흔적이 아주 작게 남아 있었다. 팔에서 흐른 갈색 비슷한 붉은 핏자국 조금이 다였다. 피가 마르면서 헤모글로빈이 분해되면 색은 더 어두워지다가 결국 사라질 것이다.

나는 시동을 걸고 주차장 밖으로 빠져나갔다.

엄마는 아직 충격에서 벗어나지 못한 듯 보였지만 나는 잘 이겨내고 있었다.

차 안에는 바퀴가 포장도로 위를 구르는 낮은 소리만 들릴 뿐이었다. 나는 내 계획의 모퉁이들과 이음새들을 하나하나 따져보며 완벽하게 밀폐된 게 맞는지 머릿속을 열심히 굴렸다.

이미 제임스의 주머니에서 휴대전화를 꺼내 신원을 확인할 수 있는 다른 그 무엇도 소지하지 않은 걸 확인했다. 그 외에 내가 찾은 건 차 키 하나뿐이었다. 캠벨 부부의 차를 타고 돌아오기 전에 태국 음식점까지 몰고 간 그 차일 것이다.

몇 킬로미터쯤 달렸을까, 다른 차들의 전조등이 더는 보이지 않자 나는 차 키를 티셔츠 밑단에 쓱쓱 닦고 창밖으로 던져 길옆 잔디로 떨어뜨렸다. 조금 더 가서는 제임스의 휴대전화를 닦았다. 브레이크를 밟고 전화기를 우리 앞쪽 도로에 던졌다. 그 위로 차를 몰아 바퀴로 완전히 부숴버렸다.

깨지는 소리가 만족스러웠다.

제임스의 시신을 버리는 건 더 어려울 것이다.

인슐린 과다 복용은 법의학으로도 추적하기 힘들다. 심지어 부검으로도 정확하게 파악할 수 없어 제임스가 살해당했다는 증거는 찾기 어려울 터였다.

내가 제임스와 같이 있는 걸 목격한 사람은 조지와 준뿐이고, 어쩌면 우리가 요양원 건물을 나설 때 손을 흔들어 인사하던 경비원 폴도 봤을지 모른다. 하지만 제임스는 눈썹이 가려워 긁는 척하며 고개를 숙이고 있어서 과연 폴이 얼굴을 제대로 봤는지는 알수 없었다.

조지와 준은 그들이 자신들의 집에서 탈옥수와 함께 샴페인을 마셨다는 사실을 절대 믿지 못할 것이다. TV를 통해 제임스의 사진을 봐도 탈옥수가 아니라 내 사촌이라는 기억을 먼저 상기시킬 것이다. 예의 바르고 사회적으로 교육받은 그들의 뇌는 어떻게든 변명을 만들어낼 것이다. 사람들은 다들 비슷비슷하게 생겼다고 하면서. 워낙 짧은 시간 동안 마시기도 한 데다 나를 놀라게 하느라 제임스의 이목구비를 제대로 기억하지 못했다고 결론 지을 수도 있다.

마음은 항상 이렇다. 우리가 알고 싶지 않은 건 말하지 않는다. 아무튼 제임스의 시신이 발견되지 않는다면 더 좋을 것이다.

이 상황에 대해 고민해 본 결과, 외진 곳에 묻는 게 답이었다. 오늘 밤은 차 트렁크에 두는 게 안전했다.

어느새 우리가 사는 아파트 주차장에 들어섰다.

아무 생각 없이 여기까지 운전해 온 것이다.

나는 시동을 껐다.

안으로 들어가기 전에 할 일이 하나 더 남아 있었다. 안전띠를 풀고 엄마를 봤다. 내가 얼마나 화가 나고 당황했는지 생각했다.

"엄마가 한 모든 행동… 난 아직도 이해할 수가 없어요."

제임스가 엄마 위에 올라앉아 위협하는 걸 봤을 때 뱃속부터 느낀 두려움과 분노를 떠올리고 내가 조금이라도 늦게 나타났으면 어떻게 됐을지 생각하며 그 감정을 모두 다음 한마디에 쏟아냈다.

"그래도 엄마를 계속 사랑할 거예요."

엄마는 숨을 내뱉으며 두 눈을 감았다.

다시 눈을 뜨고 엄마도 나를 사랑한다고 말했다.


## 44. 루스

침대에 누운 나는 이상하게 몸을 움직일 수 없었다.

캐서린은 가벼운 뇌진탕 증상이 있어서 그럴 수도 있다고 했다. 그런데 전혀 아픈 곳이 없다. 거의 무감각에 가깝다. 그저 섬뜩하고 동떨어진 기분만 들 뿐이었다.

제임스가 죽었다.

캐서린이 죽였다.

충격적인 두 사실이 뇌리에서 떠나지 않았다. 아무리 머릿속으로 이해해 보려고 해도 정신이 자꾸 생각의 회로를 끊어 안전하고 멍한 상태에 머무르려 했다.

캐서린은 완전히 다른 사람이 됐다. 깊이 몰입했고 에너지가 넘쳤다. 우리 둘을 안전하게 지키기 위한 계획을 맡아 그간 내가 했던 역할을 티 나지 않게 수행하고 있다.

아이는 내 방문을 두드리더니 내가 들어오라고 하기도 전에 문을 열었다.

"제임스를 묻을 만한 좋은 장소를 찾았어요."

침대로 걸어와 휴대전화 화면에 지도를 보여주며 말했다.

"내일 웨스트버지니아로 운전해서 갈 거예요. 최대한 일찍 나가야 해요. 하루 종일 걸릴 테니까요."

아이는 홈 디포에서 현금으로 구매할 삽부터 숲속에서 제임스를 끌고 갈 오래된 이불과 DNA를 남기지 않기 위한 장갑까지 모든 걸 계획했다.

그리고 내 침대 옆 테이블에 알약 두 알과 물 한 잔을 두며 말했다.

"타이레놀 더 가져왔어요. 지금 먹어도 돼요. 얼음찜질 더 필요해요?"

"괜찮아. 잠을 좀 자보려고."

"몇 시간 있다가 깨워줄게요. 뇌진탕 증상이 있으면 중간에 깨워줘야 해요."

그렇게 말해주니 고마웠다. 어두운 밤중에 갑자기 일어나 나를 향해 다가오는 모습을 보고 싶지는 않았지만.

캐서린은 불을 끄고 어두워진 방 안을 가로질러 나가 문을 닫았다.

나는 유령을 믿지 않는다.

그런데 지금 뼈가 다 녹아내린 것처럼 약한 상태로 누워 있자니, 분명 어떤 형상이 연기처럼 피어오르는 게 느껴졌다.

상상일 뿐이야, 하고 생각했다.

어쩌면 내 양심일지도 모르겠다.

**'나를 찌르고 나면 기분이 어떨 거 같아, 아바? 내 피를 보면 한 번이라도 후회할까? 얼른 마음을 바꾸고 구급차를 불러서 날 살려줄까?'** 제임스는 내가 자신을 찌르려고 칼을 겨눴을 때 물었다.

당연히 코치 이야기를 한 것이다. 그날 밤 코치가 죽기 직전에 내가 911에 신고하려고 했던 걸 알고 있기 때문이다.

**'아니.'** 나는 마음속으로 대답했다. **'널 구할 기회도 있었지만 난 네가 죽기를 바랐어.'**

이제 코치와 제임스 둘 다 죽었다.

드디어 다 끝났다.

깜빡 잠들었다고 생각했는데 깨어나 휴대전화를 확인해 보니 몇 시간이 지나 있었다. 두통이 사라진 걸 보니 타이레놀이 제 역할을 했나 보다.

피아노 건반을 누르는 손가락처럼 가볍게 여러 해를 넘기듯 머릿속 기억이 왔다 갔다 하기 시작해 잠시 더 누워 있었다.

식당에서 처음 만난 제임스가 내게 레몬 한 조각을 띄운 물컵을 건네주던 게 기억났다. 집 앞 현관 계단에서 티미를 안고 언젠가 이탈리아에 데려가 매일 젤라토를 먹게 해주겠다고 약속하던 장면이 떠올랐다. 코치가 나를 소유하듯 내 몸을 아래위로 훑어보던 모습도 생각났다.

그러다 기억 하나가 다른 기억들 위로 떠올라 자리를 잡았다.

그 장면과 냄새와 감정이 나를 우리 집으로 데려갔다.

가방이 침대 옆 바닥에 놓여 있어서 등을 펴고 몸을 숙여 공책과 펜을 꺼내기만 하면 됐다. 곧 오래전 그날로 되돌아갔다.


몇 개월 정도 자취를 감췄던 나는 어느 날 아침 볼티모어로 가는 그레이하운드 버스를 탔어.

우편으로 부칠 편지 두 통이 있어서 잠깐 메릴랜드로 향한 거였지. 내가 피츠버그에 있다는 걸 알려주는 우표를 붙이고 싶지 않았거든.

고향과 가까운 곳으로 가자니 긴장이 되기도 했지만, 그 편지들은 반드시 전달하고 싶었어.

게다가 임신한 몸이라 변장하기도 쉬웠어. 이제 막 중기에 들어가서 살도 좀 찌고 얼굴도 더 둥글둥글해졌지. 짧은 머리도 나이 들어 보이는 데 도움이 됐는데 사람들이 나를 더 어른처럼 생각한 이유는 아무래도 내가 속으로 많이 달라졌기 때문이 아닌가 싶어. 그 전 3년보다 너를 가진 그 3개월 동안 훨씬 더 성숙해졌다고 느꼈거든.

아무튼 상쾌했던 11월의 그날, 나는 버스 정류장 사물함에 더플백을 보관하느라 돈을 썼어. 언젠가 타깃 사무용품 진열대에서 가져온 흰 종이에 계산대 앞에 있던 컵에서 잠시 빌린 파란색 볼펜으로 쓴 손 편지 두 통을 가져왔거든.

우체국에서 1종 우표 두 장을 사서 평범한 흰 봉투에 넣은 편지 각각에 붙였어. 주소는 내 원래 글씨체와 다르게 일부러 왼손으로 썼고.

버스가 펜실베이니아 경계를 지날 때 창밖을 보니 새파란 하늘 위에 해가 아주 높이 떠 있었어. 나는 버스에 타 있는 내내 손을 배 위에, 그러니까 네 위에 두고 있었어. 두렵거나 절망적일 때마다 너라는 존재가 언제나 나를 잡아줬거든.

볼티모어에 도착해 버스에서 내린 나는 보도를 따라 무작정 걸었어. 몇 블록쯤 가니 우체통이 하나 있더구나.

첫 번째 편지를 우체통의 넓은 입 안으로 집어넣었어. 우리 아버지는 현명하고 꼼꼼하셨거든. 우표에 찍힌 날짜가 내 생일이라는 걸 알아채셨을 거야.

아버지에게 쓴 편지에 두 단어를 넣었어. 아버지라면 내가 살아 있다는 걸 알 수 있는 암호 같은 단어였지. '테 키에로.'

두 번째 편지는 티미나 나를 잘 아는 사람이 아닌 다른 이에게 쓴 편지였어.

응원단에 있던 로지에게 썼지.

로지랑은 제대로 대화한 적이 딱 한 번뿐이었어. 그날 오후 코치의 사무실에서 나왔을 때 내 차 옆에서 내 책가방이랑 물병을 들고 기다리고 있었을 때 말이야.

그때 로지는 일그러진 표정으로 내 얼굴을 보며 괜찮냐고 물었어.

당연하지, 하고 내가 대답했지. 심지어 미소까지 지었을 수도 있어.

그런데 로지가 계속 날 쳐다보는 거야.

그리고 말했어. '네가 지금 어떤 모습인지…'

말끝을 흐리길래 난 가방을 받아 차에 던졌어.

그러고는 팔을 뻗어 물병을 잡았는데 로지가 바로 주지 않는 거야. 플라스틱 물병을 가운데 둔 채 로지는 내 얼굴을 살피면서 그렇게 서 있었어.

간절하게 그 자리에서 떠나고 싶었어. 난 100만 조각으로 쪼개지기 직전이었는데 로지가 베푸는 친절이 나를 짓누르는 망치처럼 느껴졌거든.

그런데 나를 바라보던 로지의 표정이 마치 무슨 문제를 푸는 듯 답을 알 것 같다는 얼굴로 바뀌는 거야. 나는 입술이 뒤틀리고 고무처럼 느껴지는데도 계속 미소를 지었어.

결국 침묵을 버틸 수 없던 내가 먼저 '도대체 내가 지금 어떤 모습인지' 물어봤어.

로지가 물병에서 손을 뗐어. 그리고 손을 들어 입을 가리면서 말했어.

코치가 자신의 집에 방문했을 때 자기 언니같이 보인다는 거야.

두 손이 떨리기 시작했어. 곧 내 몸이 찢어져 그 파편이 사방으로 튀어 나갈 것처럼 온몸에 극심한 전율이 번졌어.

로지의 언니 메리는 나보다 1년 선배였는데 학기 초반에 진통제를 과다 복용해서 거의 죽기 직전까지 갔던 사건 후에 자퇴했거든.

학교에 다니던 모두가 메리의 이야기를 알았어. 정말 좋은 학생이었고 기타 연주도 잘했는데 갑자기 자폭한 것 같았으니까. 자해도 해서 사람들이 팔에 난 상처를 볼 수 있을 정도였고 기타 연주도 그만두고 약물복용을 하기 시작했어.

내가 들어도 이상한 목소리로 나는 코치가 왜 그 집을 방문했는지 물었어.

로지가 말하길 메리가 학교를 그만두기 전에 일어난 일이라고 했어. 코치는 메리가 가진 음악적 재능에 특별한 관심을 두고 있었대. 로지의 엄마는 감사하게 생각하면서 코치가 그들의 아버지 같은 존재라고 말했고.

나는 그대로 울음을 터뜨렸어. 눈물이 얼굴을 타고 흐르기 시작했어.

로지에게 앞으로는 절대 코치를 집에 들이지 말라고 소리쳤어.

그러고는 차에 올라타 문을 쾅 닫고 그 자리를 떠났어. 백미러를 보니 로지가 그대로 서 있었어.

코치에게 성희롱을 당한 학생이 나뿐이 아니었던 거야.

역시 여러 명이었지.

나는 로지에게도 짧은 편지를 썼어.

'티미 모랄레스가 엄마에게 학대를 당해. 도와줘.'

랭커스터의 한 도로에서 로지와 마주쳤던 오래전 그날, 로지가 내 부탁을 들어줬다는 걸 알 수 있었어.

내 남동생을 보호해 줬다는 걸.

그렇게 잔인하게 죽은 코치를 생각하면 난 이걸 상기하곤 해.

'다시는 메리나 다른 여학생들을 건드리지 못하니까.'

그러면 정말로 마음이 조금 나아진단다.


## 45. 캐서린

일주일 뒤,


나는 '주방'이라고 적힌 이삿짐 상자에서 마지막 물컵을 꺼내 깨지지 않도록 감싼 신문지를 풀었다. 그리고 냉장고 옆 장식장 가장 아래 선반에 놨다.

그게 마지막 상자였다. 상자를 해체해서 납작하게 만든 후 재활용을 기다리는 다른 종이 상자들과 함께 벽에 기대어 뒀다.

묶은 머리에서 흘러나와 얼굴을 가리는 머리카락을 입으로 후 불고 양손을 엉덩이에 댄 채 원룸 스튜디오를 쭉 훑어봤다.

옛것과 새것이 조화롭게 어우러진 독특한 분위기다. 높게 달린 두 창문으로 늦은 오후 햇살과 살랑거리는 바람이 들어왔고 작은 발코니는 중고 가게에서 찾은 연철 테이블과 카페 의자 두 개가 딱 들어맞았다. 겨울이 되면 내가 사는 이 집은 작은 가스 벽난로와 우아한 회색 라디에이터로 포근하고 아늑해질 것이다.

선라이즈에서 받은 마지막 월급으로 벽난로 앞에 둘 놀랍도록 부드러운 장미색 안락의자를 사버렸다. 이케아에서 산 높은 책장도 조립했고 전에 엄마와 살던 아파트에서 가져온 침대와 서랍장도 들였다.

이제 사진들과 잡동사니와 책들을 책장에 채우고 벼룩시장에서 멋진 램프 한두 개를 사 오면 된다.

이 원룸 스튜디오에는 내가 성장할 수 있는 공간이 있다.

두 짝으로 된 유리문을 활짝 열고 발코니로 나갔다.

아늑하고 아름다운 토요일 오후다. 아래로 자갈이 깔린 도로를 서성거리는 사람들이 보이고 저 멀리서 행복한 레게 음악 멜로디가 들려왔다.

새로운 집은 물가에서 고작 한 블록 떨어진 펠즈 포인트에 있었다. 카페와 세련된 작은 가게들과 바들이 근거리에 모여 있다. 모퉁이를 따라 생채소로 요리하는 식당과 '더 데일리 그라인드'라는 카페가 하나 있는데 아무래도 자주 이용할 것 같다. 월요일 오전 8시 정각에 일을 시작할 존스 홉킨스 병원과도 멀지 않다.

오늘 밤에는 밖으로 나가 새 도시를 탐험해 보기로 했다. 어쩌면 이너 하버로 가서 야외에 앉아 먹을 수 있는 식당이 있는지 찾아봐도 좋겠다. 아니면 근처에서 생맥주와 바삭한 감자튀김과 맛있는 채소 버거를 먹을 수 있는 곳을 찾아도 좋고.

어쨌든 발길이 닿는 대로 가볼 생각이다.

옷장으로 가며 책장을 지나치던 나는 잠시 멈췄다. 10대였던 엄마와 아기였던 내가 함께 찍은 오래된 사진. 엄마가 20년도 더 전에 액자에 넣어 보관하다가 내게 준 사진이 중앙에서 벗어나 있었다. 왼쪽으로 조금 옮겨 균형을 맞추고 뒤로 한 걸음 물러섰다.

훨씬 낫다.

나는 엄마를 사랑하지만 아직 화가 나 있다. 이건 생길 때와 같은 속도로 사라져 버리는 즉각적이고 뜨거운 분노가 아니다. 물론 엄마도 말도 안 되는 상황과 선택을 마주했다는 건 이해한다. 그래도 다른 방법으로 해결해 나갈 수도 있었다고 생각한다.

그래도 이제는 나와 엄마의 삶을 지배하던 오래된 비밀에서 벗어났다. 일주일에 한두 번은 엄마에게 안부 전화를 걸겠지만 이 곳에 초대해서 점심이나 저녁을 먹는 건 조금 더 생각해 볼 예정 이다. 엄마와는 거리를 좀 둘 필요가 있다.

이제는 개인으로서 나 자신을 알아갈 시간이다. 마침내 나만 의 길을 찾아갈 것이다.

옷장 문을 열어 어깨를 드러내는 여름용 검정 드레스를 꺼냈 다. 저녁 산책을 나서기 전에 시원하게 샤워하려고 입고 있던 헐 렁한 셔츠와 반바지를 벗었다.

스물네 살인 내 앞으로의 인생이 펼쳐져 있다.

어쩌면 지금 당장 이렇게 마음 편하게 있으면 안 될 수도 있 다. 지난주에 나는 한 남자를 죽였다. 아무 남자도 아니고 내 생물 학적 아버지를 죽였다. 웨스트버지니아에 있는 외딴 숲속에다 엄마와 함께 시신을 묻었다. 아직 몸이 약한 엄마 대신 내가 고속도로 옆에 주차한 곳에서부터 오래된 이불 위에 시신을 놓고 썰매처럼 끌고 갔다. 엄마가 뒤따라왔고 나는 자주 멈춰 서서 숨을 골랐다.

제임스의 얼굴은 천으로 덮어뒀지만 내가 먼저 그 위로 한 삽 가득 흙을 던졌을 때 엄마는 쓰러질 것 같았다. 아마 감정적인 한계에 부딪혔을 것이다. 제임스를 매장하는 건 너무 힘든 일이었을 테니까.

나는 엄마에게 차로 돌아가 있으라고, 혼자서 할 수 있다고 말했다.

나중에 집으로 돌아가는 내내 엄마는 아무 말도 하지 않았다.

우리 집에서 지낸 마지막 며칠 동안 엄마가 나를 빤히 바라보는 걸 몇 번이나 느꼈다. 내가 얼마나 충격을 받았는지 가늠해 보려는 것 같았다. 엄마는 내게 많은 질문을 했다. 내가 외상 후 스트레스 장애라도 겪고 있지 않은지 알고 싶어 했다. 혹시 심리 치료사를 만나고 싶지는 않은지, 악몽을 꾸지는 않는지.

그러니까 엄마는 더 화를 내지 않는 나를 걱정했다. 차라리 내가 울거나 먹지 않거나 한밤중에 소리를 지르며 깨길 바라는 듯했다. 어쩌면 내가 감정을 억누르고 있다고 생각할 수도 있다.

그러나 나는 화가 나지도, 트라우마가 생기지도 않았다.

오히려 그 반대다. 매일 아침 힘차게 일어나고 싶게 만드는 격렬한 전율이 새로운 감각처럼 몸속에서 마구 휘몰아쳤다. 새 도시로 이사해 활기차고 신선한 삶을 시작하는 모든 젊은 여성이 그렇게 느끼듯이.

내 양심은 반짝거리도록 깨끗하다. 제임스는 내가 제지하지 않았다면 엄마를 죽였을 것이다.

해야 할 일을 했을 뿐이다.

나는 밤에도 아주 잘 잔다.


## 46. 루스

해 질 녘이 되자 아버지와 티미와 함께 연을 날리던 공원은 거의 텅 비어 있었다. 그래도 오래전 들었던 아이스크림 트럭의 종소리가 들리는 것 같았다.

저 멀리서 한 남자가 개를 산책시키고 여자들 한 무리가 숲과 공원을 가르는 포장된 산책길을 따라 조깅하는 게 보였다.

나는 광활하게 펼쳐진 에메랄드 빛 잔디 한가운데 우뚝 서 있는 거대한 참나무 아래에 혼자 서 있었다. 그때 티미가 날리던 연이 걸렸던 바로 그 나무다.

낡은 빨간색-흰색 줄무늬 천 조각을 찾아 나뭇가지 위를 올려다봤다. 그러나 목 근육이 아파올 정도로 꺾어봐도 보이는 건 수다스러운 다람쥐뿐이었다.

고개를 내리니 개를 데리고 나를 향해 걸어오는 남자가 눈에 들어왔다. 흰 털에 검은 반점이 있는 귀여운 믹스견이 주인이 가야 할 곳을 안다는 듯 목줄을 끌어당겼다.

그들이 가까이 왔다. 나는 꼿꼿이 서서 떨리는 손으로 선글라스를 벗었다.

심장이 아릴 정도로 세게 뛰었다.

**'그냥 안녕, 하고 인사해요.'** 내가 이 만남을 갖겠다고 했을 때 캐서린이 조언해 줬다. 실은 며칠 전에 이사한 캐서린에게는 최근에 겪은 일들 위에 또 다른 걱정거리를 더할 것 같아 이야기하지 않으려 했다. 그러나 더는 우리 사이에 비밀을 쌓고 싶지 않았다.

남자는 이제 매우 가까이 왔다. 콧잔등 위로 흩뿌려진 주근깨가 보였다.

그는 공들여 내 얼굴을 찬찬히 쳐다봤다.

곧 얼굴에 미소가 퍼졌다.

난 언제나 티미의 미소를 사랑했다.

"안녕." 내가 말했다.

티미는 몇 발짝 떨어져서 멈추더니 말했다.

"정말 누나네."

얼굴에 미소가 사라졌다. 계속 나를 바라보는데 그게 화가 난 건지 무감각한 건지 정말로 나를 과거에 묻어둔 건지 그 의미를 알 수가 없었다.

눈에 눈물이 고이고 목구멍이 먹먹해졌다. 내 작은 남동생에게 할 말이 너무나 많았는데, 그중에서도 제일 중요한 말을 했다.

"널 두고 떠나서 미안해."

고개를 숙인 티미는 운동화 끝에 묻은 흙을 앞뒤로 문질렀다.

"처음엔 매일 밤 울었어. 그런데 누나는 괜찮다고 아빠가 말해줬어. 어디에 갔던 거야?"

"여기서 멀지 않은 곳에. 일을 찾았고 집을 빌렸고 결국 아파트를 구했어. 어떻게 일이 잘 풀렸어."

티미는 천천히 끄덕였다.

"나도 잘 지냈어. 결혼도 했고. 아내 이름은 지니야. 아이도 둘이나 있어."

동생은 왼손에 끼고 있던 금색 결혼반지를 만지작거리더니 내게 손을 뻗었다.

"산책할까?"

어릴 때 길을 건너면서 잡은 동생의 손은 아주 작았다. 하지만 이젠 동생의 강한 손아귀가 내 손가락들을 집어삼켰고 나는 그의 손바닥에 난 굳은살을 느낄 수 있었다.

내 심장은 충만한 동시에 아팠다.

우리는 아무 말 없이 잔디를 가로질렀다. 가끔은 말로 뱉지 않아도 할 수 있는 말이 아주 많다.

저녁 바람이 부드럽게 불었고 멀리서 새들이 노래하는 소리가 들렸다. 이 순간이 동생과 함께할 수 있는 전부일지도 모르니 영원히 계속되길 바랐다.

그러나 그런 순간도 잠시, 티미가 입을 열었다.

"나 이쪽에 주차했어."

그러고는 비어 있는 부지 뒤쪽에 세워진 은색 혼다 미니밴을 가리켰다.

어쩌면 지금 티미는 견디기 힘들 수도 있겠다고 생각했다. 어쨌든 나는 그동안 티미가 어떻게 사는지 조금씩 볼 수 있었으나 티미는 내가 누구로 어떻게 살아왔는지 전혀 모르기 때문이다. 내게 딸이 있다는 사실조차 모른다.

우리는 주차장 가장자리에 멈춰 섰다. 주위는 어두워지고 있었고 나는 모자를 쓰고 있기는 했지만 빛이 들지 않는 곳에 있는 게 편했다.

티미는 손을 놓고 몸을 돌려 나를 마주 봤다.

"혹시 또 만나고 싶다거나…, 아니면 통화라도 하고 싶다면…. 그러니까 너에게 강요하거나 그러고 싶지는 않아." 내가 머뭇거리며 말했다.

표정을 찌푸려 이마에 주름이 진 티미를 보고 마음이 가라앉았다.

"내가 좀 심한 거 알아. 이렇게 긴 시간이 지나 불쑥 나타났으니…. 이제 와서 끼어들고 싶지는 않아…. 그래서 아버지보다는 너에게 먼저 연락한 거야. 혹시 나와 통화라도 하고 싶은지 네가 물어봐 줄 수 있을 것 같아서. 그렇다고 너나 아버지가 나에게 무슨 빚진 것 같은 느낌을 받지는 않았으면 좋겠어. 우린 이 일을 아무에게도 말할 수 없어…. 경찰에 걸리면 아직도 나에게 이것저것 물어볼 수 있어서 난 숨어 지내야 해. 그러니까 괜찮아. 내 말은, 너도 이제 네 가정이 있으니까 그 어떤 위험도 감수하고 싶지 않은 게 당연해…."

나는 티미가 내 말을 끊고 "누나"라고 부를 때까지 횡설수설했다.

입안에서 말들이 말라붙었다.

티미는 고개를 저었고 나는 무슨 말이라도 해주길 기다리며 입을 굳게 다물었다.

"우리 아들 가운데 이름이 마테오야."

캐서린이 아들이었다면 지어주고 싶었던 이름이라 나는 미소 지었다.

"잘 지었네."

"그리고 딸의 가운데 이름은 아바야."

목구멍에서 흐느끼는 소리가 터져 나왔다. 눈물이 양 볼을 타고 흘렀고 티미는 나를 숨 쉬기 힘들 정도로 꽉 안아줬다. 나도 그만큼 꽉 안아주며 울고 있는 티미의 몸이 떨리는 걸 느꼈다.

"미안해, 티미…. 정말 미안해…."

그때 차 문이 닫히는 소리가 났다. 나는 고개를 획 들어 주차장 쪽을 봤다.

티미의 미니밴 조수석에서 내린 한 남자가 우리를 향해 뛰어오고 있었다.

도저히 믿을 수 없어 자리에 얼어붙은 채 그를 바라봤다.

한때는 넓었던 어깨가 나이 들며 조금 굽었고 검은 머리카락 사이로 흰 머리카락이 섞여 있었다. 그러나 아버지가 나를 향해 두 팔을 벌렸을 때 나는 여전히 올드 스파이스 향을 맡을 수 있었다.

"누나를 만나러 간다고 아버지에게 말씀드렸어. 그리고 아버지를 혼자 둘 수 없었고." 티미가 말했다.

시간이 무너졌다. 다시 소녀가 된 나는 가족들과 함께였다.

아버지 역시 진짜 나를 만났다는 걸 믿을 수 없다는 듯 내 이름을 부르고 또 불렀다.

"사랑해요." 내가 말하자 그 달콤한 말이 내게 똑같이 돌아왔다.

드디어 아버지는 몸을 뒤로 빼고 내 얼굴을 당신 가슴속에 새기듯 나를 쳐다봤다. 나도 똑같이 했다.

아버지의 피부에는 주름이 더 생겼고 턱에는 작은 흉터가 있었으나 두 눈은 여전히 나를 사랑하는 딸로 바라봤다. 지금까지 계속 나를 사랑해 왔다는 듯이.

팔을 뻗어 내 뺨에 흐른 눈물을 부드럽게 닦아줬다.

"매일 밤 너를 위해 기도했단다." 아버지가 입을 열었다.

나는 트럭 기사가 튼 라디오에서 흐르던 노래 「와일드 월드」, 타깃 매장에서 나와 캐서린을 숨겨준 야간 청소부, 그리고 우리가 굶주리던 그 추운 12월의 어느 날 저녁에 밥을 사 준 남자를 생각했다.

그리고 속삭였다.

"기도들이 통했어요."

에필로그

# GONE
# TONIGHT

# 루스

---

티미를 보호해 준 로지에게는 항상 감사하는 마음을 가질 것이다.

티미가 말하기를, 내가 사라진 후 로지가 티미를 학교에서 데려와 아버지가 퇴근할 때까지 아이스크림을 사 주거나 도서관에서 함께 공부하면서 같이 있어줬다고 했다.

나였어도 자기 언니 메리를 보호하기 위해 도와줬을 걸 알아서 그런 건지 가끔 궁금하기도 하다.

약 25년 동안 나는 제임스가 코치의 배를 야구방망이로 강타한 후 무슨 일이 있었는지 기억하지 않으려고 노력해 왔다.

그러나 기억은 야구 게임을 중계하는 TV 채널로 돌리거나 브루스 스프링스틴 티셔츠를 입은 남자를 봤을 때처럼 생각지도 못한 순간에 나를 그 시절로 데려다 놨다.

이제 제임스도 죽었으니 오래전 그날 밤에 있었던 진실을 억누를 필요가 없다.

자기 사무실 바닥에 쓰러진 채 아직 의식을 잃지 않고 신음하던 코치를 향해 제임스는 루이빌 슬러거를 한 번 더 들어 올려 때리려고 했다.

그러나 때리지 않았다.

대신 제임스는 방망이를 내리더니 내게 건넸다.

그건 제안이었다. 내게는 선택권이 있었다.

코치는 나를 추행할 때 입었던 옷 그대로였다. 나도 바로 그 자리에 서 있었다.

하지만 이번엔 반대로 내가 코치를 마음대로 할 수 있었다.

나는 망설이지 않았다. 방망이를 받아 들고 머리 위로 올렸다.

귓전을 가득 메우는 굉음과 함께 방망이로 코치를 계속해서 내려쳤다. 지금 와서 보니 그건 내 분노 소리였다.

기운이 빠지고 땀에 흠뻑 젖은 방망이를 다시 제임스에게 줬다. 제임스는 방망이를 바닥에 내려놨다.

코치가 더는 움직이지 않았다.

내가 공책에 쓴 단어 하나하나는 진실이다. 하지만 나는 모든 진실을 쓰지 않았다.

초록색 스프링 공책에 코치를 공격했던 날 밤을 묘사할 때, 나는 내가 개입된 부분은 쓰지 않았다. 오히려 제임스가 내게서 방망이를 받아 든 후 눈이 멀도록 분노를 표출하고 다시 제정신으로 돌아온 뒤 일어난 일을 자세히 썼다.

머릿속을 떠나지 않는 그 공격의 밤에 있었던 일 중에서도 제일 많이 떠오르는 장면이 있어. 방망이를 바닥에 내려놓고 나를 보면서 축 처진 코치의 팔을 잡아 핏자국을 남기며 사무실 안쪽으로 질질 끌고 가던 제임스의 모습이야.

제임스는 우리가 막 사랑을 나눈 뒤처럼 부드럽고 편안한 눈을 하고 있었어.

내가 어디까지 할 수 있는지 알아본 제임스는 소울메이트를 찾았다고 생각했다.

한편 분노가 지나간 나는 내가 한 짓을 후회했다. 구급차를 부르고 싶었다.

하지만 방망이로 코치를 내려칠 때 나던 쿵 소리를 들었을 때는?

옳다고 느꼈다. 아니 그보다, 기분이 좋았다.

제임스는 프랭클린 코치를 죽인 게 나라는 사실을 캐서린 외에는 아무에게도 말하지 않았다.

**'네가 살인자라는 걸 우리 딸이 알게 해야지.'** 선라이즈 주차장에서 내가 칼을 겨누자 제임스가 놀리듯이 말했다.

캐서린은 그 숨은 뜻을 알아듣지 못했다.

이제 나는 진실을 무덤까지 가져갈 것이다. 그 누구에게도 말하지 않을 것이다.

캐서린에게도.

특히 캐서린에게는 더더욱.


해리스버그에서 볼티모어로 운전하면서 이런 생각을 했다.

차들이 많은 시간임에도 불구하고 캐서린이 살게 된 새로운 도시까지 한 시간 반도 되지 않아 도착했다.

브로드웨이와 파예트 모퉁이에 있는 병원 입구 근처에(하지만 너무 가깝지는 않은 곳에) 주차 자리를 찾은 나는 보네빌의 시동을 껐다. 차는 시위라도 하듯 몇 번 식식거리더니 조용해졌다.

곧 캐서린이 도착한다. 어젯밤에 통화할 때 캐서린은 첫 출근을 기념하기 위해 병원 입구까지 걸어가겠다고 했다.

"요즘 내 에너지가 지붕을 뚫을 정도라니까요."

딸아이가 웃으며 말했다.

어찌나 활기찬 웃음소리인지 나는 꼼짝하지 못했다. 조리대를 닦던 스펀지도 움직임을 멈췄다.

캐서린이 일주일도 안 된 그 모든 일들을 겪고도 이렇게 밝고 행복한 게 맞는 걸까?

밤이 되면 집에 나밖에 없어서 그런지 벽 안에서 내 오래된 공포들이 무너지는 소리가 들렸다. 쓸데없는 생각을 너무 많이 하는 거라고 혼잣말을 하며 안전띠를 풀고 차에서 내렸다.

병원을 이루는 서로 다른 붉은 벽돌 건물들을 올려다봤다. 그중 한 문에서 젊은 간호사가 다리를 깁스로 고정한 소년이 탄 휠체어를 밀고 나왔다.

캐서린에게 물어봤던 질문 하나가 다시 떠올랐다. 지금까지도 만족스러운 답을 듣지 못했다. 어쩌면 아이도 답을 모를 수 있다.

왜 노인학을 전공으로 택한 걸까? 산부인과나 소아청소년과, 또는 다른 과들이 있는데도 캐서린은 노화와 죽음에 가까운 분야를 선택했다. 고등학교를 졸업하고 요양원에서 일을 시작해 많은 사람의 임종을 가까이서 봐왔기 때문일 것이다. 열여덟 살 소녀치고는 흔치 않은, 오로지 딸아이가 홀로 선택한 일이었다.

열정적인 성향을 보여주는 증거이면서, 또 다른 이유가 있지 않을까?

지난주에 캐서린이 새 아파트로 가져갈 물건들을 싸는 걸 도와주던 나는 마치 집에서 찍은 비디오테이프를 보듯 아이의 어렸을 때 모습을 떠올렸다.

그러나 독립하는 아이를 지켜보는 엄마들이 주로 떠올리는 씁쓸하고도 달콤한 애정 어린 장면들은 아니었다.

처음으로 유치원에 가던 모습이나 2년 내내 들고 다니던 브라우니라는 강아지 인형을 마음속에 그리지는 않았다.

나에게 영원한 흉터를 남기고 당시 우리 집 주방을 모두 태워 먹을 뻔한 캐서린이 낸 불을 생각했다.

발달 나이가 한참 지났는데도 이불에 실수하던 캐서린을 떠올렸다.

다람쥐 사체를 보고 너무도 흥미로워하던 캐서린과 아이의 침대 아래서 발견한 죽은 쥐를 생각했다. 풍경을 달아두던 옆집에서 사라진 고양이를 생각했다.

제임스가 언젠가 스모키라고 부르는 작은 고양이를 어떻게 했을 거 같냐고 물었던 적이 있다. 제임스의 그 목소리에 캐서린의 목소리를 덧입혀 상상해 봤다.

**'내가 동물을 해칠 수 있다고 생각해요?'**

그 답을 알고 싶지 않았다. 아이가 아무리 애원해도 게르빌루스쥐*나 물고기조차 반려동물로 키우지 못하게 한 이유다.

밤이 돼 불안한 마음에 잠을 이루지 못할 때면 이런 요소들로는 아무것도 증명할 수 없다고 생각했다. 그것들은 그저 각각의 별들이지, 별자리가 아니다.

그래도 나는 딸아이의 마음속을 들여다볼 수 있다면 얼마나 좋을까 생각한다.

캐서린을 제대로 알고 있다는 착각에 빠져 있지는 않다. 나는 아이에게 나 자신을 이루는 큰 조각들을 숨겼다. 아이는 특정 부분이 존재한다는 것조차 모를 수도 있다.

좋은 시간을 보낼 때 나는 걱정할 건 없다고 스스로에게 말한다. 최악의 상황이 일어날 거라고 상상하는 내 경향이 두려움을 비현실적인 수준으로 날카롭게 만든 거라고 되뇐다. 캐서린의 삶은 부드럽게 풀릴 것이다. 결혼도 하고 아이도 몇 명 낳겠지. 나는 손주들의 학교 연주회와 생일 파티에 매번 참석할 것이다.

이렇게 밝은색을 칠한 미래를 그려보고, 실제로 존재할 수 있도록 노력한다. 캐서린과 사위가 기념일을 챙기러 나갈 때 손주를

---

* 주로 아시아와 아프리카 사막에서 발견되는 설치류로 인기 있는 반려동물이다.

팔에 안고 소파에 앉아 잘 다녀오라고 손을 흔들어 주는 장면. 나는 '**재미있게 놀다 와. 아기는 내게 맡기고**'라고 말할 것이다.

앞으로 삶은 훨씬 더 쉬워질 것이다. 최악은 내 뒤에 묻어뒀다.

딱 한 가지 마음속에서 지우지 못한 것이 있다.

캐서린이 제임스의 목에 치명적인 양의 인슐린을 주입한 후 나를 보던 모습. 그 푸른 눈빛에서 공포나 후회나 의혹을 찾지 못했다.

완전히 평화로울 뿐이었다. 자기 아빠가 가졌던 눈빛이다.

오래된 속담 하나가 머릿속에서 떠돌며 나를 놀려댔다. 피는 **못 속인다**.

주말에 나는 맥코믹 리버프런트 도서관을 다시 찾았다. 나는 일어날 수 있는 모든 위험을 계산하면서 만일의 사태를 일일이 계획하는 데 익숙하다. 그렇게 오랜 세월 동안 우리를 안전하게 지켜왔다.

그러나 이제 내가 검색하는 방향은 완전히 달라졌다. 가지고 있는 정보를 토대로 살인자 부모가 딸을 낳았을 때 그게 어떤 의미를 갖는지 예측해 보려고 한다. 폭력이라는 유전자가 존재하는 걸로 보이는데, 과연 누구의 유전자가 캐서린에게 우세하게 나타나는 걸까?

캐서린은 자기 아빠처럼 폭력에 대한 중독은 없는 듯하다.

오히려 나와 비슷하다. 순간의 흥분 속에서, 그것도 정당방위라고 생각했기 때문에 제임스를 죽였다.

차 키를 가방 옆 주머니에 넣는데 캐서린이 제임스를 죽인 날 밤, 마치 본능보다도 더 센 뭔가에 이끌리듯 죽은 제임스의 주머니에서 꺼낸 차 키를 쓱 닦아 던져버리던 모습이 떠올랐다.

'**절대 지문을 남기지 마**'라고 제임스가 마음속에서 속삭였다.

첫 살인의 맛이 일부 살인자들의 욕망을 자극한다는 걸 알게 됐다. 스위치를 딸깍하고 켜는 것과 같다.

어떤 이들에게는 그것이 새로운 가능성을 열어준다.

6월의 아침, 7시 45분에 이미 따뜻해진 공기를 바람이 휘저었다. 지금쯤이면 캐서린이 보여야 한다. 출근 첫날이니 일찍 오고 싶을 것이다.

모퉁이를 도는 구급차가 애절한 사이렌 소리를 울부짖으며 응급실 정문으로 향했다. 그 뒤로 설렘 가득한 사랑스러운 얼굴을 한 캐서린이 보도를 따라 자신 있게 걸어왔다.

손을 들어 심장에 댔다.

잠시 뒤 아이는 병원 문 안으로 사라졌다.

내가 의도한 대로 캐서린은 절대 나를 알아보지 못했다. 나는 유령처럼 돌아다니는 데 익숙하다. 사라지는 데는 도가 텄다. 우리 여자들은 언제나 그렇게 살아간다.

한 남자를 사라지게 하는 건 훨씬 어려운 일이다. 그러나 내 딸과 나는 해냈다.

다시 보네빌로 돌아가 운전석에 올라탔다. 오늘은 휴무일이라 캐서린이 사는 동네를 돌아다니며 알아갈 시간이 있다. 딸아이의 일상을 상상할 수 있다니 너무 좋다. 새로운 보호 장치를 설치하는 데 도움이 될 것이다.

남은 인생 동안 캐서린이 아는 방법과 모르는 방법으로 계속 아이를 지켜볼 생각이다.

우리 여자들이 사라지는 것보다도 더 잘하는 일이 하나 있기 때문이다.

우리는 우리 아이들을 보호한다.

비록 그게 딸아이의 어두운 내면으로부터 보호한다는 뜻일지라도.

차 키를 꺼내려고 가방 안에 손을 넣었다가 오래된 공책의 금속 스프링을 더듬었다.

결국 공책을 꺼냈다. 마지막 한 줄을 적어야 한다.

**널 안전하게 지킬 수만 있다면 뭐든지 할 거야, 캐서린.**

# 감사의 말

제일 먼저 감사해야 할 사람은 제 책에 막연한 영감을 불어넣어 준 여자인 우리 할머니, 루실 페카넨입니다. 할머니는 가족을 위해 고등학교를 그만두고 루스 스털링처럼 평생을 웨이트리스로 일하셨어요. 또 아이들을 극심히 보호하는 엄마이기도 했죠. 하지만 바로 그 부분만 비슷하다는 걸 명확히 해야겠습니다.

저의 비범한 편집자 제니퍼 엔덜린은 탁월하고 창의적이고 열정적인 변함없는 편집 본능으로 저를 계속해서 경외시키고 감동하게 합니다. 막강한 홍보 담당자 케이티 바셀, 마케팅 전문가 에리카 마르티라노와 브랜트 제인웨이, 그리고 완벽하면서 멋진 오디오 팀의 가이 올드필드, 메리 베스 로셰, 에밀리 다이어, 그리고 드루 킬만까지, 젠과 더불어 세인트 마틴스 출판사의 멋진 팀에게도 깊은 감사의 인사를 전하고 싶습니다. 또 로버트 알렌, 제프 도

데스, 마르타 플레밍, 올가 그릭, 트레이시 게스트, 세라 라코티, 크리스티나 로페즈, 킴 루들람, 케리 노들링, 에릭 플랫, 지젤라 라모스, 샐리 리처드슨, 리사 센즈, 마이클 스토링스, 톰 톰슨, 그리고 도리 웨인트라웁에게도 고맙다고 말하고 싶어요.

저의 대리인 마거릿 라일리 킹은 제가 이 책을 쓸 수 있을 거라는 확고한 믿음을 가져줬습니다. 그런 그녀와 필름 에이전트인 힐러리 자이츠 마이클과 실비 라비뉴, 해외 저작권 담당자 트레이시 피셔와 포기할 줄 모르는 소피 쿠드, 실리아 로저스, 케이트 휘트먼, 그리고 빅토리아 누네즈까지 윌리엄 모리스 엔데버의 환상적인 팀과 함께 일할 수 있다니 정말 행운이었습니다. 또 엔터테인먼트 변호사 대런 트래트너에게도 감사드립니다.

책을 한 장 한 장 꼼꼼히 읽고 값진 의견을 내준, 모든 면에서 멋진 사람인 로리 프린츠, 정말 고마워요. 나피사 콜리어, 레이철 베이커, 제이미 데 자르뎅, 다나 셸 스미스, 존 페카넨, 린 페카넨, 벤 페카넨, 태미 호건, 그리고 스테퍼니 호커스미스까지 내 첫 원고를 개선시켜 준, 뛰어난 관찰력을 가진 초기 독자 여러분께도 감사 인사를 전합니다. 책을 쓰는 나를 언제나 기분 좋게 만들어 준 친구들과 가족들, 특히 로라 힐렌브랜드, 에이미와 크리스 스미스, 캐시 하인스, 루신다 이글, 그리고 로버트와 사디아 페카넨에게도 너무 감사할 따름입니다. 또 책을 만드는 과정에서 함께 작업해 준 오랜 친구 그리어 헨드릭스 역시 감사합니다.

매우 영리한 수지 바그너는 훨씬 나은 이야기의 결말을 위해 아주 중요한 제안을 여러 개 해줬습니다. 알렉스 핀레이, 우리가 함께한 작가다운 산책과 대화와 서로를 응원하는 방식을 마음으로 아낍니다. 저의 웹사이트와 소셜 미디어 전문가인 캐시 놀란, 당신은 정말 보석 같은 존재입니다. 그리고 언제나 그랬듯이 앰블린 파트너스의 홀리 바리오 또한 수년 동안 멋지게 저를 지지해 주고 있습니다. 모두 감사드립니다.

리사 제노바가 쓴 너무도 멋진 책《스틸 앨리스Still Alice》를 통해 자료 조사를 하는 데 많은 도움을 받았고 제 친구 로리 스트롱긴에게는 소중한 통찰력을 제공받았습니다. 워싱턴 D.C.에서 훌륭한 고향 책방이 돼준 폴리틱스 앤 프로즈와 게이더스버그 도서전에서 제가 가장 좋아한 시장 주드 애쉬먼과 그의 팀에게도 감사 인사를 전합니다.

가정 전선에서 로저 아론스는 이 책의 초안을 빠짐없이 읽으며 오타를 찾아줬고 제가 받은 영감을 전환하는 데 많은 도움을 줬으며 집필하는 동안 셀 수 없이 많은 방법으로 저를 사랑해 주고 지원해 줬습니다.

우리 아들 잭슨, 윌, 그리고 딜런. 엄마가 하는 일을 자랑스러워해 줘서 정말 고맙다. 엄마는 창의적이고 다정하고 재미있는 젊은이들이 된 너희들이 무척 자랑스럽단다.

마지막으로 모든 북스타그래머들, 소셜 미디어 친구들, 도서관 사서들, 책방들, 그리고 독자들께. 요즘 제가 가장 즐거워하는 시간은 인스타그램과 페이스북을 통해 여러분과 소통하는 시간입니다. 《검은 밤의 여자들》을 읽고 난 모든 감상을 듣고 싶으니, 저를 태그하고 알려주세요!

GONE
TONIGHT

# 검은 밤의 여자들

**초판 1쇄 인쇄** 2026년 2월 11일
**초판 1쇄 발행** 2026년 2월 23일

**지은이** 세라 페카넨
**옮긴이** 김항나

**책임편집** 오윤나
**디자인** 형태와내용사이
**책임마케팅** 최혜령, 박지수, 도우리, 양지환, 송지은, 박주미
**마케팅** 콘텐츠 IP 사업본부
**해외사업** 한승빈, 박고은
**전자책** 김주리
**경영지원** 백선희, 권영환, 이기경, 최민선, 강아현
**제작** 제이오

**펴낸이** 서현동
**펴낸곳** ㈜오팬하우스
**출판등록** 2024년 5월 16일 제2024-000141호
**주소** 서울시 강남구 테헤란로 419, 11층(삼성동, 강남파이낸스플라자)
**이메일** info@ofh.co.kr

ⓒ 세라 페카넨

ISBN 979-11-7577-145-1 (03840)

반타는 ㈜오팬하우스의 출판 브랜드입니다.